"组织起来"
农业合作化与文艺生产

李超宇 著

三联书店

Copyright © 2024 by SDX Joint Publishing Company.
All Rights Reserved.

本作品版权由生活·读书·新知三联书店所有。
未经许可，不得翻印。

图书在版编目（CIP）数据

"组织起来"：农业合作化与文艺生产 / 李超宇著.
北京：生活·读书·新知三联书店, 2024. 10. -- ISBN
978-7-108-07581-9
Ⅰ. I206.7
中国国家版本馆 CIP 数据核字第 20245YE296 号

责任编辑	李　佳
装帧设计	赵　欣
责任印制	李思佳

出版发行　生活·讀書·新知 三联书店
　　　　　（北京市东城区美术馆东街 22 号 100010）

网　　址	www.sdxjpc.com
经　　销	新华书店
印　　刷	河北松源印刷有限公司
版　　次	2024 年 10 月北京第 1 版
	2024 年 10 月北京第 1 次印刷
开　　本	635 毫米 × 965 毫米　1/16　印张 22
字　　数	255 千字
印　　数	0,001－3,000 册
定　　价	69.00 元

（印装查询：01064002715；邮购查询：01084010542）

序 言
现代中国人文学研究的新尝试

钱理群

李超宇是我的学生吴晓东的学生;他当年入学不久,在校园路上主动和我打招呼以后,我们就成了朋友。就像他在本书《致谢》所说的那样,他时不时上我家来,听我高谈阔论,讲思想与学术的最新思考。我有不少这样的"隔代知己",是一直引以为豪的。超宇博士毕业以后到山西工作,我们就很少联系了,但我心里一直惦念着他。这回他的毕业论文要正式出版,请我写序,尽管写的是当代文学,超出了我的专业范围,但我还是欣然应命,写"读后感"。

我注意到超宇《致谢》里说的两句话。第一句是"论文不能表达自己的全部(意思)"——这是不是说,他的论文背后还隐含着一些更大、更根本的关怀与思考呢?这就有了第二句话:"如果没有他(钱老师)的那句'认识你脚下的土地',……也就不会有今天这篇博士论文"——我的心为之一动:这不正是我和超宇之间思想、学术的相通之处吗?真正触动我们心灵的,就是这"脚下的土地","土地上的历史、文化、地理、自然,以及耕耘其上的父老乡亲"啊!我因此把贵州当作自己的与北大具有同样的意义和价值的"精神基地",把对贵州文化、历史的研究作为自己的学术"根基"。而超宇不也因此在博士毕业以后回到老家山西,他的这篇论文的真正用意,是在借此认识自己脚下的这块"土地",认识当代中国的政治、经济、社会、思想、历史、文化、文学啊!

我因此注意到超宇论文中三大贯穿全文的关键词:"政党政治"、"组织起来"和"农民群众"。

这首先是对中国当代历史(政治、经济、社会、思想史)的高度概括。"政党政治"的引领,"组织起来"的基本体制,以及"农民群众"的社会基础:这正是构成当代中国的三大要素。

就像超宇在论文中所强调的那样,毛泽东在中国革命一开始,即在1927年所写的《湖南农民运动考察报告》里强调"农民问题的严重性",提出以"组织起来"("将农民组织在农会里",以后又发展为以农民为主体的"人民军队")作为党领导的中国革命的基本方针与路线。超宇进一步指出,这不仅是"战争情况下"的"应急"之举,在中国革命胜利以后,更发展为"国家体制"。于是,就有了超宇论文论述的中心——"农业合作化运动"。此后的重大政治运动往往都与农村高度相关,而"改革开放"以农民的"包产到户"为突破口,恐怕也绝非偶然,以至于当下"新时代"中国的一个重要方面,也依然是"乡村振兴"。可以说,这样的"党(现代政党政治)"领导下"农民""组织起来",这三大要素,正是中国革命和中国式现代化区别于其他国家的革命和建设的最大"特色"。

正是在这样的体制下,形成了当代中国文学的四大特征。超宇也作了准确的概括。

首先是"文艺创作的高度组织化"。这就是毛泽东《在延安文艺座谈会上的讲话》里一开始就给解放区(以后发展为全中国)"文艺创作"基本定性:不再是"个人"创作,而是党领导的"整个革命机器的一个组成部分"，是"党的文学"。这一基本定性，就决定了从事文艺创作必须"站在党的立场，站在党性和党的政策的立场"，服从"党的领导"。在"写什么，怎么写"等创作基本原则问题上，要服从党的意志，以是否符合党的思想、政策为标准，而且文艺创作也应该高度组织化、计划化，由党组织统一安排、谋划。

于是，就有了"文艺创作的新功能，新作用"。这也是毛泽东的《在延安文艺座谈会上的讲话》里明确规定的：要"作为团结人民、教育人民、打击敌人、消灭敌人的有力的武器"，"使人民群众惊醒起来，感奋起来，推动人民群众走向团结和斗争，实行改造自己的环境"。这样的高度自觉的"思想教育，组织动员""宣传、鼓动"的功能，前所未有。

其三，也就有了"文艺生产新方式"。《讲话》毫不含糊地明确召唤："中国的革命的文学家艺术家"，"必须到群众中去……到火热的斗争中去，到唯一的最广大最丰富的源泉中去，观察、体验、研究、分析一切人，一切阶级，一切群众，一切生动的生活形式和斗争形式，一切文学艺术的原始材料，然后才能进入创作过程"。这就规定了以"深入生活"，首先是观察、体验、研究、分析工农兵群众的生活，作为文学创作的"生产方式"，而且是"唯一"的。其背后则隐含着一个对作家、读者，以至工农兵群众进行"根本改造"的规范性要求。"深入生活"的前提就是"人的改造"。这里包含着创作者的改造：首先是"党的工作者"，然后才是作家；写作是"党的工作"，政党政治"溶解在他们的生活与心灵中"。不仅如此，读者（包括农民群众）也要"改造"：在投身农业生产的同时，还要参与文学创作（写新民歌、人民公社史），同时兼具生产者、创作者的多重身份。在党看来，只有这样才能展现农民群众全面"当家作主"的历史地位与自豪感。

这样的被改造了的文艺创作就必然产生"文艺创作的新范式"。根据超宇的研究，主要有二：塑造文学"典型"和文学"新人"。而所塑造的"典型"和"新人"，都具有鲜明的"党性"，即党所期待的全新的"人性"，又反过来成为全民"改造"的新典范。

应该说，以上四大概括，相当准确地点破了中国当代文学的基本特性与中国特色。这是显示了超宇的理论概括能力的。而超宇的分析，也充分注意到问题的复杂性，没有回避这样的特质所带来的矛盾、困惑、不同评价、论争等。

而我更感兴趣的，是如何研究这样的"文学新现象"。我注意到超宇论文专门讨论的当代中国文学研究的两个不同路向。一个是"社会史视野下的中国现当代文学研究"。如研究者所说，其关注点在"文学实践本身即构成历史的一部分"，因此强调"社会史视野"与"文学研究的历史化"。另一种是强调文学"审美之维""形式之维"，主张"从文学文本出发，最终仍要回归或者落实于文学作品，而不是诉诸社会学或者历史学文本"。超宇对这两种研究路向都提出了质疑。在他看来，"将文艺作为历史的注脚"，可能使文学研究成为"史学的婢女"；而纯粹的"回归文学本位"，则可能丧失"向历史深处作进一步开掘的机会"。超宇在他的论文里，提出并尝试进行另一路向的研究："不应再拘泥于学科壁垒或文学与历史的主从关系，而应在平等的基础上寻找一种让双方实现'互助合作'的研究方案。"他因此从陈寅恪的"诗史互证"获得启发，在自己的论文写作中进行了新的尝试。

正是这一点引起了我的兴趣与共鸣。在我看来，陈寅恪的"诗史互证"本是中国传统研究一个重要路向，它是基于中国传统文化"诗（文）史相通"的基本特点的。这一传统在现当代文学中有了进一步的发展。我多次强调，中国现当代文学史同时具有现当代思想史、精神史的意义与价值。我自己的研究，例如鲁迅、周作人的研究，就同时关注他们对中国现代文学史、思想史、精神史的独特贡献。而这样的文（诗）、史相通、互证的研究，在当今又具有特殊意义和迫切性。2023年我们北大中文系商金林教授有一个重要的史料发现：早在1930年代日本学者在翻译、介绍《鲁迅全集》时，就提出了两个重要论断：一是要解"中国之谜"，必须读《鲁迅全集》；二是鲁迅对中国的解读，不只限于文学，而是从政治、经济、社会、思想、文化、教育——的"人文学"领域进行综合性研究。中文系部分老师对此进行了认真讨论：在我们看来，当今的"历史大变局"中，同样存在一个"如何认识现当代中国"的历史与现实之"谜"；而解中国之谜也同样需要从"人文学研究"切入。由此作出一个重要论断：这样的"现当代中国的人文学研究"，很可能是当下与未来中国与世界"中国学研究"的一个重要路向。在这前后北大成立了陈平原主导的"现代中国人文学研究所"，就是一个自觉的尝试。我自然是其最积极的支持者。现在，我又在北大中文系现代文学专业博士生李超宇的博士论文里，看到了这样的尝试，其欣慰自是难以言说……

2024年
6月19日—22日

目 录

序 言 |
现代中国人文学研究的新尝试（钱理群）

1　导 论

1　第一节　农业、文艺与"组织起来"
16　第二节　通往"真实"的路径：让文学与历史"互助合作"
23　第三节　问题结构与章节述要

第一章 |
29　作为"骨干"的组织者

29　第一节　从"劳动英雄"到"合作社英雄"
60　第二节　"大社"干部的经验与烦恼
78　第三节　"不断革命"与塑造"新人"

第二章 |

99　"典型示范"与书写"典型"

100　第一节　农业合作化与典型问题讨论
115　第二节　"典型示范"与经验推广
126　第三节　"典型社"的文学形象：以《花开第一枝》为中心

第三章 |

141　思想教育与动员结构

142　第一节　经济利益与"打通思想"
152　第二节　"思想改造"及其困境
165　第三节　"封建思想"的位置
171　第四节　"动员"的形式："自上而下"与"自下而上"
189　第五节　"文艺"动员及其接受效果

第四章 |

215　社会再生产中的农村"群众"

216　第一节　集体劳动之"美"
226　第二节　集体生产与群众文艺活动
243　第三节　分配问题与"本位主义"
266　第四节　"开会"与群众语言的重新整合

第五章 |

281　"深入生活"与文艺形式

282　第一节　"农村风景"的观看与表现

295　第二节　"深入生活"与创作困境

304　第三节　"生活样式"与新形式的创造

313　结　语

317　参考文献

337　致　谢

导 论

第一节 农业、文艺与"组织起来"

一

在古代中国,"组织"一词既可用作名词指织物,亦可用作动词指编织的动作,进一步引申为安排、整顿或构陷、罗织之义[1]。

---

[1] 《说文解字》云:"组,绶属也。其小者以为冠缨。"段玉裁注:"'属'当作'织',浅人所改也。……绶织犹冠织,织成之帻梁谓之纚,织成之绶材谓之组。"可以看出,"组"是"织"的结果,是"织"成之后用于做"绶"的材料。"织"字在《说文》中本来"作布帛之总名",段玉裁注:"布者麻缕所成,帛者丝所成,作之皆谓之织。……经与纬相成曰织。"(见〔汉〕许慎撰、〔清〕段玉裁注:《说文解字注》,上海古籍出版社,1988年版,页六五三、六四四)所以"织"既是名词也是动词,与作为名词"组"连写时,通常用作动词,如《诗·邶风·简兮》有"有力如虎,执辔如组"句,毛亨传云:"组,织也。……御众有文章。言能制众,动于近,成于远也。"孔颖达疏特别强调"织组"的动作性:"以义取动近成远,故知为织组,非直如组也。"(见〔汉〕毛亨传,〔汉〕郑玄笺,〔唐〕孔颖达疏:《毛诗正义》,北京大学出版社,2000年版,页一九二、一九三)段玉裁在《说文解字注》中对这句诗加了按语:"按诗意非谓如组之柔,谓如织组之经纬成文。御众缕而不乱,自始至终秩然,能御众者如之也。"(见〔汉〕许慎撰、〔清〕段玉裁注:《说文解字注》,页六五三)这里的"织组"意在强调"缕而不乱"的秩序感。《吕氏春秋·先己》同样引用了《诗经》中的"执辔如组"句,高诱的注释把"织组"二字颠倒了过来,成为"组织":"组读组织之组。夫组织之匠成文于手,犹良御执辔于手,而调马足以致万里也。"(见〔秦〕吕不韦编、许维遹集释、梁运华整理:《吕氏春秋集释》,中华书局,2009年版,页七三)后世典籍中,"织组""组织"都有出现,但以后者为多。与"织"相仿,"组织"连用同样既可做名词也可做动词。

近代日本用"組織"翻译西方的 organization（名词）和 organize（动词），意指集团、机构、团体，以及集团、机构、团体的聚合、集结过程。这一译法被引入中国之后，"组织"这个"古已有之"的词从此获得了新的意涵[1]。

近代中国，有识之士常感慨于民众之散漫，鲁迅在《文化偏至论》中将中国形容为"沙聚之邦"[2]，孙中山在《民权初步》中更有"一盘散沙之民众"[3]的说法。在亡国灭种的危机之中，"一盘散沙之民众，惟有束手待毙，供人屠宰而已"，而"人民果欲奋发兴起，其初步工作即在组织。有组织始有力量"。[4]然而，近代以前的中国真的处于一种"无组织"状态吗？梁漱溟指出："乡村建设运动，实为吾民族社会重建一组织构造之运动。"[5]既然是"重建"，说明传统社会还是有"组织"存在的，毛泽东在《湖南农民运动考察报告》中提出著名的"四大绳索"时，即谈到了三种系统："（一）由一国、一省、一县以至一乡的国家系统（政权）；（二）由宗祠、支祠以至家长的家族系统（族权）；（三）由阎罗天子、城隍庙王以至土地菩萨的阴间系统以及由玉皇上帝以至各种神怪的神

---

[1] 参见刘禾《跨语际实践：文学、民族文化与被译介的现代性（中国，1900—1937）》（宋伟杰等译，生活·读书·新知三联书店，2008年版）一书的附录D《回归的书写形式借贷词：现代汉语中源自古汉语的日本"汉字"词语》。

[2] 鲁迅：《文化偏至论》，《鲁迅全集》第一卷，人民文学出版社，2005年版，第57页。

[3] 孙中山：《建国方略之三·民权初步》序，《孙中山全集》第6卷，中华书局，1985年版，第414页。

[4] 《民众组织与铲除汉奸》，1936年10月14日《太原日报》，引自山西省史志研究院编：《山西牺牲救国同盟会历史资料选编》，山西人民出版社，1996年版，第381页。

[5] 梁漱溟：《乡村建设理论》，乡村书店，1939年版，第17页。

仙系统——总称之为鬼神系统（神权）。"¹其中的"国家系统"和"家族系统"都是直接作用于民众的管理"组织"。李大钊认为在这些"组织"中的老百姓"都是愚暗的人，不知道谋自卫的方法，结互助的团体。……他们不但不知道联合起来，抗那些官绅，拒那些役棍，他们自己中间也是按着等级互相凌虐，去结那些官绅棍役的欢心。地主总是苛待佃户与工人，佃户与工人不但不知互助、没有同情，有时也作自己同行的奸细，去结那地主的欢心"。²在李大钊眼中，旧的"组织"以"官绅棍役"为中心，这导致了下层民众的分离和仇视，只有下层民众结成"互助的团体"，才能抵抗乃至推翻这种充满"苛待"和"凌虐"的等级体系。因此，共产党人的革命其实是一种新"组织"对旧"组织"的替代。毛泽东在《湖南农民运动考察报告》第一次使用了"组织起来"的概念，并把"将农民组织在农会里"列为"十四件大事"中的第一件，而"农民有了组织之后，第一个行动，便是从政治上把地主阶级特别是土豪劣绅的威风打下去"。³这就非常具体地揭示了新旧"组织"的更迭过程。

在新民主主义革命时期，"组织起来"通常用于政权和军队建设中，其有效性不仅为历史和人民所证实，更得到了敌对方的赞许，如王子壮在日记中写道："赤匪占据数载而能维持者，悉在组织民众之作用发挥尽致。"⁴1949年9月新中国成立前夕，毛泽东在

---

1 毛泽东：《湖南农民运动考察报告》，《毛泽东选集》（一卷本），人民出版社，1967年版，第31页。
2 李大钊：《青年与农村》，《李大钊全集》第二卷，人民出版社，2006年版，第304页。
3 毛泽东：《湖南农民运动考察报告》，《毛泽东选集》（一卷本），第13、22—23页。
4 王子壮：《王子壮日记》第2册，台北"中研院"近代史研究所，2001年版，第266页。

中国人民政治协商会议上指出:"我们应当将全中国绝大多数人组织在政治、军事、经济、文化及其他各种组织里,克服旧中国散漫无组织的状态,用伟大的人民群众的集体力量,拥护人民政府和人民解放军,建设独立民主和平统一富强的新中国。"[1]这就预示了"组织起来"的成功经验将在新中国成立后进一步运用到政治、经济、文化等各个领域。

二

本书重点关注的农业生产领域,在远古的农村公社时期采用的就是集体耕作的形式。克鲁泡特金在《互助论》中谈道:"旧的宗族,总是共同打猎、捕鱼和种植果园的。在野蛮人的村落公社中,共同从事农业也成了一种法则。……甚至在完全罗马化了的法国,大约在二十五年前,在莫比盎(布里塔尼)地方还存在着共同耕种的习惯。"[2]《诗·周颂·载芟》中的"千耦其耘"即反映了古代中国在井田制时期的集体耕作形式。随着生产工具的变革,井田制逐渐瓦解,土地私有化使个体小农的精耕细作成为秦汉以来中国的主要耕作形式。但在战乱时期,"组织起来"集体耕作的情况亦时有发生,《后汉书·邓训传》记载:"唯置弛刑徒二千余人,分以屯田,为贫人耕种,修理城郭坞壁而已。"[3]其中的"坞壁"指地方的自卫工事,而"屯田"在曹操那里得到了极大的推广,日本学者金文京描述道:"曹操首先募集流民,把无主和荒废的土地分给他们耕种。还提供耕牛、农具,采取集体从事生产的方式,国家向屯田

1　毛泽东:《建国以来毛泽东文稿》第1册,中央文献出版社,1992年版,第11—12页。

2　〔俄〕克鲁泡特金:《互助论》,李平沤译,商务印书馆,1963年版,第121页。

3　〔宋〕范晔:《后汉书》,中华书局,1965年版,页六一一。

民征收租税。……说白了也就是国营集体农场。它和社会主义中国推行的人民公社也有相似之处。"[1]

近代以来，从日本传来的"新村主义"，梁漱溟、晏阳初等人倡导的乡村建设运动等都尝试在农村建设一种新的组织，但这些尝试或者以失败告终，或者未能形成规模。有研究者指出："1930年代前后，包括国、共两党在内的多种社会政治力量都在进行合作社运动的尝试，比较而言，中央苏区的合作社通过政治力量的组织、推动，其发展速度和效率都相对较高。"[2]中央苏区合作社的组织形式主要有耕田队以及在此基础上形成的劳动互助社等等，但随着中共的战略转移，这些生产组织也未能得到延续。直到1940年代初解放区的大生产运动，农业生产领域才真正实现了大规模的"组织起来"，并一直持续到了新中国成立之后。1943年10月，毛泽东在《开展根据地的减租、生产和拥政爱民运动》中指出："在目前条件下，发展生产的中心关节是组织劳动力。每一根据地，组织几万党政军的劳动力和几十万人民的劳动力（取按家计划、变工队、运输队、互助社、合作社等形式，在自愿和等价的原则下把劳动力和半劳动力组织起来）以从事生产，即在现时战争情况下，都是可能的和完全必要的。"[3]可以看出，大生产运动"组织起来"的背景仍是"战乱"，但参与者不再是"刑徒""流民"，而是包含党政军各机关单位在内的全体人员。同年11月，毛泽东在招待陕甘宁边区劳动

---

[1] 〔日〕金文京：《三国志的世界：后汉三国时代》，何晓毅、梁蕾译，广西师范大学出版社，2014年版，第68页。

[2] 黄道炫：《张力与限界：中央苏区的革命（1933—1934）》，社会科学文献出版社，2011年版，第273页。

[3] 毛泽东：《开展根据地的减租、生产和拥政爱民运动》，《毛泽东选集》（一卷本），第867页。

英雄大会上发表了题为"组织起来"的讲话,试图将这种"组织起来"进一步理论化甚至制度化:"在农民群众方面,几千年来都是个体经济,一家一户就是一个生产单位,这种分散的个体生产,就是封建统治的经济基础,而使农民自己陷于永远的穷苦。克服这种状况的唯一办法,就是逐渐地集体化;而达到集体化的唯一道路,依据列宁所说,就是经过合作社。"[1]这就预示着,"组织起来"已不仅仅是"现时战争情况下"的一种应急策略,而将是农民迈向幸福生活的唯一途径。[2]

1948年,毛泽东在《关于目前党的政策中的几个重要问题》中指出:"平分土地以后,必须号召农民发展生产,丰衣足食,并劝告农民组织变工队、互助组或换工班一类的农业互助合作组织。"[3]1951年,中共中央发布《关于农业生产互助合作的决议(草案)》(以下简称《决议》),标志着新中国农业生产合作化运动正式开始。《决议》指出:"党中央从来认为要克服很多农民在分散经营中所发生的困难,要使广大贫困的农民能够迅速地增加生产而走上丰衣足食的道路,要使国家得到比现在多得多的商品粮食及其他工业原料,同时提高农民的购买力,使国家的工业品得到广大的销场,就必须提倡'组织起来',发展农民劳动互助的积极性。这种劳动互助是建立在个体经济基础上(农民私有财产的基础上)的集

---

[1] 毛泽东:《组织起来》,《毛泽东选集》(一卷本),第885页。
[2] 韩丁在《翻身》一书中写道:"毛泽东多次提到两个伟大的'组织起来'——组织起来推翻封建主义,组织起来增加生产,二者缺一不可。"(见〔美〕韩丁:《翻身——中国一个村庄的革命纪实》,韩倞等译,北京出版社,1980年版,第240页。)
[3] 毛泽东:《关于目前党的政策中的几个重要问题》,《毛泽东选集》(一卷本),第1165页。

体劳动，其发展前途就是农业集体化或社会主义化。"[1]这里的"从来"即可上溯到《组织起来》，二者在批判"分散经营"的逻辑上是一脉相承的。值得注意的是，《决议》对"组织起来"必要性的强调已经不再局限于使广大农民"走上丰衣足食的道路"这一点上，毛泽东在对草案修改时专门加写了"要使国家得到比现在多得多的商品粮食及其他工业原料，同时也就是提高农民的购买力，使国家的工业品得到广大的市场"[2]这两条。这意味着随着新政权的建立和巩固，农业合作化的服务对象已不仅仅是农民，而必须纳入"国家""工业"等新的主体。1953年6月15日，毛泽东在中央政治局会议上正式提出了党在过渡时期的总路线，并在8月形成了比较完整的文字表述："在一个相当长的时期内，基本上实现国家工业化和对农业、手工业、资本主义工商业的社会主义改造。"[3]其中，"国家工业化"是重中之重，各行各业各领域的活动都将围绕"国家工业化"来展开。如邵荃麟所言："工业化要积累资金，要有劳动力、原料、土地等等。这些东西，在资本主义国家，是靠侵略别的弱小国家来解决；社会主义国家不行"[4]，因此只能将国内的农村作为工业的原料产地和产品销售市场。

研究者对这种做法的评价褒贬不一，如温铁军认为："中国工业化面临的是一个平均分配土地的彻底的小农经济，于是它的资本

---

[1] 《中国共产党中央委员会关于农业生产互助合作的决议》，转引自史敬棠等编：《中国农业合作化运动史料》，生活·读书·新知三联书店，1959年版，第4页。

[2] 中共中央文献研究室编：《毛泽东年谱（1949—1976）》第一卷，中央文献出版社，2013年版，第440页。按：这段文字与《决议》略有区别，因1953年《决议》正式发布时又有修改。

[3] 毛泽东：《党在过渡时期的总路线》，《毛泽东选集》第五卷，第89页。

[4] 邵荃麟：《在大连"农村题材短篇小说创作座谈会"上的讲话》，《邵荃麟评论选集》上册，人民文学出版社，1981年版，第390页。

积累制度成本就非常高。……工业化最早的资本原始积累必须解决工业和农业、城市和乡村之间的交易。小农经济越是分散，得到农户剩余的制度成本就越高。于是，在50年代中期，为了解决城市工业的积累问题，政府建立了农村集体化的制度。"[1] "集体化并非农业自身的错误，而是服务于工业原始积累建立起来的，是有利于工业化提取农业剩余的组织。那么，集体化在农业上的不经济，也是国家为了工业而大量提取剩余造成的。"[2] 而罗岗对温铁军的思路提出了质疑："这一思路的问题在于过分强调了'工业化'的'铁的规律'，所有其他事物——包括'集体化'——似乎都应该服从于这一'铁律'，而没有意识到新中国成立后的'工业化'是与对'社会主义'的追求紧密联系在一起的，'工业化'固然在物质条件上限制了'社会主义'的程度，可是'社会主义'同样要在政治意识上规划'工业化'的路径。"[3] 这意味着让农业服务于工业化的原始积累并非天然正义的要求，而需要在社会主义的总体远景之下重新思考中共中央对产业的规划和布局。

在过渡时期总路线公布之后，中央农村工作部于1953年10月至11月召开了全国第三次互助合作会议。会议讨论通过了《中共中央关于发展农业生产合作社的决议》，于12月公布执行。1954年初，过渡时期总路线的宣传教育与《中共中央关于发展农业生产合作社的决议》的传达贯彻同时展开，农村掀起了大办农业社的热

---

[1] 温铁军：《战略转变与工业化、资本化的关系》，《解构现代化——温铁军演讲录》，广东人民出版社，2004年版，第24页。
[2] 温铁军：《八次危机与软着陆》，《文景》2012年第8期。
[3] 罗岗：《人民至上——从"人民当家作主"到"社会共同富裕"》，上海人民出版社，2012年版，第149页。

潮，1955年3月，全国农业合作社已发展到60万个。3月中旬，邓子恢向毛泽东汇报了部分地区互助合作运动发展过粗过快，导致农民不满、农村紧张的情况，毛泽东据此提出了在不同的地区分别施行停止发展、实行收缩、适当发展的"停、缩、发"三字方针。邓子恢在执行时偏重了"停"和"缩"，要求各地的农业社"停止发展，全力巩固"，整顿结束后，浙江压缩了1.5万多个社，山东、河北也各压缩了几千个社。4月，毛泽东在外出考察途中发现农民并不像邓子恢说的那么消极，而且还听说不少地区把一些不该压缩的社也压缩了，严重伤害了农民组织起来的积极性。此后，毛泽东把三字方针的重点放在了"发"上，而且在7月31日至8月1日召开的省、市、自治区党委书记会议上严厉地批评了邓子恢等干部的"右倾保守思想"，说他们像"一个小脚女人，东摇西摆地在那里走路，老是埋怨旁人说：走快了，走快了"[1]。这次会议后，全国迅速掀起了合作化运动的高潮，1956年1月，毛泽东在为《中国农村的社会主义高潮》撰写的序言中表示："我在一九五五年七月三十一日所作关于农业合作化问题的报告中，提到加入合作社的农户数字是一千六百九十万户，几个月的时间，就有五千几百万农户加入了合作社。这是一件了不起的大事。这件事告诉我们，只需要一九五六年一个年头，就可以基本上完成农业方面的半社会主义的合作化。"[2]

"半社会主义"的具体表现形式是初级社，它保留了土地分红等私有制成分。1956年1月23日，中央政治局提出《一九五六年

---

[1] 毛泽东：《关于农业合作化问题》，《毛泽东文集》第六卷，第418页。
[2] 毛泽东：《〈中国农村的社会主义高潮〉序言》，中共中央办公厅编：《中国农村的社会主义高潮》上册，人民出版社，1956年版，第2页。

到一九六七年全国农业发展纲要(草案)》,要求对于一切条件成熟的初级社,应当分批分期地使它们转为高级社。6月30日,中央公布《高级农业生产合作社示范章程》,规定高级社实行主要生产资料完全集体所有制,取消土地分红,耕畜和大型农具作价入社。此后,各地又掀起了并社升级的浪潮,许多成立不久的初级社都成批地转为高级社。到1956年底,加入高级社的户数已占到全国农户总数的87.8%,远远超出了毛泽东在年初的预期,对个体农业的社会主义改造也因此提前完成。

农业合作化后,国家的工业化、城市化建设迅速发展,农村的生产条件得到了不小的改观,农民的生活也有所改善,他们为社会主义建设事业做出了巨大的贡献和牺牲。整个合作化运动在实现自身历史使命的同时,也积累了丰富的经验教训。

三

在传统典籍中,"组织"一词与文艺形式有着很深的渊源。《文心雕龙·原道》云:"雕琢情性,组织辞令,木铎起而千里应,席珍流而万世响,写天地之辉光,晓生民之耳目矣。"[1]讲究组织结构和谋篇布局是写文章最基本的要求,但对于本书主要探讨的社会主义现实主义文学而言,仅仅把文字材料"组织起来"是远远不够的,刘雪苇在《论文学的工农兵方向》中指出:"'采访'些表面事象组织起来描写成章,这还不是现实主义;我们的现实主义首先一点就是指导我们如何透过现象把握本质。这个,有时光凭肉眼便不

---

[1] [梁]刘勰著,黄叔琳注,李详补注,杨明照校注拾遗:《增订文心雕龙校注》,中华书局,2000年版,页二。

能达到目的。……由于我们还没有实际的'移屁股',根本没有作为工农兵的一员深入工农兵,当然就不可能深刻了解群众……"[1]这一观点显然来自毛泽东《在延安文艺座谈会上的讲话》(以下简称《讲话》):"中国的革命的文学家艺术家,有出息的文学家艺术家,必须长期地无条件地全心全意地到工农兵群众中去,到火热的斗争中去,到唯一的最广大最丰富的源泉中去,观察、体验、研究、分析一切人,一切阶级,一切群众,一切生动的生活形式和斗争形式,一切文学和艺术的原始材料,然后才有可能进入创作过程。"[2]也就是说,在将"原始材料""组织起来"之前,文艺工作者必须首先经历一个深入生活的过程,这才能保证所思所写达到或接近于事物的本质。

从解放区到新中国,文艺工作者在创作前的"深入生活"一直备受重视。据《广东文艺》报道:"为了使文艺宣传作品,更密切地配合以互助合作为中心的生产运动,继续向群众进一步贯彻总路线教育,梅县文化馆在县委的直接指示下,在三月二十二日召开了全县群众文艺作者会议。……会议第三日便组成三个创作小组落乡,深入先进的农业合作社和互助组里去,进行了解情况,边搜集材料,边创作,边修改。在完成初稿后,便集中回文化馆集体整理,一共完成有关互助合作和一些普选的唱本、山歌剧、快板、说唱、图片等共十四篇。……这次写作因为能比较深入生活,写好后又先演唱给当事人和当地熟悉的群众听,不断地请群众提意见,耐心地修改,所以质量上都比较过去有所提高。"[3]从这段文艺生产过程的简单描述

---

[1] 雪苇:《论文学的工农兵方向》,海燕书店,1950年版,第160页。
[2] 毛泽东:《在延安文艺座谈会上的讲话》,《毛泽东选集》(一卷本),第817—818页。
[3] 衣谷、廖玉文:《梅县召开群众文艺作者会议》,《广东文艺》1954年创刊号。

中可以看出,"深入生活"不仅为创作提供了素材,而且促进了作品质量的提高,但这还不是最终的目的,报道一开始就明确地标示了作品的落脚点——"配合以互助合作为中心的生产运动"。当时其他省份的文艺刊物也明确表示刊物的宗旨是:"提高工农群众的政治觉悟,鼓舞工农群众的爱国生产热情。更为关心农民的进步,引导农民走向'组织起来'的道路。"[1] 也就是说,文艺自身的"组织起来"最终要服务于现实中的"组织起来",正如毛泽东在《讲话》中说的那样:"把这种日常的现象集中起来,把其中的矛盾和斗争典型化,造成文学作品或艺术作品,就能使人民群众惊醒起来,感奋起来,推动人民群众走向团结和斗争,实行改造自己的环境。"[2]

这种对文艺现实功能的强调最早可以追溯到波格丹诺夫的"组织生活"论:"艺术不仅在认识范围,并且也在情感和意向范围通过生动的形象组织社会经验。因此,它是组织集体力量的最强大的武器,而在阶级社会中则是组织阶级力量的最强大的武器。"[3] "组织生活"论极大地影响了钱杏邨、李初梨等人,成为他们在"革命文学"论争中的重要理论来源,如李初梨就曾强调:"文学的社会任务,在它的组织能力。"[4] 后来,"组织生活"论被视为"唯心论"的表现而受到批判,如瞿秋白指出:"以前钱杏邨受着波格唐诺夫,未来派等等的影响,认为艺术能够组织生活,甚至于能够创造生活,这固然是错误。可是这个错误也并不在于他要求文艺和生活联系起来,却

---

1 本社:《〈安徽文艺〉的方针任务是什么?》,《安徽文艺》1952年第一本。
2 毛泽东:《在延安文艺座谈会上的讲话》,《毛泽东选集》(一卷本),第818页。
3 亚·波格丹诺夫:《无产阶级和艺术》,郑异凡编译,《苏联"无产阶级文化派"论争资料》,人民出版社,1980年版,第89页。
4 李初梨:《怎样地建设革命文学》,《文化批判》1928年第2号。

在于他认错了这里的特殊的联系方式。这种波格唐诺夫主义的错误，是唯心论的错误，它认为文艺可以组织社会生活，意识可以组织实质，于是乎只要有一种上好的文艺，一切问题都可以解决了。可是，胡秋原先生的反对这种理论，却也反对到了牛角尖里去了。他因此就认为文艺只是消极的反映生活，没有影响生活的可能，而且这是'亵渎文艺的尊严'的。"[1] 我们注意到，这段话虽然批判了钱杏邨的"组织生活"论，但落脚点却是对胡秋原论调的驳斥，瞿秋白在最终还是肯定了文艺影响生活的可能性。随着全面抗战的爆发，文艺被广泛运用到对民众的宣传动员之中，收到了比一般的开会、宣讲更好的效果。于是我们在鲁迅艺术文学院的《创立缘起》中再次看到了对文艺组织功能的充分肯定："艺术——戏剧、音乐、美术、文学，是宣传鼓动与组织群众有力的武器。"[2]

然而，群众并不总是"登高一呼"就"应者云集"的，组织功能的实现往往还要依赖于文艺的教育功能。1934年，苏联作家协会公布的章程即指出："艺术描写的真实性和历史具体性必须与用社会主义精神从思想上改造和教育劳动人民的任务结合起来。"对"思想改造"和"思想教育"的强调，是社会主义现实主义理论对"组织生活"论的有力补充。因此我们看到毛泽东的《讲话》在强调文艺组织功能的同时，也对文艺的教育功能进行了充分的论述："农民和城市小资产阶级都有落后的思想，这些就是他们在斗争中的负担。我们应该长期耐心地教育他们，帮助他们摆脱背上的包

---

[1] 瞿秋白：《文艺的自由和文学家的不自由》，《瞿秋白文集》第二册，人民文学出版社，1953年版，第955页。

[2] "鲁迅艺术文学院《创立缘起》"，钟敬之、金紫光主编：《延安文艺丛书·文艺史料卷》，湖南文艺出版社，1987年版，第639页。

袄，同自己的缺点错误作斗争，使他们能够大踏步地前进。他们在斗争中已经改造或正在改造自己，我们的文艺应该描写他们的这个改造过程。"[1]文艺作品中描写的思想改造，呼唤的是现实中的思想改造。延安时期的秧歌剧《动员起来》描写了思想落后的张拴婆姨在村长的耐心教育下打通了思想，决定参加变工队的过程，看过剧的观众在经历了类似张拴婆姨的思想斗争后也纷纷加入了当地的变工队，这是文艺在现实中发挥组织功能的理想状态。新中国成立后，各地创办的通俗文艺刊物、职业剧团和业余剧团在农村的演出、电影流动放映队在农村的放映等等都为农民的思想改造和农村地区的互助合作事业做出了贡献。

文艺生产为农业的"组织起来"服务，农业合作化运动也反过来推动着文艺生产的发展。1949年，毛泽东在中国人民政治协商会议第一届全体会议上的开幕词中宣告："随着经济建设的高潮的到来，不可避免地将要出现一个文化建设的高潮。"[2] 1956年初，当"中国农村的社会主义高潮"真正到来之时，一个文化建设的高潮也呼之欲出。《文艺报》1956年第1期第一时间转载了毛泽东为《中国农村的社会主义高潮》一书写的序言，标志着文艺界对合作化高潮的及时响应。毛泽东在这本书中的一则按语里写道："这里又有一个陈学孟。在中国，这类英雄人物何止成千上万，可惜文学家们还没有去找他们，下乡去从事指导合作化工作的人们也是看得多写得少。"[3]事实上，文艺工作者对农村中涌现的"新英雄人物"和

---

[1] 毛泽东：《在延安文艺座谈会上的讲话》，《毛泽东选集》（一卷本），第806页。
[2] 毛泽东：《中国人从此站立起来了》，《毛泽东文集》第五卷，人民出版社，1996年版，第345页。
[3] 毛泽东：《合作化的带头人陈学孟》按语，中共中央办公厅编：《中国农村的社会主义高潮》中册，人民出版社，1956年版，第544页。

"典型社"的描写和讨论早已开始，毛泽东按语的主要目的是以合作化的高潮激励作家把目光更多地投向农村。1956年2月，文化部、共青团中央发布《关于配合农村合作化运动高潮开展农村文化工作的指示》，同年的《文艺报》上，"关怀新的农村"一类的标题比比皆是。在中央的有力推动下，面向农村的书刊大量印行，《剧本》等杂志专门推出农村版，以适合农民日益增长的文化需求。职业剧团、电影流动放映队等在农村开展巡回演出和电影放映。农村业余剧团、农村图书室、农村俱乐部等大量涌现，蓬勃发展，整个农村文艺呈现出一派欣欣向荣的景象。据邵荃麟在1962年大连"农村题材短篇小说创作座谈会"上做的粗略统计："在我们这些年来的作品中，以农村生活为题材的作品数量最大。作品成就较大的也都是农村题材。"[1]反映农业合作化的重要作品，特别是像《创业史》《山乡巨变》这样的长篇小说，大多出现在合作化高潮之后。它们虽然没能像《动员起来》等作品那样对互助合作进程起到切实的推动作用，但却以文学的独特形式为后世保留了一幅幅丰富而斑驳的历史图景。

本书以"组织起来"作为正标题，不仅是为了与《组织起来》讲话相呼应，更是因为它可以恰切地概括农业合作化运动与当时文艺生产形态的基本面貌。在此基础上，本书将深入农业合作化与文艺生产的具体实践过程，并试图探讨二者相互催生、相互促进又相互制约的复杂历史机制。

---

[1] 邵荃麟：《在大连"农村题材短篇小说创作座谈会"上的讲话》，《邵荃麟评论选集》上册，第389页。

第二节　通往"真实"的路径：让文学与历史"互助合作"

一

从事农业合作化与文艺生产的研究，有诸多研究成果与方法论可以借鉴[1]，尤其是近年来特别兴盛的"社会史视野下的中国现当代文学研究"，不仅在研究者们的多次笔谈中日臻成熟[2]，更在与本书相关论题的研究中收获了相当扎实的成果[3]。当然，关于这一研究方法的争议也持续不断，其中最大的争议莫过于如何安放"文学"与"历史"（及"历史"这一范畴所能涵盖的政治、生活、现

---

[1] 文学方面如李杨的《抗争宿命之路——"社会主义现实主义"（1942—1976）研究》（时代文艺出版社，1993年版）、《50—70年代中国文学经典再解读》（山东教育出版社，2006年版），蔡翔的《革命/叙述：中国社会主义文学—文化想象（1949—1966）》（第2版）（北京大学出版社，2018年版），朱羽的《社会主义与"自然"：1950—1960年代中国美学论争与文艺实践研究》（北京大学出版社，2018年版），贺桂梅的《书写"中国气派"：当代文学与民族形式建构》（北京大学出版社，2020年版），鲁太光的《当代小说中的土地问题：以"土改小说"和"合作化小说"为中心》（北京大学博士论文，2013年），路杨的《"劳动"的诗学：解放区的文艺生产与形式实践》（北京大学博士论文，2017年）等。历史方面如罗平汉的《农业合作化运动史》（福建人民出版社，2004年版），高王凌的《人民公社时期中国农民"反行为"调查》（中共党史出版社，2006年版），卢晖临的《通向集体之路——一项关于文化观念和制度形成的个案研究》（社会科学文献出版社，2015年版），常利兵的《西沟：一个晋东南典型乡村的革命、生产及历史记忆（1943—1983）》（商务印书馆，2019年版），马维强的《双口村：集体化时代的身份、地位与乡村日常生活》（中国社会科学出版社，2018年版），〔美〕弗里曼、毕克伟、赛尔登的《中国乡村，社会主义国家》，陶鹤山译（社会科学文献出版社，2002年版）等。

[2] 近年来文学研究界围绕"社会史视野"的笔谈主要有两次，一次在《文学评论》2015年第6期，参与者有程凯、何浩、萨支山、刘卓；另一次在《文学评论》2020年第5期，参与者有吴晓东、倪伟、倪文尖、姜涛、铃木将久。本节的讨论主要基于这两次笔谈。

[3] 如程凯的《"深入生活"的难题——以〈徐光耀日记〉为中心的考察》（《中国现代文学研究丛刊》2020年第2期）、《"再使风俗淳"——从李双双们出发的"集体化"再认识》（《文艺理论与批评》2020年第5期），萨支山的《喜看稻菽千重浪，遍地英雄下夕烟——重读〈山乡巨变〉》（《文艺争鸣》2020年第5期）等。

实等)的位置。在倪伟看来,"文学实践本身即构成为历史的一部分"[1];周维东则提出了"作为社会史一部分的文学史",并对以往将社会史作为文学史"辅助材料"、"过于侧重'文学'主体性"的研究提出了反思:"这种思路突出了'文学史'的独特性,但并不科学,因为它太过强调了文学在社会中的中心地位,反而让'文学史'脱离了它的历史语境。反思一个问题:文学在社会中一定居于中心地位吗?"[2]在马克思主义的理论体系中,文学只是上层建筑的构成部门之一,同属上层建筑的还有政策、法规、宗教、思想、制度等,文学在其中确实不处于中心地位。因此,对于本书论及的秦兆阳等或多或少带有"文学中心主义"思想的作家和研究者而言,周维东的反思是一个有力的警醒。在笔者看来,研究者不仅应该清醒地意识到"文学在社会中不一定居于中心地位",而且更应该在文学居于中心地位的某些特殊时段保持足够的清醒和谦卑,赵树理记得一位领导同志说过:"上甘岭战役中牺牲的英雄们不一定人人都出名,可是写《上甘岭》的人却出了名,为战斗牺牲生命的人反而没有写一篇文章的人出名。"[3]文学研究者在面对这样的情境时不应得意忘形,而应感到不安和忧惧。

社会史确实不应成为文艺作品的注脚,但周维东的研究却在客观上"将文艺作为另一种社会史材料或社会史研究的注脚"[4],这就走到了另一个极端。不少文学研究者对此深表担忧,如吴晓东指

---

[1] 倪伟:《社会史视野与文学研究的历史化》,《文学评论》2020年第5期。
[2] 周维东:《"英模制度"的生成:历史塑造与文学书写》,《励耘学刊(文学卷)》2014年第2期。
[3] 赵树理:《戏剧为农村服务的几个问题》(1963年10月),《赵树理全集》第六卷,大众文艺出版社,2006年版,第182页。
[4] 路杨:《"劳动"的诗学:解放区的文艺生产与形式实践》,北京大学博士论文,2017年,第15页。

出:"文学有日渐沦为史学的婢女的迹象",为此有必要重新强调文学迥异于一般社会史材料的特殊性,强调"审美之维""形式之维"等属于文学"自身的逻辑"[1]。但在纠偏过程中,研究者们似乎又在不知不觉间重新向"文学中心主义"靠拢,如倪文尖提出研究要回到"以文本为本"的思路中来[2],吴晓东则强调:"从文学文本出发,最终仍要回归或者落实于文学作品,而不是诉诸社会学或者历史学文本。"[3]这样一些说法对于捍卫文学学科的主体性和尊严感是必要的,但却有可能在"回归"文学本位的过程中丧失向历史纵深处进一步开掘的机会。比如在处理文学与政治的关系时,文学研究者往往会强调:"文艺工作自身的生产性与实践性使其无法停留在对革命政治单纯配合的位置上,而是势必要走得更远","许多政治实践无暇顾及、意识不到或难以处理的问题,经由一种'实践的诗学'得以在形式世界中被把握、呈现和翻转,从而转化为一种可供社会实践汲取的、政治想象力与文化想象力的来源。"[4]这样的研究路径充分彰显了形式和诗学的意义,强调了文学之于政治的独特性和超越政治的能量所在,显然是以文学作为最终落脚点的。但这一思路或许忽略了一种完全相反的情况,即很多问题可能是文学实践"无暇顾及、意识不到或难以处理的",甚至是文学实践刻意遮蔽和掩盖的,这时某些政治论述或社会史材料反而要比文学"走得

---

[1] 吴晓东:《释放"文学性"的活力——再论"社会史视野下的中国现当代文学研究"》,《文学评论》2020年第5期。

[2] 倪文尖:《文本、语境与社会史视野》,《文学评论》2020年第5期。

[3] 吴晓东:《释放"文学性"的活力——再论"社会史视野下的中国现当代文学研究"》,《文学评论》2020年第5期。

[4] 路杨:《"劳动"的诗学:解放区的文艺生产与形式实践》,北京大学博士论文,2017,第14、17页。

更远",甚至能够洞穿问题的核心。在这种情况下如果仍然强调研究要落脚于"文学",反而无益于问题的解决。

因此在本书讨论的问题面前,我们不应再拘泥于学科壁垒或文学与历史的主从关系,而应在平等的基础上寻找一种让双方实现"互助合作"的研究方案。陈寅恪在《元白诗笺证稿》等著作中运用的"诗史互证"法或可为我们提供一些思路。"诗"与"史"之所以可以互证互补,不仅因为白居易本人有"文章合为时而著,歌诗合为事而作"的名言,更因为传统士大夫本身就兼有"文人"和"居官者"这双重身份,他们的"文学创作"与其政治身份、政治作为有着密不可分的联系。据阎步克的观察:"在英语中,'士大夫'一词的译法有scholar-official(学者-官员)、scholar-bureaucrat(学者-官僚)、literati-officialdom(文人-官员)等。"来自不同历史文化传统的"旁观者"似乎在士大夫的双重身份这一点上看得更为透彻清晰,而这双重身份也为"诗"与"史"的互证提供了基础和前提。

在阎步克看来:"现代社会的重大特点之一,便是社会分化与专门化,由之知识分子与职业官僚之间发生了制度性的高度分离,知识界与政治建制判然两分了。"[1]通常的文学史叙述也会把近代以来,特别是科举制度废除之后的"社会分化与专门化"作为"现代文学三十年"的开端和前提。这样一来,基于双重身份的"诗史互证"还能否适用于现当代文学研究呢?答案依然是肯定的,"社会分化与专门化"固然是大势所趋,但并没有真正把每一个个体都规约到单一身份之中,不仅五四时期的弄潮儿们大多有着双重乃至多重身份,1920年代以来此起彼伏的社会运动与社会革命,都让作家

---

[1] 阎步克:《士大夫政治演生史稿》,北京大学出版社,1996年版,第5、6页。

和学者们不可能安居于象牙塔内完全不问世事。在抗战爆发之后，特别是在解放区的政治文化实践中，作家和知识分子都被明确要求能够胜任不同领域的工作，正如路杨观察到的那样："解放区的文艺生产机制在文学家与艺术家的身份定位和存在方式上，构造出一种在'创作者'/'工作者'之间的统一性。"[1] 到了土改与合作化运动中，"创作者"与"工作者"合一的情况更加普遍，如萨支山所言："许多作家是以文学实践的方式来从事政治和社会实践，甚至本身就是政治和社会的实践者……对于他们那一代作家来说，政策、生活、文学之间的差别和距离，并没有今天我们所认为的那么大，它们交融、交汇的地方要远大于它们的差异。他们投身到土改、合作化运动这样巨大的社会改造实践中，是在动态之中来理解生活的，因而政治、政策对于他们来说，就不是一个外在于生活的存在，而是蕴含着变化的生活，或者说政治是溶解在他们的生活和心灵中。"[2] 这意味着，"诗史互证"法对于本书将要讨论的合作化时期同样行之有效。本书各章选择的关键词如"骨干""典型""动员""深入生活"等就既是工作问题又是创作问题，能够比较有机地把农业合作化与文艺生产结合起来。

当然，合作化时期的历史环境与传统社会已有了很大的不同，本书的"诗史互证"所针对的历史主体已不再是，也不可能是帝王将相，而主要是深入到群众中的文艺工作者和基层干部们，他们的创作实践与工作实践与占中国人口绝大多数的群众密不可分。更进一步地，本书还将"群众"本身纳入讨论，因为他们在合作化时期

---

[1] 路杨：《"劳动"的诗学：解放区的文艺生产与形式实践》，北京大学博士论文，2017年，第17页。

[2] 萨支山：《"社会史视野"："当代文学"研究的一个切入点》，《文学评论》2015年第6期。

不仅积极投身于农业生产，而且发挥自身的创造力写出了属于自己的"诗"（新民歌）与"史"（公社史），同样兼具了生产者与创作者等多重身份，展现出当家作主的自豪感。这不仅可以打破既有的"社会史视野"以作家作品为中心的研究格局，又将呈现出比传统的"诗史互证"更为丰富和整全的社会历史图景。

二

"创作者"与"工作者"合一的身份为文学与历史的彼此敞开打下了基础，但这并不意味着文学与历史的边界就可以彻底消泯。如吴晓东所言："文学与历史的关系其实是互为镜像的关系，文学这面可以携带上路的镜子中自然会映射出历史的镜像，但镜像本身显然并非历史的本原，而是历史的形式化，历史的纵深化，乃至历史的审美化。历史中的主体进入文学世界的过程也是一个在文本中赋型的过程。"[1] 如果研究要以探寻历史"本原"为目的，那就有必要对包括"赋型"在内的文学生产过程进行探究。比如从人物原型到文学形象的过程，就是一个很容易理解的"赋型"过程，《创业史》中梁生宝的原型王家斌身上就有一些缺点，而在他"成为"梁生宝之后，这些缺点就消失了。若以"历史真实"的标准来看，王家斌无疑比梁生宝更"真实"，更接近"本原"；但若以社会主义现实主义"本质真实"的标准来看，梁生宝同样是真实的，至少他真实地反映了社会主义时期的一种理想人格。因此，对文学生产过程的探究其实是一举两得甚至一举多得的，它在帮助我们接近"历史

---

[1] 吴晓东：《释放"文学性"的活力——再论"社会史视野下的中国现当代文学研究"》，《文学评论》2020年第5期。

真实"的同时，又可以使我们了解当时的"文学真实""心理真实"等多个层面的"真实"。

将人物塑造的过程扩大到文学对社会生活的组织过程，其中的生产机制将更为复杂、缠绕。它将不仅受到既有的文学传统、作家"深入生活"的程度、作家对政策和生活形成的主观认识等因素的影响，还将受到来自领导干部、批评家、读者等主体的干预和质询。《槐树庄》从话剧到电影的改编过程就体现了作家对批评声音的吸纳，《花开第一枝》的出版过程则更清晰地呈现出了作家与领导对于"真实"的不同认识。需要说明的是，这种干预和质询不一定发生在作品形成之后，而可能因为对其他作家作品和作家本人此前作品的评判而将影响施加在作家创作之前。周立波的《山乡巨变》就是在吸收《暴风骤雨》《铁水奔流》等作品的创作经验和教训的基础上，结合作家本人对民族形式和现实政治中"动员结构"的独特理解，而形成的具有某种整全性质的文学世界。

然而借助大量史料的考辨，我们发现《槐树庄》《山乡巨变》等作品都在有意无意之间掩盖和遮蔽了当时存在的诸多社会矛盾和问题，这就暴露出了文学在组织和构造"整体性世界"时的某种选择性、局限性和症候性。但这并不意味着史料的正确性就是不证自明的，与文学揭示的"本质真实"和"客观真实"相似，社会史家也在史料的梳理中区分出了"表达性现实"与"客观性现实"[1]。在光滑整全的"表达性现实"面前，同属于"表达"的文学反而可能更"有能力处理或者储藏那些为进步话语或政党政治所遗落的碎

1　参见黄宗智：《中国革命中的农村阶级斗争——从土改到文革时期的表达性现实与客观性现实》，《中国乡村研究》第2辑，商务印书馆，2003年版。

片化经验"[1]，揭示世道人心的细微之处，如《创业史》中自私保守的梁三老汉、《山乡巨变》中眷恋土地的陈先晋等人物形象都能帮助我们打开一些光滑的历史描述（如"贫农对合作化运动最积极"等）中存在的褶皱甚至阴影，从而使我们更接近了当时的某种"客观性现实"。可以看出，文学文本和历史文本各有长处也各有局限，把二者放在平等的位置上相互补充相互校正，虽不一定能呈现出全部的真实，但至少可以让我们更接近真实。

第三节　问题结构与章节述要

本书之所以没有选择1949年或1951年作为研究的时间上限，是因为关于互助合作的思想、实践以及文学生产等，均在1949年之前就已经得到了非常充分的讨论和展开。在海外学界对近现代中国历史文化的研究中，柯文率先提出了"打破'1949年'的障碍"[2]的观点。弗里曼、赛尔登等学者在研究饶阳县五公村农业合作化进程的专著《中国乡村，社会主义国家》中也指出："不能把1949年和人民共和国的成立看做与过去彻底决裂，即旧秩序的结束和新秩序的开端。"[3] 中国研究农业合作化的学者们同样注意到："建国之后中国共产党施政的政治、经济、军事、文化等路线方针政策在互助组时期都已有了雏形，我们不能人为地以1949年为界

---

[1] 刘奎：《作为方法的"文学性"》，《读书》2014年第8期。

[2] Paul A. Cohen,: "The Post-Mao Reforms in Historical Perspective", *Journal of Asian Studies* 47: 3 (August 1988), p.519.

[3] 〔美〕弗里曼、毕克伟、赛尔登：《中国乡村，社会主义国家》，陶鹤山译，社会科学文献出版社，2002年版，第8页。

将其拦腰截断。"[1]事实上，早在1959年编写《中国农业合作化运动史料》时，1949年之前新民主主义革命时期的史料就被广泛取用。因此，本书的讨论将从1943年毛泽东发表《组织起来》的那次劳动英雄大会讲起。虽然各章触及的时段都将横跨1940—1960年代，但各章的核心问题仍有时间线索可循：第一章开始于《组织起来》讲话与互助组时期，第二章以典型试办与初级社时期为主，第三章以合作化加速与高级社时期为主，第四章以高级化后两条道路的"大辩论"时期为主。

本书各章涉及的主体受到蔡翔《革命/叙述》第二章《动员结构、群众、干部和知识分子》的启发，但本书的论述不会停留在对各主体的静态描述上，而是试图把每一种主体放在动态的历史进程中，放在与其他主体的关系中进行考察，进而在整体框架中再现"组织者"经由"动员结构"把"群众"组织起来进行农业生产的全过程。而"知识分子"（主要是作家和文艺工作者）虽然也有亲自担任合作化"组织者"的情况，但更多的是在运动的外围起辅助作用，在政治上完成打通思想与宣传动员的任务，在文学上完成塑造"典型"和书写合作化历史的使命。

循此，在导论和结语之外，各章概要如下：

第一章　作为"骨干"的组织者。1943年，毛泽东在劳动英雄大会上发表《组织起来》讲话，号召劳动英雄们把群众组织到合作社里来。1945年，毛泽东要求劳动英雄发挥"带头""骨干""桥梁"三种作用。这意味着劳动英雄们不能仅有较强的生产能力，更

---

[1] 行龙：《开展集体化时代的中国农村社会研究》，行龙主编：《回望集体化：山西农村社会研究》，商务印书馆，2014年版，第7页。

要有组织、领导和管理的能力。从《种谷记》到《创业史》，柳青呈现出了"劳动英雄"成为"合作社英雄"的艰难历程；与王加扶不同，梁生宝在作为建社骨干的同时，也成为了小说的中心人物。随着初级社转高级社，社干部又遇到了麻烦，柳青笔下的狠透铁就自认无法胜任这繁重的事务。当时的典型经验提倡社主任要摆脱"事务主义"，"不要单靠积极带头"，文艺作品也大多歌颂记忆力强、"精雕细刻"的社干部，都没能解决狠透铁的问题。与每部小说只反映一个时段的柳青不同，胡可在他的剧作《槐树庄》中反映了从土改到人民公社成立之间长达十多年的历史，剧中的主人公郭大娘从未"退坡"，也从未被困难吓倒，而是在每一个阶段都处在时代前列，成为一个"不断革命"的"新人"。然而在很多同类形象的参照之下，郭大娘似乎也没有那么"新"。新中国作家在新人塑造上一直难以克服公式化概念化的难题，这也要求作家自身的"不断革命"。

第二章 "典型示范"与书写"典型"。1956年，《文艺报》开设"关于典型问题的讨论"专栏，讨论者多以反映农业合作化的作品为例，探讨公式化概念化的成因。其中关于"共性"与"个性"的关系，"统计平均数""无冲突论"等方面的讨论，都对文学典型的塑造提出了诸多意见和建议。而在现实政治中，中共一直把"典型"作为推广运动的有力手段。在农业合作化运动初期，"典型示范"一直是行之有效的工作方法，有着大量人力物力投入的"典型社"也吸引着诸多文艺工作者来参观访问。王林领衔的"五公人民公社史编写组"编写的《花开第一枝》就以《史记》列传的形式让"典型社"得到了文学表现。然而仅把目光集中在"典型社"上是危险的，这很容易让人忽视了造成"典型社"的特殊条件。海默的

《洞箫横吹》就反映了"典型社"周边的农村因为缺乏政府投入而落入的"灯下黑"的境地。

第三章 思想教育与动员结构。在组织者把群众动员入社的过程中,最重要的环节就是"打通思想",通过经济利益的计算和比较吸引农民加入合作社,只是最表面的思想工作。农业合作化运动试图破除和改造的是农民头脑中根深蒂固的"资本主义思想",文艺作品对这种"思想改造"的反映很多,但"入社"往往并不意味着农民头脑中"资本主义思想"的消失,与此同时,农民头脑中"封建思想"的"残余"也处在非常暧昧的位置。对农民的动员和思想改造不仅仅是文学书写的内容,也改变了文学书写的形式,蔡翔即认为,"动员"这样的"社会政治结构"催生了"'动员—改造'的小说叙事结构"。[1]周立波的《山乡巨变》就呈现出一种"自上而下"的结构样态,但这种状态被诟病为没有反映出"贫农的积极性",而真正反映贫农"自下而上"建社积极性的《洞箫横吹》又因没有反映"党的领导"受到了更多的攻击。胡正的《汾水长流》就有意在"党的领导"和"贫农积极性"之间进行平衡,从小说到话剧到电影,贫农王连生的形象不断突出,最后与党支书郭春海形成双峰并峙的格局。在互助合作运动中,文艺作品常常要直接承担起现实中的"动员"和"改造"功能。戏剧、曲艺、广播、电影等形式对于广大不识字的农民而言都是有效的动员和教育手段,然而不少作品的接受效果并不理想,也折射出为农村服务的作品质量参差不齐的状况。

---

[1] 蔡翔:《革命/叙述:中国社会主义文学—文化想象(1949—1966)》(第2版),北京大学出版社,2018年版,第75页。

第四章　社会再生产中的农村"群众"。"群众"是农业合作化运动的主体部分，社会主义经济建设的任务必须依靠他们的辛勤劳动才能完成。在集体生产的过程中，农民们不仅通过集体劳动呈现出一种新的"美感"，还通过"集体创作"发出了自己的声音。然而在"生产"之后的"分配"环节，群众产生了"增多了粮食是不是我们的呢？"一类的疑问。尽管毛泽东、赵树理等人对群众的瞒产私分给予了支持或同情，但绝大多数作家和领导干部都对瞒产这种"本位主义"的做法提出严厉的批评。因分配不公导致的退社风波在文艺作品中往往被党支部召开的社员大会所化解，群众纷乱的语言在一场场会议中被重新整合为统一的声音。

第五章　"深入生活"与文艺形式。新中国成立后，中共中央多次组织文化工作人员下乡考察，但包括秦兆阳在内的很多人似乎只是把农村"知识化""风景化"，未能真正深度介入农村的具体工作中，呈现出一种旁观和"浮游"状态。1952年，《人民日报》发表纪念《讲话》十周年的社论，号召"一切有创作才能、有创作经验的文艺工作者""深入生活，从事创作"[1]，各种文艺期刊上开始陆续出现作家们深入生活的实例，虽然徐光耀等作家在"生活"和"创作"上遭遇了重重困境，但还是有很多作家在深入过程中不断克服困难，努力创造真正为农村群众喜闻乐见的新形式。与此同时，农村群众在对生活"新样式"的体认中获得了灵感，发挥自己充沛的热情和想象力，创造出了令职业作家都叹为观止的新形式，在整个20世纪中国文学史中留下了不可磨灭的一笔。

1　《人民日报》社论：《继续为毛泽东同志所提出的文艺方向而斗争——纪念毛泽东同志的〈在延安文艺座谈会上的讲话〉发表十周年》，《人民日报》1952年5月23日。

第一章
作为"骨干"的组织者

第一节 从"劳动英雄"到"合作社英雄"

一

1943年11月,中共中央招待陕甘宁边区从农民群众、工厂、部队、机关学校中选举出来的劳动英雄,毛泽东在大会上发表了题为"组织起来"的讲话,阐明了组织合作社,开展集体生产的重要意义。在讲话的结尾,毛泽东向劳动英雄们发出号召:"各位劳动英雄和模范生产工作者,你们是人民的领袖,……我希望你们……领导人民,领导群众,把工作做得更好,首先是按自愿的原则把群众组织到合作社里来,组织得更多,更好。"[1]在表彰劳动英雄的同时,大会其实对他们提出了新的要求和期许。

大会过后,劳动英雄们回到各自的家乡,积极开展组织工作,其中就包括靖边县新城区五乡民办合作社主任田保霖。[2] 1944年6

---

[1] 毛泽东:《组织起来》,《毛泽东选集》(一卷本),第889页。
[2] 欧阳山:《活在新社会里》,《延安文艺丛书》编委会编:《延安文艺丛书·报告文学卷》,湖南人民出版社,1984年版,第191页。

月30日发表在《解放日报》上的两篇报告文学作品——欧阳山的《活在新社会里》和丁玲的《田保霖》主要描述的，正是田保霖在劳动英雄大会后组织妇纺工作的过程。田保霖造了两百多架纺车，找到一位会纺线的难民邹老太婆，由她带着纺车到各家各户开展教学，"在三个月中教会了卅五个。田保霖又要这卅五个再教人"[1]。这样一来，靖边广大的农村妇女就被组织起来，参与到了纺织生产活动中。毛泽东读到这两篇文章后非常兴奋，立即致信丁玲和欧阳山："你们的文章引得我在洗澡后睡觉前一口气读完，我替中国人民庆祝，替你们两位的新写作作风庆祝！合作社会议要我讲一次话，毫无材料，不知从何讲起。除了谢谢你们的文章之外，我还想多知道一点。"[2] 已有的研究或出于文学研究的惯性，多关注到"新写作作风"的提法，并据此认为"对于《田保霖》和《活在新社会里》而言，重要的不是写了什么，而是怎么写的"[3]。但这些研究往往忽略了毛泽东的后一句话——在准备合作社讲话毫无材料之时，丁玲和欧阳山的文章其实起到了"救急"之效。因此，更令毛泽东兴奋的或许不是形式而是内容，在几天后召开的合作社会议代表招待会上，毛泽东再次强调了要"通过合作社把全边区的人民组织起来"，并着重谈了"动员三十万人参加纺织完成卅二万匹大布"的事例。会后，毛泽东特别接见了刘建章、张丕元、侯生玉、张清益、田保霖等十六位代表，他们中的绝大多数都是参加过1943年

---

1 丁玲在报告文学作品《田保霖》中写道："到十二月，田保霖先生到三边开了劳动英雄大会回家，便在庄上召开会议，讨论妇纺的工作。"（见丁玲：《田保霖》，《解放日报》1944年6月30日。）
2 毛泽东：《给丁玲、欧阳山的信》，《毛泽东文集》第三卷，第177页。
3 路杨：《"劳动"的诗学：解放区的文艺生产与形式实践》，北京大学博士论文，2017年，第137页。

劳动英雄大会的"劳动英雄",但这次他们有了另一个称号——"合作社英雄"[1]。

因为成功组织合作社而当选为"劳动英雄"的田保霖等人,此次获得"合作社英雄"的光荣称号显得非常顺理成章。特别是对于刘建章而言,"合作社英雄"已经不是什么新鲜的荣誉,早在1943年劳动英雄大会之前,他领导的延安南区合作社就已经成为整个解放区的榜样。莫艾专门写过以刘建章为主人公的报告文学《刘主任》,文章一开头就以醒目的大号字印着毛泽东的题词:"合作社的模范——书赠刘建章同志。"[2] 1946年,欧阳山在小说《高干大》的结尾也提到了刘建章的南区合作社:"毛主席曾经指出来:南区合作社的方向是全边区合作社的方向,是正确的方向。大家研究一下,发现高干大的任家沟合作社,和刘建章的南区合作社比较,虽然规模小些,可是在基本方向上,在群众观点上,在工作作风上,都是一样样的。"[3] 刘建章的南区合作社是一座"包括生产合作、消费合作、运输合作(运盐)、信用合作的综合性合作社"[4],而《高干大》中的任家沟合作社几乎与它一模一样。1944年秋,欧阳山曾到延安南区合作社体验生活,并担任助理会计,可以说,他笔下的任家沟合作社就是以刘建章的南区合作社为蓝本"建"起来的,小说的主人公高生亮扮演的就是刘建章的角色——他首先在群众的启发下建立了医药合作社,后来又建立了纺织工厂,发明了包交救国公债、包公盐、包公粮等办法,不仅便利了群众,而且使

---

[1] 《发展边区经济文化中共中央招待合作社代表》,《解放日报》1944年7月4日。

[2] 莫艾:《刘主任》,《解放日报》1943年2月13日。

[3] 欧阳山:《高干大》,人民文学出版社,1960年版,第211页。

[4] 毛泽东:《组织起来》,《毛泽东选集》(一卷本),第886页。

合作社的资本得到了有效的集中和扩充[1]。在小说中的区委书记赵士杰看来,这种做法就是"逐渐地把个体经济组织起来,使他们慢慢变成集体经济。……合作社一方面发展自己,一方面帮助那些个体经济发展,再转回来又使自己向前更进一步发展。这样才能达到咱们的目的,——高生亮正是这样做的"[2]。最后一句的强调,等于确认了高生亮在任家沟经济组织中的核心地位,而从小说形式的意义上讲,高生亮同样在小说的整体结构中居于核心位置,正如竹可羽所言:"这个具体的人物就是这本小说的中心主题,至少作者的企图是如此。因为高干大贯穿着全书,是全书每一个活动,每一个斗争的核心。"[3]不仅在合作社业务上,高生亮还在反官僚主义、反巫神等斗争中发挥了关键的作用,尤其是在小说最后捉拿巫神的斗争中,高生亮虽然只被分配了一件"可有可无的任务"[4],但他还是执拗地出现在了斗争现场,在和郝四儿的搏斗中身负重伤。有研究者即认为,欧阳山塑造高生亮的方法接近于"欧洲现实主义式的、巴尔扎克式的个人英雄"[5],但高生亮与"巴尔扎克式的个人英雄"最大的区别在于他时刻依靠群众。小说第四章特别引入《联共(布)党史》对希腊神话中英雄安泰故事的解读:"也正好似安泰一样,布尔什维克之所以强有力,就是因为他们与自己那生育、抚养和教导了他们的母亲,即群众,保持着联系。而只要他们与自

---

[1] 延安南区合作社主任刘建章在说服准备开铺子的高其贵时提到:"大家合作起来,力量就大了。"(见莫艾:《刘主任》,《解放日报》1943年2月13日。)
[2] 欧阳山:《高干大》,第103页。
[3] 竹可羽:《评欧阳山的"高干大"》,《论文学与现实的关系》,作家出版社,1957年版,第36页。
[4] 欧阳山:《高干大》,第200页。
[5] 路杨:《"劳动"的诗学:解放区的文艺生产与形式实践》,北京大学博士论文,2017年,第227页。

己的母亲,与人民保持着联系,则他们就有一切可能依然是不可被战胜者。"高生亮虽然被故事里"古里古怪的名字"和"长长的句子"搞得一头雾水,但却凭借着自己的实际行动成了故事的最佳阐释者。小说结尾,高生亮在1943年的劳动英雄大会上获得陕甘宁边区的劳动英雄的殊荣[1],再一次呼应了合作社模范刘建章的经历。

二

斯大林在《论列宁主义基础》一书中写道:"列宁在他论合作制的论文中正确指示说:我们俄国的农业应当按新道路去发展,即经过合作社吸收多数农民来参加社会主义建设的道路,将集体制原则逐渐灌输于农业,起初灌输于农产品销售方面,然后灌输于农产品生产方面的道路去发展。"[2]上节所讨论的刘建章、田保霖以及虚构人物高生亮的合作社,虽然也会组织纺织生产,但主要业务还是偏重于"农产品销售方面"。在延安南区期间,欧阳山曾将刘建章的合作社命名为"供销合作社",新中国成立后,这个名称逐渐为全国各地广泛使用[3],因为它不仅全面而精辟地概括了这种合作社的业务范围,而且也便于和偏重"农产品生产方面"的农业生产合作社相区别。

在《组织起来》中,我们很容易发现毛泽东对"销售"与"生产"两种合作社的倾向——延安南区合作社等偏重"销售"环节的合作社在讲话中被一笔带过,毛泽东重点论述的是以"变工队""扎工队"为主要形式的偏重"生产"的合作社。同年毛泽东

---

1 欧阳山:《高干大》,第27、103页。
2 斯大林:《论列宁主义基础·列宁主义底几个问题》,人民出版社,1953年版,第60页。
3 靳尚君:《欧阳山在延安南区合作社》,《新文学史料》2004年第4期。

发表的《论合作社》所指更加明确:"如果不从个体劳动转到集体劳动的生产关系,即生产方式的改革,则生产力还不能获得进一步的发展,因此建设在以个体经济为基础的劳动互助组织——即农民的农业生产合作社,就是非常需要了。"[1] 毛泽东之所以更强调偏重"农产品生产方面"的农业生产合作社,不仅仅是因为受到列宁和斯大林观点的影响[2],更多的是由于边区财政、经济面临的严峻形势。

1939年,国民党开始加强对陕甘宁边区的军事封锁,1940年更是停发一切军费,切断边区与外界的物资联系。在物资极度匮乏的情况下,边区被迫开展自救性质的"大生产运动",部队、机关、学校的一切干部、学生和行政人员都要参加生产劳动。在"大生产运动"的氛围下,合作社职能的转变也势在必行,1940年12月4日,《抗战日报》发表社论《合作社应向生产方面发展》,指出:"晋西北的合作事业,……还没有跳出消费合作社的范围,发展的不普遍,商业化的倾向到处皆是,少数的合作社竟奸商化了,……长此发展下去,对于晋西北抗日根据地的巩固是有害的,向那里转变呢?应该向生产合作运动方面发展。"[3] 1942年冬,中共西北局召开高级干部会议,决定于1943年进行一年的生产运动,如何提高劳动生产率,实现增产增收,成为解决边区物资问题的关键。在高级干部会议的提倡下,"变工队"的劳动互助形式得到推广。据毛泽东的讲

---

[1] 毛泽东:《论合作社》,引自孙晓忠、高明编:《延安乡村建设资料》(二),上海大学出版社,2012年版,第116—117页。

[2] 毛泽东在《组织起来》中提到:"达到集体化的唯一道路,依据列宁所说,就是经过合作社。"毛泽东对合作社的不少观点即脱胎于列宁的论述。[参见毛泽东:《组织起来》,《毛泽东选集》(一卷本),第885页。]

[3] 《抗战日报》社论:《合作社应向生产方面发展》,原载1940年12月4日《抗战日报》,引自孙晓忠、高明编:《延安乡村建设资料》(二),第15页。

话反映，1943年"边区有许多变工队，实行集体的耕种、锄草、收割，收成比去年多了一倍"[1]。这让中共中央看到了劳动互助与生产合作事业发展的前景。1944年，朱德在边区合作社联席会议上再次呼吁："合作社要向生产方面发展！……生产在合作社中还没有提到第一位，因此要努力做到生产为主，消费为辅。合作社不仅要注重资金的集结，并且特别要重视把劳动力组织起来发展生产。"[2]

受此氛围影响，文艺作品中也开始陆续出现互助组与变工队的形象。欧阳山在《活在新社会里》的结尾其实已经提到了变工队，但这里的变工队与田保霖的合作社仍属于两个不同的系统。《高干大》的情况与此相同，只是更进一步地交代了二者的关系：由合作社"借给变工队一些资本，还尽力给变工队调剂种籽粮食，帮助解决农具困难，穿衣困难等等"，至于变工队具体的组织形式、人员构成和生产环节则完全由变工队长负责。由于小说以高生亮为中心，所以变工队在《高干大》中只被零星地提及，但叙事者特别指出：变工队长董成贵和茆克祥都是"本村种庄稼的好把式"[3]，这就点出了成为变工队组织者的条件之一——具备丰富的生产经验和生产技术。

在1943年的劳动英雄大会上，像刘建章、田保霖那样以合作社主任的身份当选的并非主流，多数的劳动英雄是真正凭借"劳动"能力当选的，代表人物是吴满有。吴满有在大生产运动中脱颖而出，报上对他报道最多的，是他早起晚睡、深耕细作、勤于锄草

---

[1] 毛泽东：《组织起来》，《毛泽东选集》（一卷本），第886页。

[2] 《合作社要向生产方面发展》，原载1944年6月28日《解放日报》，引自孙晓忠、高明编：《延安乡村建设资料》（二），第245页。

[3] 欧阳山：《高干大》，第155、156页。

上粪、不违农时等劳动经验。可以想见，由这样的劳动英雄担任变工互助的组织者，有利于生产经验和技术的推广，从而实现更大范围的增产增收。不过，生产能力只是成为合格组织者的诸多条件之一，缪文渭在剧本《生产互助》中就借村长之口列举了担任互助组长的几个条件："对生产，富有经验，做事积极要加油。能计划，会分工，记工算账要合理，要认识字，写清账目，什么困难都不愁。"根据这些条件，特别是"对生产有经验，又积极"[1]这一条，旧式富农毛二杠子当选。互助组成立后，毛二杠子排工极不合理，总是让组员多给自己干活，又不愿出借耕牛和生产工具，引起组员的不满，互助组只好解散。在随后的整顿会议中，指导员重申了当组长的几个条件："当组长等于当家人一样，出点子想主张，生产要内行，会计划，会分工，算账要公平、合理。"又特别补充了如下内容："不讨小尖，做事带头干，吃苦在先，讨便宜在后，有小意见，随时说服，有问题随时开会解决，配备人工要公平合理，又不能死板。"这显然是针对毛二杠子及其领导期间出现的诸多问题而补充的。根据新的条件，新式富农杨玉明当选，他"忠实朴素""肯吃亏，能忍耐，对新政权有认识"[2]，而且热心帮助组员生产。在他的组织和领导下，生产互助事业终于取得了成功。

从《生产互助》中组织者的变更可以看出，组织变工队主要考验的已不仅仅是生产的经验技术和勤劳能干的品质，而更多的是组织和领导生产的能力。1944年7月，边区政府就指出劳模必须是"边区各项建设事业中的积极组织者与各项政策的彻底执行者，而

---

[1] 缪文渭：《生产互助》，生活·读书·新知三联书店，1950年版，第32页。
[2] 缪文渭：《生产互助》，第99、9页。

且在人民大众中有威望、有信仰、为人民大众所公认的英雄与模范人物"。[1]有不少劳动英雄是两方面的能力和品质兼而有之的,根据赵超构观察:"(延安)有几位劳动英雄,不仅是有经验的农夫,并且被证明是很好的行政人员。"[2]还有一些人本身就是凭借组织变工队、互助组而当选为劳动英雄的,如山西平顺的郭玉恩:"在生产组织中,一九四三年组织互助组,次年即被选为前晋冀鲁豫边区劳英会的劳动英雄,并在以后逐年继续当选为出席县劳模会议之劳模。"[3]但对于多数只具备较强生产能力的劳动英雄而言,向"合作社英雄"的跨越就没么容易了。柳青在工作时就观察到:"许多人斗地主,捉特务的时候,敢说敢干,有办法;他们就对领导互助组发愁。"连重点组长刘远峰也是"远远地看见我就躲,……他痛苦地发誓说人心不一,他这辈子再也不闹这事了"[4]。柳青的《种谷记》就详尽地记述了劳动英雄王加扶在担任农会主任,组织群众参加变工的过程中遇到的重重困难。首先是村中"顽固"分子过多的问题,最让王加扶感到头疼的是行政主任王克俭——每当一件工作任务布置下来,王加扶想起王克俭"便灰了心,好像已经宣告了失败"。值得注意的是,王克俭也曾获得过精耕细作的奖状,即使算不上"劳动英雄",至少也可以称得上"种庄稼的好把式",然而"他不仅不变工,不领导,甚至连会也不来开"[5]。王克俭过去不是

---

[1] 转引自中共陕西省委党史研究室:《中共中央在延安十三年史》(上),中央文献出版社,2016年版,第647页。

[2] 赵超构:《延安一月》,南京新民报社,1946年版,第208页。

[3] 赵树理:《郭玉恩小传》(1952年),《赵树理全集》第四卷,大众文艺出版社,2006年版,第125页。

[4] 柳青:《灯塔,照耀着我们吧!》,《柳青小说散文集》,中国青年出版社,1979年版,第11、9页。

[5] 柳青:《种谷记》,新华书店,1949年版,第19、16页。

没有参加过变工,但却总是看不起和自己一起变工的穷人,后来因为用驴的事和穷人起了争执,他就对变工彻底失去了兴趣。毛泽东曾在大会上提醒过劳动英雄们:"你们有许多的长处,有很大的功劳,但是你们切记不可以骄傲。你们被大家尊敬,是应当的,但是也容易因此引起骄傲。如果你们骄傲起来,不虚心,不再努力,不尊重人家,不尊重干部,不尊重群众,你们就会当不成英雄和模范了。过去已有一些这样的人,希望你们不要学他们。"[1] 王克俭的骄傲使他在王家沟的名声一落千丈,小说对他劳动奖状的描写也充满了讽刺意味:"三四年以前区上给他发过一张奖状,……苍蝇在上面落屎已经落得不像话了,……像符咒一样长年挂在那里。"但是,王克俭不仅没有悔改之意,反而"赌气要和变工队比,每天也耕一垧,借以说明他们虽不参加变工队,也并不比旁人少耕"[2]。这样一来,村中的"生产能手"出于对自己劳动能力的自负,反而成为了变工互助的最大阻力。小说以王克俭一家的生活和王克俭的心理活动开头,意味着王克俭对变工的态度将成为小说叙述的矛盾焦点,正如李健吾所言:"(小说)主要的是以王克俭来写变工队组织得怎样了。"在李健吾看来:"(小说)主题是集体安种,主要是如何组织集体安种,重心落到如何组织上。十九家是犹豫的,如何组织这十九家,主要是如果行政能起带头作用,别家就好办了,但'行政'是个人主义的。"[3] 这使得王加扶的工作将变得非常艰难。

在王克俭之外,最让王加扶感到手足无措的是村里人参差不齐的情况:

---

[1] 毛泽东:《必须学会做经济工作》,《毛泽东选集》(一卷本),第915页。

[2] 柳青:《种谷记》,第5页。

[3] 巴金、李健吾等:《〈种谷记〉座谈会》,《小说》月刊1950年第3卷第4期。

王加扶奇怪人真是千般万种，维宝是这样，而福子又是那样。干部里尚且如此，群众中更是多种多样了……王存发、王加福、行政、存恩老汉、老雄……各人以各人的姿态活动、说话和思想着！……他觉得王家沟这么一个小村落都有点拿不下来了。[1]

令王加扶无法掌控的各种各样的"活动、说话和思想"在小说中得到了充分的呈现，有研究者据此认为："柳青借此呈现出了乡村中各种各样不同的声音，也在一定程度上构成了某种有限度的'复调'性（或'伪复调'性）。……'组织起来'本身存在的困境造成了小说叙事必须不断转换作为中心的视点人物。"[2]但事实上，"不断转换作为中心的视点人物"的写法其实是柳青有意为之，柳青在晚年回忆道："我发现许多古典名著运用一个共同的手法，就是每个章节从一个人物的角度来发展情节和描写细节。……我从写《种谷记》时就懂得这种手法。"而且，在更为成熟的经典之作《创业史》中，柳青依然使用了"每一个章节用一个特定人物的眼光完成"[3]的手法，并把它视为自己的成功经验。因此，小说的叙事手法与"组织起来"的困境无关。然而《种谷记》中"有限度的'复调'性"依然存在，关键的原因其实在于柳青未能在小说中塑造出类似于高生亮那样的核心人物，叙事者的倾向性亦较为隐蔽，极少跳出来干预叙事、表明态度的情况。

---

[1] 柳青：《种谷记》，第171页。

[2] 路杨：《"劳动"的诗学：解放区的文艺生产与形式实践》，北京大学博士论文，2017年，第165—172页。

[3] 转引自刘可风：《柳青传》，人民文学出版社，2016年版，第160—161、179—180页。

三

1945年，毛泽东在陕甘宁边区劳动英雄和模范工作者大会上更进一步地阐释了劳模的三种作用：

> 第一个，带头作用。这就是因为你们特别努力，有许多创造，你们的工作成了一般人的模范，提高了工作标准，引起了大家向你们学习。第二个，骨干作用。你们的大多数现在还不是干部，但是你们已经是群众中的骨干，群众中的核心，有了你们，工作就好推动了。到了将来，你们可能成为干部，你们现在是干部的后备军。第三，桥梁作用。你们是上面的领导人员和下面的广大群众之间的桥梁，群众的意见经过你们传上来，上面的意见经过你们传下去。[1]

赵超构在《延安一月》中对一位劳动英雄的描述充分印证了劳动英雄在组织生产中的"带头作用"和"骨干作用"："他是见过世面的了，他自然成为农民中的首领，村长乡长，都要找他商量，县府有了贵宾，他得赶去陪客；开民众大会，他坐在主席台上，变工，纳粮，办合作社，办小学，他总是头一个出来说话。"[2]当在现实中发挥"骨干作用"的劳动英雄进入叙事文本时，评论家同样

---

[1] 毛泽东：《必须学会做经济工作》，《毛泽东选集》（一卷本），第915页。与毛泽东不同，太行行署在一份研究报告中不仅没有把劳动英雄视为干部的后备军，反而特别强调："不能把英雄当干部使用，也不能把英雄当成万能，而应认识劳动英雄就是在劳动这方面为大家的模范带动大家。"［见《太行行署对老区、新区、边沿区当前生产运动的检查和研究》（一九四六年），引自太行革命根据地史总编委会编：《财政经济建设》（下），山西人民出版社，1987年版，第1212页。］

[2] 赵超构：《延安一月》，第209页。

希望这位劳动英雄能够在文本中发挥出"骨干作用"。魏金枝在评价《种谷记》时即指出:"王加扶是本书的骨干",然而却"写得特别坏",没能达到《高干大》中高生亮的水准。魏金枝把原因归结为"性格不鲜明"[1],但另一位评论者竹可羽却能够清晰地概括出王加扶的性格:"这是一个异常熟悉王家沟,充满着工作热情,同时又是脚踏实地,能够掌握原则,有分别地对待人事的领导者。"[2]因此,问题的关键不在于"性格",而在于"能力"。除了对村庄中各种各样的"活动、说话和思想"无法掌控,王加扶因不善言辞而在作报告时总是让教员赵德铭代劳,在无形之中让渡了自己的话语权,这不仅意味着他无法在小说中成为权威的声音,更意味着他在现实政治中无法充分发挥其骨干作用。在第十五章,王家沟终于"组织起来"了,但行政主任王克俭却因听信谣言退出变工队,提前种谷,导致全村人心浮动,种谷变工队遇到了危机。王加扶反思到自己的"另一个更重大的缺点是太老实了,心眼太死板了,给行政当傻瓜一样骗了"。

王加扶在工作中的这些缺点,不仅使他无法掌控王家沟的局面,也使他难以担当起小说核心人物的重任;部分掌握着话语权的教员赵德铭,亦有着"性太强","只适宜于成功而不能遭受挫败"的弱点,后来受到程区长的批评;模范王存起"一不会写,二不会算"[3];"农会副主任残福子嘴巴太厉害,在斗争会上算得上一个好人手,但做起旁的工作,却嫌嘴残刻了一点;自卫军排长是维宝,

---

[1] 巴金、李健吾等:《〈种谷记〉座谈会》,《小说》月刊1950年第3卷第4期。
[2] 竹可羽:《评柳青的"种谷记"》,《论文学与现实的关系》,第49页。
[3] 柳青:《种谷记》,第265、266、302页。

三句话拉不对头，便和人家变脸……"[1]每个村干部身上或多或少的缺点都让他们无法成为小说的权威声音，以至于有研究者不无遗憾地指出："对某些人物身上的缺点，也有的写得过火了一些。象维宝的急躁，福子的挖苦人，特别是对他们的文化水平不高，说话粗鲁等缺点，还可以少写，甚至不写。"[2]

权威声音的缺席被部分评论者视为没有写出党的领导，如雪苇认为："《种谷记》的首先一个缺点，是没有写出党的作用，没有写出作为农村活动核心的农村支部底作用。"[3]周而复也指出："这书有一个基本弱点，是没有把党的领导贯穿在整个作品中……因前面写领导不够，只好在最末几章书里才提出程区长来代表赵德铭了。"[4]王克俭退出后，群众的议论把事情越闹越大，所有的村干部都束手无策，只好请上级程区长来解决。当程区长答应要来时，"王加扶好像把一个苦恼的负担交代给区长一样，立刻轻松了百倍"。[5]这种轻松感似乎也属于作者柳青，当叙述中的矛盾无法解决时，最简便的办法便是"空降"一位领导干部来处理。也只有在这时，小说中才出现了一个相对权威的声音。程区长到来之后不仅改选了行政主任，还把变工队再一次"组织起来"，使小说获得了一个"大团圆"式的结局。但这种解决方式非常可疑，茅盾在评价1960年的短篇小说时就一针见血地指出这种套路的毛病：

---

1 柳青：《种谷记》，第19页。

2 韩长经、徐文斗：《从〈种谷记〉到〈创业史〉》，《山东大学学报》1961年第1期。

3 雪苇：《读〈种谷记〉》，《论文学的工农兵方向》，第172页。

4 巴金、李健吾等：《〈种谷记〉座谈会》，《小说》月刊1950年第3卷第4期。

5 柳青：《种谷记》，第273页。

小说中安排这样一个人物好象只是为了故事发展的方便，也为了不能不写党的领导。支书或党委写不好（所谓写不好，主要是把应当是各有个性的支书或党委写成一般化），是相当普遍的现象，其原因之一恐怕是作家们下笔时不免矜持太过，而又一原因大概是作家们总以为不能不把支书或党委放在解决问题的关口，因而支书或党委出场时，除了讲一番道理或打通思想或作决定，此外就没有行动了。[1]

这种写法不仅写不好支书党委，写不好党的领导，而且使村庄的远景变得模糊起来，毕竟程区长不可能常驻在某一个村庄，也不可能每次都像事先安排好了一样"霎时就到"，王家沟的日常事务、变工队的生产环节，还是要依靠以王加扶为首的有缺点的村干部们。如果说他们有克服自身缺点的决心，那么变工队的未来还可以期待，但王加扶在自己不善言辞这一点上似乎并无改进的念头，当赵德铭嘲笑他"你不练习，一辈子不出嫁是个老闺女！"时，王加扶说："说话方面，我就是不行嘛"，"咱一辈子给财主受苦，旧社会真和毛驴一样，用着的是咱的苦力，谁晓得新社会又用得着咱的嘴了哩？"[2] 王加扶非但没有表示多加锻炼的决心，反而拿旧社会为自己做辩解，这使他只能滞留在有缺点的状态而无法进步。尽管竹可羽已经把王加扶视为"新人物"，但还是不无遗憾地指出："新现实主义要求不仅写人怎样，而且也要要求写人应该怎样，而

---

[1] 茅盾：《一九六〇年短篇小说漫评》，《茅盾评论文集》（上），人民文学出版社，1978年版，第338页。

[2] 柳青：《种谷记》，第273、51页。

这正是'种谷记'的弱处。"[1]这和周而复的判断如出一辙:"作者仅是写人是怎样的人,农村里确实有的人;新现实主义要求不仅写人怎样,更重要的是写人应该怎样。就这一点上讲,《种谷记》是比较弱的。"[2]《种谷记》中有缺点的村干部或许更真实,但却不是"合作社英雄""应该"有的样子。

四

可以说,《种谷记》不仅没能完成从"劳动英雄"到"合作社英雄"的跨越,反而经由王克俭呈现出了"生产能手"从组织者的位置上走向堕落的隐忧。在研究者罗琳看来,柳青对王克俭的处理,"可看作是小说杀青时受到土改/翻身政策目标的影响。这一时期,党政权力在乡村基层扶植的以中农和新富农为主体的劳动模范、生产能手受到巨大冲击"[3]。罗琳的这一观点受到李放春的影响,根据李放春的研究,北方土改过程中的"翻身"和"生产"存在着严重的矛盾,凭借勤劳致富的中农和富农,在以阶级划分为依据的土改运动中受到冲击,这使得广大农民的生产积极性受到严重影响。[4]不过,中共在发现这一情况后迅速进行了纠正,1948年5月6日,《新华日报》发表社论,指出过去的一段时间"劳动英雄、互助组等过去生产运动的基础,在所谓'地富路线'的借口下,遭

---

[1] 竹可羽:《评柳青的"种谷记"》,《论文学与现实的关系》,第53页。
[2] 巴金、李健吾等:《〈种谷记〉座谈会》,《小说》月刊1950年第3卷第4期。
[3] 罗琳:《互助合作实践的理想建构——柳青小说〈种谷记〉的社会学解读》,《社会》2013年第6期。
[4] 参见李放春:《北方土改中的"翻身"与"生产"——中国革命现代性的一个话语—历史矛盾溯考》,《中国乡村研究》第3辑,社会科学文献出版社,2005年版。

到无情的打击，而使群众不敢勤劳致富，也不敢互助换工"。社论明确地表示："各地劳动英雄，过去在生产运动中是有功绩的，今后还必须鼓励他们积极领导生产，并培养更多的劳动英雄。"[1]这意味着土改运动对劳动英雄的冲击只是暂时的，政策上更是从来没有打压劳动英雄的意图，而是继续肯定并支持他们在生产中发挥带头作用和骨干作用。因此，小说对于王克俭的贬损与土改对生产能手的短期冲击并无太大关联，更多是因为王克俭这位生产能手拒绝在互助合作运动中发挥带头作用和骨干作用所致。不仅如此，王克俭还认为："工作人员之所以不顾一切地发展变工，那是为了朝他们的上级显功，……而村干部是老百姓，自己还种着地，每天受苦累断筋骨，不知他们那里来的那股劲？减租算账说是为了日子过不了，扑在前边还有理由，这变工又是为了甚么呢？"[2]王克俭似乎一直很难理解变工互助对于发展生产的作用，这或许是因为他的家庭相对富足，有着充足的劳动力和生产工具，发展生产并不需要依靠互助。事实上，1940年代很多的互助组、变工队正是由于劳动力和生产工具的极度匮乏才出现的。河北省饶阳县五公村"由于有这么多年轻汉子为日本人做工和跟着八路军抗日，致使许多村庄劳力严重短缺。上级指示各级党组织，要动员农民们在平等的基础上互换劳力"。[3]赵树理的电影故事《表明态度》则揭示了太行山区生产互助形式的发明过程：武装主任王永富在日军扫荡时掩护群众退到深山里，全村人口没有一口损失，但牲畜全被敌人拉走了，回

---

1 《新华日报》社论：《把生产救灾当作目前的中心工作》，原载1948年5月6日《新华日报》，引自太行革命根据地史总编委会编：《财政经济建设》（下），第1339、1341页。

2 柳青：《种谷记》，第71页。

3 〔美〕弗里曼、毕克伟、赛尔登：《中国乡村，社会主义国家》，陶鹤山译，第77页。

村抢种时，贫农李五想了个办法："用四人拉犁、一人扶犁、儿童跟在后边随犁下种。大家觉着这个办法能用，就分头碰组，进行抢种。……从这时候起，村里就成立了好多互助组。"也就是说，互助生产是在战乱导致牲口严重缺乏的情形下不得已而为之的一种应急策略："后来日本帝国主义投降了，自卫战争的战线也渐渐离得远了，生产提高了，财富增加了，村里买牛的、置车的、修房的、打井的也慢慢多起来。李五组里的组员有好几户买了牛，数永富的牛大。……这时候的王永富，经济上宽裕了，孩子长大了，并且娶了媳妇，便觉得革命成了功，因此又觉着这时候参加互助和担任干部工作都成了累害。"[1]这种想法在当年的农村干部中相当普遍，湖南省长沙县的农民朱中立，土改后分了地，结了婚，生了小孩，还当选为副乡长、团支部书记，被群众称为"四喜临门"。没过多久，他就坚决要求辞职，要回家搞个人的生产。这一情况被反映到长沙县委，县委遂将其化名"李四喜"，在《新湖南报》上展开讨论。结果发现："益阳县乡、村干部和农民代表2063人中，有李四喜思想的占70%左右。该县一区参加乡村干部会的126名干部中，就有120个在不同程度上存在李四喜思想。"[2]其他县乡的情况同样不容乐观。有一位乡主席甚至在讨论李四喜思想的大会上说出这样的话："我有李四喜思想，讨论也好，不讨论也好，我横直不干了。"[3]

费孝通在《乡土中国》中说过："在一个安居的乡土社会，每

---

[1] 赵树理：《表明态度》，《文艺学习》1956年第8期。
[2] 转引自张勇：《农业合作化运动与农村经济变革——长沙县农业合作化运动研究（1951—1956）》，湖南大学出版社，2015年版，第50页。
[3] 杨第甫：《把革命的政治任务和农民群众的迫切生活要求联系起来》，《新湖南报》1951年11月20日。

个人可以在土地上自食其力地生活时，只在偶然的和临时的非常状态中才感觉到伙伴的需要。在他们，和别人发生关系是后起和次要的，而且他们在不同的场合下需要着不同程度的结合，并不显著地需要一个经常的和广被的团体。"[1] 或许在王永富、李四喜这样的乡村干部看来，"在农业生产方面的互助组织，原是从克服战争破坏的困难和克服初分得土地、生产条件不足的困难情况下组织起来的，而这时候两种困难都已经克服，有少数人并且取得向富农方面发展的条件了"[2]，互助生产的必要性也就随之丧失，"自食其力"的个体生产才是他们更习惯的生活状态。因此，在高岗提出要把东北的"互助合作组织提高一步"时，刘少奇即表示了不同意见："东北土改后农村经济开始向上发展了。有三匹马一副犁一挂大车的农民，不是富农，而是中农。今天东北的变工互助是建筑在破产、贫苦的个体经济基础上的，这是一个不好的基础。将来70%的农民有了三匹马，互助组就会缩小，因为中农更多了，他能够单干了。这是好现象。现在的变工互助能否发展成为将来的集体农庄？我认为是不可能的。这是两个不同的阶段。……由个体生产到集体农庄，这是生产方式上的革命。没有机器工具的集体农庄是巩固不了的。"在刘少奇看来，生产发展后退组单干是一种"好现象"，应该支持。1951年，当山西省委希望"把老区互助组织提高一步"时，刘少奇表示了同样的意见："目前的互助组或供销社都不能逐步提高到集体农场。集体农庄是另外一回事，要另外来组

---

[1] 费孝通：《乡土中国 生育制度》，北京大学出版社，1998年版，第31页。
[2] 赵树理：《〈三里湾〉写作前后》，《文艺报》1955年第19期。

织，而不能'由互助组发展到'，也不能由供销社发展到。"[1]

这就与毛泽东的看法产生了分歧，毛泽东在《组织起来》中虽然说过："无论是临时性的，还是永久性的，总之，只要是群众自愿参加（决不能强迫）的集体互助组织，就是好的。"但他更强调集体农庄是可以由变工互助组织发展而来的："我们现在已经组织了许多的农民合作社，不过这些在目前还是一种初级形式的合作社，还要经过若干发展阶段，才会在将来发展为苏联式的被称为集体农庄的那种合作社。"[2]因此，在1951年围绕山西发展农业生产合作社问题的争论中，毛泽东明确表示支持山西省委的意见，"批评了互助组不能生长为农业生产合作社的观点和现阶段不能动摇私有基础的观点"[3]。

1951年夏，赵树理正在这场争论的发源地——山西省长治专区考察，电影故事《表明态度》正写于这一时期。据赵树理回忆，这个故事"原写的是试办合作社，后来北京对合作社有争论，不让写，才改为互助组"[4]。虽然调低了互助合作的规模，但赵树理在故事中"表明"的"态度"与山西省委和毛泽东的意见达成了一致。王永富的想法放在刘少奇那里或被视作好现象，但在赵树理的故事中，他受到了全村党员和积极分子的一致批判。当组员请他去开会时，王永富却摆起了老资格："我听说组里要开除我，怎么又来叫我？当初成立互助组的时候，是我把他们组织起来的；如今他

---

[1] 参见薄一波：《若干重大决策与事件的回顾》上卷，中共中央党校出版社，1991年版，第196—198、189页。

[2] 毛泽东：《组织起来》，《毛泽东选集》（一卷本），第885页。

[3] 参见薄一波：《若干重大决策与事件的回顾》上卷，第191页。

[4] 赵树理：《回忆历史，认识自己》，《赵树理全集》第六卷，第468页。

们本事大了，会开除我了！回去告组长说！我不去！让他们开除吧！"[1]这个回答颇耐人寻味：现在的他早已对互助组失去了热心，但却不忘自己是最早的组织者。这么说并不是要表达对互助组的留恋，而是暴露出自己从中心滑到了边缘，逐渐失势的焦虑。

王永富的思想被赵树理移植到了小说《三里湾》中的村长范登高身上——范登高人称"翻得高"，在土改中得利过高的他，不仅坚持单干，还安排王小聚给他赶骡子，动起了靠做生意发家致富的念头。和王永富一样，范登高在被批判时总是振振有词地摆老资格："在当初，党要我当干部我就当干部，要我和地主算账我就和地主算账。那时候算出地主的土地来没有人敢要，党要我带头接受我就带头接受。后来大家说我分的地多了，党要我退我就退。土改过了，党要我努力生产我就努力生产。如今生产得多了一点了，大家又说我是资本主义思想。我受的教育不多，自己不知道该怎么办，最好还是请党说话！党又要我怎么办呢？"仅从"努力生产"的角度看，范登高确实算得上是个"生产能手"，但他的生产全是为了个人发家致富。更容易迷惑人的是，范登高不仅把自己的行为都解释为按党的指示办事，而且还口口声声地辩解："我没有反对过社会主义！当私有制度还存在的时候，你们就不能反对我个人生产。"女儿范灵芝"一听就觉着这话的精神不对头，只是也挑不出毛病在哪里。她本来也想过找一个适当机会和她爹辩论一下两条道路的问题，现在看来她爹懂得的道理也不像她想的那样简单"。[2]新民主主义时期确实还允许私有制度存在，允许个人生产，但适用

---

[1] 赵树理：《表明态度》，《文艺学习》1956年第8期。
[2] 赵树理：《三里湾》，《人民文学》1955年3月号。

的范围只在"不觉悟的群众"中，对于党员而言，则应当而且必须带头走互助合作的道路，如贵州凤冈县崇新乡明确要求"全体党员都参加互助合作组织，并且把自己所参加的组或社搞好"[1]，胡可的话剧《槐树庄》中，党员刘老成拒绝入社，其他党员就威胁要开除他的党籍。在批判范登高的会议上，其他党员就是靠党籍"整住"了范登高："你究竟是个党员呀还是个不觉悟的群众？要是你情愿去当个不觉悟的群众，党可以等待你，不过这个党员的招牌可不能再让你挂！"为了不失去既得利益，范登高做了检讨，并宣布自己还要"带着大家走社会主义道路""马上带头报名入社""带头把我的两个骡子一齐入到社里"[2]，但此时的他早已远远落在群众的后面，要想重回"带头"位置恐怕没有那么容易，就连作家赵树理本人也觉得不太可能，他在与花鼓戏《三里湾》的改编者谈话时指出："至于范登高的转变，小说里没有解决，他变是变了，会上大家说服了他，他在发言时说明还要带头，有些丑表功，那个转变不是怎么好。戏里要解决这个问题，是否一定要经过一个诉苦反省的过程呢？'忘本回头'这样的情节，在别的小说或戏剧里是重复得多了一些，是否可以避免不这样处理？"[3]

"忘本回头"情节过多重复的情况早在1951年就已出现，时任《人民文学》小说组长的秦兆阳就收到过很多描写"落后转变"的稿件，他在《论一般化公式化》一文中花了很大的篇幅批评这种公式主义的写法，最后的结论是："作品中，只要新的东西得到胜利，

---

1 柳耀华：《凤冈县崇新乡是怎样在党支部领导下开展互助合作运动的》，中共中央办公厅编：《中国农村的社会主义高潮》下册，第1127页。
2 赵树理：《三里湾》，《人民文学》1955年3月号。
3 赵树理：《谈谈花鼓戏〈三里湾〉》（1963年），《赵树理全集》第六卷，第156页。

旧的人物如果有转变的条件，如果形象本身的自然逻辑必然走向转变，则转变固然好；但如果没有转变的条件，人物暂时还不能转变，则他不转变也无妨。"[1]秦兆阳在文中重点讨论的李四喜，在现实中是获得了转变条件的：李四喜的原型朱中立在接受了大家的批评教育后痛彻地反省道："我觉得过去太自私自利，只想自己，不想国家；先烈们流血牺牲为的是什么啦？还不是为了我们今天的日子和往后的好日子！我太对不起他们，对不起毛主席，对不起共产党了。"他从此下定决心"干革命，干到底"[2]。《新湖南报》在关于李四喜思想的讨论结束前发表了《过去是"李四喜"，现在是好干部》一文，宣告了他的成功转变。而范登高的原型郭过成却在受到党组织批评后，"借口去湖南探亲，把组织关系开走，再回来时谎称丢失，自动退党了"[3]。赵树理曾反复地给郭过成做思想工作，但他始终执迷不悟。因此，赵树理不写"忘本回头"，不仅仅是出于对公式化套路化的抵制，更是因为人物原型本身缺乏转变的条件，甚至连"党籍"都没有让他产生一丝的留恋。

柳青给党员们做思想工作时也遇到过类似的情况，他教育党员说："既然我们的国家要到社会主义去，农村党员就应该参加互助组，积极领导，那么着他们在社会主义改造中的功劳就更光荣；如果不参加互助组，他们以前的功劳就越来越没意思了。""如果将来互助组都不要你，党还能要你吗？"然而很多党员表示无法接受这样的说法，于是疏远了柳青，见面时都表现得很冷淡。四村代表主任高梦生直到最后也没有参加互助组，十字村郭远文重点互助组

---

[1] 秦兆阳：《论一般化公式化》，《论公式化概念化》，人民文学出版社，1953年版，第42页。
[2] 《朱中立报告克服李四喜思想的经过》，《新湖南报》1951年9月25日。
[3] 戴光中：《赵树理传》，北京十月文艺出版社，1987年版，第293页。

的副组长郭远彤开会不到,"在炕上用被蒙着头睡了",到了会上则坚决要求退组,搬到三村去住,柳青痛心地说:"我没办法把这个穷到三十几岁讨不起老婆的生产能手巩固到互助组里,是我去年最难受的事情。"[1]

  生产能手对互助合作事业的冷淡在当时十分常见,沙汀在特写《卢家秀》中写道,社里干部开会商量"划片",生产组长陈久康"一请二请不来,一时说睡了,一时又说生病"。这和郭远彤如出一辙,卢世发叹息道:"这家伙生产上有几手,就是脾气够搞!"[2]而在柳青看来,这不是"脾气"的问题,而是两条道路的原则问题。在《创业史》中,柳青花了大量的笔墨描写了蛤蟆滩的"三大能人"之一——代表主任郭振山。土改期间,郭振山组织贫雇农推翻地主,在蛤蟆滩树立了极高的威信,但土改结束后,他却谋划起了发家致富的"五年计划",为了实现这一计划,他和兄弟郭振海在地里拼命地劳动,小说虽然在总体上对郭振山持否定倾向,但在描写郭振山劳动时,却流露出了赞叹的口吻:"弟兄俩,上身脱得精光,强壮得发亮的肩膀、脊背和厚敦敦的胸脯,汗涔涔地反射着从平原西边地平线上照过来的夕阳。"[3]既然被誉为蛤蟆滩的"三大能人"之一,郭振山在生产劳动上的能力显然为全村所公认,但他却把这能力全数用在了个人生产上,而对互助合作的

---

[1] 柳青:《灯塔,照耀着我们吧!》,《柳青小说散文集》,第11、10页。

[2] 沙汀:《卢家秀》,《沙汀文集》第六卷,上海文艺出版社,1991年版,第452—453页。

[3] 柳青:《创业史》,中国青年出版社,2009年版,第180—181页。按:《创业史》第一部初版于1960年,第二部上卷初版于1977年,第二部下卷初版于1979年,均由中国青年出版社出版。2009年,中国青年出版社出版第一二部合订本,文字与初版本相比无变化,为统一注释,本书中《创业史》的引文均出自中国青年出版社2009年的合订本。

事业漠不关心。同范登高一样,"他的这些做法,放在一般农民身上,问题还小些;但他是村代表主任,更重要的他是共产党员。广大群众都把他作为党的政策的体现者和执行者来看待。他的言行,不仅影响到他个人的前途和威信,重要的是影响到广大农民的前途和党的威信。他自己不参加互助组问题不大,但他有意无意打击互助组的威信,使许多群众对互助组采取旁观等待的态度,也使他们对党的政策产生怀疑。这个问题就严重了"。郭振山非但没有凭借自己的威信和劳动能力成为合作化运动中的骨干,反而"成了合作化运动过程中的一块绊脚石"[1]。在小说的结尾,郭振山在区委会上没能当选农业生产合作社主任,区委书记王佐民解释道:"毛主席指示:骨干要公道、能干。郭振山能干,不公道!……这样说明以后,几个对下堡乡变化不摸底的委员,才改变了土改时的印象,一致通过了梁生宝。"王佐民的依据是1953年毛泽东在中共中央第三次农业互助合作会议上的讲话——"毛泽东同志指出:'只要合乎条件,合乎章程、决议,是自愿的,有强的领导骨干(主要是两条:公道、能干),办得好,那是韩信将兵,多多益善'"[2],其中,"建社领导骨干问题,是一般互助组转社的大问题"[3]。习仲勋指出:"一个互助组要办好,第一要有一个有力的、正确的核心,……在各个互助合作组织内不断地注意发现积极分子,加以培养,作

---

1 徐文斗:《蛤蟆滩的"三大能人"》,《山东大学学报》1963年第2期。
2 柳青:《创业史》,第442、428页。
3 新华社记者李朝:《四川省农业合作化运动中的互助联组》,中共中央办公厅编:《中国农村的社会主义高潮》下册,第1055页。

为骨干。"[1]邓子恢也曾指示要"发现好人,把好人组织成领导核心"[2]。1956年,毛泽东在为《中国农村的社会主义高潮》撰写的一则按语中将"好人"的定义进一步扩充为"聪明、能干、公道、积极"[3],梁生宝仍然完全符合这些条件。得到大家一致通过的梁生宝,取代了郭振山,成为合作化运动中的坚强领导骨干,这是柳青在《创业史》第一部中试图重点反映的内容——柳青后来谈道:

> 写失败人物,由有影响变成没有影响的人,退出这个位置,让成功的人物占据这个位置。《创业史》简单地说,就是写新旧事物的矛盾。蛤蟆滩过去没有影响的人有影响了。旧的让位了,新的占领了历史舞台。[4]

仅在"能干""好劳动"意义上的劳动英雄和生产能手就这样渐渐淡出了历史舞台,新中国成立后,在建社和组织工作中有突出贡献的人在劳动英雄中占据了更大的比例,甚至可以说,农业领域"劳动英雄"中的绝大多数都是"合作社英雄"。在这种情形下,"劳动"本身似乎已不再是成为"劳动英雄"的必要条件。

---

[1] 习仲勋:《关于西北地区农业互助合作运动》(1952年6月6日),史敬棠等编:《中国农业合作化运动史料》下册,第348页。

[2] 邓子恢:《在中国共产党全国代表会议上的发言》(1955年3月21日),《农业集体化重要文件汇编》上册,中共中央党校出版社,1982年版,第306页。

[3] 毛泽东:《一个违背领导意愿由群众自动办起来的合作社》按语,中共中央办公厅编:《中国农村的社会主义高潮》下册,第1204页。

[4] 柳青:《柳青同志在陕西省出版局召开的业余作者创作座谈会上的讲话》(1973年2月),《中国当代文学研究资料·柳青专集》,山东大学中文系,1979年版,第32页。

五

《创业史》中的梁生宝,就是一位当之无愧的"合作社英雄"。与《种谷记》同样,《创业史》仍然采用了"每一个章节用一个特定人物的眼光完成"[1]的手法,但读者在阅读时并不会产生"复调"之感。其原因就在于梁生宝时刻都在注意"农村党员给庄稼人带头的问题"[2],他不仅是合作化运动中的骨干,而且真正成为了小说的骨干,正如评论者所言:"在生活中,没有梁生宝这样的英雄人物为骨干力量,就办不成或办不好互助组、合作社和人民公社;在小说中,没有梁生宝这样的英雄人物为主人公,就不能表现我们的时代精神,不能展开农村错综复杂的阶级斗争形势的深刻描写,不能表现'我们整个国家的形象'。"[3]虽然《创业史》中以梁生宝的眼光展开的章节并不占绝对多数,但在以别人的眼光展开的章节,梁生宝并没有远去:改霞的痴情,高增福的敬佩,郭振山的嫉妒……全都指向梁生宝。比如第二部第九章以县委副书记杨国华的视角展开,结尾处则是杨国华对梁生宝的关切:"梁生宝!你到底是一个什么脚色呢?……"第八章以卢明昌的视角展开,结尾也非常相似——卢明昌感慨道:"梁生宝!你的担子可不轻啊!你要卖大力气给党挑啊!多少人拿不同眼光盯你,大伙都在等着看你这台戏!"不仅表达了卢明昌对梁生宝的重视,更带出了"大伙",带出了"多少人"投向梁生宝的目光。梁生宝本人就提到过自己被众人围观的情景:

---

1 转引自刘可风:《柳青传》,人民文学出版社,2016年版,第179—180页。
2 柳青:《创业史》,第479页。
3 冯健男:《再谈梁生宝》,《上海文学》1963年第9期。

有一天，我在黄堡街上给咱社里买钉子。有人说："这是梁生宝。"好几个人问："哪个是梁生宝？"一群人围上来看灯塔社主任，看得我蛮不好意思。我拘束了，差一点连票子都不会数了。我掂着个红脸，拿了钉子就走。啊呀！我这才懂得：汤河上下这两个区创办头一个农业社，灯塔社的名声真大呀。我可得小心谨慎办啦。

在梁生宝看来，他们试办的农业社"往小说，是给南山根儿这两个区试办；往大说，还是给全中国合作化试办哩"，因此，任何一点小事，都有可能产生很大的政治影响。众目睽睽之下，梁生宝"有时候倒不免过分谨慎"，就连和刘淑良的婚姻问题，梁生宝首先考虑的也是政治影响："农业社刚刚成立，主任找了个对象结婚，可不能马上就是社里的女领导。将来大伙都熟了，男主任和女主任在一家里，也不好办。社员们难得全都理解，就是社员们充分理解，官渠岸的群众怎么看呢？下堡村的群众怎么看呢？"[1]

梁生宝对政治影响的重视来源于他的原型王家斌，在纪实散文《王家斌》中，柳青记述了王家斌冒着严寒照顾社里的母猪下猪娃的故事。王家斌对柳青说："一窝猪娃事小，你说的，政治意义大。大家会说：'胜利社好！胜利社的猪娃，一个也没活了！'……"柳青感慨道：

> 他对任何困难都不屈服的性格，我是知道的；我也知道他决心把这第一个农业社永远保持在全区向社会主义前进的

---

[1] 柳青：《创业史》，第536、528、544、545、77、605页。

最前头。特别有趣的是：自从秋后总结时我说过农业社的庄稼增产或减产、牲畜兴旺或死亡都是有政治意义的话以后，他开会讲话、批评人、和人谈话、商量事，开口闭口"政治意义"，常引起人们善意的笑。[1]

看来，重视政治意义和政治影响的习惯并非王家斌固有的，而是向柳青习得的。王家斌回忆道："他（柳青）在这，整天就好像有个圈圈在你头上圈着哩"，"你啥也不敢胡来……咿把咿小小一个事，给你说的多大多大的，严重的就不得了。你一句话说不对，咿都卡住楞批评哩"[2]。在柳青的严格要求之下，王家斌在产生买地的念头后，出于政治影响的考虑而打消了这个念头："买下名难听得很呐！我就估量来，我连谁的面也见不得了。眼下孟书记、乡长和支部上的同志都看咱一眼着哩；组员们还都眼盯着咱，我一买全买开了……"[3]

而在《创业史》中，柳青甚至连这个念头都不允许梁生宝产生，原型王家斌身上的缺点在梁生宝身上全都销声匿迹。吸收了评论者对《种谷记》批评意见的柳青，意在通过对梁生宝的塑造呈现出一个理想的组织者"应该怎样"。虽然柳青说："英雄人物也不是没有缺点的，在恋爱问题上生宝处理的就不怎么好。进山回来，他可以和改霞谈一谈，他怕郭振山打击他，不敢主动找改霞。一个被

---

[1] 柳青：《王家斌》，《柳青小说散文集》，第34—35页。

[2] 《王家斌谈柳青在皇甫的生活》，蒙万夫等：《柳青传略》，陕西人民教育出版社，1988年版，第235页。

[3] 柳青：《灯塔，照耀着我们吧！》，《柳青小说散文集》，第16页。

事业吸引的人也难免处理这种事情笨拙。"[1]但值得注意的是，恋爱问题上的缺点并不影响梁生宝的工作，甚至正因为这个缺点反衬出梁生宝对于公事的热心。这个逻辑在《种谷记》中也曾出现，当区委组织科长听到王加扶婆姨落后，"老人老，娃娃们小，吃饭嘴多，做事手少"等"缺点"后，反而说"这种情形他还积极工作，正是他的优点"。王加扶虽然一时还不能把自己的"缺点"理解为"优点"，但他心里明白"在王家沟，只有他们，只有白发苍苍的聋老爸，婆姨和娃娃，他得罪得起，得罪了他们于'工作'没有妨害"。[2]梁生宝在处理和养父梁三老汉的矛盾时也说："我总觉着，外人的工作要紧，自家人没啥。闹翻了，也容易好起来……"[3]在柳青笔下，婚姻家庭之类的于"工作"无妨害的"缺点"可以不算缺点，但王加扶其他的缺点都是会妨害工作的，而梁生宝似乎没有什么妨害工作的缺点，这就是王加扶和梁生宝最大的区别。这样一来，梁生宝的声音就成为了小说中的权威声音，他的思想和言行大多代表了党的意志，柳青谈道："只有110页和352页关于互助合作道路和改造农民两处，是描写梁生宝自己在思索以外，其余都是作者描写他回忆整党学习会上的话，描写他回忆县、区领导同志的话。"[4]这样一来，《种谷记》中表现不足的"党的领导"，也得到了充分的体现。而属于梁生宝自己的思索也在大方向上与党的意志吻合，甚至具备了某种前瞻性，比如他在第二部上卷结尾的思考，就令县委副书记杨国

---

1 刘可风：《〈创业史〉中的人物发展》，《柳青传》，第425页。
2 柳青：《种谷记》，第210、268—269页。
3 柳青：《创业史》，第230页。
4 柳青：《提出几个问题来讨论》，原载《延河》1963年8月号，引自《中国当代文学研究资料·柳青专集》，第244页。

华佩服得五体投地。与梁生宝的权威声音相配合,《创业史》的叙述者变得十分活跃,经常跳出来品评人物,抒发感情,毫无保留地表现自己的倾向性,在梁生宝身上更是热情洋溢地表达自己的关怀和赞颂,如贺桂梅所言:"他高于小说人物,他懂得所有人物,也知道他们的好坏优劣,他唯恐读者误解了文本的意思,忍不住越过文本直接与读者对话。"[1]这与《种谷记》的写法大不相同,如果说《种谷记》因为没有表现明显的倾向性,又把过多的笔墨花在了落后干部王克俭身上而容易引起读者和研究者的误解的话[2],那么对《创业史》而言,这种误解就不应发生了。柳青曾颇为愤怒地说:"有人说以梁三老汉为中心,这简直是胡说八道。"[3]但这其实是柳青自己的误解,以严家炎为代表的研究者虽然认为梁三老汉写得更好,却不曾否认梁生宝在小说中的核心位置,严家炎在他的评论中就明确指出梁生宝是"在全书中占有主导地位的英雄人物"[4]。

从王加扶到梁生宝,柳青终于实现了从"劳动英雄"到"合作社英雄"的跨越。不过这个跨越并没有在同一个人物形象身上完成,而是采用了新人代替旧人的形式,这或许表明在理论、政策和个别人身上可以轻松跨越的"劳动英雄"和"合作社英雄"之间其实存在着难以逾越的鸿沟。我们从柳青跨越鸿沟的艰难过程中或许可以打开更多更丰富的历史褶皱。

1　贺桂梅:《"总体性世界"的文学书写:重读〈创业史〉》,《文艺争鸣》2018年第1期。

2　如路杨认为:"叙事者对于排斥变工的富农王克俭的同情甚至是叙述上的迷恋,以及对于乡村知识分子赵德铭、激进派维宝等人带有距离感的审视和微讽的语气,使其获得了一个更靠近村庄内部的叙述姿态。"见路杨:《"劳动"的诗学:解放区的文艺生产与形式实践》,北京大学博士论文,2017年,第166—167页。

3　柳青:《美学笔记》,《柳青文集》第4卷,人民文学出版社,2005年版,第288页。

4　严家炎:《关于梁生宝形象》,《文学评论》1963年第3期。

第二节 "大社"干部的经验与烦恼

一

1960年6月,柳青在《创业史》第一部的"出版说明"中透露了他创作多卷本史诗的雄心:"全书共四部。第一部写互助组阶段;第二部写农业生产合作社的巩固和发展;第三部写合作化运动高潮;第四部写全民整风和大跃进,至农村人民公社建立。"[1]而在不久后的第三次文代会期间,柳青对一位编辑说:"第四部大跃进、人民公社就不写了。"[2] 1973年,在陕西省出版局召开的业余作者创作座谈会上,柳青汇报了自己的写作进度,并重新梳理了四部的结构:"……第一部大家已经看了。第二部大体完了,写初级社;第三部准备写两个初级社,写生宝一个,郭振山一个;第四部写两个社联合了,变成一个大社,高级合作社。"[3]可惜的是,柳青于1978年溘然长逝,此时《创业史》第二部的写作尚未完成。

因此,我们只能从后人回忆的只言片语中勾勒柳青未完成部分的大致轮廓。据柳青的女儿刘可风回忆,柳青曾对她说过:第一部结局中引用了毛泽东发表于1953年的讲话,这就是为第四部"留下的一个'口'"[4]。毛泽东在这段讲话中谈道:"按照农民自愿的原则,经过发展互助合作的道路,在大约十五年左右的时

---

1 柳青:《创业史》第一部,中国青年出版社,1960年版。
2 江晓天:《也谈柳青和〈创业史〉》,《文艺理论与批评》1990年第1期。
3 柳青:《柳青同志在陕西省出版局召开的业余作者创作座谈会上的讲话》(1973年2月),《中国当代文学研究资料·柳青专集》,第32页。
4 刘可风:《柳青传》,第397页。

间内,一步一步地引导农业过渡到社会主义……"[1]但事实上的历史进程"不是按照总路线的方针,十五年逐步地实现农业合作化,是只用了三年时间就全部合作化了"。在柳青看来,合作化仅用三年完成未免过快,他在第四部就将重点"批判合作化运动怎样走上了错误的路"[2]。另据孟维刚回忆:"柳青同志对于我国农业合作化运动在1955年下半年以后要求过急,发展过快的问题,是早有看法的……"毛泽东对于完成合作化任务的年限有过不同的说法:"一是十五年实现合作化,一是三至五年。"柳青认为前者是正确的,"初级社巩固一段后"才能进行高级化。[3]柳青还说过:"1955、1956年的大丰收,除了风调雨顺的客观条件外,很重要的是初级社这种组织形式,它的优越性还远远没有显示完。"[4]改革开放以来,随着农村经济体制改革的不断展开,类似的表述和逻辑亦常常出现在一些领导人的回顾里,如邓小平在1980年指出:"有人说,过去搞社会主义改造,速度太快了。我看这个意见不能说一点道理也没有。比如农业合作化,一两年一个高潮,一种组织形式还没有来得及巩固,很快又变了。从初级合作化到普遍办高级社就是如此。如果稳步前进,巩固一段时间再发展,就可能搞得更好一些。一九五八年大跃进时,高级社还不巩固,又普遍搞人民公社……"[5]而据孟维刚回忆,柳青的这些话"都是在1973年、1974

---

[1] 柳青:《创业史》,第428页。

[2] 刘可风:《柳青传》,第397页。

[3] 蒙万夫:《柳青传略》附录《孟维刚谈柳青在长安县的生活和创作》,转引自刘可风:《柳青传》,第401页。

[4] 刘可风:《柳青传》,第207页。

[5] 邓小平:《关于农村政策问题》(1980年5月31日),《邓小平文选》第二卷,人民出版社,1994年版,第316页。

年说的",比邓小平要早很多年。但由于身体原因和历史条件的限制,柳青没能在《创业史》第四部中公开谈论自己的看法。不过在和孟维刚的谈话中,柳青透露了自己一篇已发表的小说《狠透铁》的创作意图——"对高级社一步登天的控诉"[1],这多少可以弥补我们无法看到《创业史》全貌的遗憾。

《狠透铁》发表于1958年,原名《咬透铁锹》。小说开头第一句话就是:"咬透铁锹越来越觉得他不能继续担任生产队长了。"与范登高、郭振山等专注于个人发家的干部不同,咬透铁锹是一心要搞好合作社,却总是觉得力不从心,不仅年纪大了容易忘事,而且"脑筋迟钝,没有能耐","人家有各种特长,譬如会计划、会办事、会写字、会算盘、会讲话……等等。咬透铁锹缺少这种一个人可以为许多人服务的特长"。[2]柳青认为,以咬透铁锹的能力"本来只能当初级社主任",如果按照"十五年实现合作化"的原计划,他或许可以锻炼成一个合格的高级社主任。[3]"但革命形势发展的迅速出乎一切人的预计,当然也出乎狠透铁的预计了。一年以后,一九五五年秋天,平地一声雷,全水渠村除过地主、富农,一股脑儿涌进了十一户的小小农业社。……到这时,原来十一户的初级社

---

[1] 蒙万夫:《柳青传略》附录《孟维刚谈柳青在长安县的生活和创作》,转引自刘可风:《柳青传》,第402页。有研究者认为,孟维刚在1970年代听到的柳青的"控诉说",不足以反映柳青在1950年代的创作本意。(见郭春林:《从〈咬透铁锹〉到〈狠透铁〉——从校勘说起》,《中国现代文学研究丛刊》2020年第6期。)而在笔者看来,"控诉"的内容在1950年代的小说文本中已经出现,我们只能说柳青在1970年代的说法有所侧重,但不能否认它是柳青1950年代创作意图的重要组成部分。

[2] 柳青:《咬透铁锹》,《延河》1958年4月号。

[3] 蒙万夫:《柳青传略》附录《孟维刚谈柳青在长安县的生活和创作》,转引自刘可风:《柳青传》,第402页。

的基础，比起七八十户的新社来，算得了什么呢？"[1]合作社规模的急速扩大，让狠透铁（咬透铁锹）备感捉襟见肘。在柳青看来，这不是他个人的问题，而是合作化进程加速使干部培养无法跟进所致："初级社建立起来，还存在许多问题需要逐步解决，一是首先要培养一批合格的干部，不仅要有为社员服务的觉悟，还要有经营管理能力，没有一个锻炼和积累经验的过程能行吗？"[2]

不过在毛泽东看来，中国农业合作化的进程至少比苏联要稳健得多："我们所采取的步骤是稳的，由社会主义萌芽的互助组，进到半社会主义的合作社，再进到完全社会主义的合作社。"[3] "中国和苏联两个都叫社会主义，但……有很多不同。比如，我们的农业合作化经过三个步骤，跟他们不同。"[4] 而在干部培养方面，毛泽东也一直予以高度重视，早在1950年代初，毛泽东就提出要"普遍举办互助合作训练班"[5]，训练基层干部。秦兆阳《在田野上，前进！》中的县委副书记张骏就说过："干部从哪儿来的呢？天上掉下来的吗？问题就在于培养教育。""我可以召集一部分区县干部开个短期训练班，把外行变成内行，不是就不用发愁没有内行了吗？"[6] 反映农业合作化运动的文艺作品中，凡是像梁生宝那样成功的组织者，大多都进过这样的训练班。为配合训练班的学习，通

---

[1] 柳青：《狠透铁》，作家出版社，1959年版，第9页。按：1958年的《延河》原刊没有这段话，柳青在1959年单行本出版之前对小说作了大量的修改，这段话就是修改时加上去的。

[2] 刘可风：《柳青传》，第206页。

[3] 中共中央文献研究室编：《毛泽东年谱（一九四九——一九七六）》第二卷，第189页。

[4] 毛泽东在中共八届二中全会上的讲话（1956年11月），中共中央文献研究室编：《毛泽东年谱（一九四九——一九七六）》第三卷，第33页。

[5] 中共中央文献研究室编：《毛泽东年谱（一九四九——一九七六）》第一卷，第602页。

[6] 秦兆阳：《在田野上，前进！》，作家出版社，1956年版，第215、380页。

俗读物出版社以及很多地方出版社都出版过《农业生产互助合作课本》《农业生产与互助合作的关系》《农业互助合作组织怎样进行民主管理》等类似教材的小册子。比如先由西北人民出版社出版，后由通俗读物出版社向全国发行的《农业生产互助合作课本》，编者在最开头就明确了课本的接受对象："这个课本，主要是给农村工作干部、共产党员、宣传员、互助组和农业生产合作社的领导人和积极分子写的。"接下来，编者还详细地介绍了如何根据训练班的实际情况安排课时：

> 采用这个课本作训练班的教材，可以按训练班的时间，把意思相近的几课合并一次讲。比如训练班的时间只有七天，讲七次，那末，就可以把一至五课讲一次，六、七课讲一次……也可以按照训练的对象不同，抓住重点去讲。比如受训练的人是共产党员，就要着重讲党员在互助合作组织中的作用；受训练的是互助组长，就要着重讲自愿、互利和民主管理的问题。……[1]

可见这类课本能够非常有针对性地为基层干部开出药方，答疑解惑。1956年1月，毛泽东亲自主持的《中国农村的社会主义高潮》一书出版，更是将全国各地办社的经验教训汇于一册，给缺乏经验、信心和能力的社干们提供了足够丰富而鲜活的参考资料。正如薄一波所言："不会办社的人们看了它，确实能找到不少办社

---

[1] 赵守一：《编者的话》，《农业生产互助合作课本》，通俗读物出版社，1954年版。柳青在他的纪实散文中就讲到了他"利用晚上的时间，给党员、团员、村干部和积极分子讲互助合作课本"的情形。（见柳青：《灯塔，照耀着我们吧！》，《柳青小说散文集》，第9页。）

方法。"¹ 比如针对类似狠透铁的问题,《中国农村的社会主义高潮》中就有一篇《我当大社主任的经验》显得非常之"对症"。这篇文章一开头就讲述了中山县群众第一农业生产合作社主任梁祥胜在合作社规模扩大后遇到的困难:"这个大社刚投入生产的时候,工作可乱透啦!每天不管白天黑夜,一大班人围着我要解决大大小小的许多问题。这个问:'这片田入泥每亩该入多少艇?'那个问:'今天撑泥比昨天远,工分怎样定?'……简直把我搞得头昏眼花。"² 周立波的《山乡巨变》续篇中同样出现了类似的情形:

> 这时候,围上一大群妇女,都是陈家的左邻右舍,有的抱着孩子,有的拿着针线活,吵吵闹闹,对刘雨生提出各色各样的要求和问题。
>
> "社长,你说怎么办哪?我又丢了一只鸡。"
>
> "社长,我那黑鸡婆生的哑巴子蛋,都给人偷了,偷的人我是晓得的。他会捞不到好死的,偷了我的蛋会烂手烂脚。社长,帮我整一整这个贼古子吧。"
>
> "刘社长,我们那个死不要脸的,昨天夜里又没有回来,找那烂婊子去了。"
>
> "你们去找付乡长,去找秘书,我还有事去。"刘雨生回复大家,脱身走了。³

妇女们的问题让刘雨生应接不暇,只好把皮球踢给副乡长和

---

1 薄一波:《若干重大决策与事件的回顾》上卷,中共中央党校出版社,1991年版,第382页。
2 梁祥胜:《我当大社主任的经验》,《中国农村的社会主义高潮》下册,第952页。
3 周立波:《山乡巨变续篇》,作家出版社,1960年版,第19页。

秘书，自己脱身而去。梁祥胜也只能"见一件解决一件"，但常常是"抓了芝麻，丢了西瓜"，把"自己搞得昏昏沌沌，辛辛苦苦，可是工作却愈来愈没有计划，忙乱现象始终不能解决"。后来，有经验的老社主任提醒梁祥胜："必须首先抓住社的生产工作"，梁祥胜进而意识到自己要"摆脱事务主义"——"于是，我就尽力抓住这些主要问题，把其他各种事情，由其他干部分工负责。"而且凡事"不能单靠积极带头"："当时，我以为只要自己亲自参加生产，事事带头，就能领导好生产。例如，夏季中耕，有很多社员怕天气热，不愿开工。我就首先自己带头，在大热天坚持工作，带动大家做好了中耕工作。但是，这种单靠自己积极带头的领导方法，在转入大社以后就不成了。扩社以后的初期，我亲自参加了第一生产队第一组的生产，甚至还每天早些起床，叫社员开工。可是，这样带头，并不能带动到全社一百多户、三百多个社员。相反，埋头埋脑在一个生产小组干活的结果，却使自己对于全社的情况一点都不了解。"后来，梁祥胜发明了"巡田"的工作方法，到各个耕作区了解情况，发现和解决问题，从"事事带头"的劳动中脱离出来，工作得到很大的改进。[1]

二

早在延安时期，党的领导人和文艺工作者们就明确表示反对"事务主义"，鸿迅的小说《厂长追猪去了》就讽刺了一位放下主要工作而去追猪的厂长。1963年，周恩来更将"事务主义"视为"官僚主义"的一种，提出严厉的批判：

---

[1] 参见梁祥胜：《我当大社主任的经验》，《中国农村的社会主义高潮》下册，第951—958页。

> 从早到晚，忙忙碌碌，一年到头，辛辛苦苦；对事情没有调查，对人员没有考察；发言无准备，工作无计划；既不研究政策，又不依靠群众，盲目单干，不辨方向。这是无头脑的、迷失方向的、事务主义的官僚主义。[1]

在周恩来这篇列举了多达二十种官僚主义的文章中，"事务主义"似乎是最"冤"的一种，因为与其他十九种相比，"事务主义"者没有狂妄自大、唯我独尊的官架子，也没有遇事敷衍、推来推去的懒散气，而是真的在辛苦、忙碌地做事。而且辛苦忙碌和迷失方向的责任也不全在他们自己，恰恰有很大一部分来自于上级要求的"事事带头"。毛泽东在谈到区、乡工作中的"五多"问题（即"任务多，会议集训多，公文报告表册多，组织多，积极分子兼职多"）时即指出："区、乡的'五多'，基本上不是从区、乡产生的，而是从上面产生的，是因为在县以上各级党政领导机关中存在着严重的分散主义和官僚主义所引起的。"[2] 秦兆阳的《在田野上，前进！》就反映了村支书郭大海被县委传达的各种"中心任务"搞得"蒙头转向"的情形："他们（按：指县委领导）只是把互助组当做推行各种临时任务的组织机构，无论什么工作，总要召开若干次互助组长和组员的会议，要求他们带头，起模范作用。这样，互助组纷纷垮台就成了全县的普遍现象。"看来互助组垮台的责任不全在郭大海，而有不少应该由县委领导承担。县委副书记张骏反思道："这能完全怪他们吗？平常光是叫他们一个任务赶着一个任务地忙，不

---

[1] 周恩来：《反对官僚主义》，《周恩来选集》下卷，人民出版社，1984年版，第419页。
[2] 毛泽东：《解决区乡工作中的"五多"问题》，《毛泽东文集》第六卷，第271页。

教育，不提高，到时候又蒙头盖脸地批评一顿……""一年到头老是事务主义形式主义地'突击中心任务'，老是要农民开那些形式主义的会议，……这怎么能不脱离群众！"¹这种领导方式的代表，是县委书记王则昆。秦兆阳对郭大海更多地抱有同情之理解，而把王则昆视为"事务主义形式主义"的典型，形容他"艰苦朴素，忙忙碌碌，看起来也不是很坏的人"²，这与周恩来对"事务主义"的概括如出一辙。有评论者即指出：王则昆是一个"满足于事务主义式地完成上级布置下的每一个临时性的中心任务，而看不到农村在社会主义革命时期的长远任务和现实生活的主流"³的人。看得出来，虽然王则昆是郭大海的上级，但王则昆也有自己的上级，也要完成若干"临时性的中心任务"。小说中经常出现王则昆对上级的抱怨："难道还有比普选工作更重要的吗？真怪！""像去年突击组织互助组的事情，上级这样主观主义地要求县里，县里有什么办法呢？"不过这些抱怨都只是王则昆的"内心戏"，从未形诸言辞。直到小说结尾，王则昆才对中央来的领导荆国卿同志提出了自己的困惑和怨言，荆国卿对他解释道："任务多有两个原因，一个是上边有官僚主义，把不应该布置的工作布置下去了，或者是主观主义地布置一套，不合下边的实际情况，弄得下边忙乱不堪，就强迫命令，而强迫命令所造成的脱离群众的恶果，又给以后的工作增加了困难和增加了忙乱。另外一个原因，也是基本的原因，建设社会主义，这个任务本来就是繁重的、很忙的。特别是在农村里，国家所

1　秦兆阳：《在田野上，前进！》，第341、97、109、384页。
2　秦兆阳：《在田野上，前进！》，第323页。
3　叶耘：《向社会主义迈进的农村壮丽图景——介绍"在田野上，前进！"》，《读书月报》1956年第3期。

要求的计划性，常常跟分散的小农经济发生矛盾。对于前一点，那是次要的，是比较好克服一些的；对于后一个矛盾怎么克服呢？我们能够依靠小农经济来在农村里建设社会主义吗？"[1]这番话把王则昆说得无言以对，但又似乎轻描淡写地卸去了上级领导的责任。各色各样的"临时性中心任务"分明都是上级布置下来的，又规定下级要全部按时完成，怎么可能是"次要的，是比较好克服一些的"因素呢？或许是因为秦兆阳察觉到如果一直追问上级和上级的上级，最终会把错误归咎于中央，所以借荆国卿之口把这个因素不了了之。然而如果上级的问题一直得不到纠正，那么一切克服"事务主义"的方案都将是不彻底的。

以梁祥胜在《我当大社主任的经验》中提供的方案为例，一方面，如果社长只抓了主要工作，还是会引起群众的不满。杨履方的话剧《布谷鸟又叫了》中，社长兼党支书方宝山提醒团分支书记、青年生产队长孔玉成："青年人恋爱，……管他干啥，玉成，当干部只要抓紧生产就行了。别抓住芝麻，丢了西瓜。"[2]与梁祥胜几乎完全一致的措辞，在剧本中却成了批判的靶子，理由是方宝山只关心生产不关心人；[3]另一方面，也是更重要的一方面在于"事务"的总量不会因摆脱"事务主义"而减少，社主任梁祥胜摆脱了的那些"事务"恰恰落在了咬透铁锹这样的生产队长头上。赵树理

---

[1] 秦兆阳：《在田野上，前进！》，第327、353、483页。

[2] 杨履方：《布谷鸟又叫了》，《剧本》1957年1月号。

[3] 后来，《布谷鸟又叫了》受到大规模的批判，其中一个重要原因就是："剧作者在这里是在宣传这样一种违反事实的思想：关心生产就不能关心人，关心人就无法关心生产。"（见覃柯：《评〈布谷鸟又叫了〉及其评论》，《戏剧报》1958年第22期。）回看剧本中一些"人"与"生产"对立的情节设置，确实显得有些刻意。

在一次会议上就列举了生产队长要做的繁杂事务：

> 决定种植、估工估产、调配人才、调配畜力、调配肥料、调配农具、安排耕作顺序、检查耕作质量、检查牲畜喂养情况、会议汇报、解决队内纠纷、收藏、分配、审核队内开支、评定和审查各种定额、评定奖惩、带头劳动等。这些事绝大部分与每个队员都有关系，因此队员懂什么队长也就得懂什么。例如，检查耕作质量一项，就包括每一个粮种从耕地到收获的一系列技术。[1]

与可以摆脱"带头劳动"的社主任相比，生产队长因其职责所在，是绝对不可以脱离生产的。如此繁杂的事务无法再向下布置，即使布置下去了，对各项生产细节的检查仍要亲自出马。像这类不脱产干部的工作、生产、生活问题早在丁玲的《夜》中就已得到表现，但直至1950—1960年代仍未找到合适的解决方案——"你到地里去看吧，凡是杂草最多的地，不用问就知道是党员干部的。……他们成为'夹馅饼子'：群众反映他们强迫命令，家里唠叨他们不过日子，上级批评他们做坏了工作"。[2]生产队长咬透铁锹就是因为忙到顾此失彼，"做坏了工作"，给社里造成损失而被罢免，其领导权被一个能说会道的漏网富农王以信篡夺。虽然小说最后王以信被依法拘捕，咬透铁锹官复原职，但事务繁杂、忙中出错的问题似乎并没有解决。在即将到来的人民公社化运动中，咬

---

1 赵树理：《"才"和"用"》，《中国青年》1957年第24期。
2 秦兆阳：《在田野上，前进！》，第217页。

透铁锹定将面临更大的困难,据薄一波回忆:"高级社虽然规模稍大,社员还能'看得到边'。……公社化后,社队规模一下搞得这么大,社员'看不到边,摸不到底',生产、分配完全由少数干部做主,因而社员漠不关心。……有些同志提出:生产大队的规模应该是'转半天,跑到边,干部群众都方便';生产队的规模应该是'望得到,喊得应,看得清,管得了'。"[1] 可以想见,面对公社的庞大规模,不仅咬透铁锹无能为力,连梁祥胜的"巡田"恐怕都难以实现,因为很可能"转一天"都"跑不到边"了。毛泽东在山东历城东郊公社考察时说:

> 这个公社党委书记的工作比我的工作还难做。要告诉他一种工作方法,无非一条是走马看花,一条是下马看花。走马看花,这些生产队,你得分期分批地走一走。下马看花,你得研究一个到几个典型,时间并不要长。有些人在那里搞几个月也搞不清楚,越搞越糊涂,材料越多,笔记写得越多,脑筋越乱。[2]

然而如果时间短、材料少,公社领导对各生产队的实际情况还是无法全面了解,制订计划与现实脱节的情况时有发生,赵树理即指出:"公社对管理区的一切生产条件,不像各该管理区自己那样熟悉",因此"公社以生产管理者的身份和管理区共同经营生产应该把重点放在组织领导、政治教育方面来充分发动管理区干部、

---

[1] 薄一波:《若干重大决策与事件的回顾》下卷,第921页。
[2] 中共中央文献研究室编:《毛泽东年谱(一九四九——一九七六)》第三卷,第617页。

群众的主动性和积极性,至于制定年度生产计划方面……应处于顾问性的协助地位"。[1]从1960年开始,中央把经济核算单位从公社逐级下调到大队、生产队,逐步缩小社队规模,重新拉近了社干部与实际生产之间的距离,使生产秩序基本回归到了"看得清,管得了"的状态。

三

与梁祥胜的《我当大社主任的经验》不同,文艺作品在表现"大社主任的经验"时,通常并不排斥事务的繁杂,社干的记忆力往往会得到极高的赞赏。比如周立波的《盖满爹》:"盖满爹对乡里的情况了如指掌。楠木乡的八个联组,五百来户,他人人熟悉,家家清楚。他脑壳就是一本活的户口册。不但人,他连好多人家的家务,心里也有数。哪家喂了几口猪?牛有好大?谷有多少?今年捡多少茶子?山里有多少出息?他大抵明白。哪个要想在他面前扯个谎,那是空的。"[2]后来《山乡巨变》中刘雨生同样延续了这一优点:"刘雨生对互助组的八户人家和周围单干的家底,人口和田土,以至这些田土的丘名、亩级和产量,他都背得熟历历。他出生在这块地方,又在这里作了十六年的田。村里的每一块山场,每一丘田,每一条田塍的过去几十年的历史,他都清楚。他是清溪乡的一本活的田亩册。"[3]除了"户口"和"田亩"这类相对静态的数据,社长还要记住具体的生产项目和每一个生产环节,《在田野上,

---

[1] 赵树理:《公社应该如何领导农业生产之我见》(1959年8月),《赵树理全集》第五卷,第349页。

[2] 周立波:《盖满爹》,《人民文学》1955年6月号。

[3] 周立波:《山乡巨变》,作家出版社,1958年版,第51页。

前进!》中的郭木山心里反复盘算着接下来要开展的工作:"山药,快收拾完了。地,大半还得一两天才翻耕得完。油坊今日就可以开工了。棉花还得收拾一两回——要是能够把全社的妇女都动员到地里去,恐怕只要半天就收拾完了。……反正要先把这些该做的事情结束了再说……张书记不是叫我耐心、沉着、仔细吗?当个社长,就是得这样。"[1] 所谓的"耐心、沉着、仔细"不仅体现在对繁杂事务的记忆力上,更体现在每一项工作的具体过程中,赵树理说:"千头万绪的事情碰在一个时期,在他们(干部)是见惯了的,可以分开轻重缓急一件一件处理,不会弄得手忙脚乱。"[2] 郭木山在考虑动员妇女时,想得非常周全而细腻:

> 他朝各家的大门看去,计划着对谁家的闺女怎么动员,怎么耐心说服,……在街上走过时,总是在心里对着各家的大门说话,比如:"这家人家,哼,得费点劲!""他们两家相好,让这一家去说服那一家,准行……"这整个的街道好像是一本账簿子,……他郭木山就是经常翻着这个账本儿,熟悉这个账本儿,就什么事情也忘记不了……人们都说他记性好,却谁也不知道他这个秘密的却又平常的工作方法。[3]

作为国家政策和农村生产工作的具体执行者,社干们将直接面对每家每户每个人的具体问题,这些问题从国家的层面来看是小事,但对每个家庭而言却都是大事。社干们处在二者之间,只有真

---

[1] 秦兆阳:《在田野上,前进!》,第155—156页。
[2] 赵树理:《〈三里湾〉写作前后》,《文艺报》1955年第19期。
[3] 秦兆阳:《在田野上,前进!》,第156页。

正照顾到每个农民的实际感受,才能使上级布置的任务真正有效地落地生根。

然而不久之后的"大跃进"时期,赵树理《"锻炼锻炼"》中"好研究每个人的'性格',主张按性格用人"的社主任王聚海却遭到了支书的严厉批评。在动员妇女摘棉花时,王聚海采取了和郭木山一模一样的办法:

> 会动员的话,不论哪一个都能动员出来,可惜大家在作动员工作方面都没有"锻炼",我一个人又只有一张嘴,所以工作不好作……接着他就举出好多例子,说哪个媳妇爱听人夸她的手快,哪个老婆爱听人说她干净……只要摸得着人的"性格",几句话就能说得她愿意听你的话。他正唠唠叨叨举着例子,支书打断他的话说:"够了够了!只要克服了资本主义思想,什么'性格'的人都能动员出来!"[1]

赵树理后来说:"《"锻炼锻炼"》这篇小说,也是因为有这么个问题,就是我想批评中农干部中的和事佬的思想问题。中农当了领导干部,不解决他们这种是非不明的思想问题,就会对有落后思想的人进行庇护。……他们思想、观点不明确,又无是无非,确实影响了工作的进展。"[2]也就是说,影响工作进展的原因本应该是"是非不明"的"和事佬"思想,但小说中支书的批评,却是冲着王聚海"研究性格"的工作方法去的。或许在支书看来,既然"克

---

[1] 赵树理:《"锻炼锻炼"》,《火花》1958年8月号。
[2] 赵树理:《当前创作中的几个问题》,《火花》1959年6月号。

服了资本主义思想，什么'性格'的人都能动员出来"，那么像王聚海那样逐一"研究性格"的方法简直就是浪费时间。但我们稍加思考就会产生疑惑："资本主义思想"难道是很容易就能克服的吗？事实上恰恰相反，它一直是农业合作化进程中最难攻克的堡垒，从互助组到初级社，再到高级社和人民公社，生产关系的不断革命似乎从未真正撬动大多数农民根深蒂固的思想，连范登高、郭振山这样的党员干部都会走上资本主义道路，不必说身处"小农经济的汪洋大海"中的农民了。所以，支书貌似直截了当的处理方式其实解决不了任何问题，反而暴露了"大跃进"时期急躁冒进的工作作风。

面对"大跃进"和人民公社化运动造成的严重后果，中共中央及时对生产规划、组织机构和权力关系等进行了全方位的调整，在工作方法上则试图重新回归"大跃进"之前的状态。周立波写于1964年的小说《林冀生》中，护士小李问林冀生为什么对"田里、土里、天气、鱼肉和花轿"感兴趣时，林冀生没有直接回答，而是"拉开床头小柜的抽屉，取出《毛泽东选集》第一卷……指着《关心群众生活，注意工作方法》那一篇……接着说道：'毛主席教导我们……注意群众生活是关系社会主义革命和社会主义建设的成败的大事，断然不是小事啊，小李同志'"。[1] 这里提到的《关心群众生活，注意工作方法》是毛泽东在1934年发表的讲话。早在那个年代，毛泽东就已经指出革命者既要做"革命战争的领导者、组织者"，又要做"群众生活的领导者、组织者"的观点：

---

[1] 周立波：《林冀生》，《周立波选集》第一卷，湖南人民出版社，1983年版，第329—330页。

> 我们应该深刻地注意群众生活的问题，从土地、劳动问题，到柴米油盐问题。妇女群众要学习犁耙，找什么人去教她们呢？小孩子要求读书，小学办起了没有呢？对面的木桥太小会跌倒行人，要不要修理一下呢？……[1]

这些问题看似属于细枝末节，但对群众而言却都是急需解决的大事。赵树理批评某些干部"又要靠群众完成任务，又不给群众解决必须解决的问题，是没有把群众当成'人'来看待的"[2]。干部不把群众当人，群众革命和生产的积极性一定会大打折扣。在革命战争时期是如此，在战争结束后的和平建设时期，做一个"群众生活的领导者、组织者"就显得更加重要，它特别要求干部们有足够的耐心和细致，能够真正做到想群众之所想，急群众之所急。1961年，邓小平将这种工作方法归纳为"精雕细刻"四个字："我们的群众路线，不是满足于那个热热闹闹，主要的是要做经常的、细致的工作，做人的工作。这是一点一滴的工作，这样的工作积累起来，才有我们伟大的成绩。……我们要把大量的工作放到群众中去，同他们一块生活，一块活动，一块说笑话，一块下棋，然后去做工作。"[3]这等于重新肯定了郭木山、王聚海工作方法的合理性。

"精雕细刻"本是对文艺作品的形容，邓小平将其作为一种工作方法，其实在有意无意间打通了政治与艺术的相通之处。在郭木山之外，秦兆阳重点表现的县委副书记张骏的工作方法，就被评

---

1 毛泽东：《关心群众生活，注意工作方法》，《毛泽东选集》（一卷本），第124—125页。
2 赵树理：《给长治地委XX的信》（1956年8月23日），《赵树理全集》第四卷，第481页。
3 邓小平：《提倡深入细致的工作》，《邓小平文选》第一卷，第289页。

论者视为一种"领导艺术"[1]:"张骏现在很明确地得出了一条经验:在群众里边不光是要一般地去进行工作,而且应当特别注意去了解人,了解各种各样人一辈子的经历,了解他们为什么会形成各种各样的性情特点。……他认为这是他最近两年来读了一些文学书籍的好处。"[2]文学书籍确能让人对更多的人与事产生共情和理解,使做政治工作的人有可能采用一种更加温和、细腻、将心比心的方式来对待群众。虽然张骏的工作方式仍然会受到个别挑剔的读者的诟病[3],但比起其他县级领导来,深入基层的张骏已经是最为"精雕细刻"的好干部了。张骏的问题不在于具体的工作过程,而在于工作结束之后的落脚点:"'这是多有意思!这是多有意思!'张骏看着天空对自己说,'可惜我不是文学家,要不然我真要写写这些事情……'""他怎么能够把刚才王老梗的一切情形描写出来呢?还有今天下午的那个会,那是开得多好!怎么能够不告诉她呢?又怎么能够描写得出来呢?'唉!'他不觉叹了口气,对着灯亮儿出起神来了,'可惜我这枝笔太笨……'"[4]反复强调这种"想写而写不出"的感受,给人一种非要将工作过程和工作成绩形诸笔墨的执念,这就把本是"从群众中来,到群众中去"的好干部张骏,硬生生地塑

---

1 林希翎:《一部歌颂农业合作化运动的诗篇——读秦兆阳的"在田野上,前进!"》,《文艺学习》1956年第4期。

2 秦兆阳:《在田野上,前进!》,第365页。赵树理的看法有些不同,他认为担任实际工作的干部们"为了搞好工作自然就注意研究人",并不需要经过文学书籍的提示。(见赵树理:《做生活的主人——在广西壮族自治区文艺创作座谈会上的发言》,1962年11月13日《广西日报》。)

3 如王愚认为:"我们所看到的张骏,只是一个埋头在无休止的工作过程中,专门从事发号施令,指导工作方法的概念的领导者。"(见王愚:《写失败了的人物形象——谈〈在田野上,前进!〉中张骏的形象》,《延河》1956年9月号。)

4 秦兆阳:《在田野上,前进!》,第373、374页。

造成了一个"从文学中来,到文学中去"的文艺青年[1]。而张骏欲用文学表现而不得的那些事情,已经被秦兆阳详详细细地写了出来,似乎又透露出秦兆阳本人作为"文学家"的某种优越感。然而,描写工作过程恰恰不是文艺自身的专长,有评论者指出:"在农业合作化运动中怎样按照政策正确对待富农,怎样对待落后分子,怎样对待农民社会主义积极性等问题,一本通俗性的阐述政策条文的政治小册子,会比文艺作品讲得更透彻更完备。"[2]因此,在工作结束之后用文艺形式再现一遍工作流程其实没有太大的意义,文艺的作用和功能也并不在此。赵树理即指出:"一个文学艺术作品,主要是它的人物感人,不是让它像合作手册一样去指导办社。"[3]这才是对文艺自身优势和限度的清醒认识。只有给文艺一个准确的定位,或许才能更好地发挥文艺"精雕细刻"的功能。

第三节 "不断革命"与塑造"新人"

一

与每部小说只反映一个时段的柳青不同,胡可在他的剧作《槐树庄》中反映了从土改到人民公社成立之间长达十多年的历史。在创作之前,胡可就经常产生这样的念头:"可不可以用较长时期的农村变迁作背景,用戏剧形式记录下我所知道的一些人的经历

---

[1] 小说中还写到张骏不小心看到吴小正和贞妮子的恋爱情景时,感到"这简直像电影,像小说"(见秦兆阳:《在田野上,前进!》,第389页。)可见张骏常常会将文学作为工作和生活的落脚点。

[2] 王愚:《写失败了的人物形象——谈〈在田野上,前进!〉中张骏的形象》,《延河》1956年9月号。

[3] 参见何坪:《赵树理同志谈〈花好月圆〉》,《中国电影》1957年6月号。

呢？"[1]剧本完成后一度用过《岁月如流》的名字，"寓岁月流逝中换了人间之意"[2]，虽然最终未被采用，但它非常贴切地传达出了胡可书写"长时段"的用心。剧作上演后，当时的剧评家都不约而同地对剧作的"长时段"发表了议论，如阳翰笙所言："这个戏……好像编年史一样地描绘了十年中我国农村的根本性的变化：土地改革，合作化，大鸣大放，社会主义大辩论，人民公社的建立。可以说，十年来农村中的大斗争，大运动，大事件，社会主义革命和社会主义建设都反映了。"[3]不过"长时段"本身并不意味着作品具有高的艺术价值，甚至可能会带来头绪繁多、情节分散的问题。胡可坦言："从开始执笔直到剧本上演，我对这编年史般的结构和松散的情节，是一直缺乏自信的。"[4]陈白尘就认为《槐树庄》和其他几个剧本"可以说四方八面，面面俱到。但作者主要表现的究竟是什么？反而感到不突出"，"《槐树庄》……在时间上却很分散，每一幕写一个重要时代。……这一缺点的根本原因何在，我没有材料来说明。但有一点是可以肯定的，就是作者还不善于从历史事件中提炼题材，不善于概括历史。其实，这也就是说，作者对于自己所要表现的题材在思想上认识得还不够明确，主题还没有集中。题材没经过作者思想——主题的组织集中，它每每成为一个半成品或者仅仅是一堆死材料"[5]。陈白尘的这段评论戳中了胡可的要害，虽然胡

---

1 胡可：《后记——谈谈〈槐树庄〉的创作》，《槐树庄（电影文学剧本）》，上海文艺出版社，1963年版，第73页。

2 胡可：《〈槐树庄〉创作始末》，《文史精华》1997年第1期。

3 阳翰笙：《〈槐树庄〉和〈东进序曲〉观后》，《戏剧报》1959年第14期。

4 胡可：《后记——谈谈〈槐树庄〉的创作》，《槐树庄（电影文学剧本）》，第75页。

5 陈白尘：《话剧舞台上的新成就》，《戏剧报》1959年第14期。

可在战争年代长期生活在农村,但建国以后他"作为军队创作人员不可能以较长的时间到农村深入生活"。1958年底,胡可"原想在军分区这个岗位上对农村生活认真补一补课,一年半载以后再考虑创作的",但军区向他传达了"放卫星"的任务,希望他"在明年2月份完成一个剧本",向建国10周年献礼。[1] 如此匆忙紧迫的任务性写作,使胡可根本来不及熟悉自己所要表现的题材,更谈不上有深刻的思想认识了,后来他反思道:"《槐树庄》的教训,……在于自己的马列主义修养不高,对生活的了解不深,……勉强去写了一些自己并不深知的事情。"[2] 情急之下,胡可拿曾经塑造过的戎冠秀来救急——1944年,胡可以真人真事为题材创作话剧《戎冠秀》,新中国成立后,胡可与戎冠秀本人一直保持着联系,对她领导农业合作社的经历也有所耳闻。于是,胡可就以戎冠秀为原型,塑造出了《槐树庄》的主人公郭大娘。

据郭大娘的饰演者胡朋说:"她(郭大娘)在土地改革的时候,成了向地主斗争的骨干;在合作化运动中,成为带头办社的先锋。在党提出的每一项任务中,她都站在斗争的前列。"[3] 发挥了"带头作用"和"骨干作用"的郭大娘理应成为《槐树庄》中的骨干人物。但根据陈白尘的观感,剧本却是一种双主角的构造——"郭大娘和刘老成两家的发展是可以反映农村的变化",而且"戏的后两幕就写散了,第五幕里作者只好用一位新闻记者来穿插全幕

---

[1] 胡可:《〈槐树庄〉创作始末》,《文史精华》1997年第1期。
[2] 胡可:《就有关〈槐树庄〉的问题复陆文璧同志》,引自陆文璧、王兴平编:《胡可研究专集》,解放军文艺出版社,1984年版,第61页。
[3] 胡朋:《〈槐树庄〉的变迁》,原载1962年12月13日《北京晚报》,引自陆文璧、王兴平编:《胡可研究专集》,第207页。

了"[1]。因此从结构上看,骨干人物郭大娘并没能贯穿全剧始终。而从人物塑造上看,话剧对郭大娘的表现同样不能尽如人意,尽管她的原型戎冠秀是胡可非常熟悉的人物。陈默认为:"郭大娘的形象还不够丰满。……我们很希望窥探到这个英雄人物精神上更光辉的内心世界,可是,剧本的后三幕没有能够集中笔力来刻画她的形象。"具体说来,第三幕"没有让郭大娘直接地参与对刘老成的斗争",第四幕"没有把郭大娘推上矛盾冲突的最尖端","郭大娘并未遭受到多么尖锐复杂的考验"[2]。郭大娘之所以总能处在相对安全的位置,是因为她背后有老田同志这个靠山[3]。张立云认为:"有些关键地方把足以表现她(郭大娘)的性格的戏却写到了老田的身上了。老田成了解决矛盾的决定性人物,而削弱了她的作用。"[4]我们看到,剧中的很多矛盾和困难确实是在老田同志的帮助下解决的,郭大娘在这过程中不仅没有获得成长,而且对老田产生了强烈的依赖性,直到第五幕的公社化运动,郭大娘的依赖性还是十分强烈:"你要帮我们把公社办好再走多好啊!""公社这个新事儿,大伙都没有经验……"老田同志回答:"咱们土改有经验?办合作社有经验?经验是摸出来的!……这是个新事儿,将来的共产主义更是个

---

1 陈白尘:《话剧舞台上的新成就》,《戏剧报》1959年第14期。
2 陈默:《〈槐树庄〉的成就和不足》,原载《解放军文艺》1959年9月号,引自陆文璧、王兴平编:《胡可研究专集》,第189页。
3 弗里曼等学者在《中国乡村,社会主义国家》一书中,就一再强调合作社主任耿长锁有一个"直通省会和首都的私人关系网"(见弗里曼、毕克伟、赛尔登:《中国乡村,社会主义国家》,陶鹤山译,第198页),河北省委书记林铁、河北农林厅厅长张克让等上级领导,都是耿长锁牢固的靠山,他们给耿长锁合作社及耿长锁本人源源不断的支持和帮助确实令其他乡村望尘莫及。
4 张立云:《十载风云一望收——看胡可同志的新作〈槐树庄〉》,原载1959年7月20日《文汇报》,引自陆文璧、王兴平编:《胡可研究专集》,第157页。

新事儿！人民公社，这是党和毛主席指给咱们的通向共产主义的大道！这会儿经验少点，可是咱们越干经验越多！"[1]然而郭大娘对这番话并无回应，话剧就在郭大娘不舍的泪水中渐渐落幕。

这种对上级领导的依赖性在文艺作品和现实中都相当普遍，秦兆阳的《在田野上，前进！》中，农业社会计李幼章就显得怨气十足："上级一年也不来给咱们开开会，打打气，人们都有个印象：好像这个社是可有可无，好像咱们是没娘的孩子……"社长郭木山也是"一想到他们（县区领导）待个三天两天就要走，他心里就一阵一阵地发空，就暗暗地责备他们：'你一走，又该我一个人在这儿硬夯了，咳！真够呛！'"[2]河北雄县段岗村的互助组长韩全就特别不想让指导他们转社的作家徐光耀离开，徐光耀在日记中写道："他们说，我不在，他们便感到不踏实，没有主心骨似的。我一来，哪怕不说话，他们便把心定下来了。"不过，徐光耀对这种依赖性颇不以为然："这韩全实在前途不大，骨干太软弱了，轻率地在这儿组织这个社，是一个错误。"[3]这样看来，"依赖性"是骨干软弱的典型征候——总是期待别人的帮助，会让人物渐渐丧失独立解决问题的能力。《槐树庄》中老田不在场的时候，郭大娘就会向身边的人请求帮助——土改斗争崔老昆时，郭大娘就不断被群众提醒不要"心眼儿太软""犯温情主义"；合作化运动中，郭大娘又向根柱求援："帮助帮助我！……你大娘的计划性不行，也不会说也不会道，碰上那资本主义式儿的，也说不过人家，……"；而根柱未上

---

[1] 胡可：《槐树庄（五幕话剧）》，解放军文艺社，1959年版，第102页。
[2] 秦兆阳：《在田野上，前进！》，第52、177页。
[3] 徐光耀：《徐光耀日记》第六卷，河北教育出版社，2015年版，第410、524页。

场之时，郭大娘只能独自"泄气"和"无奈"[1]……

一个真正的革命者本不应害怕困难，正如胡正小说《汾水长流》中农业社党支书郭春海的感慨：

> 发动"互借"、引汾河水抗旱，自然有很多困难。但是从困难中长大的郭春海，他就不相信克服不了这些困难。……正是因为有困难，才要人想办法克服困难呀！好办法多是在克服困难时逼出来的。在困难面前听天由命的人是懒汉，不敢克服困难的人是胆小鬼。这时，他又想起县委李书记常说的几句话："共产党员就不怕困难。要前进，就会遇到困难，克服一次困难，就前进一步。"[2]

而郭大娘在面对困难时的依赖性和无力感，使她身上的革命性大打折扣，阳翰笙在剧评中就明确表示郭大娘的革命理想"写得不够"："她究竟在追求着什么？她的愿望如何？抱负怎样？对农村发展的前途抱着怎样的渴望？这些似乎都写的不够清晰，深刻，因之，感人的力量也就不深了。"[3]郭大娘的饰演者胡朋后来也反思道："我的表演细致有余，但是对郭大娘的革命理想方面，是体现的不够的。这还有待于我今后的努力。"[4]

这一系列问题在1962年摄制完成的电影中得到解决。原剧第

---

[1] 胡可：《槐树庄（五幕话剧）》，第4、40、27页。

[2] 胡正：《汾水长流》，北岳文艺出版社，2015年版，第73页。

[3] 阳翰笙：《〈槐树庄〉和〈东进序曲〉观后》，《戏剧报》1959年第14期。

[4] 胡朋：《生活积累和演员的艺术创造——在〈槐树庄〉中演郭大娘的一些感受》，《戏剧报》1959年第14期。

五幕反映"大跃进"和人民公社化时期的情节被删去大半,从侧面反映了中央在1960年代初对过去激进政策的纠偏。人物方面,刘老成的戏份减少,冯同志、张美丽等次要人物被删去,赵和尚与李老康合并。胡可严格遵循了领导给出的改编方向:"尽量减少枝节,着重写郭大娘这个人物,一切事件围绕着她来展开。"[1]这样一来,郭大娘的骨干位置得到了突出。司徒慧敏在观看影片时敏锐地注意到:"每一个时期,一个发展阶段的转换,几次都在郭大娘的特写或近景中。"[2]这与《创业史》在诸多章节结尾将人物目光投向梁生宝的写法有着异曲同工之处。值得注意的是,在几个时期的转换处,都有一段歌曲与"郭大娘的特写或近景"相配合。如第二段歌曲在"哟吼嗨哟嗨"的劳动号子中展开:"万事起头难,有苦才有甜,道路全靠人来走,大娘她最当先。"此时的情节是郭大娘和社员一起拉犁的场景,用的正是赵树理《表明态度》中的方法——"用四人拉犁、一人扶犁、儿童跟在后边随犁下种"[3]。镜头给走在最前面的大娘充分的特写,与歌词中的"大娘她最当先"相配合,充分表现了合作社组织者的带头作用。

  这一"用几段歌曲连结起几个时期"[4]的设想最早来自导演王苹,胡可为此专门补写了四段歌词,除了前引第二段外,其余三段分别是——

---

1 胡可:《后记——谈谈〈槐树庄〉的创作》,《槐树庄(电影文学剧本)》,第76页。
2 司徒慧敏:《壮丽的记录光辉的历程——评电影〈槐树庄〉》,原载1962年12月23日《人民日报》,引自陆文璧、王兴平编:《胡可研究专集》,第202页。
3 赵树理:《表明态度》,《文艺学习》1956年第8期。
4 胡可:《〈槐树庄〉创作始末》,《文史精华》1997年第1期。

"人民坐江山，总路线往下传，社会主义开了端，大娘她好喜欢。"

"任凭风浪起，稳坐钓鱼船，赤胆忠心为群众，大娘她心坦然。"

"十年乾坤转，沧海变桑田，万丈高楼平地起，一步一层天，真金不怕火，英雄不怕难，革命不怕路崎岖，大娘她意志坚。"

可以看出，每段歌词都以"大娘"作结，表达对郭大娘的歌颂和赞美，比话剧中仅出现一次的"边区有个槐树庄，槐树庄有个郭大娘"的赞扬更有贯穿性，更为丰富而具体。这里的三段歌词反映的都是大娘的心理体验，话剧没能充分表现的郭大娘的"追求""愿望""抱负"以及"对农村发展的前途"的"渴望"，都借助歌词传达出来。最后一段歌词最长，格外突出了郭大娘"不怕困难"的意志品质。我们注意到，郭大娘面对困难时的依赖性和无力感在影片中完全消失，取而代之的是不畏艰险、迎难而上的可贵精神。这种效果仅靠删削掉一些"无力"的情节还不能达到，编导有意识地对很多原有情节的意义进行了进一步的提炼和升华。比如话剧第一幕结尾郭大娘的台词是："土地改革，这是翻身的开头儿，那好光景还在后头哪！"[1] 这句话只能反映大多数老百姓的朴素愿望，却无法体现共产党人的革命理想和革命信念。而影片第一段落土改结束前，老田同志对郭大娘说："要干革命，就得准备干一辈子，革命的目标还远得很，还有好多事情在等着我们去做呢。"这

---

1 胡可:《槐树庄（五幕话剧）》，第22页。

样一来，对美好生活的朴素向往，就升华为一种不断克服困难的革命精神。影片中的郭大娘没有像本章前两节提到的王加扶和咬透铁锹那样感到自己无法胜任新的工作，而是在每一个历史时段都勇敢地冲在前列。在影片结尾人民公社成立时，已经成为县委领导的老田同志再一次对大娘说起："还有好多的事情在等着我们去做，今后，还会有新的困难来考验我们。"这并不是闭环式的首尾呼应，而是一种对未来的敞开，预示了革命要"干一辈子"的持久性。胡可曾明确表示郭大娘的原型戎冠秀就是"一个踏踏实实的人，一个不断革命的人，一个把自己的生命和党的事业紧紧联结在一起的人"[1]。这让人联想到鲁迅笔下"永远的革命者"："站出世间来就是革命，失败了还是革命；中华民国成立之后，……仍然继续着进向近于完全的革命的工作。直到临终之际，他说道：革命尚未成功，同志仍须努力！……他是一个全体，永远的革命者。无论所做的那一件，全都是革命。"[2]这样一来，话剧中"写得不够"的"革命理想"就在影片中变得饱满起来，而且得到了充分的提炼和升华。

另外，影片还有意借助他人的衬托来强化郭大娘"不断革命"的意志品质——老田同志曾评价变质的干部崔治国："土地改革，对咱们共产党员来说，也就是迈了一小步，可就是这一步啊，也有人迈不过去。"崔治国在抗日斗争中有过英勇表现，却在土改时掉了队，成了"第一个'落水者'"[3]。郭大娘带领群众迈过这一步

---

[1] 胡可：《后记——谈谈〈槐树庄〉的创作》，《槐树庄（电影文学剧本）》，第70页。
[2] 鲁迅：《中山先生逝世后一周年》，《鲁迅全集》第七卷，第306页。
[3] 甘惜分：《要记住那战斗的岁月——看电影〈槐树庄〉杂感》，《电影艺术》1963年第1期。话剧在崔治国与槐树庄村民争执时，由通讯员小高抽出崔的枪插到自己腰间，担心出事；而在影片中崔竟自己拔枪威胁村民，其心狠恶毒被进一步强化。

之后迎来了农业合作化,这时党员干部刘老成又产生了"退坡"思想,像王永富、范登高、郭振山等人一样坚持单干,不愿入社。如评论者所说的那样:"战争这一关,他过的很好,土地改革这一关,他也过的不错,可是,在社会主义这一关的门坎上,却踩了一块绊脚石,他走不动了。"[1]杜鹏程在给王汶石的一封信中也谈到农村中有很多这样的人:"在土改时,他拿到土地,就想歇一歇,成立互助组以后又想歇一歇,成立初级社后又想歇一歇,成立高级社后又想歇一歇……"[2]可以看出,在革命道路上,随着革命内容与形式的不断更新,总会有人因为困难或是不理解而掉队、退出,但郭大娘却如评论者所说的那样:"对于党的事业,对于新生事物抱着坚韧不拔的信心。"[3]正如鲁迅所言:"在行进时,也时时有人退伍,有人落荒,有人颓废,有人叛变,然而只要无碍于进行,则愈到后来,这队伍也就愈成为纯粹,精锐的队伍了。"[4]与那些"退伍""落荒"者相比,"不断革命"的郭大娘显然是走在队伍前列的"新人";而就她自身对"互助组,合作社以至人民公社"这类"发展变化中的新生事物"[5]的积极态度来看,郭大娘同样是一个当之无愧的"新人"。"不断革命"意味着将对新生事物的热爱内化为一种能力和精神,从中滋生出一种源源不断的自我突破、自我更新的诉求。

在理论家们看来,塑造"新人"是"社会主义现实主义文学

---

1 甘惜分:《要记住那战斗的岁月——看电影〈槐树庄〉杂感》,《电影艺术》1963年第1期。
2 钟灵:《农业合作化的赞歌——简评浩然的短篇小说集〈喜鹊登枝〉》,《文艺报》1959年第7期。
3 司徒慧敏:《壮丽的记录光辉的历程——评电影〈槐树庄〉》,原载1962年12月23日《人民日报》,引自陆文璧、王兴平编:《胡可研究专集》,第201页。
4 鲁迅:《非革命的急进革命论者》,《鲁迅全集》第四卷,第232页。
5 司徒慧敏:《壮丽的记录光辉的历程——评电影〈槐树庄〉》,原载1962年12月23日《人民日报》,引自陆文璧、王兴平编:《胡可研究专集》,第200页。

的最根本的任务"。[1] 可以说,《槐树庄》通过从话剧到电影的不断修改,最终在郭大娘身上完成了这一使命。

二

胡可在他的创作谈中指出:"郭大娘这个人物,也已经和这个架子(按:指剧作中前后相继的几个时期)不那么容易分开了。"[2] "一步一层天"的"架子"使我们注意到:与郭大娘"不断革命"的精神相关的,是一整套革命步骤的建立。毛泽东在《工作方法六十条(草案)》中"不断革命"的条目下即指出:"我们的革命是一个接一个的。从一九四九年在全国范围内夺取政权开始,接着就是反封建的土地改革,土地改革一完成就开始农业合作化……"[3] 在呈现"不断革命"的意义上,我们可以进一步了解胡可采用"长时段"的用意,但这并不意味着"长时段"中的断裂感可以被完全弥合。《槐树庄》中的老田同志预言土改只是革命第一步,这不过是作者胡可目睹了农村变革全过程后给他安排的台词。而周立波还在土改过程中就已经意识到土改只是对土地问题的"初步解决"——《暴风骤雨》中的萧队长在日记中写道:"彻底消灭封建势力,就是彻底消除几千年来阻碍我国生产发展的地主经济。地主打垮了,农民家家分了可心地。土地问题初步解决了,扎下了我们经济发展的根子。……"[4] 可以说,周立波比胡可更早形成了对革命的深刻认识和理解。根据李国华的研究,《暴风骤雨》比赵

---

1 冯雪峰:《论〈保卫延安〉的成就及重要性》,《文艺报》1954年第15期。
2 胡可:《后记——谈谈〈槐树庄〉的创作》,《槐树庄(电影文学剧本)》,第77页。
3 毛泽东:《工作方法六十条(草案)》,《毛泽东文集》第七卷,第349页。
4 周立波:《暴风骤雨》下册,新华书店,1950年版,第308页。

树理的《李家庄的变迁》更有前瞻性,后者的结尾之前"故事时间就已经划上休止符","不仅团圆了,而且封闭了"[1]。但周立波却借萧队长之口谈到"还有好多事情在等着我们去做",比如"要开始整党建党,建立支部"等等。与之类似的是丁玲,在《太阳照在桑干河上》的结尾,先是以抒情的口吻表达对土改的赞颂:"呵!什么地方都是一样的呵!什么地方都是在这一月来中换了一个天地!世界由老百姓来管,那还有什么不能克服的困难呢。"在展现了革命者克服困难的决心和意志后,丁玲的笔触转向了下一步的具体工作:"第二天当太阳刚刚出来照在桑干河上时,他们便又出发了,他们到八区一个新兵营去,帮助做一些政治教练的工作。"[2]丁、周二人的小说结尾可以说都呈现出时间的延展性和革命的持久性。不过仔细看来,小说中呈现的"下一步"并未突破土改的革命形态——无论是"整党建党",还是"到八区一个新兵营去",显然都是对土改成果本身的巩固。丁玲和周立波能够意识到土改只是革命的第一步,但并不能预见土改之后新一轮革命的具体形态。周立波只是借萧队长之口展望了未来:"那时候,在这一大片土地上,咱们大伙来生产,开始用马来种地,往后就用拖拉机,跟咱们老大哥苏联一样。"[3]但并没有说土地所有权将会发生重大变更。而经历了农村变革始末的胡可,却让老田同志充满自信地作出了预言:"这会儿你们分地,也许到了那会儿呀,你们又把地合起来了。"接下来,镜头切换到了合作化时期,郭大娘笑呵呵地说:"老田算得真

---

[1] 李国华:《农民说理的世界——赵树理小说的形式与政治》,上海书店,2016年版,第267—268页。
[2] 丁玲:《太阳照在桑干河上》,新华书店,1950年版,第457—458页。
[3] 周立波:《暴风骤雨》下册,第354页。

准,这不,才过了六年,咱们就把地合起来了。"胡可的本意或许是想以预言与预言的印证来串起反映土改与合作化的两幕,但这句预言却明显缺乏逻辑支撑。或许在后设视角看来,从土改到合作化已是客观存在的历史事实,尤其是到了人民公社化运动时期,此前两种革命形态之间的逻辑转化过程似已无需多言,不证自明。但在老田预言的现场,情况恐怕没有这么简单。老田是在群众欢送他的时候说出这句话的,此话一出,忽然有几秒的冷场,对刚刚分到土地的群众而言,"合起来"的议论显得过于突兀,毫无道理。随即刘老成像缓和气氛一样笑着对老田说:"瞧你说的。"这句台词在表达对老田亲近的同时,更多的是反映了广大农民的怀疑、困惑和不解。郭大娘在此时没有任何表示,虽然她之前听老田同志谈过土改只是"一小步",但当真正具体的"第二步"被一语道破之时,她也不能迅速领会和理解,而是必须等到真正的合作化运动展开之后才恍然大悟。郭大娘和群众的反应使老田过于具体和超前的判断显得十分尴尬。电影对老田预言的设计非但没能弥合话剧幕与幕之间分散的缺点,反而进一步暴露了从土改到合作化之间的逻辑鸿沟。

不过在当时,这样的"症候式分析"是不存在的。多数评论都选择顺应《槐树庄》勾勒的革命步骤进行描述:

中国历史,中国农民的历史,在这里暂时作了一个结束,写完了第一章。但是,获得了革命胜利果实的、分得了土地的农民,又将继续走向何处去呢?怎样继续写第二章呢?是走资本主义道路或是走社会主义道路呢?《槐树庄》就是从这里开始了自己的艺术描写。[1]

评论者以写作过程中的章节顺序来隐喻农村革命的历史,恰恰呈现出了革命史本身的建构性。事实上,农村革命历史的叙述模式在当时已经形成,与其说评论者复述了《槐树庄》的革命步骤,不如说《槐树庄》照搬了既有的历史叙述框架。到了1980年,就有评论者不无尖锐地指出:"《槐树庄》的时间跨度那样长,正是作者对当时农村生活的观点和态度的反映。不过,这不是个人的创见,只是流行的政治概念的翻版。因此戏所表现的斗争,也不过是政治概念的图解,……无非是作者想去凑合那些历史性的关键时刻,以显示剧作内容是有历史意义的。"[2] 胡可在1982年也对《槐树庄》的创作进行了自我反省:"党在一定历史时期的路线、方针、政策,对我们文艺工作者的观察研究生活是不可缺少的指引,却不需要我们去匆忙地图解它。""在今后的创作中力戒从概念出发,把复杂的生活简单化的毛病。"[3] 这类评论和反省的出现自有时移世易的原因,但同样可以道出某些并不随时代变迁而改变的作品痼疾。像郭大娘这样在每一个"历史性的关键时刻"都冲在前面的人物,在很多作家的作品中都出现过,比如赵树理作于1952年的《郭玉恩小传》就简明扼要地写道:"他接受新事物快。上级开始号召互

1　甘惜分:《要记住那战斗的岁月——看电影〈槐树庄〉杂感》,《电影艺术》1963年第1期。
2　阿尧:《对〈槐树庄〉的再评价》,原载《戏剧界》1980年第3期,引自陆文璧、王兴平编:《胡可研究专集》,第192—193页。
3　胡可:《就有关〈槐树庄〉的问题复陆文璧同志》,引自陆文璧、王兴平编:《胡可研究专集》,第61、63页。

助,他就组织互助组;开始提倡合作,他就试办合作社……"[1]可见,从文学形象演进的图谱上看,作为"新人"的郭大娘其实并不"新",甚至暴露出概念化、简单化的毛病。有评论者指出:"在郭大娘身上,可以看到我国农村中许多革命老大娘身上共同具有的那种淳朴善良而又坚毅不拔的革命风格。"[2]如果把这句褒扬之辞反过来看,也可以理解为:郭大娘身上体现的革命风格与此前文艺作品中出现的革命老大娘们完全雷同。在卞之琳写于1954年的报告文学《风满旗》中,就接连出现了好几位这样的革命老大娘:首先是一位年近六十的"老嬷嬷":"她既是生产能手又加劳动积极,有时候,趁大家作息的空隙,急匆匆跑回村子去,……她满脸红光地扛来了大家一时忘记了的生产小组的红旗。""老嬷嬷"的家"堪称合作社之家,人是合作社之母,……而早先选她为劳动模范,最近又选她为村人民代表也是当然的事情"。卞之琳特别强调:"因为这样的'老嬷嬷'在苏南浙北晚解放区的,也不是绝无仅有的例子,为了扩大一点面的认识,我们就请'老嬷嬷'转到吴县西乡区,减轻几岁年纪;换上个名字叫黄球弟。"为了表现人物的共同性和普遍性,卞之琳在作品中一再地使用这种转换地域、增减年龄和变更姓名的方式:"把面再扩大一点,跨过太湖,到南边的山区,例如新登县(后并入富阳县)城岭区。这里不但互助组很多,而且农业生产合作社也不少了。……我们想知道,不妨也就请'老嬷嬷'过来,年龄正好不用改,保留在五十七八的范围,只要把名字改作

---

[1] 赵树理:《郭玉恩小传》(1952年),《赵树理全集》第四卷,第125页。
[2] 陈默:《〈槐树庄〉的成就和不足》,原载《解放军文艺》1959年9月号,引自陆文璧、王兴平编:《胡可研究专集》,第180页。

翁凤和。"[1]不断轮换的写法让读者感觉她们除了地域、年龄和名字之外,其他一切都是相同的。这种写法当然有其现实基础和存在的合理性,赵树理就曾说过:"毕革飞同志那些内容重复的快板,在当时确实是应该那样写的——因为现实本身就有重复性。"但即使是赵树理本人,在编选作品时也对"重复"表现出很深的厌倦[2]。茅盾在评价1960年的短篇小说也谈道:"只要是英雄人物就有教育意义,因而风貌相同的英雄人物原亦不嫌其多。但是,我们总希望我们作品的新人物的风貌能够日新月异。"[3]张光年说得更不客气:"如果作品中出现的正面英雄人物,表现出千篇一律的模糊的精神面貌,这是无论如何也说不过去的。"[4]

茅盾对"异"的期待直接针对着英雄人物"风貌相同"的问题,在很多理论家看来,这是因为没有处理好"共性"和"个性"的关系所致。本书第二章将对这一问题进行更加充分的探讨,本章只处理茅盾所期待的"新"。新中国成立初期,文艺界一直大力推崇对"新英雄人物"的塑造,1952年《人民日报》在纪念《在延安文艺座谈会上的讲话》发表十周年的社论中指出:"在我们的许多作品中,还没有创造出真正可以被千百万人当作学习的榜样的人物;而这种人物,在现实生活中是很不缺少的,他们是推动生活前进的先进力量。艺术家的责任,就是要揭示这种力量,用最大的热情来表现这种力量,使他成为千百万人的榜样,鼓舞人们去为美好

---

1 卞之琳:《风满旗》,《卞之琳文集》上卷,安徽教育出版社,2002年版,第573、574、575页。
2 赵树理:《谈"助业作家"——纪念毕革飞同志》,《解放军文艺》1964年5月号。
3 茅盾:《一九六〇年短篇小说漫评》,《茅盾评论文集》(上),第344页。
4 张光年:《艺术典型与社会本质》,《文艺报》1956年第8号。

的理想而斗争。"[1]1954年,冯雪峰更是把塑造"新英雄人物"视为"社会主义现实主义文学的最根本的任务"。[2]然而,"新英雄人物"之"新"在时间范畴上的未来性,常常让作家们感到难以把握,在1949年的一次座谈会上,作家杜锋就指出:"写新人物不如写旧人物生动,原因是新的人物正在各方面生长中,在逐渐形成中,不容易看到。"[3]梁斌在谈论《红旗谱》的创作时也坦言:"新的人物还在发展着,有待于你去创造和肯定,写起来就比较困难了。"[4]秦兆阳在《论一般化公式化》一文中还举出了苏联作家法捷耶夫的例子:法捷耶夫曾希望塑造集体农庄的新人形象,却一直未能成功:"因借以构造中篇小说的材料已经陈旧了:青年已经不是那个样了,集体农庄也变样了,甚至生活所提供的情节也不同了。一切都变了,一切向前进了。构思的思想基础仍然未变。主人公当然在最基本最本质的方面还是那样。但是需要在新的生活条件下看取他们,要办到这一点,我就得在生活学校重新读另一课了。"[5]但这个案例隐含着一个悖论——即使作家"在生活学校"里重新读完"另一课"后立即投入写作,就在他的写作过程中,青年和集体农庄还会变样,作家的写作将永远落后于人物和时代的新变。正如秦兆阳所言:"只是单纯为了表现'当时'集体农庄的状态及'当时'青年们的作为。抱着这样的目的去写作,是永远赶不上生活变化的速

---

1 《人民日报》社论:《继续为毛泽东同志所提出的文艺方向而斗争——纪念毛泽东同志的〈在延安文艺座谈会上的讲话〉发表十周年》,1952年5月23日《人民日报》。

2 冯雪峰:《论〈保卫延安〉的成就及重要性》,《文艺报》1954年第15期。

3 胡丹沸整理:《创作·政策·新人物等问题——漫谈记录》,《文艺报》第一卷第七期,1949年12月25日。

4 梁斌:《漫谈〈红旗谱〉的创作》,《红旗谱》第一部,人民文学出版社,1959年版,第23页。

5 秦兆阳:《论一般化公式化》,《论公式化概念化》,人民文学出版社,1953年版,第32页。

度的。"[1] 1950—1960年代的作家普遍意识到自身的认识相对于新人新事的滞后性,"时时觉着自己的作品落在现实之后"[2],作家峻青即表示:

> 我离开农村仅仅才十个月,可是,在十个月当中,农村生活发生了多大的变化啊!十个月以前,农业生产合作社,莱阳一带每一个县也不过是一两个,顶多三四个;现在,每一个乡却都有一两个,甚至是四五个了。十个月以前,真正好的互助组一个村里也不过三两个,绝大部分的农民实际上是在单干;现在,恰好相反,单干的寥寥无几,而互助组却普遍的成立起来了。这种巨大的变化,倒不止是表现在这些有形的物质数量上的增减,而更重要的还是表现在人的精神面貌的改变。十个月以前,……那些没有考上中学终日愁眉苦脸的高小毕业生……有一些已经成了生产战线上的先进份子。……它使我们不得不考虑一下:面对着如此飞跃发展的现实,我们的生活和工作应该怎样按排才能与之相适应。[3]

---

1 秦兆阳:《概念化公式化剖析》,《文学探路集》,人民文学出版社,1984年版,第19页。按:《概念化公式化剖析》由秦兆阳在《论一般化公式化》一文的基础上修改而成,本段引文即为秦兆阳在修改时所加。秦兆阳在为《文学探路集》作的序言(因故未收入《文学探路集》)中表示:"本书开头的五篇(引按:《概念化公式化剖析》、《再谈概念化公式化》、《形象与感受》、《环境与人物》、《理想与现实》),是《论公式化概念化》那本小册子所留下的痕迹;……恐读者读起来无味,所以除了《形象与感受》这篇删改较少以外,其它四篇都作了较大的删改。"(见秦兆阳:《探路简记》,《秦兆阳文集》第5卷,武汉出版社,2016年版,第337页。)这篇序言作于1983年1月,秦兆阳对《论一般化公式化》的修改当在1980年代初期。

2 赵树理:《我在创作中的一点体会》(1955年),《赵树理全集》第四卷,第372页。

3 峻青:《正确地对待生活》,《文艺月报》1954年11月号。

面对这样的现实，胡可提出了一种解决方案："看到英雄和先进人物出现而去熟悉他们是好的，而把注意力放到那些具有英雄品质的，又是自己比较熟悉的、暂时还没有被公认为英雄的人物身上，和他们一起斗争，亲自看到他们怎样成为英雄，这种做法也许更加必要些。"这种做法不仅避免了"凑热闹、抢材料的做法"[1]，而且让滞后的文艺赶上了生活斗争，至少使文艺创作与新人新事的成长处在同步的状态。但这种做法也有风险，作家选择的对象一定可以成长为"新人"吗？徐光耀在家乡"深入生活"，帮助当地韩全的互助组转社的过程中，就在韩全身上看到了一个"新人"的萌芽："韩全也敢说敢道，把工作掌管了起来。似此，则前途大可乐观，我心安矣。"[2]然而"前途"并没有徐光耀想象得那么乐观，前文已经谈到韩全在转社过程中表现出的软弱和依赖性让徐光耀对其彻底丧失信心，徐光耀构思已久的小说《韩全》，后来也一直未能写出。

与胡可颇具风险的实际操作相比，秦兆阳在面对文艺的滞后性时更多诉诸作家理念和思想的前瞻性，他认为作家如果"看不见'人'的新的意识的发生和成长，不会把它加以发扬和形象化，不从现有的萌芽上看到将来的远景，就不会推陈出新，就难以避免公式化"[3]。比起徐光耀亲手培养"萌芽"的艰难来，从"萌芽"上"看到将来的远景"似乎是从"改造世界"退回到了"认识世界"，是降低了对作家的要求。实则不然，在曹禺看来，即使是"认识"现在已有的新英雄都并非易事："中国有一句老话，'慧眼识英雄'，

---

1 陈刚：《生活和创作——记胡可同志的一次谈话》，原载《戏剧报》1961年第7—8期，引自陆文璧、王兴平编：《胡可研究专集》，第67页。
2 徐光耀：《徐光耀日记》第六卷，第383页。
3 秦兆阳：《论一般化公式化》，《论公式化概念化》，第12—13页。

谁能有这样一对慧眼呢？我看也只有英雄。""为着真正了解今天现实存在的英雄，深入他们的全面的精神生活里，我们必须使自己的思想感情跟英雄们的思想感情同样的高贵。"[1]胡乔木在一篇关于文艺创作问题的报告中也指出："作家必须站到工人阶级的先进的行列中来，成为我们时代政治上、道德上的表率，然后才有可能创造出值得全国人民仿效的先进人物。"[2]也就是说，作家们如要获得对新人的认知能力，自己首先要成为新人，这就把思想感情的更新和改造引向了自身。康濯即认为作家必须"改造思想，使自己首先成为红色战士，然后才有可能做出对人民有益的事"[3]。而在托洛茨基看来，这种改造的难度并不低："根据科学的纲领性目标对幼年起开始形成的情感世界进行改造，这是内心的一件最困难的工作。并非每个人都能这样做。"[4]有研究者指出，这种改造"要求革命的文艺工作者突破惯性的自我状态，投入到革命政治的自我改造实践中，经由参与革命政治的改造而打造新的革命者主体，再由此产生新的文艺"[5]。也就是说，作家自身也需要"不断革命"，不断扬弃"旧我"，才可能以新的思想感情准确地把握时代的新动向，赶上新人新事的步伐，进而"看到将来的远景"。作家王林在反右整风中就检讨自己"严重个人主义，缺乏不断革命的精神，无产阶级人生观不够坚强。"[6]"不断革命"由此也成为新中国作家自我完善的必由之路。

---

1 曹禺：《要深入生活》，《人民文学》1953年11月号。

2 唐挚：《关于深入生活的一些问题》，《文艺报》1953年第12号。

3 康濯：《让文艺的红旗遍地高扬》，《初鸣集》，作家出版社，1959年版，第25页。

4 托洛茨基：《文学与革命》，刘文飞等译，外国文学出版社，1992年版，第132页。

5 程凯：《政治与文艺的再理解——从胡乔木讲话反观〈在延安文艺座谈会上的讲话〉》，《文学评论》2017年第5期。

6 王林1960年2月22日日记，王端阳编录：《王林日记·文艺十七年（之六）》，《新文学史料》2014年第3期。

第二章
"典型示范"与书写"典型"

1962年,蔡仪在《文学评论》上发表了《文学艺术中的典型人物问题》一文。文章开头对新中国成立以来不同时期的文艺评价尺度进行了鸟瞰式的概括:

> 全国解放后最初一个时期,我们的文艺批评曾以思想性和真实性作为重要的尺度。……其后有一个时期,在要求思想性和真实性的基础上,又曾提出新英雄人物的创造作为重要的尺度。在作品批评中往往着重地论它是否描写了新英雄人物,或者怎样歪曲了新英雄人物等。……在当前,革命的思想性和生活的真实性,创造新英雄人物形象,依然是我们文艺的根本要求或主要要求,也有尚未明确的问题;然而思想性和真实性如何结合文艺的特征更好地贯彻到创作中去,新英雄人物形象如何按照艺术规律创造出来,是文艺创作必须探索的,也是文艺批评必须探索的。现在文艺批评中提出典型人物作为一个重要尺度,可以认为正是这样的探索的一种表现。[1]

---

1 蔡仪:《文学艺术中的典型人物问题》,《文学评论》1962年第6期。

上一章我们已经重点探讨了"新英雄人物的创造"这一评价尺度,本章将沿着蔡仪给出的时间顺序,接着讨论"典型"这一评价尺度。

第一节　农业合作化与典型问题讨论

1955年,苏联《共产党人》杂志第18期上刊载了一篇专论——《关于文学艺术中的典型问题》,专论对苏联文艺界争议较多的理论问题,如典型性与社会本质、个别与一般、典型性与党性、夸张手法的运用等等进行了有针对性的探讨。《文艺报》1956年第3号刊载了这篇专论的译文(周若予译,曹葆华校),随即引起中国文艺界的广泛讨论,中国作协创作委员会理论批评组就这一问题专门举行了座谈会,其中一部分人的发言刊登在《文艺报》1956年第8号的"关于典型问题的讨论"专栏之下[1]。专栏一直开设到同年第10号,共刊出10篇文章,既涉及了苏联《共产党人》专论的各个方面,也呈现出较强的现实针对性。专栏的编者按指出:"在最近举行的中国作家协会第二次理事会会议(扩大)上,强调提出了要克服创作中的公式化、概念化和自然主义倾向,和文艺理论、批评、研究中的庸俗社会学倾向。这种种倾向的来源,当然有其多方面的、复杂的原因;不过,对典型问题的简单化的、片面的、错误的理解,对马克思列宁主义美学缺少认真的、系统的研究,是摆在我们面前的刻不容缓的任务之一。"[2]我们看到,10篇专

---

[1]　《延河》于1956年7月号和8月号也开设了"关于典型问题的讨论"专栏,刊载寇效信、王愚、宋茂儒等人的文章共6篇。

[2]　《关于典型问题的讨论》编者按,《文艺报》1956年第8号。

栏文章主要讨论的，正是这次会议上提出的"公式化概念化""庸俗社会学"等问题与典型问题的关系。

一

早在1951年，时任《人民文学》小说组长的秦兆阳就在《论一般化公式化》一文中批评了各种"公式化概念化"的稿件，其中就有不少稿件是反映农村生活和"李四喜思想"的。随着农业合作化运动的展开，"公式化概念化"的问题在反映合作化的文艺作品中不但没有减少，反而变得越来越突出，以至于在这次"关于典型问题的讨论"中受到了重点批评，如张光年的《艺术典型与社会本质》指出："如果作家描写的是农业合作化的题材，作家就不能不从这个角度或那个角度反映出农业合作化这个社会现象的本质，例如，通过典型人物的活动，反映出农村中生产关系的根本变化，广大农民突破小农经济的束缚，在工人阶级领导下走上社会主义道路这个基本真实。"然而"只考虑到人物的阶级本质，不是严格地从生活出发来创造人物，这就使作品中的中农、资产阶级、小资产阶级知识分子的描写出现了千篇一律的公式"。张光年首先以中农为例来谈"千篇一律"的问题：

> 中农这个社会力量，在我国过渡时期，往往经过十字路口的徘徊，最后在党的教育下和事实教育下走上社会主义道路。……这是现实中的真理，是和一定的社会本质相一致的。但是，仅仅强调表现中农的社会本质，而不同时要求作家从千差万别的丰富现实出发，通过个别表现一般，通过个性表现共性，就一定会走上公式化简单化的道路。我们看到，很

多描写中农参加合作社的剧本和小说，大体上都逃不出这个公式。

就我们的某些公式化的作品看来，有些描写农业合作化和描写工业题材的剧本形成了千篇一律的格式，形成了难以突破的框子，不就是和作者只注意共性，不注意生活特性的描写有密切关系吗？[1]

林默涵《关于典型问题的初步理解》也指出："许多作品中的中农都是千篇一律的保守或动摇，很难找到不同的个性，贫农也是一个模子出来的。"[2]由此可以看出，"千篇一律"的"公式化概念化"问题之所以会产生，是因为作家们过于强调了人物的"社会本质"，强调了"共性"和"一般"，而忽视了人物的不同"个性"。宋茂儒在《延河》杂志上讨论典型问题时，就特别强调中农在面对合作化道路时其实可以展现出"形形色色"的"个性"："一个心直口快：'这搞不成！亲兄弟都打架、分家呢，这七姓八白还能在一块过日子？我不入社！'一个推脱责任：'并不是我不入，就是我爹打不通思想。'一个吞吞吐吐：'我还没想通……待几天再说。'一个又这样说：'听说政府的政策是自愿么，目下我还不自愿。'一

---

[1] 张光年：《艺术典型与社会本质》，《文艺报》1956年第8号。

[2] 林默涵：《关于典型问题的初步理解》，《文艺报》1956年第8号。张光年和林默涵对中农形象的评价影响甚广，以至于寇效信在《延河》杂志讨论典型问题时不得不进行纠偏："甚至有人怀疑文学艺术必须反映社会本质这个天经地义的原则，把反映社会本质和创作中的公式化混为一谈，他们说，我们作品里的中农，都是具有两面性，都是动摇，这难道不是公式化的表现吗？这种论调的宣扬者总是喜欢由一个极端跳到另一个极端。过去，他们可能就是庸俗化典型理论的热烈拥护者，在艺术典型和社会本质之间画上等号；但是，当这种片面理论受到批判的时候，他们就立刻跳到另一极端去了。"（见寇效信：《艺术概括和个性化》，《延河》1956年7月号。）

个心里不想入嘴上却说:'人家入,咱就入,咱没意见。'还有的在抽烟,有的在搔头,一声不响。看,当他们还未认识入社的好处,在表示不愿入社这一点上是如何的不同。"[1]

评论家们推崇"个性"的直接理论来源正是苏联《共产党人》专论,专论指出:

> 不把一般再现在个别和特殊之中,就不可能有艺术的、具体感性的形象。典型的事物一旦被描绘成某种抽象的东西,艺术形象就会失去它的可感触性而变成公式。可惜,在我们的作家和其他艺术工作者的作品中,还有许多形象有这样的缺陷。也还有不少这样的长篇小说和短篇小说,其中活动的不是带有自己个性的特点的活生生的人,而是一些专爱空发议论的人体模型。……[2]

张光年在他的文章引述了专论的这一观点,并进一步用于阐释"正面英雄人物"的问题:

> 单单抓住人物的社会本质,放弃了典型的个别化的要求,就会引导作者从概念出发,创造出不真实的、没有生命的人物。在创造正面英雄人物的时候,这种现象是经常存在的。剧本中的党委书记,往往因此丧失了生命和性格。这是因为作者在描写党委书记的时候,单是考虑到如何表现这类

---

[1] 宋茂儒:《对典型与社会本质的初步认识》,《延河》1956年8月号。
[2] 苏联《共产党人》专论:《关于文学艺术中的典型问题》,周若予译,曹葆华校,《文艺报》1956年第3号。

人物的社会本质,单是考虑到党委书记应当具有一个共产党员领导干部应有尽有的各种优良品质,却放弃了个别化的要求,放弃了通过鲜明个性来表现某种共同的本质或品质的努力。……只抓住共同的本质和品质,就是要求作品中的党委书记整齐划一,变成某种统计的平均数。[1]

这一解释框架不仅可以解决第一章讨论的"革命大娘"形象"公式化"的问题,而且在此后对党委书记形象的讨论中也经常出现,如有评论者指出:《汾水长流》中的支书郭春海"具有一切农村中优秀的党员干部所共同有的优点,是一个理想的人物,是作者创造的一个正面人物的典型形象。但我总觉得,他身上还缺少一点什么"。评论者认为,郭春海有着"一心为党为人民""办事坚决、热情、机智、有理有节"等一系列农村党支书的优点,"然而却缺少他自己特有的个性及由此而产生的工作上特有的风度"。[2]

那么,将人物身上缺少的"个性"加上去,典型人物是否就丰满了呢?答案是否定的,巴人在《典型问题随感》中即指出:"我们认识上的错误是把典型和个性对立起来,并且定下了这样的公式:典型+个性=典型人物。"[3] 事实上,巴人本人就是这个公式的发明者,王愚在《艺术形象的个性化》一文中多次引用巴人《文学论稿》中的表述并逐一进行了批驳:"不从具体的个性出发,而认为典型的概括意义只是抽象的'社会心理特征的概括',然后再加上'不同的个人生活之上反映他的独特的作风、习尚与兴趣',

---

[1] 张光年:《艺术典型与社会本质》,《文艺报》1956年第8号。
[2] 芦梦:《〈汾水长流〉的结构、人物、语言》,《火花》1961年第11期。
[3] 巴人:《典型问题随感》,《文艺报》1956年第9号。

这就把个性和典型打成两截，终于把个性在艺术作品中的意义抹杀掉，使它溶解在抽象的原则中。"王愚以《三里湾》中的王金生为例，批评了这种"加上"式的写法："一些小说和剧本中的人物，不能不是空喊一些教条和口号，然后加上一些哈哈大笑、暴跳如雷、俏皮风趣之类的外在特征。像'三里湾'中的王金生，只不过综合了农村干部的一些特征，满口讲些类似政策的正确话，极少个人独特的性格。"[1]与《三里湾》中的"糊涂涂""常有理"相比，王金生的个性特征确实不够明显，后世的研究者也认为他"既不是经典现代小说中的个人化主体，也不是社会主义现实主义小说中的典型"。[2]

在批评者们看来，巴人论述的人物"个性"之所以会呈现出一种"加上"的状态，是由于他曾经提出"典型的概括过程总是从个别到一般，又从一般到个别"[3]的论断。李幼苏在专栏讨论中批驳道："就这样，作者不厌其烦地把典型创造中的个性与典型性、概括性与个性的有机融合，简单地分裂为可以机械地依次完成的两个过程。按照作者的理解，典型不是别的，正是'阶级的共同特征'再加上一些'个人的独特性格'。"也就是说，从"个别到一般"完成了对"阶级的共同特征"的归纳概括，而"从一般到个别"就是在这个归纳概括的"共同特征"之上"加上""个人的独特性格"。李幼苏认为："作者是把人类的认识过程由特殊到一般和由一般到特殊这一原理作了机械的理解，而且把这种理解机械地套

1　王愚：《艺术形象的个性化》，《文艺报》1956年第10号。

2　贺桂梅：《书写"中国气派"：当代文学与民族形式建构》，北京大学出版社，2020年版，第80页。

3　巴人：《文学论稿》上册，新文艺出版社，1954年版，第325页。

用在对于典型化过程的解释中。"[1]"由特殊到一般和由一般到特殊"的原理源自毛泽东的《实践论》，程千帆就在《"实践论"对于文艺科学几个基本问题的启示》中得出了和巴人类似的"三阶段"论："文艺作品的创作过程，更具体地说，乃是将人类通过感性阶段而获得的对于客观环境和人物性格的个别的特殊的认识，通过理性阶段，而提高到对于它的一般的普遍的认识，又将这些一般的普遍的认识，在作品中，通过个别的特殊的环境和人物而形象地表现出来。"[2]对此，陈涌也像李幼苏一样进行了针对性的批评：

> 把作家和艺术家的创作过程规定为具体——抽象——具体的"三阶段"论，却实际上得出了这样的结论，即一个作家和艺术家在成为作家和艺术家之前首先要成为一个科学家，在他进行形象的思维以前，首先要进行逻辑的思维，只有首先在逻辑的思维上达到的，才有可能在形象的思维上达到。……这种烦琐的公式，是完全违背了艺术创作的规律，不符合每一个真正的作家和艺术家的生动的创作实践的。按这个公式创作，只能产生公式化概念化的作品。我们往往有了例如关于农民的抽象的概念，关于工人的抽象的概念……然后再到生活中去找寻一个具体人物加以表现，这样的人物当然是没有生命的，……我们有些作品里的人物，看来有些片断、有些细节似乎还有生活气息，但整个看来却仍然是一个传声筒，原因也正在这里。[3]

1　李幼苏：《艺术中的个别和一般》，《文艺报》1956年第10号。
2　程千帆：《"实践论"对于文艺科学几个基本问题的启示》，《文艺报》1951年第4卷第9期。
3　陈涌：《关于文学艺术特征的一些问题》，《文艺报》1956年第9号。

很显然，这些"有生活气息"的片断和细节都是后期加上去的，宋茂儒就非常形象地描述了按照"具体——抽象——具体的'三阶段'论"塑造人物的过程："例如要创造一个工人形象，首先博览有关工人阶级的书籍，得出工人阶级的一般性：如对于共产主义和党的无限忠诚，忘我的社会主义劳动态度、大公无私、集体主义精神……等等；然后就可规定：说他身体健壮，不爱说话，或者粗眉大眼，并不抽烟等等都可以，最后把所找出的阶级共性贴在所规定好的个性上，就算'创造'出了'典型'。"这样一来，"大量的概念化作品，类型化的人物'形象'源源出现，作家不深入生活也能创造出'典型'"。

从前引王愚的论述中可以看出，"具体的个性"应该成为典型塑造的出发点，而巴人步骤中的第一步同样是从"个别"出发的，二者区别的关键在于，王愚定义的"个性"无需经过"从个别到一般"的归纳概括过程，因为"个人生活上的独特作风、习尚与兴趣，往往就是社会心理的表现形式"，所以作家的任务，只是"从这种独特的东西出发，突出某些特征，删掉那些足以掩蔽主导特征的细节，补充为这个完整形象所必不可缺的重要特征，才能构成典型"。也就是说，作家从头到尾只需要对同一个"个性"进行不断的打磨修改即可造出"典型"。宋茂儒也认为："作家在进行艺术概括时，就要概括个性化的共性，在概括共性的同时也就概括了个性，两者是同一过程。"[1]因此无需机械地分成两步或是三步。巴人在这次讨论中也不再坚持"从个别到一般，又从一般到个别"的步骤，而是像王愚一样把"个性"与"典型"合二为一：

---

[1] 宋茂儒：《对典型与社会本质的初步认识》，《延河》1956年8月号。

说到典型性格,他(恩格斯)反对把人物的个性"完全消溶到原则里"去,而是主张"每个人是典型,然而同时又是明确的个性,正如黑格尔老人所说的'这一个'。""这一个"是整体。是活生生的人物形象。……"典型"同时是"个性"。[1]

恩格斯对黑格尔"这一个"的论述,受到了苏联《共产党人》专论特别的推崇,因此也对中国的文艺理论界产生了极大的影响。这次"关于典型问题的讨论"就以对"这一个""个性""个别性""特殊性"的反复强调,作为"公式化概念化"问题最终的解决方案。

二

前引张光年文章中批评的"统计的平均数"同样在这次讨论中被多次提及。1952年,马林科夫在苏共十九大报告中明确地否定了"统计的平均数"式的写法:"依照马克思列宁主义的了解,典型绝不是某种统计的平均数。"[2] 缪文渭创作于1940年代的剧本《生产互助》可以作为"统计的平均数"的一个例证——缪文渭在搜集材料时,用不同的符号代表不同的事情,"然后拿到别组去对照,看一般发生什么问题,同类的事情有几件就在表明的符号下打几个符号,这样跑了好多组,看哪一种符号最多就是最典型的一个问题,就取这种材料作为写典型的内容。如二流子的毛病各处抖拢来男女关系不好的'X'的符号下有七个,这一般就可以说是典型的

---

1 巴人:《典型问题随感》,《文艺报》1956年第9号。
2 〔苏〕马林科夫:《在第十九次党代表大会上关于联共(布)中央工作的总结报告》,人民出版社,1952年版,第71页。

材料了"[1]。于是我们在他的剧本中看到男女关系成为了互助成败的关键——村中的二流子王小溜子趁毛二杠子不在家，便来调戏毛妻，张先生到毛家借镰刀，正好撞见王小溜子，吵闹了一番后，王小溜子跑到张师娘那里，反诬张先生调戏毛妻，不明真相的张师娘赶来又是一番争吵，引来了互助组的全体组员，七嘴八舌的吵闹之后，互助组便散了摊。后来李抗属在总结互助组解散的原因时说："怪你家王小溜子，五花茄子六花心，他要不想同毛二嫂子搞鬼，互助不会分开的。"后来在重新制定互助章程时，李抗属便提出"男女不许搞鬼，乱开玩笑"，村长强调"这一条重要"[2]。

这样的写法显然严重偏离了生产互助的历史目的，如雷伐金在批评A·古尔维支"把典型作为统计平均数的认识"时所说的那样："把典型只作为最普遍的来理解就会导向单纯粗暴性，而阉割了作为典型基本特征的具体历史现象的本质。"[3]尼古拉耶娃则认为，"统计平均数"是导致认识浅薄、创作平庸的根源：

> 他们根据对典型性的"数学平均数"的理解，也给我们表明了农村改造中的某些困难，但这些困难被他们描写成似乎是这样的：农妇在会上叫嚷了一阵，人们把报纸上的文章念给她听，她安静了下来，于是成了优秀的女庄员。如果降低到诸如此类的蹩脚作家的见解的水平，那就不能了解，为什么共产党在九月全会上、在革命成功的第三十六周年又在

1　缪文渭：《编写〈生产互助〉的过程》，《生产互助》，生活·读书·新知三联书店，1950年版，第5页。

2　缪文渭：《生产互助》，第111、105页。

3　〔苏〕雷伐金：《论文学中的典型问题》，朱扬译，新文艺出版社，1954年版，第30—31页。

注意这个问题,并且极其慎重地考虑到这个问题的各方面。

"数学平均数"使得"蹩脚作家"们的写作远远落后于苏共中央对农村问题的认识水平,他们塑造的人物显然算不上"典型"。在尼古拉耶娃看来,只有反其道而行之的肖洛霍夫才创造出了真正的典型——《静静的顿河》中的中农葛利高里·麦列霍夫:

> 把典型解释为"数学平均数"的批评家,对他们所解释不了的这种绝非常见的性格的生命力是想不通的。……萧洛霍夫的天才和力量并不在于他善于把非典型性格写成具有说服力的,而恰恰在于他创造的是真正的典型,创造的不是最普遍的东西的刻板照片,而是最充分、最突出地反映出最伟大的现实现象的性格。[1]

也就是说,葛利高里·麦列霍夫的形象尽管在现实中不是最普遍的,甚至是"绝非常见"的,但他同样可以因其暴露问题的尖锐性和复杂性而成为真正的典型。

尼古拉耶娃的观点在秦兆阳这里得到了回响,1956年,秦兆阳用何直的笔名在《人民文学》上发表了《现实主义——广阔的道路》一文。文章大段引用尼古拉耶娃的论述,并在此基础上用两大段的篇幅提出一连串的反问:

---

[1] 〔苏〕尼古拉耶娃:《论艺术文学的特征》,高叔眉译,人民文学出版社,1954年版,第13—15页。

> 谁看见过堂·吉诃德这样的人？……他跟风车打仗，把羊群想象成魔鬼的阵营。世界上真的有过这样的人吗？这是真实的吗？这是典型的吗？然而，这一形象决不只是讽刺了愚蠢的武士精神。堂·吉诃德式的人道主义，堂·吉诃德式的幻想，堂·吉诃德式的征服世界的愿望，我们不是一直到现在还常常看见它们的变像的存在吗？在我们经常所反对的各种各样的主观主义当中，不是也常常有堂·吉诃德式的主观主义吗？……
>
> 谁在生活里常常看见阿Q这样的人？……难道鲁迅是编造了一个荒唐不经的故事吗？难道这个故事只是——象有些批评家所说的——鞭挞了当时的某种国民性，或，鞭挞了当时劳动人民不觉悟的麻木状态吗？是的，但又不仅如此。……

阿Q和堂·吉诃德这样的人物在现实生活中同样不常见，但他们身上所反映的问题却是极为普遍的，甚至是超越具体时空的。然而，秦兆阳的讨论并没有以对人物形象普遍性与超越性的赞美作结，而是落脚到了对"荒唐不经"和"虚幻"的讴歌之上："现实主义的文学创作，是一种多么富于创造性的劳动啊！它是现实主义的，但它甚至于可以用看起来是荒唐不经的人物和故事去表现深刻的现实内容。它甚至可以真实到近于虚幻的地步。它有多么广大的发挥想象的余地啊！"[1]这就让秦兆阳对"统计平均数"的反对走向另一个极端，也成为他后来遭受大规模批判的重要原因。

批判者之一的林默涵早在1956年"关于典型问题的讨论"中

---

1 何直：《现实主义——广阔的道路》，《人民文学》1956年9月号。

就已经注意到了类似思想的危险性：

> 典型是不是平均数呢？不仅是最普遍的事物才是典型，不常见的事物也可以是典型，典型不是平均数。这一点是不错的。但是有人却把问题倒过来了，把不仅是最常见的事物才是典型，说成了最不普遍的、特殊的事物才是典型。这就走入了另一方面的片面性。必须承认，最普遍的事物经常是典型的，不承认这一点，就会走上唯心论，就会去追求怪诞奇特的东西。[1]

林默涵的这种危机意识同样来自苏联《共产党人》专论：

> 稀少的事物只有当它同生活的合乎规律的现象，而不是同生活的偶然现象联系在一起的时候，才可能成为典型的事物。使典型同普遍大量脱节，把典型同普遍大量对立起来，把典型变成独特——这就是要大家不去创造现实的人物，而去创造假想的、做作的和踩高跷的人物。

专论在重新强调人物真实性的同时又不容辩驳地指出："在现实主义的艺术中，稀少的事物只有在反映着新事物的萌芽的时候才能成为典型，因为新事物的萌芽总是孕育着普遍大量的潜能。"[2] 这在无形中首先否定了稀少的落后事物成为典型的可能。早在1950

---

[1] 林默涵：《关于典型问题的初步理解》，《文艺报》1956年第8号。
[2] 苏联《共产党人》杂志专论：《关于文学艺术中的典型问题》，周若予译，曹葆华校，《文艺报》1956年第3号。

年，秦兆阳描写地主王有德改造的小说《改造》就受到了不少读者的质疑，一位读者发问道："写消极人物的转变，英雄人物的成长，都会给我们以教育和力量，写地主阶级的改造，给我们什么呢？"[1]地主阶级在数量上是稀少的，而且显然无法代表新事物的发展方向，所以应该首先排除在"典型"的行列之外。但随着时间的推移，"消极人物的转变"与"英雄人物的成长"两种题材也有了高下之分，如张立云指出：

> 一个写落后人物转变的作品，对运动中的落后分子的教育作用是大的，……但对先进分子、部分中间分子，有时就没有什么教育意义或影响甚小。相反，写英雄人物、先进事物的作品，常常对运动中的各类人物都影响至深。这是因为：写英雄、先进人物的东西所创造的形象，是给予全体人员以方向，而写"落后到转变"的东西所揭示的，往往只是部分人的奋斗目标。[2]

同样是基于适用对象的数量上的考虑，张立云把所有的落后人物都排除在了"典型"的行列之外，这又与一度在苏联流行的"无冲突论"达成了一致。所谓"无冲突论"，指的是在社会主义胜利的条件下，一切事务都可以"毫无矛盾而顺利完成，把一切矛盾转化为只是好的与更好的之间的斗争"，苏联理论家雷伐金指出："作品中无冲突性的'理论'逻辑地引导到否认一切否定的现象，

---

[1] 徐国纶：《评〈改造〉》，《人民文学》1950年第2卷第2期。
[2] 张立云：《关于写英雄人物和写"落后到转变"的问题》，《文艺报》1952年第11、12号。

认为在社会主义胜利的条件下一切否定的形象不是典型的。"持这种观点的代表人物季莫菲叶夫即认为"在我们文学中否定的现象不可能成为典型"。[1]

"无冲突论"对中国的影响一直存在争议,但仅从1950年代部分批评家"不问人物到底在艺术表现中是否有典型性,而只要看到是'正面'的便评定为'典型人物'"[2]的做法,即可看出这种影响还是不小的。于晴指出:"我们过去也曾有过关于无冲突论的争论,但这种论争后来也就不了了之。"于是"好的,正面的,才=典型"、"正面的,才=题材;不是正面的,就不=题材"等公式才得以大行其道。在于晴看来,张立云式的批评家都是想当然地认为:"文艺作品里面写什么人,就只能对这一类人起作用,譬如,赵树理同志的《三里湾》,就只能对其中的那些农民起作用,而我们大家读了之后,是'没有什么教育意义'的。杰克·伦敦的《野性的呼声》的主角是一条狗,那就不知道对我们人类能起什么教育作用了。"于晴进一步摸索到:

> 批评家所说的"典型",虽然跟文艺上的"典型"的字眼相同,但意思却很不一样。他的所谓"典型",其实不过是日常所说的"代表""模范"一类的意思。而他也就根据他自己的了解,来要求于文艺了。……原来批评者是把"典型环境"理解成一般所说的"模范地区",正好像他把"典型"了解为一般所说的"模范人物"一样。而这样的批评与文艺之间,

---

[1] 〔苏〕雷伐金:《论文学中的典型问题》,朱扬译,第29—30页。
[2] 李琮:《〈不能走那一条路〉及其批评》,《文艺报》1954年第2期。

其距离也就很可观了。[1]

可以说，于晴对张立云式批评家的批评非常到位而及时，但他在讨论"典型"概念时却一再强调"文艺典型"和"日常典型"之间的区别。这种区别究竟因何产生，又是否有于晴说的那样大的"距离"，仍有待我们进行进一步的探讨。

第二节 "典型示范"与经验推广

一

早在1940年代初解放区的大生产运动中，中共就已经熟练地运用"典型"作为推广运动的有力手段。"典型"不仅仅指劳动模范这样的个人，某一地区、某一事例、某种业务都可以成为"典型"。有研究者指出："这种政治运作方式在根本上源于对'典型'这一马克思主义文学批评概念的借用。……马克思主义的'典型'理论因其强调'典型'所具有的普遍性特征与历史力量，的确内含着从文学领域拓展到政治领域的可能。"[2]因此，于晴所说的"日常典型"和"文学典型"本来有着很强的亲缘关系，二者的共同特征远大于区别。1948年，毛泽东建议把《山西崞县是怎样进行土地改革的》等三个"典型"案例汇编成册，并指出："这种叙述典型经验的小册子，比我们领导机关发出的决议案和指示文件，要生动丰富得多，能够使缺乏经验的同志得到下手的方法……"与决议案

---

1 于晴：《文艺批评的歧路》，《文艺报》1957年第4号。
2 路杨：《"劳动"的诗学：解放区的文艺生产与形式实践》，北京大学博士论文，2017年，第117—118页。

和指示文件不同，典型经验是一种充满细节和具体问题的"叙述"，因此可以像"文学典型"一样显得"生动丰富"，通俗易懂。毛泽东接着指出："各中央局、中央分局及前委的领导同志们，在对自己领导的各项重要工作发出决议或指示之后，应当注意收集和传播经过选择的典型性的经验，使自己领导的群众运动按照正确的路线向前发展。……必须总结具体的经验，向群众迅速传播这些经验，使正确的获得推广，错误的不致重犯。"¹ 这又表明，土改时期的"日常典型"并不像于晴说的那样只是"好的，正面的""模范"，而是包括了"正确的"和"错误的"两个方面。到了合作化时期，我们也经常会发现一些负面"典型"的例子，如《人往高处走》一剧中玉梅对其父老孙头说的话："人家都奔上合作社，你倒退回插犋组，村里再开会，拿你当典型举出来，看你脸往哪放！"² 再如《在田野上，前进！》中省委副书记对龙河县的批评："他提出了不少的典型例子，而龙河县——正像王则昆所预料的——恰恰是比较突出的典型例子之一：全县只有一个农业生产合作社，还几乎垮了台，绝对多数的县委委员们都只是满足于土地改革以后的现状，满足于一般地，甚至不少是形式主义地完成上边所布置的任务……"³

不过，这样的负面"典型"已经不符合中共中央在农业合作化领域对"典型"一词的定义。1951年12月的《关于农业生产互助合作的决议（草案）》指出："在农民完全同意并有机器条件的地方，亦可试办少数社会主义性质的集体农庄，例如每省有一个

---

1 中共中央文献研究室编：《毛泽东年谱（一八九三——一九四九）》下卷，第294页。
2 兴台村剧团集体创作：《人往高处走》，作家出版社，1954年版，第31页。
3 秦兆阳：《在田野上，前进！》，第476页。

至几个，以便取得经验，并为农民示范。"[1]这种由点及面，逐步推广的试点工作方法又被称为"典型示范""典型试办""重点试办"等等。1953年2月，毛泽东在河北视察时指出："在合作化问题上，一定要本着积极、稳妥、典型引路的方法去办。"[2]既然要承担"引路"的职责，那么"典型"就只能是代表正确发展方向的，可以起到示范作用的正面"典型"。同年10月，毛泽东在和陈伯达、廖鲁言的谈话中再次指出："有些地方干部强，人口集中，地势平坦，搞好了几个典型，可能一下子较快地发展起来。"[3]"典型"在这里已经被默认为是要"搞好"的，这其实已经预示了1953年底《关于发展农业生产合作社的决议》中对"只许办好，不许办坏"的强调："在发展农业生产合作社的运动中，采取逐级领导试办，树立好榜样，逐步巩固与逐步推广的方针是完全正确的。每一个省和每一个县，只要是完成了土地改革的地方，均必须有领导地认真办好一批农业生产合作社。"[4]

试点本来应该允许"试错"，而中央要求的"只许办好，不许办坏"势必让地方领导干部把更多的精力投入到互助合作的试点工作中，如习仲勋在谈到"抓住典型，推广开去"时就明确要求"各

---

1 中共中央文献研究室编：《毛泽东年谱（一九四九——一九七六）》第一卷，第440页。
2 中共中央文献研究室编：《毛泽东年谱（一九四九——一九七六）》第二卷，第29页。在1953年的正式《决议》中，"机器条件"被改为了"适当经济条件"，见《中国共产党中央委员会关于农业生产互助合作的决议》，史敬棠等编：《中国农业合作化运动史料》下册，第12页。
3 毛泽东：《关于农业互助合作的两次谈话》，《毛泽东文集》第六卷，第300页。
4 《中国共产党中央委员会关于发展农业生产合作社的决议》，史敬棠等编：《中国农业合作化运动史料》下册，第16—17页。

地委，各县委都要亲自指导一两个互助组"。[1]于是我们看到很多地级、县级领导干部不仅会给"典型社（组）"投入大量的资金、资源，还要向那里派遣大批的干部和技术人员，甚至亲自出马到某一社（组）进行长期蹲点。如此之高的投入虽然也偶有"办坏"的情况[2]，但绝大多数时候都可以实现增产增收，这不仅"给附近农村增加了发展生产的新刺激力"[3]，而且为全国各地的农村提供了宝贵的经验。如东北的《新农村》杂志报道：

> 去年咱东北试办的农业生产合作社，绝大多数社都办得很好，多打了粮食，增加了社员的收入，表现出了农业生产合作社的优越性，群众非常羡慕农业生产合作社的"产量高，本事大"。如蛟河县韩恩农业生产合作社，每个劳力平均分粮一万来斤，社员收入不仅比往年多，也比当地其他农民的收入多。……可是也有少数社办得不好，……社外群众讽刺："你们优越了一半，这时候怎么不优越了！"为什么一样的农业生产合作社就有的办得好，有的办得不好呢？办得好的取得了那些经验？现在仅从办好社的经验中谈一谈一开始建社就

---

[1] 习仲勋：《关于西北地区农业互助合作运动》（1952年6月6日），史敬棠等编：《中国农业合作化运动史料》下册，第348—349页。

[2] 如卞之琳在江浙地区考察时发现，"领导上刻意'栽培'的社"由于采取了强迫命令等手段而差点垮台，"而在苏南这两个县，试办农业生产合作社愈晚的地区，工作却愈稳当、细致。"见卞之琳：《下乡生活五个月——写给全国文协创作委员会的信》，《文艺报》1953年第18号。海默在《洞箫横吹》的后记中也写道："有些典型旗帜，政府化了大批干部和资助，办得并不好，而群众真正自发地、兢兢业业勤俭起家的黑社倒充满了先进经验和朝气。"（见海默：《后记》，《洞箫横吹》，中国戏剧出版社，1957年版，第140页。）

[3] 赵树理：《〈三里湾〉写作前后》，《文艺报》1955年第19期。

要注意的几个问题,供大家参考。[1]

我们看到,这时报道的"典型经验"已经不是土改时期好坏兼具的"经验",而只剩下了"办好"的那批"典型社"的成功"经验"。如报道中提到的韩恩农业生产合作社,早在互助组时期就连续两年当选为吉林省特等模范互助组,"在1950年的全国工农兵劳动模范代表会上,该组荣获毛主席亲笔写的'生产战线上的模范'的集体奖状"[2]。他们的事迹和经验也在1951年登上《人民日报》,并收入各种农业期刊和小册子,如华东人民出版社1952年出版的《李顺达等八个农业生产合作社和互助组的介绍》,就收入了李顺达、耿长锁、韩恩、金时龙等八个"典型社(组)"的成功经验。类似的报道在1950年代非常之多,其最主要的目的就是尽全力把好的经验推广到更多的农村,《新农村》杂志上就刊载了一篇题为《及时地把农业先进经验传播到"面"里去——盖平二区运用"一站三网"的领导方法的初步经验》的文章,非常形象地呈现了"由点及面"的"典型示范"过程:首先,盖平二区"一站三网"的领导方法本身就是对山西武乡县典型经验的模仿。但模仿并不等于照抄照搬,盖平二区的县委工作组结合当地互助合作事业发展不平衡的实际,"以芦屯村为站,具体掌握和通过互助合作网,技术推广网,和党的宣传网把周围的芦屯站、柳树底、李屯、赵屯四个村联系起来,达到传播经验、领导生产的目的"。这样一来先进组、

---

[1] 王梅基:《都是农业生产合作社,为什么有的办得好?有的办得不好?》,《新农村》1953年第3期。

[2] 白邨、罗颖民、任雪松:《农业副业结合、分工分业的韩恩互助组》,原载1951年12月3日《人民日报》,引自史敬棠等编:《中国农业合作化运动史料》下册,第451页。

社的领导经验、农业技术等就可以源源不断地向落后地区普及，实现了"先进村带动一般村，先进组带动落后组"[1]的良好效果。浙江省合作化模范邓家乡的经验与之非常相似："一、运用中心社，带动互助组和单干农民进行生产。……合作社提前做出样子，同时派邓品先、朱小弟等社干部到互助组指导帮助。……二、组织农民实地参观，介绍中心社的生产合作经验。……三、以中心社为核心，发动了生产竞赛，进一步开展了农林业生产运动。"[2]毛泽东在为《合作化模范邓家乡》撰写的按语中把这种工作方法总结为"深入一点，取得经验，推动全盘"，并将其视作"我党在全国一切群众工作中早已行之有效的一条著名的马克思列宁主义的路线"[3]。

在"典型示范"的诸多项目中，农业技术的推广常常得到作家的表现。本来技术不论新旧，只要有利于生产的都值得推广，浩然《一匹瘦红马》中的焦贵从一本"光绪年间出版的，已经破烂不堪"的《牛马经》上看到的疗法依然见效，"他这经验一推广，光我们一个社就少卖四十多头牲口，省下了一大笔钱"[4]。但在很多作家那里，技术推广一定要引起新旧冲突，周立波的《桐花没有开》就写到新老两代人围绕"穷人不信富人哄，桐树开花才下种"[5]这句农谚的争论，争论往往无果，老辈人一定要亲眼看到新技术的实

---

[1] 孙守仁：《及时地把农业先进经验传播到"面"里去——盖平二区运用"一站三网"的领导方法的初步经验》，《新农村》1953年第14期。

[2] 《合作化模范邓家乡》，中共中央办公厅编：《中国农村的社会主义高潮》中册，人民出版社，1956年版，第658—662页。

[3] 毛泽东：《合作化模范邓家乡》按语，中共中央办公厅编：《中国农村的社会主义高潮》中册，第658页。

[4] 浩然：《一匹瘦红马》，《喜鹊登枝》，作家出版社，1958年版，第94、100页。

[5] 周立波：《桐花没有开》，《周立波选集》第一卷，第122页。

施成果才会认输。鉴于农民重实际的特点，互助组或合作社在引进高产种子和先进技术后常常要先在试验田试验，成功之后才去推广，试验田由此成为一组或一社之内的"典型示范"区。毛泽东在《工作方法六十条》中就特别提到："普遍推广试验田。这是一个十分重要的领导方法。这样一来，我党在领导经济方面的工作作风将迅速改观。在乡村是试验田，在城市可以抓先进的厂矿、车间、工区和工段。突破一点就可以推动全面。"[1]

有了试验田，并不代表技术的推广就畅通无阻了。王汶石的小说《土屋里的生活》中的驻社干部江波希望"把老虎妈的经验，从那块一亩八分田里解放出来，让它长上翅膀飞"[2]，为此他向省里写了几封信，希望派农技员来帮助解决技术总结的问题。然而省里派来的农技员罗超却对农村的食宿百般挑剔，没有完成任务就宣布打道回府。柳青《创业史》中的农技员韩培生，在中共渭原县委"住在重点互助组，负责水稻产区的农业技术推广工作"[3]的指示下来到蛤蟆滩，但第一天就碰了钉子。县委杨副书记曾提醒他们，要改变"开会临结束的时候，用嘴推广新技术的办法"。韩培生下到秧田里亲自做了示范，但在村民们的议论和追问下，他又开始滔滔不绝地"用嘴推广"了。"他还在讲解着，冷笑的人们已经开始走散了。'鸟！听得人脑子疼！''太烦絮了！谁能记住他说的那些！'……"[4] "用嘴推广"最大的缺点就是不直观，不便于记忆。为此，电影制片部门特别摄制了很多推广农业新技术的科教短片，

1　毛泽东：《工作方法六十条（草案）》，《毛泽东文集》第七卷，第349页。
2　王汶石：《土屋里的生活》，《风雪之夜》，人民文学出版社，1977年版，第46页。
3　柳青：《创业史》，第369页。
4　柳青：《创业史》，第281—283页。

如《双轮双铧犁》《玉米人工授粉》等，用动画直观地呈现农业技术的具体操作过程，不仅可以让农民"得到许多农业生产的知识，而且还知道具体地应该怎样做"。[1]除此之外，合作社的生产管理经验等也会被摄制为科教片进行推广，如《农业生产合作社的包工制》"就是吸收了许多先进社的办社经验，实地拍摄成的"。该片在农村放映时，受到了农民极大的欢迎，"有人甚至拿小本子来记录，并且喊着：'放慢点！放慢点！'"[2]1953年，中央新闻纪录电影制片厂摄制的《星火集体农庄》，更是直观而清晰地呈现了典型地区合作化运动的全貌。慈溪县妙山乡有一个农民"看了《星火集体农庄》后，就要求加入互助组了。……在山前乡时，有一个互助组原来要垮台了，后来经过整顿，又组织了起来，他们在总结经验时有这样一条：'这部电影教育了我们！'"[3]借助电影这一最先进的技术手段，农业合作社的诸多"典型经验"得到了更有成效的推广。

二

与此同时，农村的文艺活动也常常采取"典型示范"的方式，以重点试办的农业社为中心进行推广。有文艺工作者指出："农村的文艺活动的重点应该放在农业社上，并以社为阵地，展开农村的文艺活动，加强对广大农民的宣传教育。"[4]"农村文艺活动只有

---

1 驼父：《介绍几部农业生产的科教短片》，《大众电影》1955年第23期。
2 齐嘉：《让我们看一看合理的包工制——介绍科教片〈农业生产合作社的包工制〉》，《大众电影》1955年第24期。
3 李文：《优秀的电影放映队员林士民同志》，《大众电影》1955年第20期。
4 曾刚：《农业社中的文化艺术活动》，《广东文艺》1954年11月号。

以农业社为重点，才有方向，有阵地，有基础。"¹广东顺德县就要求"先在第一批十个老社中展开文化活动，组织一个文化网。……老社又先以二区霞石、六区大晚社为重点，创造经验，然后逐步推开。要求重点社有计划地搞起文化班、收音小组、读报组，结合中心出黑板报、大字报，演唱龙舟歌等，规定每月开一次文娱晚会，以活跃社员的文化生活，达到推动生产的目的"。²中山县在总结农业生产合作社文化活动经验时也指出："把农业社的文化活动情况和经验介绍推广，以照顾面的工作。"³在一些重点社的带动之下，其他社甚至社外的文艺活动也兴盛起来，有的社最开始认为农民不会演戏，"后来看见南约农业社不断演出，而且受群众欢迎，认识到农民自己也会演戏，便在南约农业社的帮助下演出《欢迎你入社》了"。⁴文艺活动更进一步地吸引和带动了社外的农民，有的农民"担心将来扩社轮不到自己，甚至搬到社附近来住，说：'看看你们增加生产增加收入，又有文化又有歌唱，我孤零的在外边住，很容易落后呵！'"⁵桦川县的农民甚至说："听见合作社的锣鼓一响，就想起了社会主义。""合作社的小伙子们一唱，单干户就眼热，就想申请全家入社。"⁶

这样的"典型社"不仅吸引着广大农民，更吸引了相当多的文艺工作者，卞之琳回忆："我原来计划最好能到苏州专区的吴县、

---

1 金玉：《把重点放在农业社》，《广东文艺》1954年11月号。
2 吴洪基：《顺德县布置农业社中的文化活动》，《广东文艺》1954年12月号。
3 李文光、孙斌：《中山县农业生产合作社的文化活动》，《广东文艺》1954年12月号。
4 抒明：《记两个农业社的文艺活动》，《广东文艺》1954年11月号。
5 曾刚：《农业社中的文化艺术活动》，《广东文艺》1954年11月号。
6 秋毫：《关怀新的农村》，《文艺报》1956年第3号。

吴江一带，那里的语言风习在我较为熟悉，那里的土地改革运动我接触过，……可是后来我却为典型地区的报告所迷惑，踌躇再三，终于改变了计划，到浙江这个典型地点来。"[1] 一位随团去东北参观的文艺工作者当得知第二天要去"星火集体农庄"参观时，"高兴得一夜合不上眼"，因为"'星火集体农庄'生产的模范事迹，早就传遍了全国，也鼓舞着全国人民；我又怎么会例外哩！"[2] 赵树理不习惯在北京生活，"想折回来走农村的熟路"[3]，遂多次向中央请求回到家乡山西长治专区，参加当地农业生产合作社的重点试办工作，电影故事《表明态度》和长篇小说《三里湾》都是以他的工作地点为原型创作的，有研究者注意到《三里湾》所写的情形就是重点试办初期形态的真实反映：

> 小说的故事情节，特别突出先进老区、典型示范村（模范村）工作开辟早、干部多、能力强、经验多等等背景。……故事一开始，三里湾就来了一大堆干部：水力测量组、县委老刘同志、张副区长、画家老梁、秋收评比检查组；还有检查卫生的、保险公司的等等，以致再来一个专署的何科长，连安排住房都成了问题。[4]

到高级化时期，这种情况仍然存在，赵树理在1956年写给作协的一封信中谈到他所在的长治潞安县璩寨乡："这里也和其他模

---

[1] 卞之琳：《下乡生活五个月——写给全国文协创作委员会的信》，《文艺报》1953年第18号。
[2] 张效杰讲、李竑记：《我参观了星火集体农庄》，《广西文艺》1954年第2本。
[3] 赵树理：《决心到群众中去》，《光明日报》1952年5月24日。
[4] 杜国景：《赵树理之"助业"与农业合作化运动》，《中国现代文学研究丛刊》2008年第4期。

范地区一样，经常住有外来的人。现在这里住有国务院法制局的一个调查小组、北影一个新闻摄制组、河南一个参观团、山西省委一个考查三定的组和副县长、县委宣传部长等多人。"虽然没谈及住房问题，但赵树理透露：与外来人员"谈材料"已经成为了当地干部的负担，为了不再"为干部增加任务"，赵树理在了解情况时往往采用旁听的方式。[1]

如程凯所言："'先进'地区有模范、有典型，干部能力强，有先进工作方法、新鲜事物，还有帮助工作的驻村干部，文艺工作者可以较快找到符合标准的表现对象，也能在新人、新事上获取灵感。"[2] 可见，作家们青睐"典型社"的原因有相当一部分要落在自身的创作之中，把现成的"日常典型"转化为"文学典型"，要比亲自去寻找，乃至培养"典型"容易得多。在第一章的讨论中，我们已经触及过徐光耀身处"非典型社"的挫败感，直到亲自走访饶阳县五公村耿长锁的合作社之后，他才算真正走出了工作、写作双重失败的阴影。徐光耀在日记中不无激动地写道：

> 耿长锁的确是个了不起的好人，鲜明的社会主义农民的形象。……听他上午2个小时的谈话，我几次涌上眼泪来。我惭愧为什么以往来此的艺术家竟没有把他的面貌真实地介绍给人民，我惭愧以前的中国作家们，竟没有创造出像他这样鲜明的新型农民形象。假如我不是背着雄县的包袱，我会长住下来，为他写一部作品，这个人本身就是多么好的一部

---

[1] 赵树理：《致中国作家协会（一）》（1955年），《赵树理全集》第四卷，第401页。
[2] 程凯：《"深入生活"的难题——以〈徐光耀日记〉为中心的考察，《中国现代文学研究丛刊》2020年第2期。

《政治委员》啊！[1]

在徐光耀之前，确曾有胡苏等作家来过五公村，他们在《文艺报》等报刊上发表过一些关于五公村的文章[2]，但成就不高，影响不大。徐光耀本人由于"雄县的包袱"，同样不曾实现他的理想。直到1963年，由王林领衔的天津、河北作家群才集体完成了一部全面反映五公村典型人物的著作——《花开第一枝——五公人物志》。

第三节 "典型社"的文学形象：以《花开第一枝》为中心

一

在1958年"大跃进"的高潮中，文艺界兴起了编写工厂史、公社史的运动，1959年秋，河北省文联和中国作协天津分会组织作家编写五公公社史，参与者有王林、秦征、傅秋娟等，写出了二十多万字的初稿。1962年冬，王林再次请缨，带领"五公人民公社史编写组"重新回到五公访问和深入生活，以初稿为基础重新编写。1963年5月10日，毛泽东在给宋任穷的批示中指出："用村史、家史、社史、厂史的方法教育青年群众这件事，是普遍可行的。"[3] 五公人民公社史的编写正好响应了这一号召，编者在同年6月撰写的编后记中写道："在新的时代面前，在伟大的社会主义教育运动中，在坚决反对现代修正主义的斗争中，工厂史、公社史、

---

1 徐光耀：《徐光耀日记》第七卷，河北教育出版社，2015年版，第204页。
2 如胡苏的《"够不着"与"够着它"》发表于《文艺报》1954年第10号。
3 毛泽东：《建国以来毛泽东文稿》第10册，中央文献出版社，1996年版，第297页。按：村史、家史、社史、厂史在当时统称为"四史"。

村史、家史,既是对青年和广大群众进行阶级教育、革命传统教育的工具,又是反对现代修正主义的武器。"[1]

公社史的体裁有多种,如1966年出版的《穷棒子社的故事——河北遵化建明公社纪事》的序言指出:"公社史的写作体裁,有故事体,有列传体等。这本书是两者兼而有之。"[2]从这部公社史的目录可以看出,它不仅仅兼具故事体、列传体两种体裁,而且也将"四史"中的村史、家史纳入其中,如第二部分《二十三户》就有《王生家史》《王荣家史》《戴存家史》《佟印家史》等篇目,形式非常多样。相比之下,王林等人创作的《花开第一枝》就略显单调一些,它在最开始也曾有过很大的抱负:

> 我们原计划上半部采用《史记》纪传体写五公合作化、公社化运动中两条道路斗争中的各种典型人物、代表人物;下半部采用《资治通鉴》编年体,写五公二十年的阶级斗争和贯彻农业合作化、公社化政策的整个过程。[3]

然而由于时间和能力的限制,最后没能完成编年体的部分,只在附录中开列了一个提纲式的《大事记》。

在康濯看来,公社史虽然号称"史",但"并非历史科学范畴

---

1 河北省文联、天津作协编:《花开第一枝——五公人物志》,百花文艺出版社,1963年版,第357页。

2 建明公社纪事编写小组:《穷棒子社的故事——河北遵化建明公社纪事》,人民文学出版社,1966年版,第3页。

3 河北省文联、天津作协编:《花开第一枝——五公人物志》,第356页。

的著作，而是文艺性的作品"¹。这种看法在当时非常普遍，²公社史所效仿的《史记》等历史著作在当时即被评论家们视为"极好的文学作品"³。邵荃麟更进一步指出："特别是其中的《列传》，可以说是我国短篇小说的发轫。"⁴从这个角度看，《花开第一枝》虽然只完成了列传部分，却因此获得了一种文学上的整体性，即以"典型人物"的群像的方式再现了一个"典型社"的整体形象。有评论者指出："把公社的历史写成文艺作品，就不同于一般的历史读物，除了要符合历史真实以外，还必须能够通过艺术形象来感染读者；而写人物列传，就容易把历史写得生动、具体，也可以在人物的躯体上使作品的思想性、艺术性和历史的真实性得到统一。"⁵在他的分析中，为实现"生动、具体"的目标而进行的"形象化""典型化"过程显然都是由作者完成的。然而《花开第一枝》中的很多作者，却呈现出一种"无能"的状态，如李秀要写一位绰号"老急"的老社员李庆祥，但"谁知这'老急'脾气很怪，我跟他干了一天活，说了一天话，他自己的事，竟是一个字也不肯吐"⁶。李秀没有办法，只好去找李庆祥的老伴，接下来文章的内容几乎全都是李庆祥老伴的直接引语。老伴的描述非常形象且充满细节，似乎李庆祥

---

1 康濯：《初话徐水公社史》，《初鸣集》，作家出版社，1959年版，第9页。

2 建明公社纪事编写小组的成员们就将公社史视为报告文学的一种。（见建明公社纪事编写小组：《穷棒子社的故事——河北遵化建明公社纪事》，第4页。）

3 茅盾：《〈潘虎〉等三篇作品读后感》，《茅盾评论文集》（上），人民文学出版社，1978年版，第307页。

4 邵荃麟：《谈短篇小说》，《邵荃麟评论选集》上册，第353页。

5 小东：《读〈花开第一枝〉》，《河北文学》1963年11月号。

6 李秀：《古朴高风·李庆祥》，河北省文联、天津作协编：《花开第一枝——五公人物志》，第190页。

的典型化并非由作者,而是由她完成的。再如艾文会在一篇文章的开头便抱怨道:"给五公公社第一生产队队长李砚田写传记,真是困难。……你要请他谈谈这个变化过程,他什么也不愿说,只是抱歉地笑笑:'那个谁记得?'你要提几件具体事问他,他又笑笑说:'许有这个事。'又完了。"由于撬不开访谈对象的嘴,艾文会竟然索性"放弃"了李砚田,改写张端,而张端正是一个具备"典型化"能力的人:

> 他不只谈了好多具体例子,连李砚田当时的表情、说话的声调,都讲得活灵活现。……他对每一个人都介绍得异常具体,分析得也很正确,总是通过许多具体事例来揭示出这个人的内心世界。有些人我虽然没见过面,经他这一说,似乎也很熟悉了。他能把人了解得这样深,实在叫我非常惊讶。[1]

在熟悉人物的意义上,长期担任当地领导职务的张端本来就比到访作家更具权威性,再加上这种令作家都甘拜下风的叙述能力,显然可以在无形之中左右对历史的叙述。也就是说,善于言说和掌握话语权的人,往往直接决定着对"典型"形象的书写与呈现,甚至可以把自己叙述为"典型"。如果说张端只是在不经意间影响了到访作家的叙述,那么五公公社党委副书记耿秀峰对这一点是高度自觉的。1963年3月初,耿秀峰亲自到火车站迎接"五公人民公社史编写组"的作家们,一路上他详细地介绍五公公社的情况,解答作家们轮番提出的问题,还不忘介绍五公的"小八

---

[1] 艾文会:《张端》,河北省文联、天津作协编:《花开第一枝——五公人物志》,第87—88页。

将"——杨建章、李坤芳、张中茶等。他的叙述极有层次感,将最重要的人物放在最后:"他最后郑重其事地说:'你们是来写公社史的。无论如何,可别把我们的张泉落下。这小伙子,是五公大队的团支书,兼着机电组组长。刚才说的那些人,大多都是他的帮手和徒弟。'"[1]耿秀峰这样做,等于事先为作家划定了写作对象,甚至是规定了每一位传主在全书中占据的篇幅——重要人物设专章,次要人物则多人合传。在耿秀峰的规划中,他本人的历史地位同样应得到凸显。据参与《花开第一枝》写作的作家葛文回忆:"合作迷耿秀峰来干涉他们的工作,他要求把写他那章的标题改为《一个种花的人》。"[2]这一看似微不足道的改动其实大有深意,因为"花"在整部《花开第一枝》中是一个极为关键的比喻,据编后记介绍:

> 五公是我国农业合作化运动开始最早的地区。在五公合作化运动十周年纪念会上,河北省人民政府曾赠给五公一面红旗,上面写着"社会主义之花"。到现在,社会主义之花已经开遍全国了。这本书在万花丛中描绘了第一朵"社会主义之花",所以就命名为《花开第一枝》。[3]

凡是为这朵"社会主义之花"做过贡献的人,都在书中得到了赞美,如韩映山在《赤心记》中所写:"这里所记下的,就是曾经对'社会主义之花'培过土、浇过水的一位老人,在那些风云变化的年代里,他一直披星戴月,赤胆忠心,维护扶持,使得这朵

---

[1] 郭澄清:《新的一代》,河北省文联、天津作协编:《花开第一枝——五公人物志》,第258页。
[2] 参见〔美〕弗里曼、毕克伟、赛尔登:《中国乡村,社会主义国家》,陶鹤山译,第218页。
[3] 河北省文联、天津作协编:《花开第一枝——五公人物志》,第357页。

花,越开越美,越开越芬芳。"¹在众多为"花"贡献过力量的人当中,第一个种下这朵"花"的人无疑是最重要的。作家们虽然没有按照耿秀峰的意见修改那一章的标题,但耿秀峰试图表达的意思还是很明确地呈现在了行文之中:"耿秀峰撒下了这颗种子,非常高兴……"后来他被调到区上,群众非常不舍,于是耿秀峰又说:"种子落地总要发芽,'合伙组'成立了一定能办好。我走了还有长锁呢!"²这一系列叙述使得耿秀峰成为合作社当之无愧的奠基人。

《花开第一枝》出版后,《耿秀峰同志》成为争议最大的一章,甚至一度导致该书停印,据王林日记记载,当时地委田副书记说:

> 这书我们看到了,有的同志认为有些问题值得研究,就是关于耿秀峰一文。问题在哪里?第一,你们写的都是听他说的。他所说的跟支部说的不同。第二,这个人善于表白自己,把成立"合作组"的功劳放到自己身上来,高出耿长锁。第三,"合作组"成立在"组织起来"以前,比毛主席还高明。第四,耿秀峰有些问题。³

可见,作家们过于依赖当地能说会道者以及耿秀峰对个人历史地位的建构等问题,都已得到当地一些领导干部的重视。不过,这场争论没有持续太久,《花开第一枝》照常印行。1965年1月2日,中共中央发布《关于在新闻报道中必须消灭弄虚作假的通知》,

---

1 韩映山:《赤心记》,河北省文联、天津作协编:《花开第一枝——五公人物志》,第115页。
2 张庆田:《耿秀峰同志》,河北省文联、天津作协编:《花开第一枝——五公人物志》,第38—40页。
3 王端阳编录:《王林日记·文艺十七年(之八)》,《新文学史料》2015年第1期。

王林因此回忆道:"一九六三年在五公编写公社史的时候,当地某些'领导'希望我们按他们的愿望编造历史,一字不提耿秀峰在历史上的作用和活动。我坚决不肯歪曲历史,坚决不赞成'以虚带实'。今天以中央文件衡量之,还是对了。"[1]原来,对耿秀峰的争议在编写公社史的时候就出现了,王林坚持史家秉笔直书的精神,值得钦佩,但他本人却是在时隔两年中央《消灭弄虚作假的通知》发布之后才敢真正肯定自己当时的写法。作家眼中的"实"只有得到权力的肯定时才能成为"真实",而从公社到地方到中央,任何一级领导的意见都可能对"实"的内容与形式产生直接的影响。王林在1963年5月13日的日记中写到省委文艺处删去了他写的《雷锋苗圃里的幼苗》中"一切有棱角的意见"。对此,王林回应道:"这篇文章我无法修改,要是照文艺处的指令修改,等于取消了一切有关青年思想分化的内容。文艺处的意图是使青年生活在'真空管'里,我所见到的现实不是如此。十中全会上毛主席教导我们的阶级斗争观点和《关于正确处理人民内部矛盾》的思想方法,如果不是我理解错了,就是他们还有无冲突论的思想观点。既不能发表,我也不勉强发表,留着将来收集在我的《集外集》里吧!"[2]面对文艺处的指令,王林的态度看似强硬,但"不勉强发表"与"修改后发表"一样,都无法为读者呈现他所看到的"实"。

不过,文艺处对王林的限制并不是出于"无冲突论的思想观点"。从《花开第一枝》的成稿来看,尽管绝大多数篇章反映的是五公公社的先进模范,但最后三篇——《富裕中农李亨通》《"摇摇

---

1 王端阳编录:《王林日记·文艺十七年(之九)》,《新文学史料》2015年第2期。
2 王端阳编录:《王林日记·文艺十七年(之八)》,《新文学史料》2015年第1期。

摆"》《不要忘掉这件事》——却如史书尾巴上的奸臣列传,揭示的全都是"负面典型"。评论者在触及这几个负面形象时同样使用了"典型"的概念:"富裕中农李亨通觉得个人单干力量大,和合作社展开竞赛。这个事例很典型,也很生动。……富裕中农是可以通过教育使他们走上合作化道路的,最后李亨通终于认输入社,就是一个例子。"[1]可见当时的文艺处和评论界并不是不允许写冲突,写负面,那为什么偏偏只有王林的文章不能发表呢?答案就在评论者所写的"认输入社"中。三个"负面典型",一个缴械投降,一个离奇死亡,一个被捕法办,都是在与社会主义事业的"冲突"中彻底落败且无力反扑的角色。他们都已成为可以"盖棺"的历史,因此叙述他们不仅是"安全"的,而且可以充分地呈现胜利者的自信。但王林试图呈现的"青年思想分化"却是当下正在发生的,胜负尚未分晓,因此叙述变得危险起来。作家在文学创作中完全可以用虚构的方式提前宣布一方的落败,如在同时期反映青年思想分化的《千万不要忘记》《互作鉴定》《卖烟叶》等作品中,丁少纯、刘正、贾鸿年都遭遇了彻底的失败。但对于一个历史书写者而言,如果为尚在进行中的"真人真事"提前安排了结局,那他所写的将不再是"历史"。那么,对这样的"真人真事"究竟该如何处理呢?《穷棒子社的故事·序言》讲得很明确:"编写公社史和真人真事的故事,必须注意我们时代的历史真实。这种真实性,它要求对革命事业有利,并不是要求有闻必录。"[2]当某一种进行中的"真实"被判定为对革命事业不利,或暂时无法断定其对革命的利弊时,"不写"就

---

[1] 小东:《读〈花开第一枝〉》,《河北文学》1963年11月号。原刊"竞赛"误作"赛竞"。
[2] 建明公社纪事编写小组:《穷棒子社的故事——河北遵化建明公社纪事》,第2页。

是最"安全"的选择。文艺处正是在这一逻辑之下否定了王林的文章。

二

《花开第一枝》"一问世就受到了读者的欢迎",评论者认为它是"在为政治服务、为社会主义建设服务下的百花齐放,它的调子是明快的,健康的"。[1] 的确如此,我们很容易就能发现五公的全体社员脸上都洋溢着幸福的笑容,如张泉的爱人李捧"一提起张泉,她流露一种自豪的微笑,话也多起来","李捧说着,咯咯地笑起来","李捧说着,又笑起来"[2]。南吕在《从工厂到农村》的开头,更是以抒情的笔调写下五公女孩子"爱笑"的特征:

> 到过五公的人,都会深深地记住五公的女孩子们。……她们又特别爱笑。田野里只要有她们在浇地,你一出村,准会听到这里那里,叽叽嘎嘎笑声不断;晚上,开会或上夜校,就又听到她们喊叫着去四处召集人,不一会,也许又听到她们乐乐呵呵地唱起来了。[3]

周立波在小说《山那面人家》中曾专门"探讨"过姑娘们爱笑的原因——"有人告诉我:'姑娘们笑,虽说不明白具体的原因,总之,青春、康健、无挂无碍的农业社里的生活,她们劳动过的肥

---

[1] 本刊记者:《丰收的一九六三年》,《河北文学》1964年3月号。
[2] 郭澄清:《新的一代》,河北省文联、天津作协编:《花开第一枝——五公人物志》,第259、262、264页。
[3] 南吕:《从工厂到农村》,河北省文联、天津作协编:《花开第一枝——五公人物志》,第273页。

美的、翠青的田野，和男子同工同酬的满意的工分，以及这迷离的月色，清淡的花香，朦胧的、或是确实的爱情的感觉，无一不是她们快活的源泉。'"[1]虽然并没有真的说清"笑"的起因，但这段话还是很明确地揭示了"笑"的物质基础——只有在物质充裕、分配合理的环境下，人们才能发自内心地"笑"出来。早在1930年代翻译《被开垦的处女地》时，周立波就特别看重作品中人物的"笑"，反观当时中国的悲惨处境，周立波不由得感慨道："但是我们不能够，我们还生活在他们'含泪'的'过去'。到什么时候，我们才能够象他们一样的欢愉的笑？"[2]1950年代以后农村题材作品中大量出现的"笑"，意味着在作家们看来，广大农民的物质生活已经从"过去"迈进了"现代"。

物质生活的变化当然离不开政府的支持，在反映五公村农业合作化运动的纪录片《走上幸福大道》中有这样一段解说词："在走向合作化的道路上，在发展生产的重要环节上，他们不断得到政府的帮助，就这拉车的骡子也是用1947年政府发给他们的耕畜贷款买来的。"到了公社时期，政府更是向五公村投入了大量的先进设备——《花开第一枝》中的耿秀峰，就向来访的作家们详细地介绍了五公村拥有的现代化机器设备："一台锅驼机，三台柴油机，四台汽油机，十台电动机；工作机有：一盘电碾子，四盘电磨，五部铡草机，两套打油机……"当作家们问"这是全社的？还是——"时，耿秀峰自豪地回答："不！都是五公大队的——对啦，这是个单村队，也可以说是五公村的。"[3]仅一个村就有如此雄厚的

---

1 周立波：《山那面人家》，《周立波选集》第一卷，第156页。
2 周立波：《被开垦的处女地·译者附记》，《周立波选集》第七卷，第464页。
3 郭澄清：《新的一代》，河北省文联、天津作协编：《花开第一枝——五公人物志》，第258页。

物质基础,社员们当然可以尽情地"笑"。然而全国各地的其他村落,甚至五公周边的村落是否也像五公一样富足呢?弗里曼、赛尔登等美国学者在五公及其周边考察时发现:"从等级制度看,只有少数受偏爱的地方才能进入新体制中的特权领域,大部分被排斥、遗忘,有时遭破坏的乡镇和村庄的命运是多舛的,这正是其邻近的五公村受到国家偏爱的整个历史的补充。"这些学者将"五公模式"视为一种"惠赐少数、排斥多数"的模式:"光是国家的惠赐就足以使它(五公村)在企望很快实现共产主义理想的教条主义政策时期走在前头。而那些不受偏袒、没有这些特殊利益的村庄,就有可能发生毁灭性的后果。"[1]

"惠赐少数、排斥多数"的说法显然过于绝对,毛泽东在1959年第二次郑州会议上就提出国家要在"几年内拿出几十亿来支援穷队、穷社"[2]。但弗里曼等人的说法至少可以提醒我们,仅把目光集中在"典型社"上是危险的,这很容易让人产生盲目乐观,从而忽视了"造成典型的特殊条件和其他更富挑战性的现实状况"[3]。新中国成立初期"一穷二白",地方政府的资金和资源相当有限,为了维持对"典型社"的高投入,一般地区的物质基础势必受到严重的影响。海默的电影《洞箫横吹》就揭示了这种危机。影片开始于1954年复员军人刘杰返乡之时,镜头给到的"典型社"所在的中心村和刘杰生活的村子形成了鲜明的对比:

---

[1] 〔美〕弗里曼、毕克伟、赛尔登:《中国乡村,社会主义国家》,陶鹤山译,第6、7页。
[2] 中共中央文献研究室编:《毛泽东年谱(一九四九—一九七六)》第三卷,第617页。
[3] 程凯:《"深入生活"的难题——以〈徐光耀日记〉为中心的考察》,《中国现代文学研究丛刊》2020年第2期。

这儿和中心村的景象恰恰相反，没有一座象样的房子；东歪西斜的小马架子，稀稀拉拉象走残了的象棋一样摆在那儿。这些可怜的房子，有的草顶塌下半间，有的倾颓的后墙勉强的用大木杆支撑着，一根挨着一根的撑墙木棍倒是很别致的排满在街道上。[1]

两个镜头的对比收到了观众截然相反的反馈，赞扬者说："影片开始就把已合作化和未合作化的两个小村外貌作了明显的对比。揭示了合作化的优越性，不仅向人们指出合作化是农村唯一正确的道路，同时还表现了广大农民积极要求参加合作社的强烈愿望。"[2] 这个评价揭示的正是"典型社"的示范和带动作用——贫富的对比越是鲜明，就越能激发贫穷村向中心村和"典型社"学习。海默本人在后记中也表示："每个这样的地方都集中了大批干部，干部中区、县、省的都有，甚至还有中央的，他们都在那里辛辛苦苦地作着创造典型经验的工作。这些工作是有成绩的，若干有名的劳动模范相继出现了，农民的生活提高了，各界各地的访问者纷纷拥来，特别是使周围的农民看到了社会主义合作制度的优越，群众向往着共产主义的远景，相信只有通过集体化才能达到。"[3] 然而在批评者看来："'洞箫横吹'的第一个镜头，就把农村给丑化了。……破砖烂瓦，满目荒凉，这与解放后七、八年的农村面貌是不符合

---

1 海默：《洞箫横吹》，《剧本》1956年11月号。
2 姚朱张：《两条道路的斗争为什么没有展开》，《中国电影》1958年第8期。
3 海默：《后记》，《洞箫横吹》，第139页。

的。"[1] "这些描写,实际上是海默把旧社会那些腐败落后的现象硬栽在新社会身上了。"[2] 当时很多在农村考察过的干部、记者和民主人士都能证明"解放后七八年"仍然有不少农村和海默所写如出一辙,如1956年7月新华社记者戴煌在返乡时就看到:"房屋零落不整,街道坑坑洼洼。……中学和师范学校没有恢复,连一家稍稍像样的商店、饭店也没有。"[3] 因此,单从对现象的反映是否真实而言,批判者们的指责并无道理。他们更担心的是这种对比不仅不会带来激励效果,反而可能挑起农民对典型社的仇恨。海默观察到:"这些有名的社会主义旗帜和灯塔周围,还存在着大批贫困的农民。这些农民较之先进的合作社社员的生活悬殊很大,人们起了个有趣的名字叫灯下黑。"[4] 这个名字其实已经道破了贫困农民对典型社的不满。剧中爱说"怪话"的王永祥更是明确地提出:"政府十来号人,整天住在那儿,农贷、新农具、化学肥料,要啥给啥,外带着工厂还常送点礼……办好了也不算本事。"[5] 对典型社的抱怨已经完全溢于言表了。这类"怪话"都被批评者视为海默本人对"典型社"的讽刺和攻击:

> 海默抽换的第二根支柱,是诬蔑党领导群众创办的典型社。创办典型社,是党在农业合作化运动中的工作方针。……

---

[1] 大方:《从"洞箫横吹"谈起——试论影片中处理人民内部矛盾问题》,《中国电影》1958年第10期。

[2] 王紫非:《抽梁换柱——批判海默的〈洞箫横吹〉》,《电影艺术》1960年第12期。

[3] 戴煌:《九死一生——我的"右派"历程》,学林出版社,2000年版,第30页。

[4] 海默:《后记》,《洞箫横吹》,第139页。

[5] 海默:《洞箫横吹》,《剧本》1956年11月号。

在发展农业生产合作社的运动中，采取逐级领导试办，树立好榜样，逐步巩固与逐步推广的方针是完全正确的。……但海默在他的作品里，却别有用心地诬蔑典型社，把典型社和自发社对立起来，不仅攻击了党的工作方针，而且诬蔑为用典型社来挡住农民走社会主义的道路。……[1]

与后来不断提速的合作化进程相比，"典型示范"无疑是更加稳妥的推进方式，但批判者或许忽略了这样的"好榜样"并不是所有农村都能够效仿的。落后地区可以学习"典型社"的先进技术和管理章程，却永远无法获得与"典型社"同等的"农贷、新农具、化学肥料"。尽管此剧在周恩来和陈毅的关怀下一度得到平反，但以高投入培养典型的做法却一直未能得到有效更正，有时为了维系典型的先进面貌，还会牺牲周边地区的利益。这一点在文艺作品中没有表现，只能在浩然的小说《监察主任》中找到类似的行为逻辑："去年秋天，社里要示范种植'碧玛一号'小麦。……他们又亲手把种子播在青年突击队——第八队的丰产地里。"发大水时，为了保住八队的"碧玛一号"和下边的许多棉田，社主任提出筑一道土埝，把水都截在七队的地里，除了七队长外，全体队长都举手赞成。土埝筑成后，七队的队员连声地叹气，"有人竟抹了眼泪"，这让七队长的心"像被刀子剜的一样难受！"[2] 最后还是支书从县里借来了锅驼机和抽水机，才帮助七队减少了损失。从大局上看，为保住高产的示范区而牺牲产量较低的区域本来无可厚非，但文学

---

[1] 王紫非：《抽梁换柱——批判海默的〈洞箫横吹〉》，《电影艺术》1960年第12期。
[2] 浩然：《监察主任》，《喜鹊登枝》，作家出版社，1958年版，第174、179页。

在呈现这样的大局观之时总是会在有意无间记录下被牺牲者的痛苦。而现实可能比文学更残酷,因为对于非典型地区而言,锅驼机和抽水机并非总是能随叫随到的。

如何在培养典型的同时兼顾其他地区,让典型真正成为对其他地区的激励而不是让其他地区成为典型的牺牲品,是合作化运动给后人留下的历史难题。这一难题并没有因合作化已成为历史而失去意义,在新时期的"先富"与"后富"[1]、"先进产能"与"落后产能"的关系中,这一难题被更加集中地表现出来。

---

[1] 马烽在1981年指出:"现在我们讲,可以允许一部分农民先富起来。……可是有的人却把一些搞投机倒把的暴发户,当作先富起来的'典型'吹捧。还有的是在那里硬性培养先富起来的'典型'。有个养猪的社员,去年卖猪获利一千元。今年,上边非要把他'培养'成万元户不可。从县良种场给他调拨了五十头优种猪娃。由于圈小,饲料不足,卫生条件差,结果来了一场猪瘟,差不多都死光了。这位社员说:'千元户就挺好,非叫闹什么万元户,这下可赔塌啦!'"(见马烽《在现实生活面前》,《马烽文集》第八卷,大众文艺出版社,2000年版,第173页。)

第三章
思想教育与动员结构

薄一波在《若干重大决策与事件的回顾》一书中指出:"互助合作的道路是小农经济走向社会主义的必由之路,但入社不入社,何时入社,终究是必须尊重农民自愿的事情。党只能用典型示范和思想教育的方法启发农民走这条道路,而不能强迫命令。"[1] 1954年有一篇关于《春风吹到诺敏河》的影评题目就是"用示范和说服方法教育农民"[2]。上一章我们已经对"典型示范"进行了探讨,那么本章将触及的主要是"思想教育"与"说服动员"。需要说明的是,农业合作化运动中的农民"思想"至少应分为三个层面,一层是就"入社"问题而言,不愿入社的农民经过党的工作人员对经济利益的计算和比较,最后决定加入合作社,这一过程往往被叫做"打通思想";第二层指的是农民头脑中根深蒂固的"资本主义思想",党和政府期待在农业合作化运动中通过"两条道路的斗争"将这种思想彻底破除,但效果并不显著,"入社"往往并不意味着农民头脑

---

[1] 薄一波:《若干重大决策与事件的回顾》上册,第340页。
[2] 戈云:《用示范和说服方法教育农民——介绍影片〈春风吹到诺敏河〉》,《广东文艺》1954年12月号。

中"资本主义思想"的消失;第三层是按照五种社会形态[1]划分,被排在"资本主义思想"之前的"封建思想",它本应该被更加彻底地否定甚至消灭,却在合作化运动中被有意无意地忽略了。

第一节 经济利益与"打通思想"

1943年,毛泽东在边区劳动英雄大会上发表《组织起来》讲话后不久,一部名叫"动员起来"的秧歌剧迅速"走红",成为"延安人最自负的秧歌剧"[2]。这部得名自《组织起来》的秧歌剧[3],讲述的正是"1943年12月边区第一届劳动英雄代表大会闭幕时"[4]的故事:剧中的张拴婆姨因不愿加入变工队而与张拴发生争论,婆姨问:"变工队有啥好处嘛?"张拴答:"变工务庄稼,众人都有好处咧。大顺今年参加了变工队,粮食多打了五石几,变工的好处你解下,就不小里小气的不懂理。"然而无论张拴怎么说,婆姨总是赌气不肯听,张拴的妹妹翠妹子也来劝,仍是无济于事。最后村长到来现身说法:"我年时没变工,一个人开荒,十天才掘一垧地;今年我参加变工队哩,不到七天就开了一垧半。我说你们比上一比,变工和不变工是哪个对自家好处大着哩?""年时没参加变工,只

---

[1] 即原始社会、奴隶社会、封建社会、资本主义社会、社会主义社会。

[2] 赵超构:《延安一月》,第106—107页。

[3] 毛泽东在《组织起来》中指出:"高级干部会议方针的主要点,就是把群众组织起来,把一切老百姓的力量、一切部队机关学校的力量、一切男女老少的全劳动力半劳动力,只要是可能的,就要毫无例外地动员起来,组织起来,成为一支劳动大军。"〔见毛泽东:《组织起来》,《毛泽东选集》(一卷本),第882页。〕

[4] 延安枣园文工团集体创作,陆石执笔:《动员起来》,《延安文艺丛书》编委会编:《延安文艺丛书·秧歌剧卷》,湖南人民出版社,1985年版,第118页。

开了二垧地,今年参加了变工就一满开了十四垧半荒地,多打了十几石粮食。"张拴婆姨听了村长的话恍然大悟:"先前我可是一满解不下,尔刻我把变工好处都解下哩,明年我们一家人都参加变工队。"[1]可以看出,被张拴和村长反复宣讲的诸如"多打粮食"一类的"好处",成为打通张拴婆姨的思想,把她"动员起来"的关键。据《枣园文艺工作团的秧歌》一文介绍:"这个剧用夫妻争论的形式,提出和解决了关于参加变工在老百姓当中可能发生的一切问题,究竟参加变工有什么好处,这个剧都给了明白的回答。"[2]这表明,参加变工的"好处"不仅仅是张拴婆姨想知道的,更是广大老百姓希望了解的,因此在赵超构看来:"他们观剧时的心理,已不是欣赏技术而是在听取变工问题的辩论会,……观众此时的感觉只是切身利害的打算,并不是什么美的感受。"[3]且不论"美的感受"在赵超构这里的具体所指,只要唤起观众"切身利害的打算",最终选择像张拴婆姨一样加入变工队,这部剧的目的就达到了。

由此看来,经济利益是驱动老百姓参加变工互助的重要手段,然而据薛暮桥反映:在1940年代,"我们许多同志在组织劳动互助中,往往不是从群众的经济利益出发,而是单纯依靠政治动员(如'响应毛主席的号召'和'完成上级任务'等)。群众没有认识互助组织对于自己有何好处,所以形式上是自愿,实际还是不自愿

---

[1] 延安枣园文工团集体创作,陆石执笔:《动员起来》,《延安文艺丛书》编委会编:《延安文艺丛书·秧歌剧卷》,第129—144页。

[2] 《枣园文艺工作团的秧歌》,《解放日报》1944年3月29日。

[3] 赵超构:《延安一月》,第106—107页。

的"[1]。这种只靠"政治",不靠"经济"的"动员",在1950年代仍然频繁出现,秦兆阳的《在田野上,前进!》中列举了一系列这样的"动员"手段:"怎么动员的呢?召集人们开会,开一次不行,开它个三次、四次;'上级的任务是增加生产,抗美援朝,你是中国人不是,你不爱国?'不愿意来开会吗?叫也叫不来吗?就让村剧团给他们演戏,等他们来看戏来了,就把会场门儿一堵,谁也不准出去——开会!"[2]具体到农业合作化运动中也有类似情况,马烽指出,不少村干部"不去打通农民的思想,不从实际情况出发,而只是单纯从数目字上追求成绩,强迫编组"[3]。1952年,河北大名村干部在街上摆两张桌子,分别代表两条道路,让群众选择:"社会主义,资本主义,两条道路,看你走哪条,要走社会主义的在桌上签名入社","谁要不参加社就是想走地主、富农、资产阶级、美国的道路。"[4]1955年,毛泽东的卫士李银桥从家乡河北安平县带来一位副村长的信,信中反映:"细雨村在组织农业生产合作社的过程中,简单化地用'跟共产党走,还是跟老蒋走'一类的大帽子压群众入社,造成农民生产积极性下降。"毛泽东批示道:"这种情况恐怕不止安平县一个乡里有,很值得注意。"[5]可见,单纯的"政治动员"可能引发的危险后果已经引起了毛泽东的警觉。赵树理就以文学的方式呈现了这种"动员"带来的后果,《三里湾》中的村

---

1 薛暮桥:《山东解放区的群众生产工作》,《抗日战争时期和解放战争时期山东解放区的经济工作》,人民出版社,1979年版,第38页。
2 秦兆阳:《在田野上,前进!》,第341页。
3 马烽:《〈解疙瘩〉写的是一个什么问题》,《马烽文集》第八卷,第324页。
4 杜润生:《杜润生自述:中国农村体制变革重大决策纪实》,人民出版社,2005年版,第37页。
5 中共中央文献研究室编:《毛泽东年谱(一九四九——一九七六)》第二卷,第349页。

干部张永清说:"组织起来走社会主义道路是毛主席的号召。要是不响应这个号召,就是想走蒋介石路线。"这句话极大地激怒了以王申老汉为代表的单干户,直到王申决定入社时还不忘强调:"你们可不要以为我的思想是张永清给打通了的!全社的人要都是他的话,我死也不入!我就要看他怎么把我和蒋介石那个忘八蛋拉在一起!"[1]看得出,张永清的"动员"方式不仅严重违反了合作化运动中的"自愿原则"[2],而且会引发广大农民的恐慌、不满和反感,实在是得不偿失。

这种强迫命令式的"动员"方式当然是党中央不允许的,早在1944年,毛泽东就指出:

> 有许多时候,群众在客观上虽然有了某种改革的需要,但在他们的主观上还没有这种觉悟,群众还没有决心,还不愿实行改革,我们就要耐心地等待;直到经过我们的工作,群众的多数有了觉悟,有了决心,自愿实行改革,才去实行这种改革,否则就会脱离群众。[3]

1953年《中共中央关于农业生产互助合作的决议》(以下简称《决议》)正式发布前,毛泽东在《决议》的结尾专门加写了一段话:

---

1 赵树理:《三里湾》,《人民文学》1955年4月号。
2 毛泽东在《组织起来》中要求"按自愿的原则把群众组织到合作社里来"。[《组织起来》,《毛泽东选集》(一卷本),第889页。]
3 毛泽东:《文化工作中的统一战线》,《毛泽东选集》(一卷本),第913页。

党中央认为必须重复地唤起各级党委和一切从事农村工作的同志和非党积极分子的注意，要充分地满腔热情地没有隔阂地去照顾、帮助和耐心地教育单干农民，必须承认他们的单干是合法的（为《共同纲领》和《土地改革法》所规定），不要讥笑他们，不要骂他们落后，更不允许采用威胁和限制的方法打击他们。[1]

安波的话剧《春风吹到诺敏河》中，合作社副主任崔成就一度"采用威胁和限制的方法"阻止孙守山退社单干，主任高振林及时制止了崔成，他对崔成说：那样做会"把人家整伤心了，人家对咱们党和政府就疏远了"。在高振林看来："顶好的办法是：又要多讲道理给他们听，又要做样子给他们看，该帮助的还得诚心诚意地帮助他们。等着他们都看见新道路好了，就都会走到这条道上来的。"[2]

"新道路"究竟好在哪里？农村工作者们往往会通过"社会主义前途教育"让农民看到幸福生活的美好蓝图。《三里湾》中的画家老梁为三里湾画了三张画，第一张是"现在的三里湾"，第二张是"明年的三里湾"，第三张"社会主义时期的三里湾"画的是："离滩地不高的山腰里有通南彻北的一条公路从村后边穿过，路上走着汽车，路旁立着电线杆。村里村外也都是树林，树林的低处露出好多新房顶。……"[3]《在田野上，前进！》中的吴小正还把未来的幸福生活编成了歌子："那时候，遍地绿油油，麦子高齐头；种

---

[1] 毛泽东：《正确对待单干农民》（1953年3月24日），《毛泽东文集》第六卷，第275页。
[2] 安波：《春风吹到诺敏河》，作家出版社，1954年版，第162—163页。
[3] 赵树理：《三里湾》，《人民文学》1955年3月号。

地不用牛,点灯不用油;骡马满村叫,汽车到处遛;走路不小心,苹果碰破了头。"听了吴小正的歌子,人们齐声说好,"像打雷一样轰叫起来了"[1]。根据徐光耀的观察,当他开会讲到未来的美好生活时,"人们聚精会神,颇为爱听,连一些老太太也手扶门框,目不转睛地听着。可见人们是愿意说道社会主义发展和社会前途的"。[2]秦兆阳也写道:"(农民们)都觉着听这些事情比吃肉喝汤还过瘾,比做梦还要迷人。"不过,这种教育的内容经常暴露出不切实际的一面,就如"再也不会有水灾旱灾"[3]的畅想,其实至今都未实现,正如赵树理所言:"社会主义前途教育,实在难说得具体。"[4]未来到底是什么模样,任何人也不能给出绝对肯定的答案。《三里湾》中大多数农民聚拢在第二张画周围,而不怎么关注第三张画,似乎也表明了他们更加清醒和务实的态度。列宁说过:"农民不仅在我国而且在全世界都是实际主义者和现实主义者。"[5]农民们非常清楚"将来"是不能取代"现在"的,当《山乡巨变》中的陈大春滔滔不绝地对盛淑君叙说着"将来"的好处时,盛淑君突然问道:"要到那时候,我们才会快乐吗?"[6]正如鲁迅所引阿尔志跋绥夫的名言:"你们将黄金时代的出现豫约给这些人们的子孙了,但有什么给这些人们自己呢?"[7]因此有评论者看到社主任劝人"往远看"

---

1 秦兆阳:《在田野上,前进!》,第349页。

2 徐光耀:1953年11月28日日记,《徐光耀日记》第六卷,第328页。

3 秦兆阳:《在田野上,前进!》,第219、191页。

4 参见洪子诚:《1962年大连会议》,《材料与注释》,北京大学出版社,2016年版,第84页。

5 列宁:《俄共(布)第八次代表大会文献·关于农村工作的报告》,《列宁全集》第36卷,人民出版社,1985年版,第190页。

6 周立波:《山乡巨变》,第192页。

7 鲁迅:《头发的故事》,《鲁迅全集》第一卷,人民文学出版社,2005年版,第488页。

的情节时,就非常明确地指出:"教育农民加强集体主义思想,这是对的;但同时对农民的'暂时的困难',也不应忽视,而必须根据自愿互利原则来作公平合理的处理。"[1]

针对农民"暂时的困难",农村工作者们又发明了"尽先解决发动对象的迫切问题"的工作方法,周立波在《山乡巨变》中写道:

> 这里有一个贫农要讨堂客,女家催喜事,他连床铺都无力务办,你想,他有什么心思谈入社的事呢?工作组拜访几回,他都躲开了。后来,我们给他找了一挺梅装床,趁着他满心欢喜,我去找他谈,只有几句话,他就满口答应了,接接连连说:"我入我入,我堂客也入。"[2]

类似的情节在《暴风骤雨》中已经出现过:老王太太给大儿子娶亲,却因女方坚持要一床麻花被而为难。于是萧队长和郭全海商量:"从果实中先垫一床麻花被子给老王太太,作出价来,记在账上。待到分劈果实时,从她应得的一份里扣除。民兵把麻花被子送到老王太太家里时,她乐蒙了,笑得闭不上嘴,逢人便说:'还是农会亲,还是翻身好。'"[3]据中共益阳市委委员蕚梅回忆,周立波本人在合作化运动中也是这样工作的:"他爱护农民,农民也信他的话,比如他曾帮助一个九口之家的贫农卢国云买了一头小猪,

---

[1] 寒梅、新兵:《学习政策,深入生活——关于反映农业生产合作化创作中的问题》,《东北文艺》1953年1月号。

[2] 周立波:《山乡巨变》,第123页。

[3] 周立波:《暴风骤雨》下册,第195页。

后来猪长大了，卖了几十块钱，解决了很大的困难。卢国云便成了合作化的坚决拥护者。"[1]

这些恩惠看似立竿见影，但细想来并不是合作化本身带来的。习仲勋指出："农民们说：'秋后看'，要看事实，要经过他们自己切身经验。"[2]农民们所要看的"事实"，不是村干部们的额外馈赠，而是合作社本身的经济效益究竟如何，柳青在《邻居琐事》中就写道：罗道明在秋天看到合作社的庄稼"不是一小块一小块，而是一大片一大片……这给他的教育是任谁谈一百次话也办不到的"。[3]1953年的《决议》中特别强调："只有在多产粮食增加收入这样的号召下，才可能动员农民组织起来。"[4]在毛泽东看来，产量才是合作社工作的重中之重："农业生产合作社，在生产上，必须比较单干户和互助组增加农作物的产量。决不能老是等于单干户或互助组的产量，如果这样就失败了，何必要合作社呢？"[5]当时有很多动员群众入社的歌谣都把"多打粮"与"少打粮"作为比较的关键，如："单干困难实在多，季节一来慌手脚，要去东边借耕牛，又要西边借犁索，田地年年少收粮，急在心里没话说。"[6]与单

1　萼梅：《我们喜爱"山乡巨变"》，《人民文学》编辑部编：《评〈山乡巨变〉》，作家出版社，1959年版，第40页。

2　习仲勋：《关于西北地区农业互助合作运动》（1952年6月6日），史敬棠等编：《中国农业合作化运动史料》下册，第343页。

3　柳青：《邻居琐事》，《柳青小说散文集》，第72页。

4　《中国共产党中央委员会关于农业生产互助合作的决议》，史敬棠等编：《中国农业合作化运动史料》下册，第8页。

5　毛泽东：《关于农业合作化问题》，《毛泽东文集》第六卷，第426页。

6　襄樊曲剧团杜绶青唱：《万户千村合作化·一〇》，作家出版社编辑部编：《歌唱农业合作化》，作家出版社，1956年版，第41页。

干的产量相比,"合作社力量就是强,多打粮才有了保障"。[1] "互助要比单干好,合作更比互助强,自从办起农业社,年年保证多打粮。"[2]《三里湾》中的"糊涂涂"马多寿在决定入社前专门让儿子"铁算盘"详详细细地计算了单干与入社两种情形下的产量:

> 要是入社的话,自己的养老地连有余的一份地,一共二十九亩,平均按两石产量计算,土地分红可得二十二石四斗;他和有余算一个半劳力,做三百个工,可得四十五石,共可得六十七石四斗。要是不入社的话,一共也不过收上五十八石粮,比入社要少得九石四斗。[3]

在发现入社得利更高后,马多寿在大会上自豪地向众人宣布:"我这个顽固老头儿的思想也打通了!我也要报名入社!"[4]

这个结局看似皆大欢喜,但赵树理在作品完成后多次表示出对马多寿的忧虑:"在任劳任怨上,在分配与扣除的比例上,在高级社、公社化运动中、在遭灾歉收的情况下,……马多寿的表现不会和王金生一样。"[5]在另一处,赵树理显得更加悲观:"就如《三里湾》里的'糊涂涂',放到公社化他是一个'糊涂涂',放到灾荒

---

[1] "青海群众报"编辑室编:《入社》,作家出版社编辑部编:《歌唱农业合作化》,第7页。
[2] 宁都县刘坑乡农民建社山歌联唱,李贤琼整理:《幸福鲜花遍地开》,作家出版社编辑部编:《歌唱农业合作化》,第20页。
[3] 赵树理:《三里湾》,《人民文学》1955年4月号。
[4] 赵树理:《三里湾》,《人民文学》1955年4月号。
[5] 赵树理:《与读者谈〈三里湾〉》,《光明日报》1962年9月29日。

年,他还是一个'糊涂涂'。"[1]看来,马多寿打通的"思想"仅仅针对"入社"一事,在未来的一些时间节点上,他还是会落在后面。在赵树理看来,这是因为他的"资本主义思想"并没有得到彻底的改造:

> 《三里湾》书中说到的具有资本主义思想的人们,最后是以他们入了初级社作为缴了械的表现的,其实入初级社只能说是初步放弃了个体所有制这一块阵地,至于入社之后,再遇上某一些关节,他们的资本主义残余思想,还是会各按其改造程度之深浅,或多或少出现的。[2]

看来,以经济利益吸引农民入社的方式固然有效,但并不触动农民的"资本主义思想",因为它仍是以满足农民的个人私利为前提的。1950年代,一些激进的评论者已经开始否定"利用群众的自私来发动群众"[3]的做法,他们指出:"如果在我们的文学作品里只告诉农民翻身对他自身和他家庭如何有利,而不同时对他们进行更高意义的革命教育,那是显然不够的。"[4]与入社相比,对农民"资本主义思想"的改造将会是一个更加漫长的过程。

---

[1] 赵树理:《在北京市业余作者短篇小说创作座谈会上的发言》(1962年),《赵树理全集》第六卷,第124—125页。

[2] 赵树理:《与读者谈〈三里湾〉》,《光明日报》1962年9月29日。

[3] 王燎荧:《〈太阳照在桑干河上〉究竟是什么样的作品》,袁良骏编:《丁玲研究资料》,天津人民出版社,1982年版,第441页。

[4] 陈涌:《〈暴风骤雨〉》,原载《文艺报》1952年11、12期合刊,引自《中国当代文学研究资料·周立波专集》,华中师院中文系,1979年版,第130页。

第二节 "思想改造"及其困境

列宁曾指出:"小生产者是经常地、每日每时地、自发地和大批地产生着资本主义和资产阶级的。"[1]不过在1940年代的大生产运动和土地改革中,中共一直大力支持农民个体经济的发展。1942年,依靠生产致富的吴满有成为全边区的模范,边区开展"吴满有运动",号召全体农民向他学习。1946年的"五四指示"明确指出:

>在农民已经公平合理得到土地之后,应巩固其所有权,发扬其生产热忱,使其勤勉节俭,兴家立业,发财致富,以便发展解放区生产。在解决土地问题后,凡由于自己勤勉节俭,善于经营,因而发财致富者,均应保障其财产不受侵犯。[2]

尽管富农在某一时期受到冲击,但中共并没有否定个体农民发财致富的道路。1950年,刘少奇在《关于土地改革的报告》中还专门用了一节的篇幅谈"保存富农经济"的问题:"我们所采取的保存富农经济的政策,当然不是一种暂时的政策,而是一种长期的政策。这就是说,在整个新民主主义的阶段中,都是要保存富农经济的。"[3]政策的长期性给个体农民发家致富带来了希望,周立波在《暴风骤雨》中就写道:"这回平分地,不比往年,这回是给咱们安家业,扎富根的。"分得了土地的农民无需动员,很快就会投

---

1 列宁:《共产主义运动中的"左派"幼稚病》,《列宁全集》第39卷,人民出版社,1986年版,第4页。
2 刘少奇:《关于土地问题的指示》,《刘少奇选集》上卷,人民出版社,1981年版,第381页。
3 刘少奇:《关于土地改革的报告》,《刘少奇选集》下卷,人民出版社,1985年版,第40页。

入到他们最为熟悉的个体生产之中:"青年男女有的正在编炕席,有的铡草,有的遛马,有的喂猪。生活都乐乐和和,平平和和。"[1]《山乡巨变》中的陈先晋在土改时分进了五亩水田,他也乐观地憧憬着:"分进的五亩水田,加上他原有一亩山土,一共是六亩田土,可以作他发财的起本了。"[2]

然而仅仅过了一年,情况就发生了微妙的变化。尽管在赵树理的建议下,毛泽东在1951年的《决议》草案中,把"个体生产的积极性"放在与"互助合作积极性"并列的位置,并表示"既要保护互助合作的积极性,又要保护个体农民单干的积极性"[3]。但在第二条谈"个体经济的积极性"时,措辞却变得非常暧昧:"解放后农民对于个体经济的积极性是不可避免的。党充分地了解了农民这种小私有者的特点,……对于富农经济,也还是让它发展的。"这样的表述让人感到"个体经济"只是在党的理解和宽容之下才得到保留的。到了第三条就以不容质疑的强转折表明了党的立场:

> 但是,党中央从来认为要克服很多农民在分散经营中所发生的困难,要使广大贫困的农民能够迅速地增加生产而走上丰衣足食的道路……就必须提倡"组织起来",按照自愿和互利的原则,发展农民互助合作的积极性。[4]

---

1 周立波:《暴风骤雨》下册,第305、329—330页。
2 周立波:《山乡巨变》,第137页。
3 薄一波:《若干重大决策与事件的回顾》上卷,第192页。
4 《中国共产党中央委员会关于农业生产互助合作的决议》,史敬棠等编:《中国农业合作化运动史料》下册,第3—4页。

第三章　思想教育与动员结构

这里的"从来"至少可以追溯到毛泽东1943年的《组织起来》：

> 在农民群众方面，几千年来都是个体经济，……这种分散的个体生产，就是封建统治的经济基础，而使农民自己陷于永远的穷苦。克服这种状况的唯一办法，就是逐渐地集体化；而达到集体化的唯一道路，依据列宁所说，就是经过合作社。[1]

这两个"唯一"等于已经宣判了"个体经济"必须被"集体化"道路取代的结局。

随着互助合作运动的逐渐开展，对"个体经济"的清算首先在互助组内展开，据庄孔韶的考察："1952年的一天，黄村及其周边两个乡38个互助组的组长被叫到区政府参加训练班，学习上级政策，几日后回到各自互助组带领农人开会，'清算资本主义因素'。"[2]文学作品中对农民"个体经济"的批判随之渐渐增多。1953年，李准的小说《不能走那一条路》(后改名为《不能走那条路》)发表在《河南日报》上。小说甫一问世，就"立刻受到了读者，尤其是中南及河南文艺界领导方面的重视和推崇"[3]。在河南省政府和文联等机构的支持下，作品不仅在多次座谈会上被讨论，而且被改编成话剧、梆子、坠子、连环挂图等不同形式，产生了极大

---

[1] 毛泽东：《组织起来》，《毛泽东选集》(一卷本)，第885页。
[2] 庄孔韶：《银翅：中国的地方社会与文化变迁（1920—1990）》(增订本)，生活·读书·新知三联书店，2016年版，第92页。
[3] 李琮：《〈不能走那一条路〉及其批评》，《文艺报》1954年第2期。

的影响。1954年，作品又相继被《长江文艺》和《人民文学》转载，引起了全国范围的重视。小说的情节很简单：农民宋老定在土改后翻了身，也参加了互助组，但在有了一些积蓄之后就想买张拴的地，宋老定的儿子共产党员东山提醒宋老定不要走上地主走过的老路："爹！过去地主是只恨穷人穷不到底，现在大家是互相帮助。你吃过那苦头，你知道那滋味，咱不能走地主走的那一条路。"东山的表述揭示出了"个体经济"的某种危险性：如果有人依靠不断购进土地，扩大生产，变得越来越富，那就必然伴随着有人不断"弃业变产"[1]，越来越穷，一直"穷到底"。

1962年，邵荃麟在大连会议上指出："《不能走那条路》就是一九五三年提出来的，这是内部矛盾，一九五三年后就成了中心问题。《三里湾》《山乡巨变》《创业史》《春种秋收》《桥》都是写的这个问题。"[2] 其中，刘澍德的中篇小说《桥》非常集中和彻底地暴露了"个体经济"的危险性，评论者指出"写得最好的一个人物高正国，可以说是自发势力的典型代表"。[3] 小说中详细地开列了高正国发家致富的"五年计划"：

> 今年，五三年是第一年。我计划存粮两千斤，拴起一辆牛车，养两口胖猪。……明年，第二年，春天小海来家上门，再拴起一辆牛车，养八口胖猪。栽秧后，卖出存粮，收买老蚕豆，冬天和陈家伙开一个粉房。到第三年——五五年，春

---

1 李准：《不能走那条路》，《不能走那条路》，中国青年出版社，1955年版，第12、16页。
2 邵荃麟：《在大连"农村题材短篇小说创作座谈会"上的讲话》，《邵荃麟评论选集》上册，第391页。
3 《推荐"桥"》，《文艺报》1956年第2号。

天，放出人民币四百万，秋天至少要买上十亩田，请上两个帮工……[1]

旧社会地主的诸种行径——买地、雇工剥削、放高利贷等等在这一"计划"中卷土重来。而在现实中，这一"计划"早已被不少农民付诸实施："有些土地改革时的贫雇农也走上了剥削人的道路。例如雇农李文德十三岁就给地主、富农做长工，一直做了十八年。土地改革时，他分了二十七亩地、三间房，全家五口人有三个劳动力，因此生活上升很快，添置了汽轮大车一辆、骡子一头、驴子一头，1953年生产忙的时候，一天就雇短工八、九个，全年估计雇了短工三百六十多人次。"而与此同时，"有些农民因为受到天灾人祸，生活下降，甚至又去当长工了。例如李广德，土地改革后由于劳力不足，生产困难多，收成不好，1952年把土改分的房子卖掉了，1953年和1954年又去给人家当雇工了"。[2] 类似的情况在全国各地的材料中不胜枚举，正如毛泽东总结的那样：

> 在最近几年中间，农村中的资本主义自发势力一天一天地在发展，新富农已经到处出现，许多富裕中农力求把自己变为富农。许多贫农，则因为生产资料不足，仍然处于贫困地位，有些人欠了债，有些人出卖土地，或者出租土地。这种情况如果让它发展下去，农村中向两极分化的现象必然一天一天地严重起来。失去土地的农民和继续处于贫困地位的

---

1 刘澍德：《桥》，《桥》，人民文学出版社，1981年版，第78页。
2 《看丹乡的过去和现在》，《想想过去，看看现在——北京郊区三个农业生产合作社的典型调查》，北京出版社，1958年版，第17—18页。

农民将要埋怨我们,他们将说我们见死不救,不去帮助他们解决困难。

在毛泽东看来,只有"实行合作化,在农村中消灭富农经济制度和个体经济制度",才能真正扭转"两极分化"的趋势,"使全体农村人民共同富裕起来"[1]。

早在土改时期,丁玲《太阳照在桑干河上》中的一个民兵就预言道:"穷人也是财迷,你发财了,你要剥削人,还不一样斗争你!"[2] 农业合作化运动不仅仅要"消灭富农经济制度和个体经济制度",还要与依靠剥削发家致富的思想做坚决的斗争。正如江曾培在《〈山乡巨变〉变得好》一书中说的那样:

> 土改,当然是一场激烈的阶级斗争,但它主要目标还只是打倒地主阶级政治上的统治和经济上的剥削。而农业合作化,不但要取消几千年相沿的私有制的经济基础,而且还要冲激和改造人们头脑里根深蒂固的私有观念。[3]

在柳青看来,让农民"自己卸掉几千年私有制社会因袭的精神负担,是不可能的幻想!"[4],因此,借助外力改造农民的思想势在必行。早在1951年关于"李四喜思想"的讨论中,时任湖南省委宣传部长的李锐就敏感地意识到:"关于李四喜思想的讨论,应

---

1 毛泽东:《关于农业合作化问题》,《毛泽东文集》第六卷,第437页。
2 丁玲:《太阳照在桑干河上》,第424页。
3 江曾培:《〈山乡巨变〉变得好》,上海文艺出版社,1961年版,第4页。
4 柳青:《创业史》,第226页。

该被视为是带历史性的事件,应该是我们加强对农民思想领导的开端。"[1]

对于党和国家而言,合作化与思想改造是社会主义改造的题中应有之义[2],但对于《山乡巨变》中那个在土改后刚刚对生活有了盼头的贫农陈先晋而言,合作化就像"晴天里响起了一个炸雷,上头说是要办社说田土要归并到社里,这使他吃惊、苦恼和悲哀。"[3]农民们普遍感到非常困惑:"好不容易有了这点地,刚刚脚踩熟了,手摸热了,又入了社。"[4]"分了,又有什么用?还没作得热,又要交了。"[5]陈先晋有好几天都想不开,"到后来,他想,田是分来的,一定要入社,没得办法;土是他和耶老子,吃着土茯苓,忍饥挨饿,开起出来的,也要入社么?政府发给他的土地证,分明是两种。分的五亩田,发的'土地使用证',开的一亩土,领的'土地所有证',如今为什么一概都要归公呢?"[6]陈先晋的困惑有他的道理,东北土改时期明确规定:"民国三十六年所开之生荒地,应属于开荒主所有,不在平分之列,……属于雇农、贫农、中农者不在平分之列。"[7]周立波在反映东北土改的《暴风骤雨》中也特别强调土地归开荒者所有的道理:"土地也是穷人开荒占草,开

---

[1] 李锐:《李四喜思想讨论给我们的教训》,《新湖南报》1951年12月4日。
[2] 赵树理指出:"'社会主义改造',一方面是改造制度(生产关系),另一方面是改造人。"[见赵树理:《与读者谈〈三里湾〉》,《光明日报》1962年9月29日。]
[3] 周立波:《山乡巨变》,第138页。
[4] 秦兆阳:《在田野上,前进!》,第414页。
[5] 周立波:《山乡巨变》,第163页。
[6] 周立波:《山乡巨变》,第138页。
[7] 东北政委会:《东北解放区实行土地法大纲补充办法》,《中国土地法大纲及中共东北局告农民书》,辽南新民师范学校,1948年版,第8页。

辟出来的，地主细皮白肉的，干占着土地。咱们分地，是土地还家，就是这道理。"[1]到了《山乡巨变》中，周立波仍然不止一次地描写陈先晋开荒的不易：

> 他的那一亩山土，来得实在不容易。这是他跟他耶耶，吃着土茯苓，半饥半饱，开出来的。山荒有树蔸、石块，土质又硬，捏着锄头开垦时，手掌磨得起了好多的血泡。

如此饱含情感的描写格外引人同情，以至于小说接下来对其"资本主义思想"的批判显得格外苍白无力："陈先晋年年在半饱的、辛苦的奔忙里打发日子，但他一天也没有断绝发越的心念，总是想买田置地，总想起新屋。他在半生里，受尽了人家的剥削，但又只想去剥削人家。"[2]

从使用的篇幅和情感的倾向来看，《山乡巨变》对"资本主义思想"的批判都是远远不够的。李准的《不能走那条路》尽管用了不小的篇幅描写东山对宋老定的批评和宋老定的觉悟过程，也还是受到了评论者的诟病：

> （李准的描写）使人感到，要使得农民克服自发倾向，走上社会主义的道路，是不需要互助合作运动的实际的、长期的教育，而只消说些道理，回忆一下过去，就可以办得到的。这样的描写，容易使作品本身所提出来的矛盾被掩盖起来。

1　周立波：《暴风骤雨》下册，第162页。
2　周立波：《山乡巨变》，第137、161页。

使人感到农民的克服自发倾向和向农民进行教育，都是容易的事。

评论者还引用了列宁的话："改造小农及改造他的一切心理和习惯这一件事，是整代的事。"[1]有人在评论秦兆阳的《刘老济》时也说："仿佛我们只要对个体农民多开几次会'打通打通'思想，他们就会转变过来。事实上，工作是不会这么容易的。"[2]由此看来，《"锻炼锻炼"》中支书的那句："只要克服了资本主义思想，什么'性格'的人都能动员出来！"[3]实在说得过于轻巧了。

1949年，毛泽东在《论人民民主专政》中指出："严重的问题是教育农民。农民的经济是分散的，根据苏联的经验，需要很长的时间和细心的工作，才能做到农业社会化。"[4]这其实预示了教育和改造农民思想将是一个很长的过程。早在1942年《在延安文艺座谈会上的讲话》中，毛泽东就已经把这种改造的长期性和复杂性告诉了文艺工作者：

> 农民和城市小资产阶级都有落后的思想，这些就是他们在斗争中的负担。我们应该长期耐心地教育他们，帮助他们

---

[1] 李琮：《〈不能走那一条路〉及其批评》，《文艺报》1954年第2号。《不能走那条路》拍成电影后，互助合作的教育意义还是未能有效呈现，柳溪指出："电影中有关合作社的优越性的描写也没有成为整个故事的有机部分。"（见柳溪：《看影片〈不能走那条路〉》，《大众电影》1955年第13期。）

[2] 浦存伍：《谈秦兆阳的"农村散记"》，《文艺报》1954年第6号。

[3] 赵树理：《"锻炼锻炼"》，《火花》1958年第8期。

[4] 毛泽东：《论人民民主专政》，《毛泽东选集》（一卷本），第1366页。很多反映农业合作化的文艺作品都把这段话放在扉页或片头，如剧本《春风吹到诸敏河》等。

摆脱背上的包袱，同自己的缺点错误作斗争，使他们能够大踏步地前进。他们在斗争中已经改造或正在改造自己，我们的文艺应该描写他们的这个改造过程。[1]

文艺工作者为了表现这种长期性，最简便易行的办法就是扩大篇幅，增加思想波动与反复的过程。西戎的小说《王仁厚和他的亲家》虽然是一个短篇，但从头到尾都是王仁厚对个人思想的陈述以及村干部对他的纠正，没有其他情节。刘澍德的《桥》则以一个中篇的篇幅表现高正国思想改造的艰难历程。为了将高正国错误进一步形象化，作家让他大病一场，女儿和村干部轮番劝说，最后他痛改前非，承认了自己的错误：

> 我的眼睛只看到鼻子尖上。今日，我才算明白我走错路啦。这半年多我象是害了一场烧热病，昏天黑地的乱搞一铺，心里面一有邪念头，连鬼都来门口刮旋风！……幸亏王主任和你二叔他们，生拉活扯的把我拖出烂泥潭，危险！……从前，我真不该那样吵你们，恨你们……

说了这段话之后，他的病"当天就好的差不多了"[2]。

苏珊·桑塔格在《疾病的隐喻》一书中指出："疾病范畴的扩展，依靠两种假说。第一种假说认为，每一种对社会常规的偏离都可被看作一种疾病。……"[3] 对应到合作化运动中，凡是有"资本

---

1 毛泽东：《在延安文艺座谈会上的讲话》，《毛泽东选集》（一卷本），第806页。
2 刘澍德：《桥》，《桥》，第93—94页。
3 〔美〕苏珊·桑塔格：《疾病的隐喻》，程巍译，上海译文出版社，2003年版，第51—52页。

主义思想"的人都可以被视作"病人",而思想改造的过程,则可以等同于治疗过程。这种写法久而久之也成为了一套公式,有评论者将之概括为"下棋":

> 作品中的青年团员一定是积极热情的,……老头子虽然也积极,热爱毛主席,可是一定得让他有些地方思想打不通,于是他的儿子(或女儿)就专爱将他的军,但老是"滑将",待到一位共产党员上了阵,来个"双车挫",便把老头子的落后思想给"将死"了。[1]

"将死"落后思想,是为了把人救活,但秦兆阳的《在田野上,前进!》却把人给"将死"了——小说中的郭万德老汉一直阻挠外孙吴小正的婚事,而且拒绝社里修渠经过他家的地,社长郭木山想过:"要让郭万德和不是社员的郭大海答应在他们的地里挖一条沟——特别是郭万德,简直是不可能。"私有观念极重的郭万德在小说大半篇幅中一直生龙活虎、毫无病象,但在临近结尾时却突然变得奄奄一息:"他还没有死,不过,在这个世界上他是再也活不了多少时间了。"[2] 作家似乎是为了顺利修渠并成全吴小正的婚事,而故意"写死"了郭万德。这恰恰暴露了作家在面对郭万德的思想时同样是束手无策的。赵树理表示:"原来的农民毕竟是小生产者,思想上都有倾向发展资本主义的那一面,所谓社会主义改造,正是为了逐渐消灭那一面。但是那一面不是很容易消

---

[1] 徐北文:《从一个"人物表"说起》,《文艺报》1954年第6号。
[2] 秦兆阳:《在田野上,前进!》,第196、466页。

灭的。"[1] "我们自然作了些思想教育工作,但年岁大的农民受我们党政的教育才几年或十几年,而受小生产者个体主义教育(姑且这么说)则有几十年。"[2] 对于中青年农民而言,长期的思想改造尚有可能,但对于老农民来说,党政教育的时间可能永远无法赶上"个体主义教育"的时间了。柳青早在《种谷记》中就意识到了这个问题,甚至写出了赵德铭不无残酷的心理活动:"王克俭、善人、存发老汉,你去提高他们去吧!你甚至要他们不妨害你的工作,他看也只好耐心一点等他们死!"[3]《创业史》中的王瞎子一出场就被形容为庄稼地里的莠草和稗子,"他是蛤蟆滩公认的死角,什么风也吹不动他。旧社会,他是亲眼看见的;新社会,尽管他活到了这个时代,他却看不见了"。王瞎子的"瞎"在这里似乎具有了某种象征意味——在旧社会历经沧桑的老人无法看到新社会的美好。小说对王瞎子的叙述一直毫不客气,人还在世就被形容为"清朝的冤魂",十七岁的欢喜气愤地想:"改造!改造!什么都可以改造,他舅爷不能改造!""他有什么办法使老汉的脑筋哪怕开一点缝隙,让新社会的光明透射进去一点呢?脑筋这东西又不像旁的什么物件,可以拆卸开,到汤河边去洗洗啊!"不仅欢喜彻底放弃了对王瞎子的改造,梁生宝也一样毫不客气:"那个瞎老汉,理他做啥?"王瞎子的葬礼始终,梁生宝都没有流露出一丝的同情,"向来在刚埋毕死人的墓地上,庄稼人们要是谈叙死者,那就只说他一生的好处";可当大伙儿说老汉可怜时,技术员老韩却严肃地反问道:"有啥可怜?华阴知县衙门八十大板打得他晕头转向以后,一辈子再没

---

[1] 赵树理:《〈三里湾〉写作前后》,《文艺报》1955年第19期。
[2] 赵树理:《致陈伯达》(1959年),《赵树理全集》第五卷,第342页。
[3] 柳青:《种谷记》,第275页。

觉醒过来。"[1]梁生宝不仅对王瞎子缺乏同情，对广大的普通群众有时也会表现出一种"精英意识"：

> 自决定办灯塔社，除过互助合作，我啥话也听不进耳朵里去了嘛！我走在路上，听人家一边走路一边谈叙：某某人给他儿订下媳妇了，某某人的婆娘养下小子了；某某人的有奖储蓄中奖了；南瓜和小米煮在一块好吃……我心里头想：啊呀！这伙人怎么活得这么乏味！这么俗气！我紧走几步，把他们丢在后边。我不愿和他们一块走路。

此时的梁生宝似乎忘记了他要创办的合作社正是要靠这些在他看来"乏味""俗气"的人来建设的。"我紧走几步，把他们丢在后边"，同样富有象征意味地表明梁生宝放弃了对他们的思想改造。事实上，《创业史》通篇对"思想教育""思想改造"的话题都是一笔带过，似乎对农民"思想"的改造并不重要，至少不是当务之急。梁生宝在目睹了集体劳动的场景后想到："改造农民的主要方式，恐怕就是集体劳动吧？不能等改造好了才组织起来吧？要组织起来改造吧？"[2]先"组织起来"，再"改造"，由此成为柳青对农村工作的认识。这一认识暗合了毛泽东对制度变革和思想改造先后顺序的思考：

> 光从思想上解决不行，还要解决制度问题。人是生活在

---

[1] 柳青：《创业史》，第237、382、249、298、321、495页。
[2] 柳青：《创业史》，第545、311—312页。

制度中的，同样是那些人，施行这种制度，人们就不积极，敲锣打鼓，积极性也提不起来；施行另外一种制度，人们就积极起来了。……思想问题常常是在一定情况和制度下产生的，制度搞对头了，思想问题也容易解决。例如，农村中包工包酬的制度建立起来了，二流子也会积极起来，也没有思想问题了。[1]

二者的区别之处在于，柳青并不认为"制度搞对头了，思想问题也就容易解决"。《创业史》中的亚梅在女社员大会上讲道："对农民的思想改造，可是性急不得。要经过长时间的集体劳动，互相提意见，互相帮助，那时，整个社会的意识才能显出新水平。不要求一入社，所有的社员都是新人……"[2]可见，柳青将思想改造的问题放在后面，不是因为它不重要，恰恰是因为它更重要，也更困难，并不像毛泽东估计得那么乐观。

第三节 "封建思想"的位置

在五种社会形态的划分之下，中国并没有经历过典型的"资本主义社会"阶段，那么农民头脑中根深蒂固的"资本主义思想"究竟从何而来？柳青在《种谷记》中找到了一条根源："王克俭在小年冬学里便熟读了'朱子格言'，他差不多可以说完全跟着那格言治家的。"[3]在《创业史》中，柳青再一次提到了这部"朱子格言"：

---

[1] 薄一波：《若干重大决策与事件的回顾》，783页。
[2] 柳青：《创业史》，第501页。
[3] 柳青：《种谷记》，第10页。

民国十年前后，加喜在下堡村卢秀才书馆念过三年书。半部《论语》囫囵装在肚里头，怕至今也没消化开；可是他念过《朱子家训》这本农村名著，可在官渠岸行了好事。世富老大不识字，趁下雨天和上集走路的工夫，他向杨加喜学了许多朱柏庐治家格言。那些格言，几百年来，都是大庄稼院过富裕光景的经典。

新版《创业史》引用了《辞源》的注释："朱柏庐，明季诸生，入清隐居不仕，其学确守程朱……"很显然，所谓的"朱子格言"其实应该算作"封建思想"的一部分，只不过因为它的基础是土地私有制下一家一户的小农经济，所以与"资本主义"也有一定的相通之处。

新民主主义革命以"反帝反封建"为根本任务，像"朱子格言"一类的思想本该在荡涤之列。柳青在小说中同样非常明确地否定了奉行"朱子格言"的王克俭、杨加喜、郭世富等人，然而却在有意无意间留下了这么一个细节——当卢明昌说"当干部给人民办好事，是自家的本分。……给老百姓，可以少说这些话"的时候，杨加喜便"大大方方"地接了一句："朱子治家格言有一句：善欲人见，不是真善！这话和你支书说的是一个意思。我能明白……"[1]卢明昌对此不置可否，似乎也默认了党员的公仆思想与传统儒家思想的相通性。早在《论共产党员的修养》中，刘少奇就多次引用《诗经》《论语》《孟子》等儒家经典展开论述。近年来亦有不少学者探讨中国共产党及其领导的革命与儒家思想的关系，如

---

[1] 柳青：《创业史》，第448、522页。

沟口雄三就认为儒教伦理中的"均贫富"、"万物得其所哉"、"公"重于"私"等传统都"被中华人民共和国的社会主义理念继承下来"[1]。可见"封建思想"并非铁板一块，它虽然有与资本主义思想相近的一面，但它对"公"与奉献人格的强调又和资本主义思想有着明显的距离。伊格尔顿说过："在缺乏真正的革命艺术的情况下，只有一种象马克思主义一样敌视自由资产阶级社会的萎缩价值的极端保守主义，才能产生出最有意义的文学来。"[2]中国的情况虽与伊格尔顿说的很不相同，但封建时代追求的某些理想状态确与社会主义理想相通。歌颂五公村集体化的《花开第一枝》中，有一篇文章《古朴高风》说："在五公住久了，我们不约而同的都产生这样一种感觉：五公又有社会主义农村的新气象，又有我国古人所理想的'古朴高风'。"[3]《山乡巨变》中的李槐卿老先生也以孔孟之道来解释农业合作化给他带来的好处："这才真是社会主义了。孟子曰：'老吾老，以及人之老。'我们的先人早就打算搞社会主义的。"[4]

当然，并非所有的封建理想都与社会主义相通。《山乡巨变》的一开头，邓秀梅就明确地嘲讽了后生子们的"理想"："哼，你们男同志，我还不晓得！你们只想自己的爱人象旧式妇女一样，百依百顺，不声不气，来服侍你们。"而后生子们也不甘示弱："你呢？只想天天都过'三八'节。"眼看一场争论将要爆发，却因邓秀梅

1　〔日〕沟口雄三：《中国的历史脉动》，乔志航、龚颖等译，生活·读书·新知三联书店，2013年版，第293页。

2　〔英〕特里·伊格尔顿：《马克思主义与文学批评》，文宝译，人民文学出版社，1980年版，第12页。

3　李秀、瑞增、锁柱：《古朴高风》，河北省文学艺术界联合会、中国作家协会天津分会编：《花开第一枝——五公人物志》，第189页。

4　周立波：《山乡巨变》，第100页。

提到了"封建"一词而迅速化解——

"你们是一脑壳的封建。"

"你又来了,这也是封建,那也是封建。有朝一日,你怀了毛毛,也会蛮攀五经地跟余家杰说:'你为什么要我怀孩子,自己不怀?你太不讲理,一脑壳封建。'"

满船的人都笑了。

"我才不要孩子呢。"笑声里,邓秀梅低着脑壳,自言自语似地说。她的脸有点红了。这不是她心里的真话。接近她的人们说,其实她也蛮喜欢小孩子,跟普通的妇女们一样,也想自己将来有一个。……同在一起开了九天会,就要分别了,心里忽然有点舍不得大家,她有意放一放让。

看得出,"封建"一词的含义在这场争论中变得非常含混,但争论的双方却也都不求甚解,而是在笑声中达成了和解。之所以大家可以这样轻松地谈论"封建",似乎是因为它已经变成了一个很遥远的、不会对现实中的人际关系构成威胁的概念。这一点在亭面糊身上体现得更明显:

他继承了老辈的家规,对崽妇女总是习惯地使用命令的口气,小不顺眼,还要发躁气,恶声恶气地骂人,也骂鸡和猪和牛。……"我抽你一巡楠竹丫子,""要吃楠竹丫枝炒肉啵?""我一烟壶脑壳挖死你,""捶烂你的肉。"等等,好厉害呵,要是真的这样照办了,他的崽女,他所咋回事的鸡和猪,和他用的牛,早都去见阎王了。可是他们都还健在,而且，哪一个也不怕他。凭经验，他们都晓得，他只一把嘴巴子，实际上是不会动手认真打人的。[1]

在研究者看来，《山乡巨变》中的"封建"已经成为一种"抽空了实质内容的'形式'和'符号'。就亭面糊而言，他对'老辈的家规'的遵守是非常认真的，但被形式化和符号化的'家规'已经丧失了实质性的权威，而恰恰是那种自以为仍是权威的认真态度构成了令人发笑的'喜剧'。正是由于这种'父权'的虚体化，使得'父子矛盾'根本不可能在实质意义上发生"[2]。就《山乡巨变》而言，研究者的判断是非常准确的。但在其他作家的作品中，不仅邓秀梅所批判的"夫权"依然存在，"父权"同样从未被虚体化，"父子矛盾"也一直"在实质意义上"发生着。仅举《三里湾》为例，以"前清时代的红缨帽""半截眼镜腿、一段破玉镯、三根折扇骨"作为象征资本的马多寿"还是按照祖辈相传的老古规办事"，他的"老古规"不像亭面糊那样光说不练，而是动真格的。他们家"只要天一黑，不论有几口人还没有回来，总得先把门搭子扣上，然后回来一个开一次，等到最后一个回来以后，负责开门的人须得把上下两道栓关好，再上上碗口粗的腰栓，打上个像道士帽样子的木楔子，顶上个连榾柮刨起来的顶门权"。马有翼的屋子则"黑咕隆咚连人都看不见"，"只有朝北开着的一个门和一个小窗户，还都是面对着东房的山墙……两个向野外开的窗户……早就用木板钉了又用砖垒了"。马多寿对子女进行着严苛的人身控制和经济控制，

---

[1] 周立波：《山乡巨变》，第3、43页。
[2] 李哲：《"革命"深处的涟漪——试论〈山乡巨变〉的喜剧性》，《社会史视野下的中国现当代文学研究——以周立波为中心"学术研讨会论文集》，第174页。

如赵树理所言："为了想保留他朝着富农方向发展的阵地，就借用他家世代相传的封建规矩来控制孩子们。"[1] 在这样的压迫之下，三儿子马有喜逃出家庭去参加志愿军，三儿媳菊英无法忍受虐待而提出分家，窝囊顺从的四儿子马有翼最后也愤而"革命"，冲出家庭。接踵而至的分家彻底打破了马多寿以劳动力数量取胜的如意算盘，在权衡利弊之后，马多寿最终选择入社。

巴人在评价《三里湾》时指出："农业生产合作社的发展必然引起封建家庭生活的改造。"[2] 从客观上看，四分五裂的马家确实已经无法维系原有的"封建家庭生活"，但这并不代表着封建观念也会随之消失。王玉梅对马有翼说："只要分开家，那套老封建规矩自然就没处用，也不用争取、说服，也不用吵架，自然就没有了。那不比先让他们管制起来然后再争取、说服省事吗？"可以看出，虽然马家已经入社，但玉梅对马家的"封建规矩"还是心有余悸，所以只能以"分家"来逃避它。另一方面，合作化的组织者们虽然对马家做了很多的工作，但同样没有真正触动过马多寿的"封建规矩"。因此在合作化之后的赵树理小说中，我们还是能看到"封建规矩"引发的父子矛盾——《杨老太爷》中的杨大用，因为仍然固守着封建老规矩而被人戏称为"杨老太爷"，在城里当干部的儿子铁蛋一回家，他就嫌儿子不给家里寄钱："不赚钱你就不要给我出去了，留在家里给我好好做庄稼！"最后还得村长亲自设计帮助铁蛋出逃。临行前村长对铁蛋说："你爹的思想很落后，听上那个鬼舅舅的话，光想在你身上打点主意。你现在就到县里去吧，'夜长

---

[1] 赵树理：《与读者谈〈三里湾〉》，《光明日报》1962年9月29日。
[2] 巴人：《〈三里湾〉读后感》，《遵命集》，北京出版社，1980年版，第14页。

梦多',这家里待不得。……"¹虽然小说最后还是以儿子对"封建规矩"的逃避结束,但赵树理的写作本身仍然是对实质性问题的揭露和直面。在赵树理笔下,"封建"与新人、新社会的相遇并非总能以"喜剧"收场,它没有真的远去,它仍在威胁、阻碍着现实中的人与事,因此并不能被轻巧地视作一种抽空了实质内容的"谈资"。相比之下,周立波对"封建"的态度还是有点盲目乐观了,轻松愉快的"喜剧"式写法恰恰是对现实矛盾的回避²。套用浦存伍对秦兆阳《农村散记》的评价,"当前的农村生活中,实际上并不完全像作者所描写的那样太平无事,那样一片升平气象,即使有些矛盾与冲突,也像微风掠过平静的河面,引不起浪花四溅的波涛,可以很轻松愉快地马上就得到解决"。³

第四节 "动员"的形式:"自上而下"与"自下而上"

前文对"思想"的探讨,主要是基于文艺作品的内容层面。事实上,以"打通思想"和"思想改造"为主要手段的"动员结构"对文艺形式本身也产生了相当重要的影响。蔡翔即指出:"在中国当代的政治文献中,'动员'是出现频率最高的概念之一,这

1　赵树理:《杨老太爷》,《解放军文艺》1962年第2期。
2　回避矛盾的写法在周立波这里非常常见,在写作《暴风骤雨》时,周立波知道"北满的土改,好多地方曾经发生过偏向",但他以"不适宜在艺术上表现"为由,"没有着重描写"。(见周立波:《现在想到的几点——〈暴风骤雨〉下卷的创作情形》,李华盛、胡光凡编:《周立波研究资料》,知识产权出版社,2010年版,第250页。)《山乡巨变》中,当陈大春说现在"我们还有些困难"时,盛淑君很快打断:"不要说你的困难了吧,我不想听。"于是读者也无法知晓"现在的困难"是什么了。(见周立波:《山乡巨变》,第192页。)
3　浦存伍:《谈秦兆阳的"农村散记"》,《文艺报》1954年第6号。

一概念同时也频频出现在中国的当代文学之中,而且在某种意义上,还构成了'动员—改造'的小说叙事结构。……这一'动员—改造'的叙事结构恰好对应着中国当代的社会政治结构。"[1]而在贺桂梅看来:"动员—改造叙事结构与其说是当代文学的普遍特点,毋宁说更是周立波'个人风格'的表现之一。"[2]二人的说法各有其道理,本节就试图首先以周立波的《山乡巨变》为例,探讨"动员"给小说结构带来的整体影响。

一

周立波在他的创作谈中写道:"创作《山乡巨变》时我着重考虑了人物的创造,……考虑到运动中的打通思想,个别串连,最适合于刻划各式各样的人物,我就着重地反映了这段。"[3]邓子恢在《关于农业合作化运动》的报告中专门强调过"发动群众要善于做个别串连工作":"真正要把群众组织起来,就要靠组织工作。这个组织工作就是要访贫问苦,个别串连。"[4]因此,"个别串连"的工作形态在大多数反映合作化的小说都会得到表现,如秦兆阳的《在田野上,前进!》:"第二天一整个上午,张骏、郭木山、李幼章一起到一部分社员家里进行了家庭访问,征求这些男人女人们对农业社的意见。结果,人们的意见差不多都是集中在这样几个问题

---

[1] 蔡翔:《革命/叙述:中国社会主义文学—文化想象(1949—1966)》(第2版),第74—75页。
[2] 贺桂梅:《政治·生活·形式:周立波与〈山乡巨变〉》,《文艺争鸣》2017年第2期。
[3] 周立波:《关于〈山乡巨变〉答读者问》,原载《人民文学》1958年7月号,引自《中国当代文学研究资料·周立波专集》,第105—106页。
[4] 邓子恢:《关于农业合作化运动》,《邓子恢自述》,人民出版社,2007年版,第279页。

上……"[1]接下来谈到的四个问题就是对各家各户意见的总结,十分精炼,只占据了不到一页的篇幅,对小说的整体结构并无影响。但在周立波这里,"打通思想,个别串连"的情形却有很大的不同,他没有像秦兆阳那样急于进行归纳总结,而是挨家挨户地逐一讲述每个家庭的具体情况,连夫妻吵架一类的细节都不放过。这样一来,小说的整体结构就无法不被撬动,甚至发生整体性的变化。研究者们往往只注意到《暴风骤雨》和《山乡巨变》的开头都是写工作队员下乡,于是把周立波的叙事结构阐释为"外面来一个人":"他30年代翻译的苏联小说《被开垦的处女地》,正是这种'外面来一个人'的写法,而他的两部长篇小说《暴风骤雨》和《山乡巨变》,都采用了同样的叙事结构。"[2]但真正决定《山乡巨变》结构的或许不是开头,而是决定"打通思想,个别串连"的那个时刻:小说第十一节《区上》写到区委书记朱明的指示:"大家再努一把力,我们全区的入社农户,跟总农户的比例,可达百分之七十。请大家注意,这个百分之七十,就是区里要求的指标。"于是在第十二节的开头,我们看到:"在回乡的路上,邓秀梅和李月辉心里,同在考虑百分之七十,好久都没有开口。"他们在当夜就召开了支部会,传达了区委的精神,并决定"搞思想发动,个别串连":"陈先晋归邓秀梅包干,李主席答应去和菊咬[*]打交道,秋丝瓜由陈大春串连,刘雨生协助谢庆元,去做李盛氏的工作,防止她缩脚。"小说后面的情节,即围绕这些不同的工作对象逐一展开。

---

[1] 秦兆阳:《在田野上,前进!》,第251页。
[2] 贺桂梅:《政治·生活·形式:周立波与〈山乡巨变〉》,《文艺争鸣》2017年第2期。
[*] 菊咬、菊咬金、菊咬筋为一人,作者在不同处提到时用了不同的称呼,引文皆遵照原文。——编者注

工作人员们首先遇到的，就是前文提到的陈先晋，邓秀梅采取拉家常的方式，"暂时避开不提合作化的事"，她自以为这样可以慢慢把谈话引入正题——

"放心吧，不要我们劝，他们自己会好的，只要你们答应加入农业社。"邓秀梅看谈话投机，趁对方高兴，把闲聊巧妙地引入了正题。陈妈初初听了这个陡然的转折，楞了一下，好久才说……

陈妈可以明显感觉到"陡然的转折"，说明这种工作方式并没有邓秀梅想象中的那么"巧妙"。后来还是在妻子、儿女和女婿的合力劝说下，陈先晋才勉强答应入社："大家都入，也只好入了。"农会主席李月辉说："这不好，这叫随大流。要自己心里真正想通了，才能作数……你要是还带点勉强，随时随刻，都好来拿。你真的通了？""听到这问话，陈先晋满脸飞朱，额头上的青筋也暴出来了，他本来就拙于言辞，现在一急，更说不成理，只好发赌了，他说：'李主席，你要是信不过我，怕我缩脚，我来具个甘结，好不好？我去抱个雄鸡来斩了。'"被激将法逼得发誓赌咒的陈先晋，很难说真正打通了思想。

刘雨生在给盛佳秀做思想工作时也遇到了同样的困难，他为了阻止盛佳秀退社，把同样的话翻来覆去讲了好多次，以至于叙述者都产生了"叙述疲劳"："道理无非是这些道理：'小农经济受不起风吹雨打'罗，'个体经济没得出路'罗，'合作化的道路是大家富裕，共同上升的大路'罗，等等，他在互助合作训练班里学来的这些，和肚子都翻出来了。"但仍然没有打消盛佳秀的顾虑："怕吃饭谷收不回来；怕田多劳力少，要减少收入；怕股份基金要得太多了。"然而就在这山穷水尽的时刻，却突然出现了"柳暗花明"的转机："在言语之间，两个人没有靠拢，但他们的心好像是接近得多了。不知为什么，双方都愿在一起多呆一会儿，多说几句话，纵令是说过的现话也好。"[1]两人竟然凭借抽空了具体所指的频繁交流产生了爱情，最后盛佳秀打消了退社的念头——

"都说入社好，我也不退了。"盛佳秀含情脉脉地看刘雨生一眼，意思好像说："看你的份上。"

……

"入社自愿，退社自由。什么时候你想退，什么时候你都可以走。"

"我只信得过你。"

……

"那好极了。"盛佳秀笑道，"只要你雨生哥拍了胸口，我就靠实了。"

……

"你不做社长，我就不入。"盛佳秀情浓意远地微笑着说道。

盛佳秀的每一句话都流露着对刘雨生的浓浓爱意，看来，并不是改造好的思想，而是爱情的力量促使她一心一意地留在合作社。到了《山乡巨变》的续篇中，盛佳秀的"资本主义残余思想"果然暴露了出来——照惯例，"临到插田，都要备办一两餐场面，

---

[1] 周立波：《山乡巨变》，第124—125、144、147、166、306、286页。

砍几斤肉,打几斤酒"。[1]但社里没有准备酒肉,社员们心灰意懒,刘雨生自告奋勇,决定说服盛佳秀让出她养的猪,盛佳秀很不情愿,和刘雨生起了争执。刘雨生说一声"算了"之后起身要走,"听到他这声'算了',盛佳秀心里一动,脸上变了色。被人遗弃过的,有点旧的意识的妇女常常容易发生不祥的预感。……她的负过伤的心,再也经不起任何波折了。她追出地坪大声说道:'你回来呀,我们再商量一下。'……'你实际要,就赶去吧。'盛佳秀为了爱情,只得松了口"。[2]看来,盛佳秀这次为公家做贡献,仍然不是克服了自私观念的结果,说到底还是"为了爱情"。

由此看来,入社的农民大多并没有真正打通思想,周立波"打通思想,个别串连"的设想仅仅完成了一半。对此,小说中的人物不是没有意识到,邓秀梅的爱人余家杰就在信中警告她:"有些举棋不定的、业已申请入社的农民,思想还是会有波动。"李主席在入社户超过全乡总农户的百分之五十时也认为应该停顿一下,他的理由是"贪多嚼不烂。况且,饭里还加了谷壳、生米"[3]。合作化运动本来并不以"贪多"为目的,毛泽东在《关于农业合作化问题》中特别强调"坚持自愿、互利原则":

> 至于新中农中间的上中农和老中农中间的上中农,即一切经济地位较为富裕的中农,除开若干已经有了走社会主义道路的觉悟、真正自愿加入合作社的,可以吸收他们入社外,

---

[1] 周立波:《山乡巨变》,第287—288、205页。
[2] 周立波:《山乡巨变续篇》,第211—212页。
[3] 周立波:《山乡巨变》,第274、237页。

其余暂时都不要吸收，更不要勉强地把他们拉进来。[1]

有评论者据此认为："对发动菊咬和秋丝瓜的问题上，简直有近于变相的强迫命令。……其实，对秋丝瓜这样的走资本主义道路的富裕农民和坏分子，何必这样强求？"[2]在《关于农业合作化问题》中，毛泽东专门强调了避免"命令主义"的方法：

> 先将经济地位贫苦或者还不富裕的人们（约占农村人口百分之六十到七十），按其觉悟程度，分作多批，在几年内，组成合作社，然后再去吸收富裕中农。这样就可以避免命令主义。[3]

但在几个月之后为《中国农村的社会主义高潮》撰写的序言中，"几年内"分批完成的任务被压缩到了"一年"：

> 我在一九五五年七月三十一日所作关于农业合作化问题的报告中，提到加入合作社的农户数字是一千六百九十万户，几个月的时间，就有五千几百万农户加入了合作社。这是一件了不起的大事。这件事告诉我们，只需要一九五六年一个年头，就可以基本上完成农业方面的半社会主义的合作化。[4]

---

1 毛泽东：《关于农业合作化问题》，《毛泽东文集》第六卷，第426、428页。
2 唐庶宜：《对"山乡巨变"的意见》，《人民文学》编辑部编：《评〈山乡巨变〉》，第54页。
3 毛泽东：《关于农业合作化问题》，《毛泽东文集》第六卷，第428页。
4 毛泽东：《〈中国农村的社会主义高潮〉序言》，中共中央办公厅编：《中国农村的社会主义高潮》上册，第2页。

入社农户的迅速增加，使毛泽东对形势做出了乐观的估计，但无形之中也对地方干部施加了压力，邓秀梅就不无紧迫地意识到："我们离开区委的指标还很远，怎么好停顿？"这样一来，对菊咬筋和秋丝瓜的入社问题，似乎就不能不"强求"了。

如果动员入社仅仅是为了完成上级规定的指标，那么《山乡巨变》的立意就未免过低了。好在周立波在小说的结尾对主题进行了有力的升华：合作社成立大会上，邓秀梅提出了新的增产任务："各位同志，各位父老，各位姐妹们，你们要八仙飘海，各显神通，要在几年内，使稻谷产量，达到亩亩千斤的指标。"大会结束后亭面糊就兴冲冲地对陈先晋说："我们两个人把牛工包下，耕得深，耙得平，包管我们常青社，不到两年，就做到亩亩千斤。"回看小说重点串连的几个人——陈先晋、菊咬筋、秋丝瓜和盛佳秀，确实各有"神通"：陈先晋是人们公认的"数一数二的老作家，田里功夫，门门里手"，他时常说："手脚一停，头要昏，脚要肿，浑身嫩软的。"盛佳秀和陈先晋一样："手脚一不动，脑壳要晕，脚杆子就要发胀、发肿"，菊咬筋"作田又是个行角"，秋丝瓜"讨了一个勤俭发狠的安化老婆，两人一套手，早起晚睡，省吃省穿"。[1]……把这么几位"作田"能手动员入社，"亩亩千斤"的生产计划定能实现。只是小说逐个讲述这四位"作田"能手的故事，使情节显得不太连续，有读者就认为《山乡巨变》的结构"显得零乱"，"缺乏一个中心线索贯穿全篇"。对此，周立波回应道："创作《山乡巨变》时我着重考虑了人物的创造"，而他重点借鉴的两部古典小说《水浒传》和《儒林外史》正是"着重人物的刻划，而不注意通篇

---

[1] 周立波：《山乡巨变》，第237、306、136、289、64、219页。

结构的"[1]。《水浒传》中的人物也是轮番登场,情节可以随人物分成"武十回""宋十回"等若干个故事单元,但这并不代表《水浒》完全不注重谋篇布局,因为这些英雄好汉最终会在梁山会师,《儒林外史》中祭泰伯祠的一回也把全书的主要人物汇聚一堂。因此可以说,《山乡巨变》结尾的成立大会,就是梁山聚义的实现,而把各位"作田"能手逐一动员入社的过程,就像众好汉逐一归顺梁山的过程。[2]古典小说的内在结构与合作化运动的要求——将分散的个体小农经济整合到集体经济中来——在《山乡巨变》中发生了耦合,不同的是:古典小说在"聚义"的高峰后,势头往往会下滑——《水浒传》中的英雄走向末路,《儒林外史》中的一代文人风流云散;而《山乡巨变》的"聚义"固然是个体生产的结束,但更是集体生产的开始,按照干部们的设想,农业将由此迈向现代化的道路,农村经济将迈上更高的台阶,农民将过上更加幸福的生活。

二

毛泽东在《关于农业合作化问题》中指出:"贫农、新中农中间的下中农和老中农中间的下中农,因为他们的经济地位困难(贫农),或者他们的经济地位虽然比较解放以前有所改善,但是仍然

---

[1] 周立波:《关于〈山乡巨变〉答读者问》,原载《人民文学》1958年7月号,引自《中国当代文学研究资料·周立波专集》,第105—106页。

[2] 赵树理的鼓词《战斗与生产相结合——一等英雄庞如林》就呈现了非常相近的"归顺"过程:"借小米收来无粮户/担粪收来庞拴清/捉懒汉收来庞二驴/反特务收来庞二红/别的人那个看见互助好/只要参加就收容。"〔见赵树理:《战斗与生产相结合——一等英雄庞如林》(1945年),《赵树理全集》第二卷,第397—398页。〕

不富裕（下中农），因此，他们是有一种走社会主义道路的积极性的，他们是积极地响应党的合作化号召的。"[1]而《山乡巨变》中的主要人物却都是在不情愿的情况下被"动员"入社的，这就遭到很多评论者的诟病："在现实中，合作化运动是自下而上的群众性的运动，这个运动所依靠的主要社会基础是贫农。"[2]而"作为反映这一合作化高潮的小说'山乡巨变'，却看不出农村中广大农民群众、特别是贫农和下中农的自觉性和积极性"。[3]"小说中竟没有一个贫农是本性上积极要求办社、行动上积极投入办社斗争的。"[4]1961年，评论家黄秋耘的总结更为全面："（小说）没有充分写出农村中基本群众（贫农和下中农）对农业合作化如饥似渴的要求，仿佛农业合作化运动这场深刻的社会主义革命只是自上而下、自外而内地给带进了这个平静的山乡。"[5]周立波对这一系列评价没有明确的回应，但他在自己的创作谈中表示："我以为文学的技巧必须服从于现实事实的逻辑的发展。"[6]正因为他所经历的合作化运动都是"自上而下"地推动的，他的小说才会呈现出如此样态。现实中的基层干部在遇到困难时，往往特别期待上级能够使用政策进行推动，徐光耀在家乡河北雄县协助办社时就遇到了不少麻烦，但听到上级决

1　毛泽东：《关于农业合作化问题》，《毛泽东文集》第六卷，第422页。

2　方明、杨昭敏：《山乡的巨变，人的巨变——读小说"山乡巨变"》，《人民文学》编辑部编：《评〈山乡巨变〉》，第36页。

3　唐庶宜：《对"山乡巨变"的意见》，《人民文学》编辑部编：《评〈山乡巨变〉》，第52页。

4　王世德：《谈〈山乡巨变〉的艺术表现》，原载《革命的里程碑》（人民文学出版社），引自《中国当代文学研究资料·周立波专集》，第234页。

5　黄秋耘：《〈山乡巨变〉琐谈》，原载《文艺报》1961年第2期，引自《中国当代文学研究资料·周立波专集》，第205页。

6　周立波：《关于〈山乡巨变〉答读者问》，原载《人民文学》1958年7月号，引自《中国当代文学研究资料·周立波专集》，第105—106页。

定"大规模地发展合作社"时,他兴奋地在日记中写下:"我欢呼这一运动的到来。——柳暗花明又一村啊!""这一下好了,资本主义思想该退却了,掌握政权的国家机关——上层建筑,将充分发挥它的作用,他将从上到下地一系列地解决我的问题,完全主动地推进革命业绩。这个力量显得多么强大呀。"[1]如萨支山所言:"这种由各级党政部门积极规划领导的运动式推进会产生强大的势能和社会氛围,能够快速扫清障碍,原本办社过程中一些棘手的问题和矛盾,在这种势能的推动下,往往会得到迅速解决。"[2]可见,"自上而下"在现实中是有其存在的必要性和合理性的。早在《暴风骤雨》中,周立波就常常在基层干部遇到困难时刻"安排"上级来帮助:上卷对韩老六的斗争难以推进之时,工作队接到了县委的通知:"坚持工作,迅速分地"[3];在下卷里,《中国土地法大纲》和《目前形势和我们的任务》等中央文件更是直接充当了小说的叙述动力。但在贺桂梅看来,这样一种做法和写法"省略了'把群众政治家的意见集中起来,加以提炼'的过程,……而正是'群众政治家的意见'才能构成革命的真正合法性的来源。因此,单向度的动员—改造结构的叙事模式,无法回答'革命为何发生'的问题,也无法回答革命的起源、动力和合法性问题"。[4]贺桂梅的观点呼应着1950—1960年代之交对《山乡巨变》的诸多批评意见,他们更希望在文艺作品中看到一场基于群众自身需要的,反映群众集体智慧的,"自下而上"的合作化运动。

1　徐光耀:《徐光耀日记》第七卷,第24—25页。
2　萨支山:《喜看稻菽千重浪,遍地英雄下夕烟——重读〈山乡巨变〉》,《文艺争鸣》2020年第5期。
3　周立波:《暴风骤雨》上卷,新华书店,1949年版,第175页。
4　贺桂梅:《政治·生活·形式:周立波与〈山乡巨变〉》,《文艺争鸣》2017年第2期。

《山乡巨变》写到陈大春曾经办过一个"自发社",但被李月辉在"坚决收缩"的浪潮中砍掉了。然而这件事在小说中被一笔带过,并没有触动小说"自上而下"的结构。相比之下,秦兆阳的《在田野上,前进!》对"贫农的积极性"展现得更多一些,小说中的社长郭木山感慨道:"这一年,我算知道了,越是日子不好过的人家才越坚决……"而贫农王老梗就是其中最为"坚决"的典型:他听说郭木山向上级申请办社时"很费了点周折",于是"没有让上级批准,偷偷地成立了社"。这个自发办起来的社取得了丰收,然而有人却说未经批准而办社是犯了大错:"要是领头儿的是党员,除了受严重处分,还得把他们的社解散!"[1]王老梗因此一直担惊受怕,终于向县委副书记张骏坦白,没想到张骏大为欣喜,立即批准了他们的自发社。由于办社的"周折"都是王老梗用非常扼要的语言转述的[2],因此并没有让读者真切地体会到他们的艰难,反而因为张骏的爽快批准让人感觉到党对"贫农积极性"的大力支持。与他们相比,海默《洞箫横吹》中的复员军人刘杰和村中几户贫农一起组建合作社的过程,就显得相当复杂和曲折了:他们不仅得不到上级的支持,反而受到了来自上级的一系列阻挠。这一情节的设计为海默招来了一系列的批判,批判者把《洞箫横吹》定性为"一株反党反社会主义的毒草",称海默是"借某些同志的错误来否定党的领导"[3],"宣泄着对党的无限怨气"[4],然而批判者又不能不承

---

[1] 秦兆阳:《在田野上,前进!》,第293、369—371页。
[2] 已有评论者注意到:"这个王老梗和他的事件的出现很突然,它完全是通过王老梗的口头叙述交代的。"(见苏雨河:《"在田野上,前进!"》,《文艺报》1956年第11号。)
[3] 王紫非:《抽梁换柱——批判海默的〈洞箫横吹〉》,《电影艺术》1960年第12期。
[4] 韦启玄:《〈洞箫横吹〉吹的什么调子》,《剧本》1960年第1期。

认上级阻挠群众办社的情况确曾发生过:"在农村反冒进下马的时期,农村是出现过这样的情况:农民响应党的号召,热情和积极性很高,想搞半社会主义的农业生产合作社。某些官僚主义者因为保守思想作怪,不但不给以支持,反而给以压制。这种情况在不少地区里是有的。"[1]在《中国农村的社会主义高潮》一书中就有一则材料题为《一个违背领导意愿由群众自动办起来的合作社》[2]。这则材料使批判者不得不进行一番辨析:

> 从介绍中可以看出来,这个自发社能够建立、存在、发展的主要关键,恰恰不是这个自发社本身,而是:一、他们从党办的典型社中亲眼看到了合作社确实"方向好、产量高、收入多"。二、他们积极向周围的社学习,而周围的社也热情帮助他们。三、当他们有了一些基础时,区委和乡支部给予帮助,区委会指定驻在附近村子的干部去协助他们。区、乡召集的社主任联席会也约请他们参加,党支部也常派人去帮助他们。总之,他们正好是在党和周围社的帮助下成长起来的。但是,《洞箫横吹》中的这个"黑社"却异乎寻常,特别命苦,党和周围的典型社不仅没有帮助他们,反而千方百计地阻碍他们,破坏他们;他们呢,自然也不依靠党,也不向

---

[1] 大方:《从"洞箫横吹"谈起——试论影片中处理人民内部矛盾问题》,《中国电影》1958年第10期。
[2] 《陕西日报》记者陈泰志:《一个违背领导意愿由群众自动办起来的合作社》,中共中央办公厅编:《中国农村的社会主义高潮》下册,第1204页。

典型社学习，从头到尾真正是道地的自发过程。[1]

然而这番辨析漏洞百出，首先就无视了这则材料的标题，有意遮蔽了材料中领导干部对自发社的阻碍："当他们已经听了建社的三个报告，最后只等听处理具体问题的报告的时候，区上决定把弓张村建社工作停了，被'捎带'的羊村当然也停了。群众听说要停，七言八语就议论开了。说干部怎么把毛主席的'积极领导'政策变成冷冰冰的一盆凉水了呢？有的人提出自己动手办。领导骨干魏廷栋也向支书透露：按联组的形式搞社成不？支部书记不同意。"[2]其次，批判者似乎并没有认真阅读剧本，他提的三条中，《洞箫横吹》至少符合了前两条，批判者认为作品中的自发社"不向典型社学习"，但剧本中他们学习典型社的情形随处可见，比如他们的劳动手册就是青年们"偷着照着老社的手册，买下本子，比着格划出来的"[3]。因此，指责剧本的"不真实"并不能让人信服。批判者没有注意到的，恰恰是毛泽东为这则材料写的按语："最大的缺点，就是在许多地方党的领导还没有主动地赶上去。目前的任

---

[1] 韦启玄：《〈洞箫横吹〉吹的什么调子》，《剧本》1960年第1期。类似的"辨析"还有陈刚的《评海默的〈洞箫横吹〉》："应当指出，在当时的合作化运动中，的确有过一些'黑社'，《中国农村的社会主义高潮》这本书中曾经记载过他们的事迹，可是这些'黑社'都是在一些共产党员的领导之下，大部分社员是有着较高的社会主义觉悟，坚持走合作化道路的社。……刘杰领导的这个社不是这样的'黑社'，他们不了解党的政策，没有什么社会主义觉悟，凭着自己的好恶，随意批评党的领导和咒骂先进的合作社。"（见陈刚：《评海默的〈洞箫横吹〉》，《戏剧报》1960年第2期。）然而刘杰就是党员，他们的"黑社"正是在党员领导之下的，"有着较高的社会主义觉悟，坚持走合作化道路的社"，似乎和《中国农村的社会主义高潮》所肯定的"黑社"没有什么区别。

[2] 《陕西日报》记者陈泰志：《一个违背领导意愿由群众自动办起来的合作社》，中共中央办公厅编：《中国农村的社会主义高潮》下册，第1207页。

[3] 海默：《洞箫横吹》，《剧本》1956年11月号。

务，就是要使各级地方党委在这个问题上采取马克思列宁主义的主动立场，将整个农业合作化的任务拿到自己手里来，用积极的高兴的欢迎的全力以赴的态度去领导这个运动。"[1]也就是说，贫农"自下而上"建社本身不是问题，问题的关键在于党没有迅速把领导权掌握到自己手中。而在党已经获得了对合作化运动的绝对领导权之后，重提党委落在群众后面的这段"黑历史"——"高潮到来之前这段时间的农村生活场景"[2]，自然会被视为"别有用心"。相比之下，《山乡巨变》虽然因为没有反映群众积极性而遭受诟病，却因"写出党在农业合作社运动中的领导作用"[3]而受到了一小部分评论者的褒扬。

看来，只写"自上而下"不行，只写"自下而上"也不行。早在《关于农业合作化问题》中，毛泽东就特别称赞了黑龙江双城县希勤村"领导和群众自愿相结合的方法"，这种方法充分"发挥了党的村支部和广大群众的主动性和积极性，充分地体现了依靠党支部、依靠群众的经验和智慧的正确原则"。[4]这意味着在合作化运动中，党和群众两个主体缺一不可。胡正的长篇小说《汾水长流》之所以能得到一致的好评，就因为小说既表现了"党的领导和党的政策对农村现实生活的决定性影响"，又"集中地反映了中国

1　毛泽东：《一个违背领导意愿由群众自动办起来的合作社》按语，中共中央办公厅编：《中国农业的社会主义高潮》下册，第1204页。

2　海默：《后记》，《洞箫横吹》，第140页。

3　王西彦：《读〈山乡巨变〉》，《人民文学》1958年7月号。

4　毛泽东：《关于农业合作化问题》，《毛泽东文集》第六卷，第440—441页。

贫雇农阶级的'穷棒子'精神"。[1]具体说来，小说一方面以杏园堡农业社党支书郭春海来表现"党的领导"，他不仅老成持重、认真负责，而且坚决地依靠贫农，他曾说："就是那几户有车马的富裕户真退了社也不怕。依靠贫农，办一个贫农社我也干。我就不信贫困户组织起来，比不过富裕的单干户！"[2]另一方面，作家又以贫农王连生来反映"贫农的积极性"和"农村社会主义革命的基本力量"[3]——王连生子女众多、妻子多病，家里一贫如洗，被迫进城打短工，但回到家中却把全部工钱作为入社投资，自己分文不取。在抗旱过程中，他和郭春海的父亲郭守成都贡献了自己的抗旱办法，充分体现了"群众的经验和智慧"。入社之后，王连生"以社为家"，对公家财产格外珍惜，大风雨中将家里仅有的半张破席取出，用来遮盖场上的麦子。由于他对社务有着高度的热情，最后取代了落后分子刘元禄，成为杏园堡农业社的副社长。

可以看出，胡正尽了最大的努力照顾到"党的领导"和"贫农积极性"两个方面，不过"党"的代表郭春海仍是结构的中心，他在作品中的位置类似于《创业史》中的梁生宝。很多评论者因此把王连生和其他次要人物并列起来谈论[4]，甚至一笔带过："作者对

---

[1] 任孚先：《谈〈汾水长流〉的思想和艺术》，《文史哲》1963年第5期。所谓"'穷棒子'精神"，来源于河北省遵化县王国藩的"穷棒子社"，毛泽东在《书记动手，全党办社》的按语中写道："遵化县的合作化运动中，有一个王国藩合作社，二十三户贫农只有三条驴腿，被人称为'穷棒子社'。他们用自己的努力，在三年时间内，'从山上取来'了大批的生产资料，使得有些参观的人感动得下泪。我看这就是我们整个国家的形象。"（参见毛泽东：《书记动手，全党办社》按语，中共中央办公厅编：《中国农村的社会主义高潮》上册，第3页。）毛泽东对这个贫农社给予了高度重视，多次在讲话、会议中提及或将"穷棒子社"的材料印发给与会者。

[2] 胡正：《汾水长流》，北岳文艺出版社，2015年版，第22页。

[3] 任孚先：《谈〈汾水长流〉的思想和艺术》，《文史哲》1963年第5期。

[4] 如华苹的《〈汾水长流〉初探》，《火花》1961年第9期。

热心爱护农业社,敢于向任何人提意见,不怕报复的王连生,乐于助人,忠于职守的郝同喜等人物,都刻画得极其成功,活生生地呈现在读者面前。为了节约篇幅,我不想在这里多谈了。"[1]而从话剧开始,改编者们就不约而同地突出王连生的位置,采用了双主角的结构,比如梅阡等改编的九场话剧前有一个内容说明:"改编的话剧……描述了以郭春海、王连生为代表的广大贫下中农,紧密地团结在党的周围坚决捍卫社会主义道路,与富农分子进行的一场尖锐的阶级斗争。"[2]当时的剧评也大多将郭春海与王连生并举。[3]电影则更进一步强化了这种双主角的结构——在电影海报中,郭春海和王连生一左一右占据了海报的醒目位置,呈现"双峰并峙"的格局,而包括老社长在内的其他人物形象都是"小一号",甚至"小两号"的(见图1)[4]。

图1

图2

1　高鲁:《喜读〈汾水长流〉》,《火花》1961年第10期。

2　禾土、任宝贤、梅阡改编,禾土、任宝贤执笔:《汾水长流(九场话剧)》,北京出版社,1964年版,第1页。

3　如习文平的《喜读四个农村现实题材剧本》等。

4　类似的构图出现在姜维朴编、刘继卣绘制的连环画《穷棒子扭转乾坤》的封面上,社长王国藩代表党,副社长杜奎代表群众,二人占据了画面的中心位置,其他群众的站位则靠边靠后(见图2)。

有评论者敏锐地发现:"这部影片,前半部似乎是以郭春海为主的,……而后半部似乎是以王连生为主的,……因此形成了在戏剧统一性上的某种分散。"[1]多数影评继续并举郭、王二人,但往往对王连生更加青睐,所用的篇幅也远远胜过郭春海。影评人对郭春海形象的塑造,总会指出些许瑕疵,但对王连生的塑造却无任何指摘,似乎是因为塑造成功的贫农形象一直稀缺,所以对来之不易的王连生显得格外珍惜。

同样是反映贫农的积极性,为什么评论家对王连生与刘杰合作社的评价有着天壤之别?首先是因为王连生没有因为入社受阻就拉起一帮人来自立门户,这就使他避开了搞"独立王国"、与党争夺群众的嫌疑。更重要的是他还没入社就不顾自家,而自觉主动地帮社里防霜,就像沙汀《幺木匠》中的幺木匠父子,在入社受阻后,两人就拼命地帮互助组干活一样。他们都以实际行动极力表示自己对现有的互助组或合作社的忠诚,他们的所作所为不仅没有"违背领导意愿",反而完全符合中共对贫农的期待。只是过度的忠诚难免会让人心生疑惑:王连生眼看着家中的妻儿饥肠辘辘,却为了入社连一分的工钱都不肯给家里留下,这一做法其实已有"走极端"之嫌。而在梅阡等人改编的九场话剧中,王连生彻底变成了一个"极端分子"——

  王连生 (大喊一声)站住!(缓缓地)小玲她妈,听我话,把钱给副社长,这钱咱不能花!
  连生妻 (不懂地)……

---

[1] 史玲:《小议改编》,《电影艺术》1964年第2期。

王连生　快着！

连生妻　那四娃子，四娃子就不要了？

王连生　（赌气地）不要啦！

王小玲　（扑到王连生跟前）爹！我要弟弟！我要弟弟！

连生妻　你那心就是个铁打的？

王连生　铁打的就是铁打的。你懂个什么？这是入社的钱，活命的钱！（把钱夺了过来送到刘元禄面前）……

如果说原著中的饥饿还可以忍受的话，那么改编话剧就到了人命关天的地步，此时的四娃子已经"浑身滚烫，躺在炕上直抽疯"[1]，而铁石心肠的王连生不仅不把工钱留下来给孩子看病，甚至还放出不要孩子的狠话。更令人费解的是，王连生还声称这钱是"活命的钱"，难道只有自己的命是人命，孩子的命就不是人命了吗？此时就连落后分子刘元禄都劝王连生把钱留下给孩子看病，最后还是郭春海出手相助，借钱给连生妻，让她给四娃子治病，这才保住了一条人命。胡正、沙蒙的电影剧本照搬了梅阡话剧中的不少情节和对白，但还是删去了这人命关天的一幕，或许也是觉得王连生表忠心的行为有些过火了吧。

第五节　"文艺"动员及其接受效果

前四节谈论的主要是文艺作品之中的"动员"与"改造"，而在互助合作运动中，文艺作品常常要直接承担起现实中的"动员"

1　禾土、任宝贤、梅阡改编，禾土、任宝贤执笔：《汾水长流（九场话剧）》，第8—9页。

和"改造"功能。1934年,苏联作家协会公布的章程即把"用社会主义精神从思想上改造和教育劳动人民"作为文艺的一项重要任务。前文提到的《动员起来》就是直接服务于当地政权的动员工作的。演出结束后,群众纷纷报名参加变工队,当地的政权工作同志称赞道:"你们闹这一次秧歌,顶我们开一个月的会。"[1]这正应了抗战以来的一句口头禅:"戏剧是宣传教育最有利的武器。"[2]

一

同样的动员内容,为什么闹秧歌的效果可以能胜过开会?这使我们必须关注秧歌剧自身的形式特点,据报道介绍:"高亢的歌唱和快板道白的针锋相对,问答如流,更增加了这个剧的强烈,明朗的色彩。"[3]萧三更具体地指出:"有唱、有白、有对板,而用对板代'干白'非常好。因此虽然话多,不使观众觉得冗长。每段每句字数虽多也不觉得太长。""字眼很多而花的时间很少,使听众觉得饱满而又经济。"[4]通过"对板"造成"问答如流"的"经济"效果,是戏剧形式胜过开会的关键。正是出于这个原因,很多有经验的组织者会在会场上模拟这种"演戏"的效果:秦兆阳的《刘老济》中,在一次"打通思想"的会议上,人们就"像演戏一样,由刘凤阶故意地对农业生产合作社的各个方面发出许多疑问,别人就

---

[1] 《枣园文艺工作团的秧歌》,《解放日报》1944年3月29日。

[2] 见张庚:《剧运的一些成绩和问题》,《中国文化》第3卷第2、3期(1941年8月20日)。张庚还在同文中表示:"戏剧工作应当和国民教育在地方工作中有同等的重要性,应当把戏剧看做目前社会教育最好最方便的手段之一。"

[3] 《枣园文艺工作团的秧歌》,《解放日报》1944年3月29日。

[4] 萧三:《看了〈动员起来〉以后》,《解放日报》1944年4月5日。

根据自己所知道的给以解答"。[1] 类似的问答环节在动员农民入社的歌谣和短诗中也大量出现，如陈继虞的《农民要往高处走》："什么花开红又红？什么道路不受穷？谁个指出的幸福路？谁人的恩情重又重？牡丹花开红又红，合作化道路不受穷，共产党指出幸福路，毛主席的恩情重又重。"[2] 解答的一方通常代表党的声音，而发问的一方往往代表农民。在《动员起来》中，"张拴婆姨所提出的问题正是他们村里一些农民所提出的问题"。所以，剧情设计的一问一答不仅是剧中人们的交流，更是在有意引起台下观众的响应。旧历正月十一日，《动员起来》在安塞真武洞演出时，当张拴婆姨一提出不愿参加变工的问题，观众中就在议论着："她有道理，变不成哩。"接着张拴讲道理时，观众又开始议论："他有道理，变成哩。"直到村长把他们争论的问题都解决了，一个观众说："婆姨是个旧脑筋，解不下变工利益，村长拿新脑筋给她转换了。"[3] 赵超构的《延安一月》也有同样的记载，观众们"如是反复'变不成哩'，'变成哩'，一直看到完场"。[4] "变成"与"变不成"的反复，不仅仅是观众对剧情的分析，更是自身思想与情感的纠结。问答环节充分地调动起了观众，使他们产生强烈的代入感，甚至与舞台融为一体。周扬指出："创作者、剧中人和观众三者从来没象在秧歌中结合得这么密切。"[5] 秧歌剧演员王大化也表示：秧歌演出能够"把

1　秦兆阳：《刘老济》，《农村散记》，人民文学出版社，1954年版，第28页。
2　陈继虞：《农民要往高处走》，作家出版社编辑部编：《歌唱农业合作化》，第10—11页。
3　《枣园文艺工作团的秧歌》，《解放日报》1944年3月29日。
4　赵超构：《延安一月》，第106页。
5　周扬：《表现新的群众的时代——看了春节秧歌以后》，《解放日报》1944年3月21日。

演、唱、观众反应有机地联系起来",真正"和观众打成一片"[1]。正如研究者所言:"戏剧介入了现实生活,成为与观众相关联的政治事件;剧场变成一次群众集会和社会仪式,观众成为演出的组成部分,直接卷入了戏剧事件,是与舞台一起创造戏剧和仪式的积极参与者。"[2]观众一旦卷入剧情,就会在不知不觉中认同叙述者的视角和情感立场。[3]

因此,在面向农村的戏剧中,党的文艺工作者们始终特别重视与观众的交流。胡可的话剧《槐树庄》甚至动用了旧戏和"文明戏"中的旁白(即演员直接对观众讲话)来拉近演员和观众的距离。对此,欧阳予倩表示很"不理解":"在这个戏里用了许多旁白,旁白必要时不是不能用,但这个戏里有些对话故意把它处理成旁白,这就似乎没有必要,而听起来是生硬的。"[4]早在1940年代,洪深曾就因为"用了若干旧戏的剧中人向台下说话的方式"而受到了一帮"纯粹主义者"的讥评,但在实际演出上,洪深编导的戏剧都收到了很好的效果,起到了"预期的教育作用"[5]。可见,在一些评论家看来不伦不类的旁白,在观众看来反而格外亲切。有评论者认为《槐树庄》"为了增强喜剧效果,作者大胆运用了中国传统戏

---

[1] 王大化:《从〈兄妹开荒〉的演出谈起——一个演员创作经过的片断》,《解放日报》1943年4月26日。

[2] 李时学:《颠覆的力量:20世纪西方左翼戏剧研究》,厦门大学出版社,2012年版,第132页。

[3] 赵锦丽:《论延安的新秧歌》,刘卓编:《"延安文艺"研究读本》,上海书店出版社,2018年版,第401页。

[4] 欧阳予倩:《令人喜悦的〈槐树庄〉》,原载1959年7月26日《光明日报》,引自陆文璧、王兴平编:《胡可研究专集》,解放军文艺出版社,1984年版,第147—148页。

[5] 洪深:《优美的作风》,《文艺报》第9期,1949年6月13日。

曲中的旁白手法，使戏生色不少"[1]。《槐树庄》的旁白中确有不少与观众的风趣互动，不过，"喜剧效果"并非旁白手法的最终目的，洪深说的对观众的"教育作用"才是戏剧希望实现的终极"效果"。正如一位评论者所言："作者在这个戏里大胆地采用了人物直接对观众讲话的手法，不仅使人物的色彩更明朗，而且人物这样直接向观众剖析自己的心理、情绪，更密切了和观众的情感交流，增强了戏的效果。"[2]直接面向观众说出的旁白取消了舞台与观众的界限，需要观众即时在心中做出评价。随着情节的发展和场面的调度，观众对人物的评价也会不断有所调整，在潜移默化之间与剧作者的期待逐渐趋同，最终实现剧作的"教育作用"。

与如此密集的"对板"交流相比，开会对于农民而言更像是"冗长"的"干白"。丁玲《太阳照在桑干河上》的第十七小节就以"六个钟头的会"为题讽刺了文采同志冗长的发言："他先说了为什么要土地改革，他从人类的历史说起，是谁创造了历史的呢？他又分析了国际国内形势，证明着这一政策的切合时宜。……后来他又讲到应该怎样去实行土地改革，翻来覆去地念着'群众路线'，而且条款是那末的多，来了第一又是第二，来了第五，又还来个第一。……"听众们"慢慢地也感觉得无力支持他们疲乏的身体了。由于白天的劳动，又加上长时间的兴奋过度，人们都眼皮涩重，上边的垂下来了，又用力往上睁……于是有些人悄悄地从人群里走了

1　张立云：《十载风云一望收——看胡可同志的新作〈槐树庄〉》，原载1959年7月20日《文汇报》，引自陆文璧、王兴平编：《胡可研究专集》，第158页。
2　肖泉：《〈槐树庄〉的人物描写》，原载《文学知识》1959年8月号，引自陆文璧、王兴平编：《胡可研究专集》，第164页。

出来，坐到后边的台阶上，手放到膝头上，张着嘴睡着了"[1]。不仅是缺乏工作经验的干部发言会让人昏昏欲睡，《山乡巨变》中的优秀干部邓秀梅在开会时也遭遇了一片"鼾声"：

> 坐在灯光暗淡的门角落里的那两个后生子，"思想开了小差了"，把头靠在墙壁上，发出了清楚的鼾声；坐在桌边的陈大春，顺手在桌子上响了一巴掌，粗声猛喝道："不要睡觉！"睡觉的人果然惊醒了，不过不久，他们又恢复了原状。

直到在李主席的提醒之下讲了一些"事实"，邓秀梅才把听众的兴致调动起来。《山乡巨变》中的本乡干部刘雨生记性好，"能把他听到的报告大致不差地传达给人家。许他发挥时，他就举些本地的例子，讲得具体而生动，非常投合群众的口味"[2]。虽然有经验的会议组织者都懂得投合群众口味的办法，但"例子"终究只是正文的辅助，而且只有在"许他发挥时"才可以讲出。与之相比，文艺在讲"事实"方面就没有这么多限制了，可以尽情施展"叙事"这一看家本领。在赵树理看来："我们写小说和说书唱戏一样，都是劝人的。……和光讲道理来劝人的劝法不同——我们是要借着评东家长、论西家短来劝人的。"[3] 与干巴巴的政策条文相比，文艺作品里那些"东家长""西家短"的故事更容易让农民产生亲切之感，觉得这些事就发生在自己身边。秦兆阳在《偶然听到的故事》中描写了一位反对婚姻自由的母亲，她明知道说书摊上讲的是《王香翠

---

1 丁玲：《太阳照在桑干河上》，第109—110页。
2 周立波：《山乡巨变》，第30、34、51页。
3 赵树理：《随〈下乡集〉寄给农村读者》，《文汇报》1963年6月2日。

自由结婚》,却在说书摊边"足足站了两顿饭的工夫","可听的上瘾了",后来又去看宣传《婚姻法》的戏,也是"伸着脖子听着"。再后来县妇会主任来村里开会,女儿骗她说:"小学里又演戏呢,快去看吧!"这位母亲去了之后并没有觉得自己上当受骗,"一坐下她就听的出了神",回家之后她泪流满面地对女儿说:"赵同志讲的,都是人情事儿呀,我这脑筋算彻底开了哟!"[1]虽然女儿对母亲撒了谎,但母亲却获得了与看戏相仿的情感体验,这意味着赵同志在开会过程中充分发挥了文学叙述的优长,撬动了母亲内心深处最柔软的部分。近年来,对中国革命中的戏剧化与情感化倾向的讨论甚多,文学因其与"人情"的贴近,而常常能比一般性的开会、宣传收到更好的"动员"效果。譬如河北省在宣传总路线的运动中"恢复与活跃了三十六个村剧团,排演了以宣传购粮、互助合作、增产节约等为内容的小型节目。……在这种宣传鼓动下,全省许多县份都出现了不少带动群众售余粮、能加互助合作的模范事迹。有的模范人物并将自己的事迹编成演唱材料,向群众进行宣传,这种宣传方式给群众的教育是很大的"[2]。《交爱国公粮》在广西上祥乡演出后,乡长马上上台去表示:"保证全乡交好爱国公粮。"

> 浔江乡农会李主任说:"我们刚好在搞思想发动,你们来唱这出戏真是好得很。"群众看到戏中陈家福两父女在算细账时,有的也在台下算起来。有的说:"这出戏真有意思,戏中那个乡长唱'交公粮有的想少交两担'这一句,硬是打在

---

[1] 秦兆阳:《偶然听到的故事》,《农村散记》,第22—23、25页。
[2] 《河北省开展群众文艺活动宣传总路线》,《文艺报》1954年第5号。

我们心坎里了。"上祥乡的干部说："你们来唱这出戏比开一次群众会还要好，开群众会都没有这样多的人来（当晚群众六百多人）。这样一唱，老老少少都晓得了。"[1]

干部和群众的热烈反映和《动员起来》演出之后相差无几。

然而很多农村老人对这一时期的戏剧演出有着不同的回忆："五六十年代，政府虽说是挺重视咱们民间文艺，可也不能随便唱，要联系时代发展，创作新戏，可这样的新剧演出来老百姓又不买账，说这些戏没情由，不知唱的是些甚。"[2]"演新戏是为了完成上头的任务，大家排上一场充充数就过去了，……如果村里人自己看还是演旧的。"[3]"那时我们剧团有戏折子，……人家选什么我们就唱什么，一般都是传统剧，现代戏村里是不选的。"[4]而在笔者询问的农村老人中，竟无一人记得五六十年代演过新戏。新戏是政治任务，不可能没有演过，但老人们的回忆至少可以证明新戏在农村并没有深入人心，甚至没有什么记忆点可言。李准小说《灰色的帆篷》中就写到一出动员入社投资的戏剧受到的冷遇："孔馆长，《投资办好社》这个戏昨天夜里演出的情况不好，观众看了一会就都走了。这样不行啊，卖票很困难啦。……"县文化馆馆长孔令顺一口答应向省领导反映这个情况，但当他来到省文化局时，发现局长正

---

[1] 蒋昌绪：《农村业余剧团必须为生产服务》，《广西文艺》1954年第1本。
[2] 祁县温曲村杨仁（化名）口述，参见韩晓莉：《被改造的民间戏曲——以20世纪山西秧歌小戏为中心的社会史考察》，北京大学出版社，2012年版，第249页。
[3] 祁县艺人张守仁口述，参见韩晓莉：《被改造的民间戏曲——以20世纪山西秧歌小戏为中心的社会史考察》，第260页。
[4] 榆次秧歌剧团王基珍口述，参见韩晓莉：《被改造的民间戏曲——以20世纪山西秧歌小戏为中心的社会史考察》，第257—258页。

与省剧团的人争论，局长说："《投资办好社》这个戏，就正是火候。我虽然没有全看这个剧本，可从名字上听来，知道这个剧本抓的问题好。好处就在于能够密切配合当前任务。……"孔令顺迅速领会了"上意"，竟凭空编出了农民对演出的接受情景：

这个戏在我们那里演出很好。……前天演出一场以后，嗬！观众欢迎极了！第二天，排队买票！……从剧院门口，一直排到县联社门口，又从县联社拐弯排到……

郊区有个王大爷，他说："看了这个戏，真看到投资的好处啦！社也有资金了，自己也能积蓄钱了。"还有个老大娘，她在看戏之后，就这样说……不！就拿了十块钱到社里要存，并且说："可得给我们生利息啊！照人家戏上唱的那样都要生息！"这是我听见一个社干部讲的。[1]

小说标题《灰色的帆篷》讽刺的正是孔令顺这类见风使舵的领导干部。在1958年批判"修正主义文艺思想"的运动中，《灰色的帆篷》受到了批判，但批判者的炮火都集中在孔令顺这样一个干部的"真实性"上，却忽略了小说可能带来的更可怕的阅读效果——孔令顺模仿老百姓言行的逼真程度令人瞠目结舌，这将使人们再也无法相信报章杂志上刊登的"老百姓"的"热烈反响"[2]。

老百姓之所以对这类新戏"不买账"，首先是因为抱着"充

1　李准：《灰色的帆篷》，《人民文学》1957年1月号。
2　现实中也发生过类似的事，媒体在报道沈阳女劳模成桂兰的事迹时弄虚作假，"使她对于报纸上发表的其他模范事迹也不相信了"。［见王林1965年2月25日日记，王端阳编录：《王林日记·文艺十七年（之九）》，《新文学史料》2013年第10期。］

数""完任务"心态创作的新戏,质量一定堪忧,有的文艺工作者甚至在向农村供应作品时写出"连自己也不认为是艺术的小东西",并觉得"群众只要有了这些就足以娱乐了",这是过分低估群众欣赏水平的思想。在赵树理看来:"文盲不一定是'理'盲、'事'盲,因而也不一定是'艺'盲。"[1]农民对艺术水准的要求并不低,他们"喜欢看有故事、有情节、有人物的作品,但是有些作品就不是那样写的,比如有的只写一个社员向社要钱这样简单的一件事,有的为了写'三大节约'就编了一个故事,……故事一开头,农民就猜着它的结尾了,所以看起来就没劲。"[2]有人在农村考察时也发现:"农民按照自己的欣赏习惯,喜欢听故事性强,结构严谨,人物个性突出,爱憎分明,语言通俗易懂的曲艺节目。……如果拿艺术质量粗糙低劣的节目去向农村'普及',一句话:农民那里不会通过。"[3]由此看来,"密切配合当前任务"并不是作品质量差的根本原因,缺乏"故事""情节""人物"才是关键[4]。据反映,当时很多农村干部把戏剧"同开会、讨论等同起来,……许多业余剧团为了迎合这种要求,就往往把宣传政策法令、开会、订生产计划等直接搬上舞台,表面上是演戏,实际上是演员轮流作政治报告。这

---

[1] 赵树理:《供应群众更多、更好的文艺作品——在中国共产党第八次全国代表大会的发言》,《人民日报》1956年9月26日。

[2] 参见何坪:《赵树理同志谈〈花好月圆〉》,《中国电影》1957年6月号。

[3] 王决:《农村听众对广播曲艺节目的反映》,《曲艺》1963年第3期。

[4] 当然,并不是所有的"故事"和"情节"都合农民胃口,有农民说:"天天生产,看个舞蹈节目也是生产;天天开会,看个话剧又是开会!"(见《进一步开展群众文艺活动》,《山西省第二次民间艺术观摩演出大会会刊》,1955年未刊稿,第43页。)赵树理也指出:"文学作品不能光去写工作,戏里写多了开渠抬土,是不适合的。农民会说:我们白天在抬土,晚上想看看戏,看看别的,台上一出来又是抬土,我晓得上地里抬土,也不要看你的了。"(见赵树理:《谈谈花鼓戏〈三里湾〉》,《赵树理全集》第六卷,第159页。)

样,虽然步步不离农村中心工作,而实际上却收效很少,因为这种'戏'除干巴巴几项政策条文以外,毫无艺术感染力,农民当然不愿意看,所以往往演不到终场人就跑光了"[1]。这类戏剧之所以起不到动员和教育效果,恰恰是因为它丢掉了文艺相较于"开会、讨论"的优势。交城秧歌艺人米安儿也回忆道:"村里人不爱看现代的,特别是配合中心工作的戏,那时候,剧团没有会编戏的能人,只能把政府的政策条文、口号串起来,配上旧曲调,站在台上唱,群众说:'听你们唱口号还不如读读报呢!'听的人没劲,唱的也没劲。"[2] 在揭示新戏标语口号化的同时,米安儿特别在乎"人"的因素。那些善于讲述"故事"、刻画"人物"的"会编戏的能人"都到哪儿去了?

研究者们已经注意到了1949年前后文艺工作者陆续"进城""进京"的问题,但已有的研究往往只关注作家对城市的适应或不适应,却忽略了由此带来的基层文化宣传组织的真空。1953年,中共中央的一份文件指出:

> 目前全国各地宣传干部的缺额很大,据调查,全国约有四分之一的县委还没有配备宣传部长。不仅广西这样的新区,就是老区,宣传干部的缺额也很大,如河北省根据现有编制,尚缺县委宣传干部约一千人,山西省的县委宣传部长,尚缺百分之四十。根据以上情况及广西报告,急需迅速将宣传干

---

[1] 阳光:《农村业余剧团的困难》,《文艺报》1956年第24号。
[2] 交城秧歌艺人米安儿口述,参见韩晓莉:《被改造的民间戏曲——以20世纪山西秧歌小戏为中心的社会史考察》,第260页。

部配齐。[1]

虽然各省在中央指示下采取了举办短期宣干训练班等措施，但直到1957年，赵树理仍然表示干部严重不足："各省市文化部门，在中央的指导下，普遍设立了文化馆、站和其他有关普及的机构，可惜能抽调来的现成干部不多，大部分靠的是在工作中培养，所以工作情况还相当艰苦。"[2] 即使个别地区的干部数量勉强达标，也仍然存在质量参差不齐的问题。有研究者指出，地方文艺刊物上那些粗制滥造的作品大多出自"各县市文化馆和宣传部门工作人员"之手："这些作者，对民间文艺并不精通，往往'多干快上'，将政府的宣传材料改头换脸，贴上说唱形式即算了事。"[3]《广东文艺》上的一篇文章指出："他们编写为生产服务的短小作品还不多；即使写了一些，也不多化力量修改，拿出的东西很粗糙，群众唱一阵就忘记了。"[4] 据当时《湖北文艺》的编辑反映：

> 今年春节要广泛开展春节文娱活动，广大农村剧团迫切需要演唱材料，而我们刊物（《湖北文艺》）最感困难的就是这类材料的缺乏，尤其是较好的演唱材料……刊物上每月发表一两个小剧本和唱词之类的东西，质量都比较差，很难满足群众的文化生活的要求。农民群众都感到不满，说《湖北

---

1 《中共中央批转中南局批发广西省委关于宣传工作组织建设问题的报告》，《中共中央文件选集（1949.10—1966.5）》第11册，第35页。

2 赵树理：《"普及"工作旧话重提》，《北京日报》1957年6月16日。

3 张均：《中国当代文学制度研究（1949—1976）》，北京大学出版社，2011年版，第227页。

4 正良：《群众文艺活动应密切结合生产》，《江苏文艺》1953年第4号。

文艺》上刊登的剧本"尽是些'锄头戏',这些剧真是'驴子吃石灰——一张白嘴',干部一出场剧就完了。"有些农民还说:"新戏里的人物,是'风吹衣架四面摆',外面像个人,里面却是空的,无血无肉!"

《河南文艺》的编辑"在温县发现我们刊物发表的演唱材料,群众并不欢迎。温县有二十万人口,我们的刊物却只有三十七个订户,另外有五份零售,一共只销四十二份"。[1] 有研究者指出:这些小剧本和演唱材料"由于编写水平过低,农村、工厂剧团也很少采用它们作为表演脚本"。[2]

看来,基层文艺只依靠这些"速成"的宣传干部是远远不够的。1952年,《人民日报》发表纪念《讲话》十周年的社论,号召"一切有创作才能、有创作经验的文艺工作者应该使他们逐步从行政工作中解脱出来,转而深入生活,从事创作"[3],这就要求已经"进城"或"进京"的作家重新回到基层,为基层服务。然而,徐光耀在回到老家雄县"深入生活"后,却并没有真正关心基层的文艺事业,"他对父亲搞村剧团时常抱着反感、排斥的态度。他自己的写作形态几乎是关门式的,目标都是写出那种能够刊登在《人民文学》《解放军文艺》上的'大作品',而不是为当地工作服务、面向当地群众的'小创作'。这使得他在创作构想时设定的理想读者注定不会是身边村民,而指向那些城镇知识分子、干部、学生甚至

---

1 嘉季、何伏:《地方刊物的演唱材料》,《文艺报》1954年第6号。
2 张均:《中国当代文学制度研究(1949—1976)》,第227页。
3 《人民日报》社论:《继续为毛泽东同志所提出的文艺方向而斗争——纪念毛泽东同志的〈在延安文艺座谈会上的讲话〉发表十周年》,《人民日报》1952年5月23日。

作家同行"[1]。这种"只愿当提高工作者"[2]的心态在当时相当普遍，有人在《文艺报》上撰文批评某些作家"只在花园里培植名贵的牡丹，却不大爱在广大人民的生活中种植为亿万人共赏的花卉"[3]。《文艺月报》上的一则通讯也指出："很多文艺工作者以及作家们……虽然承认为工农兵服务的方针，但为广大农民服务的好作品的出现很少，仿佛这是'下等'的工作，只能由地方上的无名作者来从事它。"[4]之所以作家们会把创作分出"大""小""高""下"，是因为全国文联曾做过这样的规定：

> 全国和地方的文学刊物，应有明确的分工。地方文艺刊物，由大行政区办的，最好办成综合性的文艺刊物，除发表较优秀的作品外，应着重指导本地区的文艺普及工作，省、市一级的最好办成通俗文艺刊物，以主要篇幅发表供给群众的文艺作品材料，向着通俗化、大众化的方向发展。[5]

除了立志于当"文摊文学家"[6]的赵树理，多数作家都把文学刊物的专业分工视为等级之别，那些"有创作才能、有创作经验的文艺工作者"通常不会在省、市级的通俗文艺刊物上发表作品，地

---

[1] 程凯：《"深入生活"的难题——以〈徐光耀日记〉为中心的考察》，《中国现代文学研究丛刊》2020年第2期。
[2] 赵树理：《供应群众更多、更好的文艺作品——在中国共产党第八次全国代表大会的发言》，《人民日报》1956年9月26日。
[3] 阳光：《农村业余剧团的困难》，《文艺报》1956年第24号。
[4] 苏隽：《开展农村群众文艺活动的初步经验与存在的问题》，《文艺月报》1954年1月号。
[5] 全国文联研究室：《关于地方文艺刊物改进的一些问题》，《文艺报》1951年第3卷第6期。
[6] 李普：《赵树理印象记》，《长江文艺》创刊号（1949年6月）。

方性刊物的作品质量仍无法得到有效提升。

这一质量难题最终只好由全国性文艺刊物协助解决。全国性文艺刊物上出现优秀作品后，往往会被很多地方文艺刊物转载和改编。如赵树理的《三里湾》在《人民文学》上发表后，各地文艺工作者竞相将其改编为地方剧种上演。1956年，全国性文艺刊物《剧本》杂志特别推出"农村版"，其发刊词指出：

> 这是一个以农村群众业余剧团为主要对象的通俗文艺月刊。它的中心任务，是及时刊登反映当前农村生活的剧本，特别是短小精悍的戏曲和歌剧。……近几年来，……以现实生活为题材的新的戏曲和歌剧的创作，却很不旺盛。……目前，在我国社会主义建设和社会主义改造的高潮中，各地的农村俱乐部正如雨后春笋般地涌现，农村业余剧团也正在发展，这一切都向戏剧创作提出了迫切的任务：迅速地、不断地供应富有现实意义的、形式多样的戏剧演出节目，尤其是为农村群众所喜爱又便于演出的小型戏曲和歌剧。"剧本"农村版的创刊，是有多方面的意义的。首先，它对于各地许许多多等着剧本来排演的农村业余剧团和戏曲剧团起了"雪中送炭"的作用。这期创刊号所选载的小型戏曲"扔界石"，由于在内容和形式上都切合农村群众的需要，在初次发表于"剧本"月刊十二月号以后，就已被很多地方的农村剧团和戏曲剧团竞相抄传、排演。[1]

---

[1] 《"剧本"农村版——一个面向农村的新刊物》，《文艺报》1956年第2号。

发刊词不仅印证了地方文艺刊物作品质量堪忧且不适宜排演的问题,而且指出了一条由中央向地方扩散的解决路径。

这种方式的好处是作品质量可以得到有效保证,但同时又对扩散力提出极高的要求。首先是扩散的时效性,有人指出这些作品"时间上往往赶不上运动发展的需要。譬如有些配合中心工作的演唱材料,它经过创作,刊物编辑部的修改,以及排印、发印,一直到送至农村剧团,再经过排演,及至演出,起码要经过两、三个月,早就失却配合运动的意义了"。[1] 其次是供求关系的不平衡,当时全国性的刊物印数极其有限,分散到各省各县的数量就更少了。有人在《文艺报》上以《戏曲剧本专刊》为例质问新华书店:

> 在太原,正在学习的全省戏曲编导干部,都想买到专刊的第二辑;可是,当地新华书店的回答却是:第二辑的初版一本也没到太原,只能等再版了。……上面的情况,显然说明了不是读者不需要戏曲书刊,而是新华书店通知出版社的印行数量,远远不能满足读者的需要。[2]

赵树理在《随〈下乡集〉寄给农村读者》中也表达了自己的忧虑:"尽管我主观上是为你们写的东西,实际上能发行到农村多少份,你们哪些地方的人们愿意读、读过以后觉着怎么样,我就知道得不多了。"[3] 1958年7月《光明日报》的一篇评论员文章就指出

---

[1] 阳光:《农村业余剧团的困难》,《文艺报》1956年第24号。
[2] 柏繁:《请问新华书店》,《文艺报》1956年第8号。
[3] 赵树理:《随〈下乡集〉寄给农村读者》,《文汇报》1963年6月2日。

了农村图书室"内容陈旧,又未能定期购买新书"[1]的问题。尽管有关部门多次指示增加面向农村书刊的种类和印数,但似乎一直无法满足农民日益高涨的文化需求。

二

与书刊相比,广播的扩散速度和力度无疑更强。有研究者指出:"新中国成立初期,各省、市、县电台中的文艺节目主要来源于中央人民广播电台。"[2]这首先避免了中央和地方文艺水平的差异。1953年,中央广播事业管理局下发《关于春节期间组织对农民广播发动收音员下乡宣传的通知》,要求各电台"应充分利用春节农闲时间,组织对农民的特别节目,发动收音员下乡,向广大农民群众广泛而深入地进行新形势、新任务宣传"[3]。1955年,毛泽东要求"在七年内,建立有线广播网,使每个乡和每个合作社都能收听有线广播"[4]。发动收音员下乡和大批农村有线广播站的建设,又进一步克服了书刊时效性差和供应量不足的问题。早在新中国成立初期,新闻总署就意识到了广播在这方面的优势:"无线电广播事业是群众性宣传教育的最有力的工具之一,在我国目前交通不便、文盲众多、报纸不足的条件下,作用更为重大。"[5]

---

[1] 《光明日报》评论员:《大力加强和改进农村图书室的工作》,《光明日报》1958年7月1日。

[2] 徐志伟:《"十七年"时期农村广播网的建立及其对农村文艺生态的重塑》,《文艺理论与批评》,2020年第6期。

[3] 《中央广播事业管理局关于春节期间组织对农民广播发动收音员下乡宣传的通知》,《当代中国的广播电视》编辑部选编:《中国的有线广播》,北京广播学院出版社,1988年版,第41页。

[4] 毛泽东:《征询对农业十七条的意见》,《毛泽东文集》第6卷,第510页。

[5] 《新闻总署关于建立广播收音网的决定》,国务院法制办公室编:《中华人民共和国法规汇编》第1卷,中国法制出版社,2005年版,第284页。

尽管新中国开展了大规模的扫盲运动，但农民的实际阅读能力仍不容乐观。海默在《洞箫横吹》里写道："新华书店送来的那些书，庄稼人都看不懂，都叫老百姓扯去卷烟的卷烟，糊墙的糊墙了。"[1]因此，声音在农村宣传教育中的作用远胜过文字。赵树理对此深有体会，所以多采用"说书人"的口吻写小说："我写的东西，大部分是想写给农村中识字的人读，并且想通过他们介绍给不识字人听的。"[2]而有了收音机之后，不识字的人也同样可以向别人介绍故事了："由一个人戴上耳机子，听完里面讲的一段故事之后，就兴致勃勃地向周围的人复述一遍。"[3]由于广播员和演员都经过专门的声音训练，因此往往能让听众产生亲切之感。通过播音节奏、语气、音调的控制，广播节目通常可以有效地吸引听众，收到良好的动员和教育效果。广东中山县"新平第一社还建立了收音站，社员们在生产之余就收听广播和音乐，成为鼓舞他们生产热情的动力"[4]。房山的一位社员听了中央人民广播电台播送的河南坠子《两个南瓜》后表示："别看批评偷瓜的事情不大，却表现了两种思想的斗争。我们要维护集体利益，爱社如家。"易县的一位社员听了相声《家庭会议》后也表示："它告诉我们平日过生活要勤俭持家，养成艰苦朴素的风气。我以前生活没计划，安排得不好，影响了生产积极性，今后一定要把精打细算养成习惯。"[5]

1　海默：《洞箫横吹》，《剧本》1956年11月号。
2　赵树理：《〈三里湾〉写作前后》，《文艺报》1955年第19期。相关研究可参见孙晓忠：《有声的乡村——论赵树理的乡村文化实践》，《文学评论》2011年第6期。
3　《文艺报》记者：《更好地利用广播为农民服务——河北省饶阳县、晋县收听文学广播情况的见闻札记》，《河北文学》1963年6月号。
4　李文光、孙斌：《中山县农业生产合作社的文化活动》，《广东文艺》1954年12月号。
5　王决：《农村听众对广播曲艺节目的反映》，《曲艺》1963年第3期。

与广播类似，电影对于广大不识字或识字不多的农民而言，也是非常重要的艺术媒介。有人在评价电影《不能走那条路》时即指出：

> 小说的读者毕竟还是有一定限度的，特别是在我国目前的广大农民群众中，用小说的形式来反映生活对他们来说接受上是有其一定困难的；因而，在这种意义上，为了扩大这个作品的教育对象，更加发挥它的作用，把这样优秀的小说改编为最能接近观众的电影，我认为是适时的、必要的。[1]

而在通过声音传递信息之外，电影还能"通过电影画面，通过看起来异常逼真生动、具体明了而又通俗易懂的银幕形象，来描写它的内容"[2]。这就使电影在直观性和鲜活性上具备了广播无法比拟的优势。早在20世纪初，列宁就敏锐地意识到了电影的多种优势，进而认为，"在所有的艺术中，电影对于我们是最重要的"，"电影是教育群众的最强有力的工具之一"。[3]新中国的文艺工作者同样认为电影"比任何艺术都具有更能接近群众、联系群众和在精神上影响群众的非凡的能力"。[4]因此在新中国成立伊始，党和政府就对农村的电影事业给予高度重视。

在电影流通方面，电影局于1950年就在南京举办放映员训练班，"为广大农村培养放映员，以发展农村及部队的放映队伍。……

---

[1] 柳溪：《看影片〈不能走那条路〉》，《大众电影》1955年第13期。
[2] 贾霁：《电影与观众》，《中国电影》1957年第2期。
[3] 本刊评论员（钟惦棐）：《电影的锣鼓》，《文艺报》1956年第23号。
[4] 贾霁：《电影与观众》，《中国电影》1957年第2期。

从此开始形成面向全国农村、工矿的电影放映网"。到1957年末，电影流动放映队已达6692个，1965年更是达到了13997个。[1]新中国电影在广大农村的普及度和影响力被研究者视为"人类电影放映史的一个奇迹"[2]。在党和政府的大力支持之外，广大基层放映员为此付出了巨大的努力甚至是牺牲。广州市的优秀放映员李耀华在城里等到片盒时天色已晚，公共汽车已经停运，为了不让村里的"一千多观众买了票空等"，他骑着一辆破旧的自行车向五十里外的双沙乡飞奔，其间因天黑路况差而多次摔倒，手脚均被擦伤，但仍坚持按时赶到双沙乡。他表示："既然是放映队，就不能让观众看不到电影，看不懂电影。"[3]这意味着放映员们不仅担负着为周边农村跑片、放映任务，还要负责在放映前后的宣传和讲解工作，帮助农民看懂电影，更好地理解电影的主旨和精神。河北昌黎县果乡放映队的张子诚就努力做到"映前应有介绍，映间应有解说，换片和片终应有小结和全片总结"[4]。放映员们"为了让农民看懂电影……创造了多种多样的宣传形式，自编、自绘、自唱，向农民解释影片内容；并且结合影片，进行农村大好形势和社会主义的宣传教育，向农民进行宣传党的方针政策和重要时事新闻，表扬好人好事，传播农业知识等"[5]。这就对放映员自身的政治素养提出了很高的要求。师桂英就将政治觉悟高，有着坚定意志品质的先进人物作为自

---

[1] 陈播：《中国电影编年纪事》（发行放映卷），中央文献出版社，2006年版，第6、38—39、61页。

[2] 赵丽雅：《表演、体制、观众：1949—1966年的社会主义电影明星》，上海人民出版社，2020年版，第224页。

[3] 承隋：《记电影放映队优秀工作者李耀华同志》，《大众电影》1955年第20期。

[4] 刘中禹：《广大农民的亲密伙伴》，《大众电影》1964年第12期。

[5] 孙加：《深入农村普及放映做社会主义新文化的尖兵》，《大众电影》1964年第1期。

己的榜样:"我想我为什么放不好电影,宣传不好中心工作呢?琼花出现在我的面前,雷锋出现在我的面前,为什么他们工作的那么出色?为什么他们能战胜一切困难?努力吧!使自己也成为光荣的共产主义战士,像雷锋那样活着!"[1]值得注意的是,在雷锋这样一个真实的榜样之外,还有琼花这一电影中的人物形象,电影的教育意义首先在放映员身上得到体现。虽然《红色娘子军》反映的是战士的成长,但琼花从个人复仇思想到树立集体意识的过程,对农民克服自私自利思想以更好地融入集体生产,同样有深远的借鉴意义。赵树理说过:"即使这些模范事例离得当前工作较远一些,同样也起着推动作用。难道受了《董存瑞》影片感动的人,不能把董存瑞精神发挥在开渠、打井上吗?"[2]在《董存瑞》《红色娘子军》等战争题材电影的带动下,不少农村都出现了"董存瑞生产突击队""张志坚尖兵排""琼花小组"等青年生产小组。[3]1956年前后,"重映数次上座情况并不低而观众仍旧欢迎的影片"大多数都是战争题材。[4]

在电影生产方面,除了深受农村观众喜爱的战争片和戏曲片之外,电影局要求拍摄专门面向农村的影片,主要包括科教片、新闻纪录片、故事片三类。上一章已经谈过科教片和新闻纪录片在农村受到的欢迎,文艺工作者在看过新闻片《新农村》后也是备感欢

---

[1] 李惠英、师桂英:《两个农村姑娘的日记》,河北省文联、天津作协编:《花开第一枝——五公人物志》,第297页。

[2] 赵树理:《和青年作者谈创作——在全国青年文学创作者会议上的发言》,《长江文艺》1956年5月号。

[3] 《农村青年爱看什么电影》,《大众电影》1964年第6期。

[4] 参见李兴:《观众需要看什么样的影片》,《文汇报》1956年12月17日。李兴举出的受观众欢迎的影片有《钢铁战士》《渡江侦察记》《平原游击队》《董存瑞》等。

欣鼓舞:"我们欢迎这样的影片,因为它用形象真实地报道了我国农村日新月异的生活,它能够鼓舞千百万农民走向农业合作化大道的决心,也加强我们建设社会主义的信心和热情。"[1]胡正的《汾水长流》中甚至出现了杜红莲"看了一部反映农业合作化、机械化的电影"就"急着想当一名拖拉机手"[2]的情节。1955年中共七届六中全会发布关于农业合作化问题的决议后,中央新闻纪录电影制片厂决定进一步加大对相关纪录片的投入力度,"摄制四部或五部有关农业合作化的影片,并准备在春节上映"[3]。

与文艺领域关系最密切的,还是故事片。1953年的电影制片工作会议上专门提出:"制作适应农民需要的通俗易懂的农村故事片,以保证足够数量的农村放映节目。"[4]1956年,陈荒煤在作协会议上再次强调:"为了适应农业社会主义改造、五亿农民观众的需要,每年要制作一定数量(约占全年故事片产量的四分之一以上)的农村故事片。"[5]然而在很长一段时间里,农村故事片的质量参差不齐,1955年由孙谦编剧、于彦夫导演的电影《夏天的故事》在京郊招待农民观看时,"农民们都一致表示欢迎这种描写农村生活的影片"[6]。相比之下,同期其他农村故事片的接受效果就显得很不

1　王淑玲:《在合作化的道路上——〈新农村〉(一至八号)观后感》,《大众电影》1955年第23期。

2　胡正:《汾水长流》,第9页。

3　《中央新闻纪录电影制片厂积极摄制有关农业合作化运动的影片》,《大众电影》1955年第22期。

4　《政务院关于加强电影制片工作的决定》,吴迪编:《中国电影研究资料(1949—1979)》(上卷),文化艺术出版社,2006年版,第369页。

5　陈荒煤:《为繁荣电影剧本创作而奋斗》,吴迪编:《中国电影研究资料(1949—1979)》(中卷),第19页。

6　《电影事业管理局在京郊招待农民看〈夏天的故事〉等新片》,《大众电影》1955年第23期。当然,好的接受效果也与这批社员观众的思想觉悟有关,这篇报道指出:"今年这个社又获得了丰收,社员们的生产热情都很高,对社很热爱。最近中共中央公布了《关于农业合作化问题的决议》后,全村又有六十余户报名入社,社里正规划着一九五六年的生产计划,全社表现出一片蓬勃的气象。"

理想了,北京东郊区分队的放映员预告下期放映《春天来了》时,一位老大娘说:"倒找我钱我都不看。"[1]据《文汇报》记者在上海的调查,"描写农村合作社的影片"上座情况非常糟糕:"《春风吹到诺敏河》上映了101场,观众32825人次,上座率是23%;《闽江橘子红》映出了132场,观众43502人次,上座率是23%;《人往高处走》映出了103场,观众38865人次,上座率24%……"[2]同日《文汇报》上的短评《为什么好的国产影片这么少》更是引发了一场电影界的大讨论。报道中的三部故事片,均收到过不少"差评":《闽江橘子红》上映之后,一位区委书记说:"这样的事我看饱了,电影里解决的问题,还没有我遇到的那样复杂。"[3]这表明电影创作者对农村矛盾的了解还停留在肤浅的层面。《人往高处走》上映之后,《大众电影》刊登的不少"读者来信"都指责它与《春风吹到诺敏河》有诸多雷同之处:

> 两部电影都是说明在开始成立合作社时,有些中农在社会主义与资本主义两条道路之间犹疑不定,然后经过农村里进步的力量的教育证明合作社好……《春风吹到诺敏河》中的孙守山和《人往高处走》中的老孙头,他们简直就像一个人一样,都有一匹好马,都有几垧好地,又都有着忠厚勤劳的性格;此外,孙守山家有个儿子有才,天天向他斗争,老孙头家有个女儿玉梅,也天天向他斗争;他们的老婆也差不

---

1 刘春华:《农民不喜欢有些农业片》,《大众电影》1957年第10期。
2 《国产影片上座率情况不好、不受观众欢迎的事应引起电影制片厂的重视》,《文汇报》1956年11月14日。
3 李兴:《观众需要看什么样的影片》,《文汇报》1956年12月17日。

多……孙守山和老董头插犋；老孙头和刁六插犋……

这让他不禁疑惑："为什么这些影片的故事、结构、人物性格、导演手法各方面都是大同小异呢？"另一位观众说得更为形象，甚至有些刻薄："当我们看到《人往高处走》中收割庄稼的场面时，我周围的几位同志说：'又要刮风下雨了。'果然，刹那间乌云密布、狂风大作，雷声响处大雨倾盆而下……"[1]这位观众的文章标题叫做《不要千篇一律》，意在表明很多反映农业合作化的故事片都落入了公式化概念化的陷阱，这同样是由于编导对农村生活的了解不够深入所致。

有研究者指出："首先将观众的注意力保持在大银幕前，才可能实现教育和塑造观众的最终目的。"[2]而从观众们的反映中可以看出，《闽江橘子红》一类的故事片并不能有效地吸引观众的注意力，反而容易让人产生不满和厌烦之感。在合作化进程中出现的这几部农村故事片，在动员和教育方面起的作用反而不如科教片和纪录片大。很多反映合作化的故事片都要等到在合作化胜利完成之后才出现，没有对助推合作化进程起到任何作用。1957年就有放映员抱怨道：

> 像咱们现在所上映的《黄花岭》，主要是描写贫农宋二嫂要加入合作社，而她死去丈夫的哥哥，百般阻挠她参加入社……；还有《关不住》……反映我国广大农民坚决走社会

---

[1] 王一非、于林青等：《反对电影中的公式化》，《大众电影》1955年第7期。
[2] 赵丽瑾：《表演、体制、观众：1949—1966年的社会主义电影明星》，第242页。

主义道路的决心。但现在北京郊区农村是什么情况呢？大家都知道在1956年农业合作化高潮到来时，早已全部变初级社为高级社了，如果现在我们仍向农民宣传单干不好哇！组织起来吧，合作化能摆脱贫困呀！这不是有些过时了？[1]

不过在西戎后来的叙述中，会发现这些道理并没有"过时"：

> 记得一九五六年合作化高潮时，我接连跑了几个县的农村，到处敲锣打鼓，庆祝五亿农民走上社会主义集体化道路，看那壮观的场面，火热的气氛，激昂的口号，谁能不为之兴奋呢！但是庆祝大会开过，庆祝游行结束，过了没有几天，当人们的思想沉静下来以后，开始有人思想不通，有人后悔，有人看见喂养了十几年的大牲口被牵到社里，在后面跟着哭，有人到社里闹，有人在气愤地打老婆，也有人闹分家……这种种事件接连发生了，……"严重的问题是教育农民"的思想工作，正是在敲锣打鼓的后面。[2]

看来，合作化高潮的结束并不意味着社会主义教育的结束，对于很多农民而言，这种教育可能才刚刚开始。毛泽东在《一九五七年夏季的形势》一文中指示："向全体农村人口进行一次大规模的社会主义教育，批判党内的右倾机会主义思想，批判某些干部的本位主义思想，批判富裕中农的资本主义思想和个人主义思

---

[1] 刘春华：《农民不喜欢有些农业片》，《大众电影》1957年第10期。
[2] 西戎：《也谈深入生活问题》，《西戎小说散文集》，北岳文艺出版社，2015年版，第209页。

想,打击地富的反革命行为。其中的主要锋芒是向着动摇的富裕中农,对他们的资本主义思想进行一次说理斗争。以后一年一次,进行坚定的说理斗争,配合区乡干部整风,配合第三类社整社,使合作社逐步巩固起来。农村中也要先让农民'鸣放',即提意见,发议论。然后择其善者而从之,其不善者批判之。"[1]此后,《花好月圆》(1958)、《我们村里的年轻人》(1959)、《李双双》(1962)、《槐树庄》(1962)等优秀的农村故事片开始陆续出现,在农村的社会主义教育运动中产生了非常深远的影响,有的农村还流行着"做人要学李双双,办社要学郭大娘"[2]这样的顺口溜。电影中的主题曲和插曲大多成为当时的流行歌曲,有的一直传唱至今。

---

[1] 毛泽东:《一九五七年夏季的形势》,《毛泽东选集》第五卷,第458页。
[2] 《农村青年爱看什么电影》,《大众电影》1964年第6期。

第四章
社会再生产中的农村"群众"

1948年,雪苇在评价《种谷记》时指出:"只有群众自己才能是运动的第一个主人翁,只有群众是社会一切运动中最积极的因素,没有他们便没有任何创造。干部——群众的领袖,应该是群众的启发者、领导者与组织者,这是不可少的,也是应该表现在作品里的;但他们也仅是群众的领导者与组织者而已。……所以,农民运动中,是群众的力量起决定作用,不是干部个人的力量起决定作用;因而运动是以群众自己为主在活动,不是以几个干部为主在活动。"[1] 对于农业合作化这样一场广泛而深入的运动,更是不能缺失对"群众"的讨论。周立波的《山乡巨变》虽然被诟病为"只描写了几个干部在活动",但在正篇的结尾写到了亭面糊一番热情洋溢的话:"我们两个人把牛工包下,耕得深,耙得平,包管我们常青社,不到两年,就做到亩亩千斤。"[2] 评论者在读过这句话后感慨道:"这是多么动人的想像。可以看出他对合作社有着深厚的感情,

---

[1] 雪苇:《读〈种谷记〉》,《论文学的工农兵方向》,第162页。
[2] 周立波:《山乡巨变》,第306页。

用主人和充满信心的态度瞻望着将来。"[1]入社时略显被动的农民，只有在对生产的想象中才能获得较强的尊严感，因为生产劳动是他们安身立命的根本，社会主义经济建设的任务也必须依靠他们的辛勤劳动才能完成。在集体生产的过程中，农民们也凭借文艺创作发出了自己的声音。然而在"生产"过后的"分配"环节，群众的声音开始受到压抑，因分配不公导致的退社风波在文艺作品中往往被党支部召开的社员大会所化解，群众纷乱的语言在一场场会议中被重新整合为统一的声音。

第一节 集体劳动之"美"

柳青的《种谷记》以知识分子赵德铭的视角结尾："一会之后，所有的人都集合起来，有说有笑地出发了。王加扶那队上了后山，存起那组出了前沟，招喜那组上了对山，有福那组进了后沟，王加谟和王存喜的两组早已不见了……"[2]随着王加谟和王存喜消失在了赵德铭的视野之外，读者便无法看到群众进行变工生产的实际场景，就这样，小说在"组织起来"之后匆匆收尾了。路杨即认为："在《种谷记》中，'组织'本身的意义可能要大于'生产'，……对于变工队尤其是定期安种的组织更近于在集体劳动全面推开之前的一个农民意识状态的准备工作。"[3]罗琳也认为："小

---

[1] 方明、杨昭敏：《山乡的巨变，人的巨变——读小说"山乡巨变"》，人民文学编辑部编：《评〈山乡巨变〉》，第26页。
[2] 柳青：《种谷记》，第320页。
[3] 路杨：《"劳动"的诗学：解放区的文艺生产与形式实践》，北京大学博士论文，2017年，第167页。

说的中心在于集体劳动是如何在基层乡村被组织起来的，但是隐去了重组劳动力以应对粮荒的目的。"[1]如果说"组织起来"的本意在于提高生产效率，那么《种谷记》并没有让读者看到生产的过程和成果。竹可羽即认为，小说本来应当以实际来"证明集体种谷确比个人单干有利（从全村增加生产和个人增加收获量来说）。但是，在'种谷记'并没有明确地提出这样的问题来，并没有使这样的中心思想成为这个作品的主要思想内容"。[2]事实上，很多变工队、互助组组织起来之后并没有发挥其应有的优越性，山东省在1944年开展大生产运动，"组织变工，提倡精耕细作，结果变工组织在全省各地是相当普遍的发展起来了。但这时真正能起作用的并不多，大多数是只有形式，没有内容，不巩固的"[3]。

由于关乎集体化道路的正确性，在新中国成立以后的合作化运动中，"组织起来"的优越性问题被进一步强调。1952年9月，中共中央华东局在《关于普遍开展互助合作运动等情况的报告》中称："在丰产成绩上以国营农场居首，农业生产合作社次之，常年互助组与临时互助组又次之，单干户最差。"[4]后来，毛泽东在《关于农业合作化问题》中明确指出："农业生产合作社，在生产上，必须比较单干户和互助组增加农作物的产量。……合作社胜过互助组，更胜过单干户。"[5]与此相关联，几乎所有反映农业生产合作化

---

1 罗琳：《互助合作实践的理想建构：柳青小说〈种谷记〉的社会学解读》，《社会》2013年第6期。
2 竹可羽：《评柳青的"种谷记"》，《论文学与现实的关系》，第43页。
3 薛暮桥：《山东解放区的群众生产工作》，《抗日战争时期和解放战争时期山东解放区的经济工作》，人民出版社，1979年版，第35—36页。
4 中共中央文献研究室编：《毛泽东年谱（一九四九——一九七六）》第一卷，第602页。
5 毛泽东：《关于农业合作化问题》，《毛泽东文集》第六卷，第426页。

的文艺作品都会用一定的篇幅来比较三种生产形式的效率,比如赵树理的《三里湾》中,有一节的题目就叫"三个场上":"社场上攒起堆来扬过第一遍,马家的谷子也碾好了。""等到马家场上攒起堆来,社里的谷子已经过了筛扬第二遍。"马家在互助组,效率显然比社场低得多,但即便如此,其效率还是远远高于单干的袁天成。袁天成虽然已经是社员,但在老婆能不够的唆使下留下了大量的自留地,社里打场这天,袁天成这边只有一个小孩子和他自己,"累得他在别人快往家里送粮食的时候,他还没有扬完"。[1]为了表现集体生产的优越性,合作社和单干户之间还会开展和平竞赛。毛泽东指出:"在中国的农村中,两条道路的斗争的一个重要方面,是通过贫农和下中农同富裕中农实行和平竞赛表现出来的。在两三年内,看谁增产:是单干的富裕中农增产呢,还是贫农和下中农组成的合作社增产呢?"[2]莫言对合作化运动持否定倾向的小说《生死疲劳》亦忠实地表现了竞赛的和平性质,陈区长对唯一的单干户蓝脸说:"蓝脸,你可以暂时不入社,你和合作社竞赛吧,我知道你分了八亩地,到明年秋天,看看你每亩地平均打多少粮食,再看看合作社每亩地打多少粮食,如果你的亩产比合作社高,那你就继续单干,如果合作社的亩产比你高,那时咱们再作商议。"[3]莫言对竞赛的过程只字不提,而周立波的《山乡巨变》则充分地表现了合作社与菊咬筋一家的竞赛场景:"大家谈谈笑笑,热热闹闹,都忘了劳累,好久没有歇气了。相形之下,菊咬筋一家三口,未免有一点

---

[1] 赵树理:《三里湾》,《人民文学》1955年2月号。

[2] 毛泽东:《谁说鸡毛不能上天》按语,中共中央办公厅编:《中国农村的社会主义高潮》中册,第777页。

[3] 莫言:《生死疲劳》,作家出版社,2012年版,第34页。

冷清。……他们费力地爬着陡坡。"[1]

由此可见，合作社生产效率之所以高于互助组和单干户，不仅是因为合作社采用了先进的生产技术和生产工具，而且还由于人数众多带来的"热闹"氛围，正如《动员起来》中的张拴所说："变工队，人多红火好做活，大家相和比赛看谁锄的多。"[2]《在田野上，前进！》中的妇女们也说："一个两个人耪地，看着老大一片，越耪越着急，就越没劲。人多干活儿是多热闹，一大片地一会儿就完了，怎么不越干越爱干？"[3]比起生产效率的数目字来，作家们似乎更热衷也更擅长描写这种"热闹"的氛围，就连经常在小说中"算账"的赵树理也不例外：

> 就从这简单的情况中，也可以看出哪个场是合作社的，哪个场是互助组的，哪个场是单干户的。最明显的是社里的大场，一块就有邻近那些小场子的七八块大；谷垛子垛在一边像一堵墙；三十来个妇女拖着一捆一捆的带秆谷子各自找自己坐的地方，满满散了一场，……社长"这里""那里""远点""近点"的喊嚷，妇女们咕咕呱呱的聒噪，小孩们在谷穗堆里翻着筋斗打闹，场外有宝全和玉生两人"叮硼叮硼"的锤钻声好像给他们大伙儿打板眼，画家老梁站在邻近小场里一个竖起来的废石磙上对着他们画着一幅削谷穗的图。互助组的场上虽说也是集体干，可是不论场子的大小，谷垛子的

---

[1] 周立波：《山乡巨变续篇》，第72页。
[2] 延安枣园文艺工作团集体创作：《动员起来》，金紫光编：《延安文艺丛书·秧歌剧卷》，第130页。
[3] 秦兆阳：《在田野上，前进！》，第92页。

长短，人数的多少，比起社里的派头来都比不上。单干户更都是一两个人冷冷清清地削，一场谷子要削大半个上午，并且连个打打闹闹的孩子也没有——因为孩子们不受经济单位的限制，早被社里的小孩队伍吸收去了。[1]

在这一段描写中，"派头"和氛围的重要性似乎超过了生产效率，因为与生产单位无关的孩子们的去向成了重要的参考标准。这段描写源自赵树理在1950年对土改后家乡情景的记述：

> 其中有一件最动人的事是互相打麦子。那一年麦子特别丰收，打麦场不够用——要按平时打法，要一个多月工夫才能打完。他们发明了一个互助法子，不几天就打完了。这法子是一个组（五六个人、一犋牲畜）同时用两个场子，每个场子一上午打两场（平常同样多的人只能打一场）。在工作的时候，牵牲口的拉着牲口碾了这边碾那边……木杈、木锨、扫帚……满场飞，远处看见好像演武戏。连平常时候四平八稳走路的老汉们，也跟着青年人嘻嘻哈哈跳来跳去。这种现象是土地改革以前不曾有过的。[2]

集体生产的场景在赵树理笔下获得了"武戏"的形式感，之前一段"宝全和玉生两人'叮硼叮硼'的锤钻声好像给他们大伙儿打板眼"使得这出"生产戏"更加完整。根据文艺的劳动起源

---

[1] 赵树理：《三里湾》，《人民文学》1955年2月号。
[2] 赵树理：《土改后的故乡》（1950年1月），《赵树理全集》第三卷，第373页。

论，文艺正是在劳动生产的过程中产生，从劳动中获得自身的形式特征。按照今天文艺形式的分类，戏剧比小说、诗歌、散文等文类更具行动性，舞台动作的设计也就与"劳动"更具亲缘关系，特别是在反映劳动本身的戏剧中。比如1944年被树为"方向"的戏剧《穷人乐》，经过"帮助排戏的同志再一启发，群众重新回到自己所经历的生活中，丰富生动的语言就涌现了，劳动动作也很自然了。例如，排锄苗，开头很拥挤，没法动作，他们就想到实际劳动中是用'雁别翅'的行列的，这非常适合舞台条件"[1]。可以直接搬上舞台的"雁别翅"行列，意味着集体生产的动作本身就具备审美价值。[2] 而当"木杈、木锨、扫帚"等生产工具"满场飞"的时候，其热闹的氛围很容易使观看者获得看"武戏"的审美体验。

赵树理特别强调"这种现象是土地改革以前不曾有过的"，意味着这种新的审美体验只有在新的制度之下才能产生。柳青在《创业史》中就写到了梁生宝对集体劳动情景的思索过程：

> 王生茂和铁锁王三两人一块往二丈四尺的杨木檩上，用葛条绑交岔的椽子哩。他们面对面做活哩，一个人扽住葛条的一头，咬紧牙，使劲哩。看！绑紧以后，他们又互相笑哩。看来，他们对集体劳动中的协作精神，彼此都相当地满意。但就是这两个人，就是生茂和铁锁，去年秋播时，为了地界争执，分头把全村村干部请到田地里头，两人吵得面红耳赤，谁也说不倒，只得让他们到乡政府评了一回理。他们走后，

---

1 《沿着〈穷人乐〉的方向发展群众文艺运动》，《晋察冀日报》1945年2月23日。
2 柳青就直接将集体生产的场面比作"舞场"："目力所及的镐河两岸，仿佛变成了一个巨大的集体生产的舞场。"（见柳青：《王家父子》，《柳青小说散文集》，第60页。）

当时作为评理人之一的梁生宝,指着他们的背影说道:"唉唉!生茂和铁锁!你们两个这回算结下冤仇疙瘩了!分下些田地,倒把咱们相好的贫雇农也变成仇人了!这土地私有权是祸根子!庄稼人不管有啥毛病,全吃一个'私'字的亏!"但事隔几月,梁生宝却在这里看见生茂和铁锁,竟然非常相好,在集体劳动中表现出整党时所说的城市工人阶级的那种美德。[1]

研究者指出:"社会主义美学在很大程度上主要是从政治和道德来展开美丑判断的。"[2]从梁生宝的分析过程中可以看出,互助合作对私有制的冲击(政治),新中国工人阶级集体劳动的美德(道德),为新的审美体验和机制奠定了基础。而这种新审美机制一旦生成,旧的生产形态便被逐渐视作一种"怪裂裂"的样态,柳青在他的纪实散文中写道:"我在村外麦田里的小径上散步,在我目力所及的地方,到处是一长排一长排合作社和互助组的人,在绿茸茸的麦田里锄草——这边是男人们,那边是女人们,还有男人和女人混在一起的。偶尔有少数单干的人,孤身只影地在田野里闷着头锄草,看起来真象有些人说的那样——怪裂裂的。去年我初到这里时,只看见有少数互助组夹在遍地乱杂杂的单干的人们中间锄草,我真想不到今年这时会出现这样令人鼓舞的景象。"[3]可以看出,柳青除了认为单干"怪裂裂"之外,还将其形容为"乱杂杂",与之

---

[1] 柳青:《创业史》,第312页。

[2] 朱羽:《社会主义与"自然":1950—1960年代中国美学论争与文艺实践研究》,北京大学出版社,2018年版,第208页。

[3] 柳青:《灯塔,照耀着我们吧!》,《柳青小说散文集》,第7—8页。

相对的"一长排一长排"的整齐状态似乎也被他视为集体劳动的美感之一。

反映农业合作化的不少民谣都赞颂过集体劳动的"整齐",如:"手中镰刀雪样亮,下田割麦排成行,割的割来打的打,颗颗麦粒放金光"[1]等等。早在《种谷记》中,柳青就借王加扶的心理活动,憧憬过一种整齐划一的劳动形式:

> 那时,他说老百姓不能和军队、学校以及机关生产比;而现在,他脑里却自然而然浮起了军队、学校和机关生产的一片景象来了。他们一大群人上山掏地,一齐干一齐歇,镢头在天空里乱飞,土地在他们脚底下迅速改变着颜色,由浅灰到深褐,这片景象不久将实现在王家沟的山头上来了。[2]

王加扶把军队、学校、机关"一齐干一齐歇"的生产方式视为理想的生产方式,虽然把时间切割得很整齐,但似乎并没有考虑到每个人效率的不同。卞之琳小说《山山水水》中的一章《海与泡沫》就写出了学生们在"一齐干"与"一齐歇"之间的杂乱场景:

> 尽管有些锄头尽量向左右发展,中间的一片大陆终于形成了非洲的南部,伸在海里。向好望角正面进攻的正是那个圆脸的女同志。"大家先解决这个非洲啊!"一位男同志吆喝了。七把锄头就一齐包抄过来,向非洲的东西岸夹攻。有两

---

[1] 袁从棣:《男女社员人人忙》,作家出版社编辑部编:《歌唱农业合作化》,第65页。
[2] 柳青:《种谷记》,第217—218页。

把锄头更向非洲的后路断去，不一会完成了四面包围的形势。好望角也早已坍陷，非洲成了澳大利亚。

女同志由于体力的缘故无法跟上大家的进度，由此造成的不规则地面似乎只有带上知识分子的眼镜才能成为"审美对象"——"非洲"和"澳大利亚"。然而，这种看似可以包容"不规则"的审美眼镜仍然不能包容一切，在梅纶年和其他知识分子眼里："那个管记者分会的高个儿同志在边上孤军深入，向前挖成了一条注入大海的河，看起来非常别扭。"对此，这位高个儿同志反驳道："开荒也用得着刻版画一样要好看吗？"[1]在审美的意义上被视为"别扭"的，恰恰是劳动效率最高的，可见一味地追求"好看"很容易产生脱离实际的想法，即使是非常熟悉农业生产的柳青，在启动审美机制时也偶有偏差出现：

> 春耕时因为活杂：耕地的耕地，纳粪的纳粪，碎土的碎土，所以十来个人一组，人还是乱散在地里；而现在一组一组连同点籽娃娃都有十几二十个人，排成队安种谷子了，锄头的一起一落，手脚的活动，使人想到自卫军的操练。人们将以一种完全新的劳动姿态来点缀那些黄秃秃的山头。[2]

"春耕"与"安种谷子"本来只是不同的劳动程序，但在柳青这里却有了高下之分——似乎只有"安种谷子"才可以成为"全新

---

[1] 卞之琳：《山山水水·海与泡沫》，《卞之琳文集》上卷，第338、339、345页。
[2] 柳青：《种谷记》，第217—218页。

的劳动姿态"。对集体生产整齐划一的美感的过分强调，使柳青忽略了春耕的"乱"同样是必要的，"耕地的耕地，纳粪的纳粪，碎土的碎土"恰恰说明了分工的明确与合理。如果缺乏明确而合理的分工，变工队往往起不到应有的作用，薛暮桥指出：

> 大变工组由于山东人多地少（并且多是山地），今天是很难发展的。如几十个劳动力集中在一块土地上劳作，不但不能节省劳力，反而会浪费劳力。……今天我们只能将几种主要劳动如：耕种、锄草、收割等组织起来。如太复杂了，将一切劳动都组织起来，就不易被群众所接受。[1]

因此从提高生产效率的意义上看，柳青笔下的"乱"恰恰应该是美的表现。柳青这不经意间的"审美"判断，竟与后来合作化运动中的落后分子达成了"一致"——在西戎的小说《王仁厚和他的亲家》中，王仁厚说："我总以为社闹不长外，瞧那个乱窝劲儿，下地一窝蜂。"[2]

好在王加扶在接下来的"憧憬"中，对分工的理解回到了正确的轨道上：

> "几时咱们和公家人一样，"他说，"一村就是一家，吃在一块，穿在一块，做在一块。种地的种地，念书的念书，木工是木工，石匠是石匠，管粮的把仓，管草的捉秤，六老汉

---

[1] 薛暮桥：《山东解放区的群众生产工作》，《抗日战争时期和解放战争时期山东解放区的经济工作》，第38页。

[2] 西戎：《王仁厚和他的亲家》，《西戎小说散文集》，第102页。

照旧打钟。存恩老汉识几个字，要是他愿意，就让他给咱们写账，克俭哥给四福堂讨了半辈子租粟，对粮食有经验，给咱管仓库，他和存恩老汉对，在一块办事也相宜。"[1]

这种理想的分工合作在新中国成立之后部分地得到了实现：云南西海子乡西寨村农业生产合作社，两个瞎眼的老大妈因不能参加农业劳动，挣不到工分，闹着要退社，后来社里分给她们打草鞋的工作，评上了工分，两个老人满意地说："合作社真是好，做得梁的做梁，做得柱的做柱，我们这些做椽子的也有用处了。"[2] 老人的话中包含了一个盖房的隐喻，这意味着只要分工合理，人人都可以各尽其能，发挥所长，那么社会主义的大厦就一定能够建成。

第二节 集体生产与群众文艺活动

一

集体生产在文艺领域的表现形式主要是"集体创作"。由苏联提倡的新型集体创作模式于20世纪30年代传入中国，当时还在清华大学读书的王瑶就是集体创作的鼓吹者之一，他在1936年写作的《论集体创作》一文中无比热情地称赞道：

这新的创作方法首先倡导于苏联，这里的社会条件，对

---

[1] 柳青：《种谷记》，第218页。
[2] 张兴华：《副业问题》（1955年3月11日），中共中央办公厅编：《中国农村的社会主义高潮》下册，第1173页。

文学提供出新的要求，新的客观基础，使文学的创作方法到达了一个新的途径，给世界文学史开辟了一个新的道路，今后的文学将不仅只是个人的单独从业了，最伟大的作品将是人类集体地努力的成果。[1]

可以看出，集体创作是在某种特定的"社会条件"和"客观基础"上产生的，在集体创作的提倡者高尔基看来，它的"条件"和"基础"就是"社会主义"，它"使文学活动成为一个集体运动，跟建设社会主义的集体活动相配合"。[2] 具体到中国农业的互助合作进程当中，文艺活动的配合对象就是互助组和合作社，江苏的文艺工作者在总结农村剧团的工作经验时就指出："文艺活动与互助组结合，使文艺活动跟上先进生产组织密切为生产服务的经验，更值得重视。"[3] 这里的"配合"与"跟上"并不意味着文艺活动只是在亦步亦趋地模仿集体生产的组织形式，像秧歌这类民间固有的集体文艺活动，如若引导得法，可以反过来带动集体生产的发展，正如许幸之所言："它（秧歌舞）可以组织人民的情感，训练人民的集体劳动与集体生活，……当人们在'剩余劳动'的余暇，来举行这种跳舞时，不但不妨害生产，并且可以作为'再生产'的一种集体训练。"[4] 陕甘宁边区南仓社火的参与者们就在"团结互助"的表演过程中培养了感情和集体意识，渐渐地形成了"一个生产互助的组织，在夏收碾场和种麦时，他们都自动的集中起来，帮助一家

---

1 王瑶：《论集体创作》，《王瑶全集》第七卷，河北教育出版社，2000年版，第17页。
2 《提倡集体创作的意义——答李健汶陈志敏》，《读书生活》1936年第4卷第12期。
3 正良：《群众文艺活动应密切结合生产》，《江苏文艺》1953年第4号。
4 许幸之：《秧歌舞与广场演剧》，《新华日报》1945年2月26日。

（劳动力少的就不参加），他们也不计工，也不是非工不还，他们说这是'一块儿划得来'，义气相投"[1]。很多类似的农村业余剧团都创造性地把剧团活动与互助生产结合起来，比如柴庄村剧团："平常冬春夜晚活动，夏秋歇晌时活动，下雨下雪活动，早来早散，不耽误营生；……有困难就想法互助；念台词多在地里和纺车边。"[2] 太行韩光剧团："把戏剧组与互助组适当的结合起来，利用互助生产时排演，如去锄草时，几个人在一起，一面锄草，一面就练习台词；休息时，去树底下划一块地方作为戏台，练习动作，因此他们既生产了，也排成了戏。"[3] 冀西杨家庵赵玉山领导的村剧团更是充分发挥了互助合作的优越性，他们"和村里众大伙关系好，出外演戏拨工，回家还工。赵玉山说：'只要剧团得到群众拥护，甚么困难也能解决。'"他们还在剧团内部自己组织起了拨工组："他们演员按青、壮、儿、妇编了四个拨工组，到一块作活就对词，词对好了就排，排练的时候，赵玉山先走一个过，人家照着作，尽量不拘束，让大家创造，排熟了就打家伙唱。"[4] 明确的分工合作使每一个成员的积极性和创造力得到充分发挥，最后的创作成果又可以反过来带动群众的互助合作，推动农业生产的发展。因此，文艺活动与互助生产的关系并不仅仅是前者"配合""跟上"后者，二者在事实上处于一种相互激发、相互促进的良性状态。

---

[1] 文教会艺术组（马可、清宇执笔）：《刘志仁和南仓社火》，1944年10月24日。
[2] 康濯：《柴庄村剧团——冀西农民戏剧活动史话之七》，《文艺报》第8期，1949年6月23日。
[3] 穆之：《群众翻身·自唱自乐》，荒煤编：《农村新文艺运动的开展》，上海杂志公司，1949年版，第7—8页。
[4] 康濯：《赵玉山和杨家菴的大秧歌——冀西农民戏剧活动史话之六》，《文艺报》第7期，1949年6月16日。

前文提到的秧歌剧《动员起来》，就是由枣园文艺工作团集体创作的，文艺工作者们在学习苏联集体创作模式的同时，也向民间汲取了丰富的集体创作经验。据音乐家马可回忆，他在访问著名移民秧歌《东方红》的原作者李有源叔侄时，他们正试图集体创作一个倡导变工的戏剧。令马可吃惊的是，李有源拿来的"剧本"初稿"只是几段唱词，单从这上面似乎连故事的梗概也找不到"，李有源对此解释道："我还没有给众人商量哩。我只是想到该这么写：乡长下乡，布置开会，群众组织变工队，落后分子不参加，后来变工的得到好处，不变工的吃了亏，众人反对，还要开会，表扬劳动模范，选举劳动英雄，斗争二流子。"听完故事梗概，马可问："乡长下乡，唱完了以后该说些什么呢？"李有源指着和他一同过来的乡长说："你问一问乡长吧。"乡长说："要布置变工队工作嘛，那就是这样说喽，说是今天开会主要是为了组织变工，毛主席号召咱们组织起来，加紧生产，生产是第一大任务。近前人民劳动是散漫的，个人顾个人，做活不多，为起工来，两人做三人的活……"马可看到"乡长滔滔不绝地讲下去，那么自然那么流利"，不禁感慨道："这使我们想起我们编戏时，常常搜遍枯肠，不知一句台词该怎么写，碰得焦头烂额。"李有源们的集体创作之所以如此顺利，是因为他们演的就是身边的事，可以将角色和真人一一对应起来，要写谁的台词就可以直接问本人，甚至"谁做过什么，就让他演什么"[1]。这样一来，不仅创作效率大大提高，而且可以确保台词符合每一个人的身份、地位、性格，使观众感到真实、亲切而生动。

---

[1] 马可：《群众是怎样创作的》，孙晓忠、高明编：《延安乡村建设资料》（四），上海大学出版社，2012年版，第56—57页。

新中国成立后，农村群众继续沿用这样的方式创作和演出，广东省南新村农业社的社主任彭伯就是演出的"台柱"之一："演出间场时，还结合戏的中心内容向群众宣传应该走社会主义道路。"[1] 不少农业社也"排演了自己创作的话剧，由社长亲自担任社长的角色，一个社员（中农）原来摇摆不定，后来经过社的优越性教育坚定起来的，饰演与他一样的中农，王培，这时，全村的中农正眼望着他究竟能否增加收入。经过演出后，社外农民放下心头的大石，纷纷要求入社，说：'王培都不吃亏了，我们还怕什么？'"[2] 看得出，由村里的农民进行"本色出演"，对本村本地人而言更有说服力，因为牵涉的利益和问题都与他们息息相关。1953年，旅大市金县（今大连市金州县）十区兴台村业余剧团集体创作了的小歌剧《走那条路》，与前述创作过程相仿，兴台村剧团的创作者们本身就在村里担任着各项职务："他们剧本所写的事情大都是他们本身的经历和亲眼见到的。他们不仅亲身参加农业生产，他们当中还有不少人就是村里的积极分子、青年团员、党的宣传员、教师、村委员等。所以他们在村里除从事农业生产外，村里的大小事情他们都亲自带头来干。村里试办农业生产合作社，从春天酝酿，筹备建社到秋收生产合作社试办成功，他们大部分人都亲自参加了的。因为他们是身临其境投身在生活斗争里，所以他们才非常熟悉生活，对现实生活斗争中的问题体会得非常深切。他们长年累月的在生活斗争里，亲身参加互助合作运动，深深感到农村中开展互助合作运动，耐心地教育、启发中农……是十分重要的，也就有

1　抒明：《记两个农业社的文艺活动》，《广东文艺》1954年11月号。
2　曾刚：《农业社中的文化艺术活动》，《广东文艺》1954年11月号。

一种强烈的愿望把它选取为戏剧题材，写出来演出来，以便向农民和干部进行教育，推动农村互助合作运动的进一步开展。"[1]可以看出，村剧团搞集体创作的初衷，并不止于反映本村的合作化进程，而是希望将它作为一种集体经验，向更多的地方推广。同年在旅大市开展的群众文艺活动周上，《走那条路》大获成功，在旅大市文联领导的支持下，栾凤桐、李心斌等作家将其改编为独幕剧《人往高处走》，后又改编为电影，于1954年上映。

然而我们在第三章已经谈到《人往高处走》的接受效果并不理想。这意味着农村的群众创作一旦脱离了本乡本土，进入全国性的流通之后，剧中的问题就不再有那么明显的切身性，人物也不再是身边的真实人物，而成为作品中的一个虚构形象。观众此时也更多地会以文艺的眼光来打量作品，拿同类的作品进行比较参照，最后判定其为"公式化概念化"之作。然而，为什么被王瑶赋予了四个"新"的集体创作却产生了这样的作品呢？原因似乎还是要从集体创作的具体过程中寻找。王瑶认为："集体创作的主要意义在于用集体的力量来共同地处理整个的创作过程，使文艺作品达到一个更高级的发展。在这里，将充分克服个别作家对于主题底不正确的把握和歪曲的表现。"集体创作的意义在此，问题也在此，因为要"克服""个别作家"的错误而"得到一致意见"[2]，所以集体讨论的过程其实是一个取最大公约数的过程。最大公约数所"克服"掉的往往不仅仅是落后的、错误的东西，一些新颖的、先锋的思路可能同样会消泯于其中。一些没有写过的事物或许会出于各种理由而被

---

[1] 栾凤桐：《农民们自己写出来的作品》，《大众电影》1955年第3期。

[2] 王瑶：《论集体创作》，《王瑶全集》第七卷，河北教育出版社，2000年版，第20页。

多数集体创作的参与者否定，如秦兆阳所言："大家都怕犯错误，都习惯于看风行事，都习惯于模仿别人的'窍门'，于是，作家们就更加失去了大胆想象、大胆创造、追求艺术风格以及深刻地凝视生活的习惯，而只是去注意那些大家都可以看得见的平平常常'平均数'似的东西。这，不能不说也是我们的作品陷于一般化公式化的一个极其重要的原因。"[1] 秦兆阳所论个体创作的"平均数"基本可以等同于集体创作的最大公约数，都很容易生产出公式化概念化的平庸之作。

不过，《人往高处走》也并非一无是处，它虽然没能有效发挥集体的智慧创造出新的内容和形式，但却在无意间保留了某些农民的集体无意识。在入社问题上，表现父辈和子女之间的家庭矛盾是合作化文艺最常见的套路之一，《人往高处走》中的玉梅和她爹老孙头也不例外。父女矛盾不可开交之时，玉梅的恋人心亮给她出主意："干脆和你爹分家，要五亩下洼地，自个入社算啦。"

玉梅：就说进步，也没听说过姑娘和爹妈分家！
心亮：男女平权，男的能分，女的就能分！
玉梅：那不更叫人家笑话，连自个爹妈都说服不了。

心亮的解决方案在新社会相当普遍，《汾水长流》《在田野上，前进！》等小说都把"分家"视为青年坚决与封建思想和资本主义自发势力作斗争的表现而予以充分的肯定和鼓励，相比之下，玉梅的思想就显得很落后了。然而《人往高处走》不仅否决了心亮的

---

[1] 秦兆阳：《现实主义——广阔的道路》，《人民文学》1956年9月号。

"分家"方案，甚至连两人商量好的"提前结婚"也被王主任否决了，他对玉梅说："你爹走落下了，你就该等他一步"，"你们要结婚，谁也不能拦着，可是在这个节骨眼上，丢开爹妈去结婚更不相当。"[1]最后，王主任竟让积极入社的玉梅陪他的父亲老孙头一起待在社外，直到老孙头自己觉悟为止。

这样的情节设置在由单一作家创作的同类作品中相当罕见，《三里湾》中的王金生虽然也担心"分家"会"伤了老一代人的心"，但在和妹妹王玉梅讨论后觉得"还是分开对"[2]。相比之下，集体创作的《走那条路》和《人往高处走》反映出了农民强烈的家庭意识。这种意识并没有随着农业合作化而消泯，而是以其顽强的存在迫使政策的制定者必须考虑如何在不消灭家庭的前提下充分发挥家庭的积极性。合作化时期几度实行的包产到户，就在一些困难时期起到了调动农民积极性，推动生产复苏的作用，最终在改革开放初期充分释放了它的全部活力。

二

在旅大市文联领导竭力把《人往高处走》推向全国的同时，其他地方的文艺刊物却刊登了很多群众文艺活动妨碍生产的报道。据调查人员反映："萧县和江阴县的少数农村剧团，在三月底还继续搭台演戏，结果不但耽误了演员的生产，还影响了别人的生产。农民群众纷纷表示不满，说：'剧团不务正业！'农村业余剧团忽

1　兴台村剧团集体创作，栾凤桐、李心斌、李永之、金剑改编：《人往高处走》，作家出版社，1954年版，第33、41—42页。
2　赵树理：《三里湾》，《人民文学》1955年4月号。

视农业生产,确是不务正业,群众的批评是完全正确的。"[1]"妨碍生产最严重的江阴县的许多农村剧团,一直到四月里还在演戏,演大戏,演员就不想生产了,有的说:'锣鼓一响,穿的好,吃的香。'有些农民听见锣响了,就放下锄头去看戏,耽误了保苗补种和修坝积肥等紧急的生产工作。"[2] 从演员的表述中可以看出,他们已经尝到了"不务正业"的甜头,原本的"正业"——生产对他们已经失去了吸引力,而原本的"业余"时活动正慢慢成为他们的主业。浙江的某些村剧团已经发展到"把剧团工作看成是唯一的工作"的地步,"农忙时连夜排戏,乡长去动员他们早点休息,免得妨碍白天生产,他们不但不听,还规定剧团团员外出时(包括开会)一定要经过剧团讨论批准才行。"一些村剧团甚至"经常不服从上级的领导。龙门剧团春节后到处流动演出,政府叫他们回去,他们也不愿回去。立儒坪剧团农忙时演戏,副区长怕妨碍生产,去动员他们不要演,他们不接受,还是继续演出;……区委书记为了纠正该乡农村剧团的错误方向,曾三次通知四个剧团的戏师傅到区里学习一下,都遭到他们的拒绝。浦江县府为此也曾出过通报,他们仍然不睬。"[3] 面对这种"屡教不改"的剧团,不少地方的领导索性采取了"禁演"的强硬措施:"在河北省有的地方,农民在农闲时期要组织剧团演戏,县长不加考虑地提起笔来批道:'不准!'"[4]"有的地方,有些同志,在反对'五多'[5]现象时,把群众

---

1 正良:《群众文艺活动应密切结合生产》,《江苏文艺》1953年第4号。
2 中共江苏省委宣传部文艺处:《农村群众业余文艺活动中存在的问题和改进的方向——检查今年春节农村群众业余文艺活动后的意见》,《江苏文艺》1953年第6号。
3 一农:《农村剧团要坚持正确方向(五)》,《浙江文艺》1953年第10号。
4 秋毫:《关怀新的农村》,《文艺报》1956年第3号。
5 五多指"任务多,会议集训多,公文报告表册多,组织多,积极分子兼职多"(见毛泽东:《解决区乡工作中的"五多"问题》,《毛泽东文集》第六卷,第271页。)

文娱活动也当做'多'的东西想加以取消。"[1]江苏盐城县的农村剧团就在反"五多"时都被禁止了活动,引发了剧团和群众的不满。[2]文艺工作者们认为,对群众文艺活动"不要任其自流,以致妨碍生产,更不能采取粗暴的'禁止活动'等办法。"[3]那么,究竟怎样做才能既不妨碍生产,又能满足群众文化娱乐需求呢?

问题的症结主要在于时间,《江苏文艺》发布的社论明确规定了群众文艺活动的方针——"自愿的、业余的、小型的",一再强调农村文艺活动的业余性[4]:"千万不要忘记'农业生产是农村压倒一切的中心任务'。改善农民生活,第一是他们的物质生活,第二才是他们的文化娱乐生活,绝对不能够弄颠倒。文娱活动,一定要放在大家空闲的时候,无论如何,也不能够跟生产抢时间,违误农时,妨碍生产。……要做到'自愿的'、'业余的',就一定要采取'小型的'形式。就是说,时间要短,场面要小,办法要多样。时间短,就不会耽误大家的正事。……这样既能够吸引广大群众来积极地参加文娱活动,又能够不妨碍生产,而且做到与生产结合,为生产服务。"[5]江苏宜兴县水西乡等地的农村剧团就是这一方针的模范执行者:"二年多来,都会在农忙中结合生产开展小型的文艺宣传活动,取得很大成绩。今年春忙开始,水西乡剧团立即停止了规模较大的演戏等活动,团员全部投入生产;……剧团的编

1　社论:《开展农村文娱活动》,《江苏文艺》1953年第10号。
2　苏隽:《开展农村群众文艺活动的初步经验与存在的问题》,《文艺月报》1954年1月号。
3　正良:《群众文艺活动应密切结合生产》,《江苏文艺》1953年第4号。
4　《广西文艺》也有文章明确指出:"农村业余剧团向专业化发展是不对的。"(黄荣开、陈列:《再谈关于农村剧团的几个问题》,《广西文艺》1954年第2本。)
5　社论:《开展农村文娱活动》,《江苏文艺》1953年第10号。

写骨干很快的编出'春季生产要抓紧'的小调,在民校和互助组中唱开来,鼓舞了群众的生产热情。"[1]广西灵川县五通镇业余桂剧团"在今年'抗旱''抢收抢种'中,积极地配合中心工作,开展深入街道里弄乡村的宣传工作。在抗旱中并以实际行动帮助天府街军属余伯娘挑水八二〇担,抢救了二亩田。帮榕门街军属陈列弟等挑水九五〇担,抢救了两亩二分田。街头宣传五次计二十个站,观众共三三八〇人。群众反映说:'桂剧团的同志真行,白天抗旱,晚上宣传,值得向他们学习。'"[2]这些剧团的表现与解放区时期的优秀剧团十分相像——河北阜平各村剧团不仅积极演出《全家忙》《开渠》等剧,剧团成员也"在实际工作中起模范作用,如在防旱备荒中,演剧之后第二天就挑水播种,群众见了,也跟着干起来"。[3]

由此看来,"自愿的、业余的、小型的"方针可以有效地解决生产与文艺活动的矛盾,将二者的关系重新恢复到相互激发、相互促进的良性状态。而《江苏文艺》对"物质生活"与"文化娱乐生活"先后次序的规定,值得进一步深究。在马克思主义的基本原理中,"物质生活"是经济基础,"文化娱乐生活"属于上层建筑,无论在什么时候,物质生活都是最根本最重要的,但在生产力的不同发展阶段,其重要性的体现还是有微妙的差别。在生产力不发达的时期,"物质生活"的重要性主要体现在它相对于"文化娱乐生活"的优先性上——这是《江苏文艺》的基本判断。而一旦生产力得到发展,"物质生活"的重要性就主要体现在它对"文化娱乐

---

[1] 正良:《群众文艺活动应密切结合生产》,《江苏文艺》1953年第4号。
[2] 蒋昌绪:《农村业余剧团必须为生产服务》,《广西文艺》1954年第1本。
[3] 曼晴:《晋察冀一年来的乡艺运动》,《新群众》第3卷第1期(1946年11月25日)。

生活"的决定性上——1949年,毛泽东在第一届政协全体会议上表示:"随着经济建设的高潮的到来,不可避免地将要出现一个文化建设的高潮。"[1] 1956年初,当"中国农村的社会主义高潮"真正到来之时,文化建设的高潮也很快提上了议事日程。《文艺报》1956年第1期第一时间转载了毛泽东为《中国农村的社会主义高潮》写的序言,这标志着文艺界对合作化高潮的及时响应。从这一年开始,职业剧团、电影流动放映队等在农村的巡回演出和放映更加频繁,与此同时,农村业余剧团、农村图书室、农村俱乐部等大量涌现,蓬勃发展,整个农村的群众文艺活动呈现出一派欣欣向荣的景象。据当时的文艺工作者说:"人民作了自己生活的主人,他们有权利要求过丰富的有文化的生活。因此,当获得了一定的条件之后,农民们自然就会发挥自己在文化上的积极性,在活动上表现出种种的创造精神。河北省昌黎县一个俱乐部的业余文娱活动的方式就有四十八种之多;……吉林榆树县正义村一个村,有四十九个业余农民作家和诗人,去年一年他们创作的各种体裁的通俗文学作品有一百一十多篇。……"[2]

其中,诗歌由于形式的短小精悍和较低的创作门槛而成为群众创作中最活跃也最丰富的文类。康濯指出当时中国大多数地区"群众性的文艺写作是从新民歌开始的"[3]。近年来很多研究者都对

---

1 毛泽东:《中国人从此站立起来了》,《毛泽东文集》第五卷,人民出版社,1996年版,第345页。
2 秋毫:《关怀新的农村》,《文艺报》1956年第3号。
3 康濯:《再谈群众创作》,《初鸣集》,作家出版社,1959年版,第1页。

"大跃进"时期群众创作的"新民歌"颇为关注[1],而早在"新民歌"兴盛的1959年,就已经有研究者尝试对"新民歌"的创作特点进行总结:"群众创作园地的特点,除了诗亭、诗碑林立的普遍性外,还有一个是与生产场合的密切结合。如田头诗坛、鼓动牌牌、田头诗竹笺、田头木牌等,这一类园地,形式灵活,短小多样,鼓动性强。田头诗坛往往筑在大规模集体劳动的试验田边,让人们在火热热的劳动中,如有所感,即景赋诗。"[2]与互助组时期群众的戏剧创作一样,民歌的创作也与生产劳动紧密地结合着。而在劳动中产生灵感,"即景赋诗",又印证了当时流行的文艺的劳动起源说。陕西白庙村的一位女生产队长,"在水车灌溉麦田时,为了减轻疲劳提高干劲,把感情表达出来,她就说:'我们作诗吧!'劳动刺激了她的感情,她就唱了起来:'水车叮当响,麦苗你快长;我给你喝水,你给我吃粮'"。[3]从劳动中产生的感情和灵感转化成民歌,民歌又可以"减轻疲劳提高干劲",反过来提高了集体劳动的效率。1940年代,河曲魏再有的变工队"把变工纪律编成歌子,变工组员一唱歌,就想起纪律来,动弹得更勤快了"。刘有鸿的变工队还"把务庄稼的细法和生产计划等也编成歌词"[4],这一系列做法使文艺与劳动处于一种相互促进的理想状态。

前文已经谈到,"红火热闹"是合作社生产效率高的重要因

---

1 如朱羽《社会主义与"自然":1950—1960年代中国美学论争与文艺实践研究》中的第三章《叩问"自然"的界限:"大跃进"中的劳动与文艺》,谢保杰:《主体、想象与表达:1949—1966年工农兵写作的历史考察》(北京大学出版社,2015年版)中的第五章《1958年的新民歌写作》等。

2 天鹰:《1958年中国民歌运动》,上海文艺出版社,1959年版,第19页。

3 邵荃麟:《民歌·浪漫主义·共产主义风格——7月27日在西安文艺工作者座谈会上的发言》,《文艺报》1958年第11期。

4 田家:《群众歌唱着自己》,《抗战日报》1945年2月13日。

素,而"红火热闹"的氛围,有很大一部分就是"唱歌"带来的。杨履方的《布谷鸟又叫了》第一幕一开场,就是女声领唱,众人齐唱的兴化民歌"刮地风":

  女声领唱:生产全靠手脚勤哪,多弄那个歪哪本啦

  齐唱:多弄那个歪哪本哪,呀呀嘿顶重要了。

  ……

  [方宝山骑自行车上,他满意地看着群众热情的劳动,也心痒痒地想跟着大伙儿干。][1]

  《汾水长流》中被迫跟着继父单干的杜红莲,也被农业社传来的歌声弄得"心痒痒":"她越不满意这苦闷的受苦,就越是向往农业社那些快活的劳动。这时,农业社的人们还在休息呢,又是说笑,又是耍闹,忽然,一阵鼓掌声传来,接着又是一阵歌声。红莲也是好唱歌的人呀!在小学里,在夜校里,哪一次唱歌不叫好呢!可是,现在她却只能闷着头,憋着气,听着人家唱歌。"[2]尽管处在休息状态,农业社的文艺活动还是这么"热闹",让单干户只能"憋气"。《山乡巨变》中的盛淑君和陈雪春甚至还在休息时间专门编了一首"新民歌"来气单干户:"社员同志真正好,挑起担子起小跑,又快活,又热闹,气得人家不得了。"[3]在反映集体劳动"快活""热闹"的同时,这首新民歌也包含了对单干户的说服教育。当时很多农业社的"民歌"都既要"使群众在业余有娱乐",

---

1 杨履方:《布谷鸟又叫了》,《剧本》1957年1月号。
2 胡正:《汾水长流》,第170—171页。
3 周立波:《山乡巨变续篇》,第74页。

又要收到"宣传教育的效果"[1]。这意味着群众的新民歌创作背后其实有着党的统一领导。广东多个县的文化馆"都结合社中排灌、积肥、夏收等一连串工作,发动群众创作山歌、咸水歌,有的还组织山歌小组和山歌创作组等。农民一面生产一面唱着,四处飘扬着歌声,这些歌声起了不小的作用。例如东莞横岭乡一个女社员不相信小株密植,听了'小株密植好处多'之后便去莳田,还带动了其他群众"。[2]

1956年由作家出版社出版的《歌唱农业合作化》一书,就收入了大量这样的山歌。这本书开头的"内容说明"讲道:"这些诗歌,有集体创作,也有个人创作,作者大多数是农民。"其中最能表现集体生产的形式特征和党的集中统一领导的,还是集体创作的山歌联唱。如《齐心走向合作化》就是由周宁、寿宁等地的农民轮番上阵,每人四句:

> 周宁农民张陈养唱:八月中秋月儿圆,农民办社心喜欢,齐心走向合作化,发展生产有力量。
>
> 寿宁农民张大发唱:单把锄头难耕田,单枪怎能上战场?单竹难把竹排做,竹多做排漂海洋。
>
> 周宁郑振璧唱:巧妇难搓单丝线,好山孤木难成林,南山原来是宝地,单干远望无法办。……

每个人的唱词各异,但表达的都是对单干的否定和对合作化

---

[1] 抒明:《记两个农业社的文艺活动》,《广东文艺》1954年11月号。
[2] 曾刚:《农业社中的文化艺术活动》,《广东文艺》1954年11月号。

的支持,加入歌唱的人员越多,象征着合作化得到越来越多的农民的认可,最后一段是合唱:"欢乐山歌多悠扬,唱得东方太阳红,感谢中国共产党,祖国江山万年长!"[1]在对整首山歌的意义进行总结和提升的同时,也在声音的意义上展现了组织起来之后的集体力量。

由宁都县刘坑乡农民联唱,李贤琼整理的《幸福鲜花遍地开》与《齐心走向合作化》有着类似的形式,不同的是多了一个主持人的角色。在罗科海、李家廉、廖福生等人的唱词结束后,主持人唱:"八个新社都建成,总结经验最要紧,唱完好处换个调,建社经过唱来听。"主持人像一位会议的组织者,在必要的时候起着思路引导和议题转换的作用,接下来宁冬生、李家廉、苏殿生等人的唱词,就围绕党团员带头、民主管理、评工记分、合理分配等方面的建社经验展开。最后一段升华的部分由主持人唱出:"山歌唱得开心怀,人人欢笑堆满腮,村村建立农业社,幸福鲜花遍地开。"[2]

这类歌谣的具体生产过程在秦兆阳的《在田野上,前进!》中得到再现:"吴小正和李栓子他们几个青年人挤着头围在炕桌旁边,是在编写大鼓词。因为一两天附近一些村子的党团干部就要到这村来开座谈会,再过几天又要开全村的群众大会,所以他们要准备在这两个会上表演一些节目。他们你凑一句,我凑一段,有时贞妮子和赵更学也帮上两句,都由吴小正记录下来。"有意味的是,就在吴小正他们对门的豆腐坊里,李德才一个人也在搞"创作":

---

[1] 《齐心走向合作化》,原载福建《新农村报》,作家出版社编辑部编:《歌唱农业合作化》,第23、26页。
[2] 宁都县刘坑乡农民建社山歌联唱,李贤琼整理:《幸福鲜花遍地开》,作家出版社编辑部编:《歌唱农业合作化》,第21、22页。

别看只有他一个人,却比十个人还热闹。他又是说,又是唱,一会儿是河北梆子,一会儿是山西梆子,一会儿又是自编的快板。当郭木山走进院里来时,他正在非常得意地唱他的"豆腐经":我老李,真好笑,脸又黑,皮又糙,娘儿们看见吓一跳。叫声娘儿们你是听,别看我是个粗鲁人,人是粗,心儿俊,做的豆腐头一份,白又软,细又嫩,吃在口里香喷喷。要不信,就来买,一百块钱买一斤。

叙述者全文引用了"豆腐经",却只字不提吴小正他们写的内容,这让李德才的"风头"完全盖过了年轻人们。直到写吴小正和贞妮子单独谈话时,叙述者才透露了几句鼓词的内容——吴小正和贞妮子的婚事受到郭万德老汉的阻挠,小正"一提起这个事来心里就不痛快,所以不愿意回答,就小声哼起刚才编的大鼓词来了:我当了一年的农业社员,心里这股痛快味儿说不完。要是再叫我去当那单干户,好比是叫我到那漩涡里边去撑船。……"[1]

在《歌唱农业合作化》和各地刊物收集整理的民歌中,与吴小正他们风格相近的作品被大量收入,而类似"豆腐经"的作品则不知去向。究其原因或许在于吴小正点明了他们的喜悦是农业社带来的,而李德才却像是个人的自娱自乐,他的快板虽然也产生于劳动过程中,但却缺乏集体主义的精神。相比之下,安徽的一位社员殷光兰创作的第一首民歌就准确地定位了自己的劳动对集体乃至国家的意义:"跳下田来栽秧棵,栽秧的人儿爱唱歌,栽到稗子棵棵死,栽到黄秧都活棵,万担归仓收的多,增产支援工业化,改善生

---

[1] 秦兆阳:《在田野上,前进!》,第297、301页。

活笑哈哈。"[1]近年来很多关于"大跃进"时期"新民歌"和"新壁画"的研究都强调农民获得的"主体尊严感"和"新的主体性的生产",甚至认为:"劳动群众开始写和开始画要比他们写了什么或画了什么更为重要。"[2]但研究者们或许忽略了民歌收集者的这种选择性,只有具备集体主义精神,能够配合农业合作化乃至整个社会主义建设的群众创作才可以得到表彰和传播。

在这个意义上,吴小正们的创作是值得肯定的,但令人玩味的是贞妮子对吴小正唱词的反应——"'你光是唱,也不说!'贞妮子不高兴了"。[3]尽管"唱"出来的鼓词朗朗上口,意义重大,但在贞妮子眼中却解决不了任何实际问题,她需要的是吴小正"说"出务实的解决方案。这样看来,歌谣的"意义"在宏观和微观层面出现了明显的分殊,"新的主体性"究竟在何种"意义"上生成,也要画一个问号。

第三节　分配问题与"本位主义"

一

按照马克思主义政治经济学理论,社会再生产的过程包括"生产—分配—交换—消费"四个环节。1955年公布的《农业生产合作社示范章程》第一章第一条规定:"农业生产合作社是劳动农

1　殷光兰:《唱的人人争上游,唱的红旗遍地插!》,中国民间文艺研究会研究部编:《民歌作者谈民歌创作》,作家出版社,1960年版,第60—61页。

2　朱羽:《社会主义与"自然":1950—1960年代中国美学论争与文艺实践研究》,北京大学出版社,2018年版,第200—202页。

3　秦兆阳:《在田野上,前进!》,第301页。

民的集体经济组织。……它组织社员进行共同的劳动,统一地分配社员的共同劳动的成果。"[1]近年来学界对"生产"和"劳动"的广泛关注引发了一些研究者的担忧,如黄子平指出:"在这个'怀旧客体'那里,只提'劳动诗学'的欢声笑语,基本不讨论'分配'(公平和公正)的问题。要知道,只谈论'生产'(劳动)是国民经济学,谈论'分配'才是政治学,所以马克思才会把自己的研究称为政治经济学。"[2]被划为"右派"的新华社记者戴煌,在1956年给党中央的上书中即指出:"马列主义的政治经济学,向来惯于精确地分析国民收入的物质分配的情况。"[3]当下学界之所以较少关注分配问题,除了因为受到诸多历史和现实因素的影响之外,或许更多是因为人们会想当然地在粮食"增产"与农民"增收"之间画上等号。很多文艺作品确实可以为这种想法提供佐证,如胡正的《汾水长流》:"当王连生上台领款时,台下的掌声特别响亮。虽然他预分的款数并不多,只有二十八块钱,可是在他说来,真是一步登天啊!当他两手哆嗦地从老会计手里接过那一包夏收预分款来,接过那一叠人民币来时,一时竟不知道该往哪里放了。因为他浑身的衣衫上,就从来没有预备下一个口袋让他装票子呀!他就双手把它按在怀里,他只觉得胸膛里热烘烘的,又像汾河里涨了水掀起波浪一样。"收入的增加直接改变了王连生的面貌:"他先到剃头铺里剃了头,刮了脸,穿起了农业社奖给他的背心,和他女人为他补好洗净的破衫子,他女人又把今前晌瞒着他给他买来的新毛巾包在头

---

[1] 《农业生产合作社示范章程》,史敬棠等编:《中国农业合作化运动史料》下册,第111页。
[2] 黄子平、李浴洋:《〈反思〉是为了能够提供一张新的"认知地图"——黄子平教授访谈录》,《文艺争鸣》2020年第3期。
[3] 戴煌:《九死一生——我的"右派"历程》,学林出版社,2000年版,第47页。

上,他应该丢掉那副穷相了。"外表的改观反映的是内在的自信,王连生在富裕中农面前不卑不亢的表现,把富裕中农气得脸色铁青:"哼!解放前你王连生连话都和我说不上,……今日倒真像是村里的一个人物似的,……就凭你刚沾了农业社一点光,就这么神气?"[1]富裕中农的气愤,更进一步地反衬出了贫农翻身做主人的豪迈气概。

《汾水长流》的这一系列叙述呈现出的是一种最为理想的分配状态,但如果细读更多反映合作化过程的作品,会发现社员们对于分配问题的争论其实一直存在。这里简述三种,其一是《春风吹到诺敏河》中的孙守山提出的:"社里干活,勤快手和懒蛋子分不清"[2],在互助组时期,"许多互助组的垮台往往是因为这个问题处理不好"[3]。对此,《春风吹到诺敏河》中的社主任高振林决定实行"小包工"制,这样就可以实现"多劳多得,少劳少得,不劳不得"的合理分配。现实中的耿长锁合作社就是凭借"包工包产"经验入选了《中国农村的社会主义高潮》一书。[4] 其二是开会评工时的争议。《山乡巨变》续篇就讲了谢庆元在陈雪春等人的建议下给张桂贞多评了工分的故事,其间只有一个中年男人反对,但又被陈雪春用"男女同工同酬"的理由顶了回去,谢庆元的妻子没来开会,听到风言风语误以为谢张二人有染,于是和谢庆元大吵了一番。小

---

[1] 胡正:《汾水长流》,第277、291—292页。

[2] 安波:《春风吹到诺敏河》,第67页。

[3] 陈仁友编剧,张沛、方冰编曲:《李顺达(四幕七场新歌剧)》,新文艺出版社,1951年版,第2页。

[4] 驻社工作组吕光、王玉琨:《五公乡合作社的包工包产经验》,中共中央办公厅编:《中国农村的社会主义高潮》上册,第82—89页。

说中的"误会"在现实中往往不是"误会",山西平遥双口村的会计梁新发,其丈人、丈母、叔丈人"都已是五六十岁的人了,但每年他们的劳动工分总能达到五六千,大家都非常怀疑",负责四队的大队副队长王铁林"与有夫之妇毛秀英有男女关系,1959年秋收各队分发粮食之际,王私自分给非四队社员毛秀英30斤粮食"[1]。社干在评工时徇私舞弊的情况在很多地方都发生过,常常引发群众的不满。其三是对土地分红与按劳分配的争论,秦兆阳的《在田野上,前进!》中,地多劳力少的人提出"劳力剥削了土地",对此社里的积极分子贞妮子反驳道:"好收成是哪儿来的?是劳力种出来的!劳力多的人家分红多,是应该的!"对方却不依不饶:"要是没有土地,人的胳膊上会长出棉花来吗?"[2]这样的争论很容易让人联想到赵树理发表于1945年的小说《地板》,其中的农会主席和区干部反复地给地主王老四解释"粮食是劳力换的,不是地板换的",但王老四却坚持认为:"他拿劳力换,叫他把我的地板缴回来,他们到空中生产去!"[3]后来他的兄弟王老三现身说法,在村庄遭遇天灾人祸的情形下,一向不劳动的王老三被迫亲自下地劳动,这才真切地体会到了劳动的艰难,从而印证了"粮食确确实实是劳力换的"[4]的道理。在合作化运动废除土地分红的争论中,最先打开突破口的都是蔬菜生产合作社,原因也是社员在蔬菜生产中

---

[1] 《对梁新发的揭发材料》,时间不详,双口村庄档案,编号XYJ-2-76-8;《毛秀英婆婆的愁苦书》,1965年11月30日。双口村庄档案,编号XYJ-1-9-4。转引自马维强:《双口村:集体化时代的身份、地位与乡村日常生活》,中国社会科学出版社,2018年版,第113页。

[2] 秦兆阳:《在田野上,前进!》,第27、89页。

[3] 赵树理:《地板》(1946年),《赵树理全集》第二卷,第407页。

[4] 赵树理:《地板》(1946年),《赵树理全集》第二卷,第412页。

更容易体会到劳动的艰难，北京郊区东冉村乡的远大农业生产合作社就有社员向管理委员会提出："菜地工大本大，生产的好坏，决定于劳动力和生产垫本的大小。不像谷子，玉米，种上了，锄几遍就有收成。"[1]京郊白盆窑农业生产合作社也有地少劳力多的社员提出："土地要分红，还不如去扛长活哩。种菜主要靠劳动力，土地并不能生金长玉。俗话说：'一亩园，十亩田'，种菜比种庄稼收入大，但是需用的工多，生产垫本也多，哪一样都比大庄稼多十余倍。……没有劳动力和垫本，土地再多也不多收庄稼。"与此同时，地多劳力少的社员常常忙得顾不过来，因此也同意取消土地分红，完全按劳分配。[2]然而，《在田野上，前进！》讨论的并非蔬菜生产合作社，而是被视为"锄几遍就有收成"的粮食生产合作社，社员们对劳动艰难的体会不如蔬菜合作社那么强烈，因此对土地分红的争论陷入了一种胶着的状态。

这样的争论最后当然还是会让主张按劳分配的一方获胜，但争论的导火索——一位勤俭的寡妇老吉婶子却让人颇为同情，她"脚儿小，在地里耪苗儿站不住，跪着干"，"孤孤寡寡一个人，没劳力，种不了，跟别人种分收又不合算，年年月月，雇人，求人，如今入了社，总算松心多了，可又这个说吃亏，那个说上当……"说老吉婶子吃亏上当的，都是那些地多劳力少的妇女："你呀，一个老寡妇，只有你女儿这么个半劳力，土地可不算少，你可吃亏透

---

[1] 中共北京市委农村工作部：《一个从初级形式过渡到高级形式的合作社》，引自中共中央办公厅编：《中国农村的社会主义高潮》上册，第289页。

[2] 中共北京市委农村工作部：《白盆窑农业生产合作社是怎样办成高级社的》，引自中共中央办公厅编：《中国农村的社会主义高潮》上册，第296页。

了！你可傻透了！你趁早儿退社吧！"[1]她们认为，如果完全实行按劳分配，那么劳力弱的孤儿寡妇将彻底无法生存。这种思想甚至影响到了今天的不少学者，比如在黄子平看来，赵树理的小说《"锻炼锻炼"》就暴露出了集体化对孤儿寡妇的压抑："这后边是有一个非常深厚的照顾孤儿寡妇的传统的。《阅微草堂笔记》记载：'遗秉''滞穗'，寡妇之利，其事远见于周雅。……所以《'锻炼锻炼'》自由拾花，不光这两个人（引按：'小腿疼'和'吃不饱'），所有人都会'偷'，因为有一个悠久的德性政治传统。但在集体化或者公社化之后这些都成了破坏公共财产，完全无法去延续那种德性政治了。"[2]这段论述颇值得商榷，首先，所谓"德性政治传统"的丧失应该归咎于士绅阶层的劣绅化，而非新中国的集体化——早在晚清民国年间，饶阳县五公村的张近仁就看到："一个叫'尖巴嘴'的地主，在地头骂那些拾穗的妇女。"[3]刘玉巧"怀着即将出生的孩子，到二十多里地的张平铺去拾麦子。白天黑夜，风风雨雨，听了多少地主的凶狠咒骂，挨了多少白眼……"[4]潞城张庄土改时，一位妇女对着地主申金河控诉道："有一回我到你地里拾麦穗，叫你连打带骂把我撵走了。你凭什么打我骂我？凭什么把我拾的麦穗抢走？"[5]很明显，"德性政治"在如此凶神恶煞的地主身上早已消失得无影无踪。其次，新中国在事实上部分恢复了"遗秉""滞穗"

---

1 秦兆阳：《在田野上，前进！》，第87页。

2 黄子平：《当代文学中的"劳动"与"尊严"》，《文本及其不满》，译林出版社，2020年版，第249—250页。

3 韩映山：《赤心记》，《花开第一枝——五公人物志》，第116页。

4 于雁军：《刘玉巧》，《花开第一枝——五公人物志》，第176页。

5 〔美〕韩丁：《翻身——中国一个村庄的革命纪实》，韩倞等译，第153页。

的传统,在黄子平关注的《"锻炼锻炼"》中就很明确地写道:"拾的麦子归社,按斤给她记工。"[1]这表明拾得的麦子是直接与个人利益挂钩的,并非无偿交公。最后,实行集体化并不意味着对孤儿寡妇撒手不管,恰恰相反,新中国的领导者们正是希望在农业集体化的实践中找到一条区别于慈善行为的治本之策。毛泽东在与陈伯达、廖鲁言的谈话中就明确指出:"大合作社可以使得农民不必出租土地了,一二百户的大合作社带几户鳏寡孤独,问题就解决了。互助组也要帮助鳏寡孤独。"[2]当时被树为典型的耿长锁合作社就带着当地的四个孤儿,由耿长锁的老伴徐树宽抚养。读过这一事迹的评论者激动地说:"有了党,有了新社会,有了合作化,无依无靠的孤儿,才有了温暖的、幸福的家。"[3]当时,国家和集体解决孤儿寡妇问题的路径主要有两条,一条是动员孤寡老弱参加生产,鉴于这个人群的身体条件,互助组、合作社一般都给他们安排轻活,如赵树理的《唱"拨工组"》中所写:"模范的拨工组,条件要记全,经常作计划,五天一盘算。照顾着孤儿寡妇懒婆汉。"[4]前文提到的远大合作社里六十岁的寡妇邵黄氏,入社之后"参加捆菜拔草等轻活,挣到一百五十三个劳动日,收入三百零二十八元。……邵黄氏说:'单干的时候,我重活干不了,必须要雇人,轻活又太少,不够干,怎么能不缺吃少穿。入了社,轻活多,一年四季有活干,收入也多了,吃穿也没有困难了,生活还有富裕哩。社会主义幸福的

---

1 赵树理:《"锻炼锻炼"》,《火花》1958年第8期。
2 中共中央文献研究室编:《毛泽东年谱(一九四九——九七六)》第二卷,第177页。
3 小东:《读〈花开第一枝〉》,《河北文学》1963年11月号。
4 赵树理:《唱"拨工组"》,《赵树理全集》第四卷,第142页。

大门,真是共产党、毛主席为咱们穷人开的"[1]。白盆窑合作社因以生产蔬菜为主,所以"轻活多,社里经常派他们去作'看水、改口子'、洗菜、整菜等轻活,也不少'挣分'。例如,七十多岁的老社员熊万钟,只有一条腿,每天坐着'合粪稀',轰牲口,一年就挣了一百五十多个劳动日,收入二百五十多元"[2]。有一首民谣这样唱到:"跛子詹文保入了社,又掰棉花又放羊,残废变成有用人,如今生活过的强。这些好处有根源,合作化就是好方向。"[3]另一条路径就是合作社积累的公益金,"个别丧失劳动力的社员也能从公益金中得到救济补助,保证生活"[4],如周立波《禾场上》的邓部长所言:"如果是鳏寡孤独,真正失去了劳动力的老人家,政府和农业社,都会保障他们的生活的。"[5]白盆窑农业社的社员开玩笑说:"露露面,给你三分半。再不够,公益金上凑。"这意思是:"只要能干活,就给点轻活干,如果实在干不了,就养活起来。"[6]

不过,"养活"的问题并非只是给钱这么简单,很多生活不能自理的孤寡老人还需要年轻人来照顾他们的日常起居。浩然的《雪纷纷》中写到一位患气喘病的许老爷在初级社时期"靠着土改分的那几亩地分红,日子也算过的怪好。谁想,今年一过旧历年初级社

---

1 中共北京市委农村工作部:《一个从初级形式过渡到高级形式的合作社》,中共中央办公厅编:《中国农村的社会主义高潮》上册,第293页。

2 中共北京市委农村工作部:《白盆窑农业生产合作社是怎样办成高级社的》,中共中央办公厅编:《中国农村的社会主义高潮》上册,第300页。

3 谷城刘耀槐唱:《合作化就是好方向》,作家出版社编辑部编:《歌唱农业合作化》,第36页。

4 中共北京市委农村工作部:《一个从初级形式过渡到高级形式的合作社》,中共中央办公厅编:《中国农村的社会主义高潮》上册,第289页。

5 周立波:《禾场上》,《周立波选集》第一卷,第143页。

6 中共北京市委农村工作部:《白盆窑农业生产合作社是怎样办成高级社的》,中共中央办公厅编:《中国农村的社会主义高潮》上册,第300页。

转成高级社，高级社土地不分红了，全靠劳动吃饭。自己既不能劳动了，又常常犯病。病犯了，做不上饭吃，拉屎拉尿也得在炕上。往后的日子可怎么过呢？他愁的好几夜都没睡着。后来，五保政策在社里施行了，老人就生有依死有靠了，心里豁然开了两扇门儿。可是，自己越来越老了，平常日子的难处还多着哪，可怎么办呢？"。为此，生产队长动员妇女们"自己挑选包户包干"，红芳自告奋勇包了许老爷，但自家的嫂子却因此成心和她作对。虽然红芳的丈夫站在红芳一边，但嫂子直到最后都没有任何转变的迹象，小说就以嫂子的自言自语作结："人生在世，不为名就为利，常言说：人为财死鸟为食亡。这两个人可图个什么要这样卖命呢？天下竟有这样的傻人咳！……"尽管嫂子的这番话是为了反衬红芳夫妇俩的高尚，但以问句作为小说结尾还是容易让人产生疑虑：仅仅依靠一两个人的高尚能够从根本上解决问题么？回看小说开头，许老爷因为又脏又臭，所以"谁也不愿意包他"，"队长在地下急的团团转，不论怎么说：这是集体主义思想啦，应当尊敬老人啦，树立共产主义道德啦……也没有人吭声儿"[1]。这反映的其实是多数农民对"包户包干"的真实态度。因此，在鼓励年轻人发扬风格的同时，还是应当在物质上给予适度的补偿，从而使"包户包干"能够形成保障孤寡老人日常生活的长效机制。

二

这一切的公益事业都需要合作社在分配时能够留下足够的公益金。时任中共中央农村工作部副部长的廖鲁言在谈及合作社的分

---

[1] 浩然：《雪纷纷》，《喜鹊登枝》，第79、73、87页。

配问题时明确指出:"农业生产合作社的生产总收入,在分配给社员个人以前,要扣除全社生产过程中所消耗掉的生产费用,要留下公积金和公益金,农业税如果由合作社统一交纳,还要扣除农业税,然后把其余的部分分配给社员个人。"从总体上看,"合作社社员的个人利益同合作社的集体利益是一致的","全社的生产总收入越增加,社员的个人收入也就越多"[1],相应地也就可以留出更多的公积金和公益金。《"锻炼锻炼"》之所以反对妇女偷花,是因为偷花将动摇初次分配的基础——全社的总收入,这不仅会导致个人收入和公益金在总体上被削减,而且对未偷花者很不公平。因此,尽可能把全部的粮食交给集体是保证初次分配公平合理的必要条件。

而把廖鲁言谈到的几个部分拆开来看,则会形成"个人利益、合作社利益和国家利益三者之间的矛盾",因为农业税、公积金、公益金等扣除越多,"合作社总收入中分配给社员个人的部分就越少,社员的个人收入就越少"。廖鲁言注意到:部分合作社"并不急需的基本建设办得过多,……集体的文化福利设施搞得过多过早,公积金和公益金的比例定得过高,股份基金数目过大,动员社员向社投资的要求过高","凡此种种,都使合作社社员的个人利益受到损失,引起社员的不满和抱怨。……有的说:'成天忙到晚,打下粮食来,七除八扣,到底能分多少?'"农民的怨言引起了中央的高度重视,1955年,毛泽东特别指示:"在农业生产合作社的生产总收入中,要有60%至70%,最少不少于60%直接分配给社员个人,而合作社扣除的生产费用、公积金、公益金和交给国家的农业

---

[1] 廖鲁言:《谈谈农业生产合作社的分配问题》,《廖鲁言文集》,人民出版社,2013年版,第120页。

税合计不能超过30%—40%，最多不能超过40%。"[1]

按理说，在这项指示推出之后，农村群众的个人收入应该得到了充分的保障，但在很多当时的文件、报告和后来的回忆录里，农民仍然处于一种匮乏的状态——1956年7月，新华社记者戴煌在返乡时看到："房屋零落不整，街道坑坑洼洼。……对手表、自行车、收音机等等他们固然'望洋心叹'，就是对自己血汗浇灌出来的许多东西，他们似乎也无权享受——养鸡者吃不上鸡蛋，养猪者吃不上猪肉，种棉花的一年没有几尺布票，种花生、大豆的每月也得不到几小两油。还有不少人食不足以果腹，衣不足以蔽体，非不治之症而不得治……"[2] 同年，王观澜在对浙江临海县农民收入的调查中发现："农家每人每月收入包括副业在内一般也只有四元多，多数农民的生活仍然是贫困的。"[3] 赵树理在给长治地委的书信

---

[1] 廖鲁言：《谈谈农业生产合作社的分配问题》，《廖鲁言文集》，第120—122页。此后，毛泽东还多次就个人、合作社和国家的关系做出指示，强调保障农民的利益，如1956年毛泽东在《论十大关系》中指出："合作社同农民的关系也要处理好。在合作社的收入中，国家拿多少，合作社拿多少，农民拿多少，以及怎样拿法，都要规定得适当。合作社所拿的部分，都是直接为农民服务的。生产费不必说，管理费也是必要的，公积金是为了扩大再生产，公益金是为了农民的福利。但是，这几项各占多少，应当同农民研究出一个合理的比例。生产费管理费都要力求节约。公积金和公益金也要有个控制，不能希望一年把好事都做完。除了遇到特大自然灾害以外，我们必须在增加农业生产的基础上，争取百分之九十的社员每年的收入比前一年有所增加。"（毛泽东：《论十大关系》，《毛泽东文集》第七卷，第30页。）1957年，毛泽东在《关于正确处理人民内部矛盾的问题》中表示："对于国家的税收，合作社的积累、农民的个人收入这三方面的关系，必须处理适当，经常注意调节其中的矛盾。国家要积累，合作社也要积累，但是都不能过多。我们要尽可能使农民能够在正常年景下，从增加生产中逐年增加个人收入。"（毛泽东：《关于正确处理人民内部矛盾的问题》，《毛泽东文集》第七卷，第221页。）

[2] 戴煌：《九死一生——我的"右派"历程》，第30页。

[3] 参见毛泽东：《对中央转发王观澜关于江浙农村情况报告的批语稿的修改》注释[3]，《建国以来毛泽东文稿》第6册，中央文献出版社，1992年版，第133页。

中也反映了沁水县嘉峰乡"供应粮食不足"的情况:"每人每月供应三十八斤粗粮,扣购细粮,不足维持一个人的生活——有儿童之户尚可,只有大人的户不敢吃饱或只敢吃稀的,到地里工作无气力。"[1] 1962年大连农村题材短篇小说创作座谈会上,赵树理直截了当地替农民发问:"增多了粮食是不是我们的呢?"在他看来,农民的短缺状态从1950年代初就开始了:"五四、五五年我去晋东南,吃的粮食少了,吃油一年更只有一斤油料和一斤芝麻,……这说明第一次过渡时期总路线,问题就已经出来了。农民自己的麻、粮、棉、油感到不足了。……统购以后,对子愈贴愈窄,以后三个门贴一副对子。连窗纸也糊不上,只好补补,只过眼前了。他们说是劳改队,日子愈过愈困难。……物资保证没有,只凭思想教育是不行的。辛辛苦苦一年,过年过不成,那是说不过去的。……最缺的是穿,吃的东西马马虎虎过得去,穿有时过不去。"[2]这里面有两个关键的时间节点——"过渡时期总路线"与"统购统销",1955年出台的《农业生产合作社示范章程》明确规定,农业生产合作社在"按照国家规定的数量、质量和时间交纳农业税"之外,还要"按照国家的统购计划交售农产品,按照国家采购机关所订的预购合同出卖农产品"[3]。这意味着在廖鲁言谈及的合作社的初次分配之外,还会由国家主导在全社会全行业对农产品进行总体性的调配,这种调配将在更广的领域协调和处理国家、集体、个人三者的利益

---

1 赵树理:《给长治地委XX的信》(1956年8月23日),《赵树理全集》第四卷,第479页。

2 赵树理:《在大连"农村题材短篇小说创作座谈会"上的发言》,《赵树理全集》第六卷,第76—83页。

3 《农业生产合作社示范章程》,史敬棠等编:《中国农业合作化运动史料》下册,第113页。

关系，对农民产生的影响也比农业税要大得多。[1]

1953年6月15日，毛泽东在中央政治局会议上正式提出了党在过渡时期的总路线，后经多次讨论修改而形成完整表述："从中华人民共和国成立，到社会主义改造基本完成，这是一个过渡时期。党在这个过渡时期的总路线和总任务，是要在一个相当长的时期内，基本上实现国家工业化和对农业、手工业、资本主义工商业的社会主义改造。这条总路线，应是照耀我们各项工作的灯塔，各项工作离开它就要犯右倾或'左'倾的错误。"[2] 在这"一化、三改"之中，"国家工业化"是中心，因此无论是国家政策还是国家对资金、资源的调拨都明显向工业方面倾斜。在农村中，一些敏感的农民很快地产生了一种被剥夺的预感——《汾水长流》中的落后分子赵玉昌说得很形象："你想，总路线是'灯塔'，那'灯塔'要能把全中国都照亮的话，该有多高多大，该要耗费多少油啊！"另一位落后分子周有富接着说："'线'都叫'总搂'了[3]，以后怕连丝线、棉线也不好买了吧？"[4] 这种预感在接下来的"统购统销"中变成了事实。为了支援城市和工业化建设，中共中央酝酿在农村实行粮食征购，时任政务院副总理兼财政经济委员会主任的陈云指出："在我们之前，有两个政府实行过征购，一个是'满洲国'政府，叫'出荷'；一个是蒋介石政府，叫'田赋强买，征购征借'。我们的征购不仅性质和他们的征购不同，而且价格公道。……有无毛

1　之所以不使用"再分配"的概念，是因为这种调配虽然由国家主导，但并不一定发生在"初次分配"之后。
2　毛泽东：《党在过渡时期的总路线》，《毛泽东选集》第五卷，人民出版社，1977年版，第89页。
3　按：在晋中地区的方言中，"路"的读音近"搂"，周有富据此把"总路线"污名化为"总搂线"。
4　胡正：《汾水长流》，第55页。

病?有。妨碍生产积极性,逼死人,打扁担,个别地方暴动,都可能发生。但不采取这个办法后果更坏,那就要重新走上旧中国进口粮食的老路,建设不成,结果帝国主义打来,扁担也要打来。结论是征购利多害少。"[1] 在对八种方案权衡利弊之后,中共中央最终还是决定实行"征购",后改名"计划收购",与城市的"计划供应"合在一起,简称"统购统销"。

与公粮和农业税不同,理想状态的"统购统销"不仅会给农民留下足够的口粮,而且还会付给农民合理的价钱,有歌谣描述过"交了公粮卖余粮,社员家家粮满仓"[2] 的理想状态。然而统购统销实行之后,不少地区定价过低,甚至连农民的口粮也被征走。陈云担忧的现象出现了:"强迫命令、乱批乱斗、逼死人命等现象都发生过。个别地方还发生了聚众闹事的事件。"[3] 面对这种情形,国家一度降低了部分地区的征购指标,但"大跃进"之后,征购指标在"浮夸风"等"五风"[4] 之下急剧增加。1959年,赵树理在《公社应该如何领导农业生产之我见》中对国家征购过多提出了质疑:"国家对农产品是否购多点了呢?有没有粮食不足之感呢?据我了解,这种'感'是有的……"[5] 随即到来的三年自然灾害更是普遍暴露了农民的短缺问题,邵荃麟在1962年的大连会议上总结到:"工农业失调、'五风'、自然灾害引起了整个国家暂时困难中间突出的矛盾。……它的内容究竟是什么?我个人以为还是国家、集体、个人

---

[1] 薄一波:《若干重大决策与事件的回顾》上卷,第263页。
[2] 朱锦麟:《社员家家粮满仓·三》,作家出版社编辑部编:《歌唱农业合作化》,第93页。
[3] 薄一波:《若干重大决策与事件的回顾》上卷,第271页。
[4] "五风"指的是:官僚主义、强迫命令、瞎指挥、浮夸风、共产风。
[5] 赵树理:《公社应该如何领导农业生产之我见》,《赵树理全集》第五卷,第350页。

三者之间的关系中产生的矛盾,……由于国家工业发展快,征购任务大,集体就负担大;集体负担大,集体同个人也产生矛盾。"[1]

在快速发展的城市和工业的对比之下,农民生活的艰难处境就变得格外突出。1953年,梁漱溟就发表了"工人在九天之上,农民在九地之下"[2]的言论,为农民鸣不平。对此,毛泽东提出两种"仁政"予以回应:"所谓'仁政'有两种,一种是为人民的当前利益,另一种是为人民的长远利益,例如抗美援朝,建设重工业。前一种是小仁政,后一种是大仁政。……重点应当放在大仁政上。现在,我们施仁政的重点应当放在建设重工业上。要建设,就要资金。所以,人民的生活虽然要改善,但一时又不能改善很多。"[3]按照毛泽东的逻辑,支援工业化建设虽然让农民的"当前利益"受损,但从长远来看农民还是会获利,因为工业发展之后会反哺农业,二者是"交换"的关系,而非剥夺与被剥夺的关系。1951年8月5日《人民日报》的一篇通讯就写到农民对"工人老大哥"的感激:"煤、铁、锅、碗、白糖、碱面、洋布、球鞋、手电灯……哪个不是工人给咱造的。'戴草帽'的(农人),一天也离不开'抡铁锤'的(工人)。""兄弟俩谁也离不开谁,工人是老大哥,他们用什么,咱们就种什么。咱们用什么,工人就给造什么。"[4]但在描写农业合作化的小说中,工业的反哺却迟迟不来,周立波《山乡巨变》正篇的结尾写到工人代表到农村赠送礼物的情形,在长长的礼

---

[1] 邵荃麟:《在大连"农村题材短篇小说创作座谈会"上的讲话》,《邵荃麟评论选集》上册,第395页。

[2] 毛泽东:《批判梁漱溟反动思想》,《毛泽东选集》第五卷,第108页。

[3] 毛泽东:《抗美援朝的伟大胜利和今后的任务》,《毛泽东选集》第五卷,第105页。

[4] 《严重的问题在于教育农民》,《人民日报》1951年8月5日。

单中最让农民兴奋的是"人肥两千担"。按照"交换"的原则,工人应该拿化肥这样的工业制成品来和农民交换才对,把没有任何技术含量的粪尿当作礼物,实在让人怀疑这几年工业化的成果。周立波的小说《盖满爹》里,当盖满爹说土地不连片就不能使用机器时,他儿子就反驳道:"机器还是洞庭湖里吹喇叭,哪里哪里。"[1] 沙汀小说《青㭎坡》中的社主任邵永春也抱怨道:"机械化、化肥化相当恼火,我们家底子太薄了!""三合盐场如果能搞些硫酸铵,本来可以解决部分问题,可是他们不愿意干!"记者方白也颇为不平地说:"地方工业都该为农业服务嘛。"[2] 有研究者指出:"直到五十年代中后期,工业化手段并没有带来预期的社会改造效果,反倒推迟了社会主义目标的真正实现。曾经使全国人民对新中国、对共产党寄予厚望与信赖的政府在社会平等及其他社会福利方面的承诺,此时也已部分地仪式化,或者说意识形态化了,某种程度上仅供民众望梅止渴。"[3] 随着时间的推移,农民眼中的幸福远景越来越渺茫,西戎在小说《王仁厚和他的亲家》中说王仁厚"从前干活浑身是劲,有个目标,如今心里是一盆糨糊"[4]。赵树理同样发现:"现在的农民有些空虚思想,对自己的前途看不大清楚,我们做思想工作的也讲不清楚。"[5] 这主要是由于农民对国家的分配已渐渐失去信任,邵荃麟在1962年大连会议上说得很明确:"农民要单干,

---

[1] 周立波:《盖满爹》,《人民文学》1955年6月号。
[2] 沙汀:《青㭎坡》,《沙汀文集》第五卷,上海文艺出版社,1990年版,第409页。
[3] 张炼红:《历炼精魂——新中国戏曲改造考论》,上海书店出版社,2019年版,第432—433页。
[4] 西戎:《王仁厚和他的亲家》,《西戎小说散文集》,第110页。
[5] 赵树理:《在长春电影制片厂电影剧作讲习班的讲话》(1961年),《赵树理全集》第六卷,第36页。

就是因为对于国家保障他的利益不放心。"[1]

农业、农村、农民的现状如此，文艺对此又将作出怎样的回应，给出怎样的解决方案呢？在黄子平看来，"吃不饱"的问题，在《"锻炼锻炼"》中是用"德性政治"来解决的——即"小腿疼"不是真疼而是装病，"吃不饱"不是真饿而是装饿，除此之外，她还有虐待丈夫等恶劣行为，这样一来，凡是喊叫"吃不饱"的人，都被塑造成了道德品质败坏的人而无法引起读者的同情[2]，农民当中真正存在的饥饿问题也就被顺势掩盖过去了。在《创业史》《汾水长流》等作品中我们同样看到，凡是叫喊"缺粮"反对"统购统销"的人，都是道德品质极其卑劣之人，如赵玉昌、姚士杰等，他们还有一个共同的身份——反动富农。这样的设定似乎来自毛泽东对农村的观察："所谓缺粮，大部分是虚假的，是地主、富农以及富裕中农的叫嚣"，是"资产阶级借口粮食问题向我们进攻"[3]。

然而，一味地掩盖并不能解决问题，到了浩然的《艳阳天》中，我们终于发现好人也会挨饿——年近七旬、疾病缠身的饲养员马老四宁可自己挨饿也不愿让牲口挨饿。当萧长春问他是否缺粮时，马老四坚称粮食够吃，但萧长春离开马家又返回时，却发现马老四正在大口地吞食野菜。马老四对萧长春说："在别人面前，你不要提这件事，你不能把我说成是缺粮户，我不能吃政府的救济；我们是农业社，专门生产粮食的，不支援国家，反倒伸手向国家要

---

1 参见洪子诚：《1962年大连会议》，《材料与注释》，北京大学出版社，2016年版，第67页。
2 赵树理在一首快板中也批判了这种人："一样分粮食，他说吃不饱。有钱浪费掉，没钱向社要。想吵他就吵，想闹他就闹。总想闹散伙，去找鬼门道。"（见赵树理：《"春"在农村的变化》，1958年2月18日《人民日报》。）
3 薄一波：《若干重大决策与事件的回顾》上卷，第372页。

粮食,我愧得慌。你对别人就说,马老四不缺吃的,不管吃什么,都是香香的,甜甜的,浑身是劲地给社会主义效力哪!"[1]可见,当饥饿无法掩盖时,"忍饥挨饿"成了最可宝贵的品德,这种品德往往被视为爱国爱党,信仰坚定,有意志,有骨气的表现,在饥荒年代得到大力表彰。马老四与"吃不饱"恰好构成了"德性政治"的正反两面,物质层面的饥饿问题由此得到一个"精神胜利"式的解决。

三

然而,"精神胜利"显然是行不通的。赵树理就说过:"物资保证没有,只凭思想教育是不行的。"[2]当短缺问题普遍化之后,矛盾就从个人与集体、个人与国家之间上升到了集体与国家之间,二者的利益矛盾主要表现为集体维护自身利益的"本位主义"。早在1944年的边区合作社联席会议上,延安南区合作社主任刘建章就"号召大家以后不犯本位主义"[3]。柳青在《种谷记》中更是对"本位主义"的王克俭进行了严厉的批评,"公粮本来很轻,但他(王克俭)希望王家沟更轻,在全乡的公粮评议会上为着本村每户和旁村人比较财产和收入,他不知替村里人撒了多少谎,和旁村的行政争执得面红耳赤,……'我为自家的事也不惹人……'王克俭痛苦地沉吟"。这番话让乡长十分生气:"对!只有公粮评议会,你到得顶早,话顶多!选出评议员是为了公平合理,你叫王家沟的人轻一

---

[1] 浩然:《艳阳天》,人民文学出版社,2005年版,第470页。
[2] 赵树理:《在大连"农村题材短篇小说创作座谈会"上的讲话》,《赵树理全集》第六卷,第78页。
[3] 《合作社要向生产方面发展》,原载1944年6月28日《解放日报》,引自孙晓忠、高明编:《延安乡村建设资料》(二),第246页。

点，那个村子重一点？啊？"¹ 研究者指出："在作者看来，新社会的'公家'不同于旧社会的官家，它是为老百姓——公众服务的，而且这个'公'并不局限于某个村庄，它是超越村庄的大公。……在村庄社区与外村或公家利益冲突时，他维护本社区。作者认为这种以自我为中心的权重序列是需要改造的自私、狭隘的农民意识。"² 因此，虽然王克俭说"我为自家的事也不惹人"，但在上级领导看来，他仍是自私的典型。另一方面，由于"公粮本来很轻"，农民的生活没有受到太大影响，因而他们对王克俭的小恩小惠毫不领情。这样一来，王克俭在会场上就被完全孤立了。

不过在《种谷记》中，柳青还没有明确提出"本位主义"的概念，直到1958年农村整风时期，柳青在小说《咬透铁锹》（后改名为《狠透铁》）中就明确地给水渠村的王以信安上了"水渠主义"的罪名。与王克俭不同的是，王以信通过"水渠主义的迷药"得到了不少群众的支持和响应，甚至一度夺了老队长咬透铁锹的权。受到排挤的咬透铁锹当了监察委员，又被王以信调到河边看水。后来在高书记面前，咬透铁锹终于得到了揭发王以信的机会："大社调整土地的时光，他（王以信）和人家愣吵愣吵。俺水渠村小，有两户富农，合作化以后，按劳力均拉，地多一点，要往地少的外队调几十亩。他吵得脸红脖子粗反对，说俺村地近，得做、种过来哩。我坚决答应调出去了，他们就对村里人说：'咬透铁锹是卖国的奸贼！'……"³ 高书记听了这番话后非常愤怒，在他的支持下，咬透铁锹调查出了王以信偷盗粮食的证据，原来他口口声声说的为了

1　柳青：《种谷记》，第300页。
2　罗琳：《互助合作实践的理想建构：柳青小说〈种谷记〉的社会学解读》，《社会》2013年第6期。
3　柳青：《咬透铁锹》，《延河》1958年4月号。

本村人的利益是假,自己中饱私囊、大发横财是真。这里我们又一次看到了"德性政治"对问题的偷换,尽管小说明确地批评了水渠村的"本位主义",但读到最后发现就连这"本位主义"也是假的。王以信不是因为"本位主义",而是因为偷盗粮食才受到农民的一致反对。[1]

然而在同年《延河》杂志举办的《咬透铁锹》座谈会上,与会的领导干部普遍认为小说对王以信的揭发还不够彻底,如中共长安县委的干部郭盼生说:"偷盗粮食在不少社是存在的,但我们和农村资产阶级或资本主义思想的斗争,更大量的则是表现在压产、瞒产和粮食的分配问题上。"[2]有研究者指出,当时"国家对于干部持宽容和保护的态度,只要不触及'阶级路线'和'集体经济'的底线,干部贪污后只要退赔、写检查即可,而所谓的退赔也并无严格的监督机制,至于写检查则被认为无关大碍"[3]。因此在郭盼生看来,偷盗和贪污行为似乎是可以被宽容的,它给国家造成的损失要比瞒产小得多,不足以呈现漏网富农混入干部队伍后的破坏力。于是柳青在1959年修改小说时又给王以信加上了一条"瞒产"的罪状:"去年秋里,有一天,我不在村里,大社管理委员会到俺水渠村来查库,准备秋收分配的决算。他们,王以信领头,瞒下一个

---

[1] 当时中国的不少农村都存在王以信的情况,据戴煌反映:"干部们两三年前,还常常东借西贷,穷得叮当响。自从农业合作化以后,忽然变戏法似的挖开了'金山银山',几乎人人穿上丝绸,吃得流油,高大宽敞的新房子也都砌上了。乡亲们背后小声骂道:这帮老鼠!他们每月才拿二十来块钱,这大手大脚的开销从何而来?还不是从我们老百姓头上刮去的?"参见戴煌:《九死一生——我的"右派"历程》,第33页。
[2] 柳青、胡采、任文博等:《座谈"咬透铁锹"》,《延河》1958年7月号。
[3] 马维强:《双口村:集体化时代的身份、地位与乡村日常生活》,中国社会科学出版社,2018年版,第114页。

库,有三十石稻谷,意思想想给社员们暗地里私分。他们说:'咱先瞒下,他咬透铁锹回来,生米已经做成熟饭,不赞成也没办法了。'我回来听咱那个党员吴有银和团员灵娃一说,不行!我把王以信从家里叫到队委会办公室,说:'咱水渠村只能实行社会主义,不能实行旁的主义!你这是害咱全水渠村的群众,我不容情!'他当下没二句话说。我到大社补报了那三十石稻谷。从那以后,唉!连当初十一户初级社的老人手,也嫌我太过份了。"[1]可以看出,这处增补在顺应领导干部意见的同时,又显得颇为自然地添加了初级社"老人手"对瞒产问题的看法。如果结合《种谷记》来看,群众的意见将渐渐明朗起来——《种谷记》曝出王克俭瞒产一事后,乡长是第一个,也是唯一一个拍案而起的人,因为他是现场唯一的利益受损者。群众本来是瞒产的受益者,但因为"公粮本来很轻",群众生活没有受到什么影响,所以他们并不领王克俭的情;而《狠透铁》中,连积极拥护合作化道路的"老人手",都一度站在了王以信一边,嫌狠透铁(咬透铁锹)补报产量"太过份了",这说明粮食征购已经严重危及到了农民的正常生活。座谈会中有人提出"在这次整风中感到特别尖锐的是粮食问题"[2],但多数与会者都是站在国家一边,无人过问农民是否真的缺粮。柳青虽然在小说中补上了群众的意见,但很快就借狠透铁之口对农民的自私自利表示了遗憾:"农民嘛,合作化才二年,就能把私心去净哩?咱领导人只能往正路上领他们,不能帮助他们发展私心嘛,可是王以信他们,千方百计,帮助社员发展私心!"[3]

---

1 柳青:《狠透铁》,作家出版社,1959年版,第44页。
2 柳青、胡采、任文博等:《座谈"咬透铁锹"》,《延河》1958年7月号。
3 柳青:《狠透铁》,作家出版社,1959年版,第44页。

在柳青和长安县的领导干部坚决反对本位主义和瞒产私分的同时，毛泽东却在1959年第二次郑州会议上与党内的多数领导公开唱了反调："我在出北京以前，也赞成反本位主义，但我走了三个省基本上不赞成反本位主义了。不是本位主义，而是他维护正当权利。产品是他生产的，是他所有，他是以瞒产私分的方式来抵抗你。我基本的意思，就是想把我们拼命反对的这个本位主义帽子摘掉。"经过调查研究，毛泽东肯定了农民缺粮的事实，进而完全站在农民的立场对当时普遍存在的"瞒产私分"[1]给予了全力支持："我是替农民说话的，我是支持'本位主义'的"；"一个是瞒产私分，一个是劳动力外逃，一个是磨洋工，一个是伸手向上要粮食，白天吃萝卜，晚上吃好的，我很赞成。这样做非常正确，你不等价交换，我就坚决抵制。河南分配给农民百分之三十，瞒产私分百分之十五，共百分之四十五，否则就过不了生活，这是保卫他们的神圣权利，极为正确。"据王任重日记记载："主席的谈话像丢了一个炸弹，使人一惊，思想一时转不过弯来。3月1日上午继续开会，由小平同志主持进行讨论。看来大家还有相当大的抵触情绪，怕变来变去影响生产。"[2]虽然郑州会议对"左"倾错误有所纠正，但从后来的历史发展方向看，毛泽东的发言似乎未能彻底扭转党内其他领导的抵触情绪。中央高层的不一致使得不少真正关心农民的地方

---

[1] 高王凌的《人民公社时期中国农民"反行为"调查》中记录了当时大量的"瞒产私分"事件，山西某村的干部徕福说：他们那里"年年都搞（瞒产私分），每年都得几万斤，不然就饿肚子么。……为什么揭发不出来？是因为干部没多拿，几万斤几万斤的分，是为了全村，所以一条心。"（见高王凌：《人民公社时期中国农民"反行为"调查》，中共党史出版社，2006年版，第9页。）

[2] 参见中共中央文献研究室编：《毛泽东年谱（一九四九——一九七六）》第三卷，第601—608页、高王凌：《人民公社时期中国农民"反行为"调查》等。

干部感到无所适从,赵树理就在给陈伯达的信中坦言:"后来出现了集体与国家的矛盾的时候,我们有时候就不知道该站在哪一方面说。"[1] 直到1962年大连会议,赵树理才道出了这样的事实:他所在的大队"可收四万五千斤,他们报了三万六千斤。我(赵树理)说你们不向上级说实话。支书说别的村一个报九十斤,一个报九十五斤,说老实话吃十来斤,不说实话吃四十斤,只隔二里地,村里就要骂他。"[2] 在"文革"时期的检讨中,赵树理表露了自己的矛盾:"在这个问题上,我的思想是矛盾的——在县地两级因任务紧张而发愁的时候我站在国家方面,可是一见到增了产的地方,仍吃不到更多的粮食,我又站到农民方面。但是在发言时候,恰好与此相反——在地县委讨论收购问题时候我常为农民争口粮的,而当农民对收购过多表示不满时,我却又是说服农民应当如何关心国家的。"[3] 一面是国家的需要,一面是农村集体的苦衷,赵树理深切地感到这段历史"不好写",至少"不敢正面写",只敢"在边边上写一下"[4]。

直到1980年代,正面反映公社时期农民瞒产私分的作品才陆续出现[5],不过很难说此时的作家究竟是共情于二十多年前的农民还是新的农村体制。如莫伸的《三岔镇风波》写道:"这些外表淳厚的乡民们已经锻炼出一副狡黠的脑筋,不断地变换手法,将粮食

---

[1] 赵树理:《致陈伯达》(1959年),《赵树理全集》第五卷,第340—341页。
[2] 赵树理:《在大连"农村题材短篇小说创作座谈会"上的发言》,《赵树理全集》第六卷,第77—78页。
[3] 赵树理:《回忆历史认识自己》,《赵树理全集》第六卷,第469页。
[4] 参见洪子诚:《1962年大连会议》,《材料与注释》,第88、94页。
[5] 如高王凌的《人民公社时期中国农民"反行为"调查》一书就列举了莫言的《道神嫖》、莫伸的《三岔镇风波》、贾平凹的《土门》《我是农民》等作品。

埋藏和转移。"[1] 从这样的口吻中我们已很难看出叙述者对农民的感情。如果说毛泽东和赵树理当年的诉求是在集体主义的前提下捍卫农民的基本利益，那么这些出现在1980年代的作品的诉求又是什么呢？

第四节 "开会"与群众语言的重新整合

分配问题引发的不满进一步发展，后果将非常严重。话剧《槐树庄》中的郭大娘到北京后，村中谣言不断："老郭婶子在北京把咱们村的产量给多报啦，上级一听说槐树庄增产了，就把槐树庄的公粮数儿给提高啦！""她胳膊肘朝外扭，不代表本村的利益！""她就知道带头儿，买公债也带头儿，卖余粮也带头儿！她带头儿咱们跟着倒楣。""人家舍不得这个模范！"富裕中农李满仓趁机要求改选社长："把她撤了吧！选个好的！选个'本位'一点儿的！"甚至更进一步要求分社。郭大娘听到这些话十分痛心，但她更加顾惜的还是合作社的命运："要是光冲着我，倒好说了。……这几天，老听见人们嚷嚷：这个社要垮，那个社要垮。唉！我真担心咱们这个社呀！"[2] 最后发现，喊"缺粮"的村民都是受了右派分子崔治国的挑唆，事实上并不缺粮，合作社不仅没有垮，反而进一步跃升到人民公社。这个结局似乎已成套路，并不稀奇，更值得关注的是崔治国的煽动与郭大娘的应对都不约而同地采取了"开会"的形式。

---

1 莫伸:《三岔镇风波》,《十月》1985年第1期。
2 胡可:《槐树庄（五幕话剧）》,第48、65、67、69页。

一

先说崔治国，有人揭发他"昨天晚上在李满仓家开过会的"[1]。合作化运动期间，这一类不受政权控制的"小会"经常出现，为民请命的新华社记者戴煌后来遭到村中"新恶霸"的诬告，罪名就是"和地富分子一起开会，打击地方优秀干部和党员"[2]，所谓"地方优秀干部和党员"是"新恶霸"的自称，上级相信"新恶霸"的诬告而不相信戴煌，最后还把戴煌划为了"右派"。文艺作品很难呈现戴煌的情况，作家们多从结果倒推，指认这类"小会"的组织者几乎都是"地富反坏右"，如《汾水长流》中的反动富农赵玉昌，就常常利用自己的酒馆和村中的动摇分子拉谈，阴谋破坏合作化运动。《创业史》第二部的一开头就出现了一个"闲话站"，在这里活动的杨加喜、孙兴发、郭振云等，全是村里的落后分子，而富裕中农郭世富也"从心眼里喜爱他们。想起他们，他就觉得自己在下堡乡五村，绝不象姚士杰那么孤立。他是有伙伴的！"这群人经常聚在一起对农业社指手画脚，说风凉话，盼着农业社垮台。面对"闲话站"，梁生宝表现出了高度的自信："反话有时候要正听。我心思杨加喜这些话对咱们有好处。咱们的社才创办。红没见红，黑

---

[1] 胡可：《槐树庄（五幕话剧）》，第84页。

[2] 参见戴煌：《九死一生——我的"右派"历程》，第39页。按照今天人们对记者的理解，戴煌其实可以完全不管"新恶霸"之类的"闲事"，但在1950年代的中国，记者往往被赋予崇高的地位，相应的也就应当担负起同样崇高的道义和责任。一位《洞箫横吹》的观众指出："新闻记者一般是政治水平较高、政治嗅觉灵敏的人，其所写的文章、所拍的新闻照片都应具有高度党性与真实性，……但是，影片《洞箫横吹》却对新闻记者毫无原则地加以丑化了……当记者的摄影被拒绝时，作为一个记者，就会马上警觉过来，对其中的原因进行调查，然后将所发现的问题向上级党委及有关部门反映，那影片中的矛盾，也就容易解决了。"（参见刘义珍：《生活中有这样的记者？》，《中国电影》1958年第8期。）但是，如果"向上级党委及有关部门反映"会落到戴煌的下场，那么《洞箫横吹》中记者的不作为也就可以理解了。

没见黑，人家就说咱俩能行吗？秋后，灯塔社真正丰产了，户户社员真正增加了收入，那时间，人家还说咱俩不行，那才是对咱俩有意见。现时，人家说这话，对咱俩有好处……"接着，梁生宝给高增福讲了两个书生赶考的故事，不被众人看好的才小的书生"只怕自己考不中，处处用心"，最后成功考中。虽然梁生宝有足够的肚量和气魄可以把"反话""正听"，但这并不意味着"反话"不会对互助合作事业产生消极影响。事实正如高增福所担忧的那样，这些"反话"不仅"说得一部分社员心慌"，而且酿成了一场巨大的风波。梁大老汉事件发生后，高增福"沿街碰见几乎所有的人——在一块走着，或者在一块站着，都在说灯塔社的这事。庄稼人们还改不了乡村里几千年古老的习气，不由得要按照所知道的情由评论张长李短。高增福听见有些人说：军属老汉也有些过错，不应该非要原先是自家的牲口套碾子不行；有些人则说……庄稼人们一传十、十传百地叙述着这事，争论着道理。高增福从后街走到前街，所听到的传说就有了发展。有人甚至于说：生产队长把军属老汉戳了两拳头……"。[1] 勒庞在研究大众心理时即认为，在一个群体之中"不管什么感情，一旦它表现出来，通过暗示和传染过程而非常迅速地传播"，最后必然产生一种"夸张"的效果。[2] 柳青最终没能把《创业史》第二部写完，小说最后就结束在这场舆论风波带来的不安和恐慌之中。如果按照柳青的原计划，这场风波是必然要解决的。解决方案虽不能妄加揣测，但柳青早年创作的《种谷记》或许可以提供一点思路。与"闲话站"相呼应，《种谷记》中的桥头人市是群

---

[1] 柳青：《创业史》，第449、542、720—721页。
[2] ［法］古斯塔夫·勒庞：《乌合之众：大众心理研究》，冯克利译，中央编译出版社，2004年版，第24页。

众聚谈的主要场所,行政王克俭提前种谷的做法很快成为众人谈论的话题。与《创业史》中的梁大老汉事件一样,群众在你一言我一语的议论之间,情绪互相感染、叠加,最后导致场面完全失控——当有人提议撤换行政时,"桥前桥后的人齐声响应,仿佛春雷一般震动了山谷","他(王加扶)料想人们喧嚷着喧嚷着,一定会喧嚷出问题来,现在果不出他的预料。……王加扶原想最多不过众人在会上批评他几句,让他以后不要再这样便好了,但现在事情已嚷大了"。赵德铭赶紧控制局面,但由于方法不当,群众的情绪被进一步激发,要求马上给上面写信,"王加扶一看,事情终于弄大了,不得不找乡长或乡文书来解决"。

程区长到来后,立即召开群众大会,最后顺应民意撤换了行政王克俭,平息了这场风波。由此我们可以推断,《创业史》中的舆论风波最后也很可能通过开会化解。然而,这次"自下而上"的"群众运动"还是令村干部们感到后怕:"旧社会一说二打,众人跟绵羊一样;但当他们不害怕任何人的时候,你的脾气大,他们的脾气比你还大,老百姓是连脾气都解放了!"[1]中国革命为了争取群众的支持,将群众从旧的生产关系和等级秩序中解放出来,赋予群众崇高的地位,而当觉醒的群众开始言说与行动之时,却总是会引起组织的警觉。因为群众有着很强的从众心理,情绪往往容易受一些"意见领袖"的影响,如果是坏人煽动起了群众的情绪,那将酿成不堪设想的后果。柳青后来在《狠透铁》中写道:"农民啊!农民啊!他们是一大河水,有推山倒海的力量,全看你怎样引导他们

---

1 柳青:《种谷记》,第258—262、266—267页。

哩。"[1] 如果引导得法，不仅可以让群众走上正确的道路，甚至可以让本来被坏人当枪使的农民转向党的一边，李准的小说《"三眼铳"掉口记》讲的就是这样的故事。中共引导群众的方式多种多样，其中见效最快，也最为常见的，就是"开会"。

《种谷记》中的王克俭经常想起一句口头语："白地的税，红地的会。"既然共产党"三天两头开会"，那么《种谷记》中繁多的会议描写也就不足为怪了。会议的开头，往往是众人七嘴八舌的议论，这让王加扶感到很是头疼："人真是千般万种，维宝是这样，而福子又是那样。干部里尚且如此，群众中更是多种多样了……王存发、王加福、行政、存恩老汉、老雄……各人以各人的姿态活动、说话和思想着！……他觉得王家沟这么一个小村落都有点拿不下来了。"[2] 不过，这个看似允许"百家争鸣"的会场，细究起来却并不平等，会议主持者的倾向往往直接决定了各人发言时间的长短。比如落后分子王存恩发言时，就有人警告他："说你的正话吧"，"咱是召集起来拉闲话的吗？"而在王存恩说"正话"的过程中，又被维宝等人多次打断，最后维宝对他说："你还是坐那里去息一息吧。"当支持新政权的六老汉发言时，虽然也会被落后分子打断，但却总能得到村干部的鼓励："教员站起来支持他"，"王加扶满意地伸出两手制止着众人：'不说了，不说了，'然后请六老汉继续发言"，当六老汉准备讲故事时，又被人打断，但还是得到了赵德铭的许可："'叫说吧，'赵德铭继续支持，充满着兴趣瞅着六老汉说：'很有意思，看龙王和财神两个怎么使心眼。'"六老汉讲

---

[1] 柳青：《狠透铁》，《柳青小说散文集》，第306页。
[2] 柳青：《种谷记》，第12、171页。

了三个受苦人见利忘义最后通通毙命的故事，警醒大家："你们好好变工，我打钟都是有劲的；七零八落，我打起钟也没劲了。"会议的主持者王加扶"乘着这股热劲，说：'愿意并组的和按地算工的说话吧。'"由此可见，会议主持者之所以大力支持六老汉的发言，不仅因为他完全拥护主持者的意见，更因为他能讲出主持者讲不出的故事，这个故事既符合会议的主导方向，又比政策条文更容易让农民听众接受，从而为下一步的工作安排起到很好的铺垫作用。会后，落后分子王克俭气愤地说："民主是谁爱怎么就怎么，可是我们村里啦？存恩你大爷说话没人听了，六老汉倒站在台上说故事，嘿……"而这正是会议主持者希望达成的效果——落后分子的号召力越来越小，群众的意见逐渐统一到村干部和六老汉这一边："整个的王家沟已被组织种谷变工队的空气笼罩了，它变成这两天村里所有的人拉谈的题目。有福那组和王加福们合并了，王加诚那组扩大了，增加了三个劳动力。……"[1] 开会不仅统一了大多数群众的意见，还把意见转化成了实际行动。

同样喜欢在会上发言、讲故事，周立波《暴风骤雨》中的老孙头却并没有起到六老汉那样的作用。老孙头支持新政权，但在开会时讲话却总是被打断，比如当他在会场上说："我早说过，'野猪叫'不是好玩艺"时，郭全海便打断他："都别打岔，听萧队长报告。"而当他起身帮助维持会场秩序时，却又无人理会："老孙头也站起来说道：'谁要再吱声，谁就是坏蛋的亲戚，忘八的本家，韩老六的小舅子。'人们冷丁不吱声。但不是听了老孙头的话，而是

---

[1] 柳青：《种谷记》，第115—117、119—121、122、129、152页。

看到人堆里冒出个头来，那是萧队长。"¹老孙头讲故事倒是不会被打断，一次开会前，他兴致勃勃地讲起了黑瞎子的故事："那玩意儿，黑古隆冬的，力气可不小，饭碗粗细的松木，一摇再一薅，连根薅出啦。老虎那能是他的敌手？这家伙就是一宗：缺心眼儿，他跟老虎一交手，两边打的气呼呼，老虎看看要败啦，连忙说：'停一停。'……"萧队长和其他群众一起耐心地听他讲完故事，才正式开会。²然而，萧队长并没有像王加扶那样接着六老汉的故事开展动员，因为老孙头的故事与会议的土改主旨没有任何关联。允许一个细节多、篇幅长，却与主旨无关的故事讲完，与其说表现了萧队长的耐心和宽容，不如说更表现了周立波的个人兴趣，他说过："单说东北农民创造的黑瞎子（熊）的故事，就有十几个，里面有一些是很有意味的。"³因此在小说中，我们看到老孙头讲的黑瞎子故事都被完完整整地记录了下来。类似的情况还有很多，比如第二十节中的唱秧歌，不仅解放区的新秧歌唱词被周立波全文引用，就连被视为"地主秧歌"的《摔西瓜》，也被周立波照单全录："姐儿房中锦绣绒花，忽然想起哥哥他，瞧他没有什么拿……今年发下来年狠，买对甲鱼瞧瞧他，无福的小冤家。"⁴对此有研究者指出，周立波有一种用地方知识和方言土语"装饰自己的作品"的倾向。⁵周立波后来反思《暴风骤雨》的缺点时提到："没有大胆

1　周立波：《暴风骤雨》下册，第293、304页。
2　周立波：《暴风骤雨》上册，第55—56页。
3　周立波：《谈思想感情的变化》，原载《文艺报》1952年第11、12期合刊，引自《中国当代文学研究资料·周立波专集》，第19页。
4　周立波：《暴风骤雨》上册，第289页。
5　李松睿：《地方性与解放区文学——以赵树理为中心》，《文学的时代印痕——中国现代文学论集》，北京时代华文书局，2017年版，第172—173页。

删略许多和主题无关的细节,结构显得还不够谨严,因而削弱了艺术的魅力。"[1]而在"写《山乡巨变》时,考虑了哪些该强调,哪些可省略。……生活故事,都要剪裁,要有所强调,有所删节"[2]。因此,我们看到《山乡巨变》的会议中,与主旨无关的语言和故事大量减少,梓山乡的农会主席在会议上说:"这回合作化,我们那里,起了谣言。说是有一条黄牯,有天在山里,忽然对它主人开口讲人话。它抬起脑壳,鼓起眼睛,伶牙俐齿,说得很清楚。……"区委书记朱明立刻打断了他的话:"这样一描写,好像你也在场看见了。这话是哪个传出来的?"[3]与老孙头不同,农会主席的故事主旨显然与合作化运动有关,仅仅因为多讲了一点稍显游离的细节,就被主持会议的朱书记打断。这一处打断颇富象征意味地展示了周立波剪辑材料、删减无关情节以突显合作化主旨的努力,亦充分展示出合作化运动时期的会议对发言内容有着更加集中统一的要求。

二

回到《槐树庄》中郭大娘为应对崔治国的"小会"而召开的"社员大会"。崔治国等人利用"鸣放"政策所许可的言论自由,在"小会"上散布合作社的谣言,将郭大娘陷入非常被动的境地。但此时的郭大娘却非常沉着冷静,她从容而有魄力地宣布:"分社不分社,今天咱们就开个社员大会:同意分的,不同意分的,都把理由儿说说!咱们实行'鸣放'!"这样一来,被右派分子夺去

---

[1] 周立波:《〈暴风骤雨〉的创作经过》,李华盛、胡光凡编:《周立波研究资料》,第96页。
[2] 周立波:《谈创作》,原载1959年8月26日《光明日报》,引自《中国当代文学研究资料·周立波专集》,第41页。
[3] 周立波:《山乡巨变》,第120页。

的"鸣放"权就又被郭大娘夺了回来。郭大娘之所以敢这样做,除了对大多数社员的信任,更关键的还是有县委书记老田撑腰。话剧第四幕的结尾,老田对郭大娘的决定全力支持,并邀请崔治国"带上他那个小本本儿"也来参加社员大会,这一幕就在"众兴奋鼓舞"和"崔治国惊呆"中落幕。[1]由于舞台的限制,话剧没能表现社员大会的场景。胡可"考虑到电影的可能和需要,有些在话剧中用对话交代的事件,……都搬到了明场"[2],于是我们看到电影《槐树庄》完整地呈现了接下来召开的社员大会。大会刚开始时,群众议论纷纷,会场嘈杂到几乎辨不出任何一个人的声音,李满仓每说一条郭大娘的"罪状",都立刻被反对之声淹没。老田看到时机成熟,就把他在县委收到的"黑信"拿出来一念,发现和李满仓所说的一模一样,然而李满仓不识字,群众迅速意识到肯定是崔治国指使的,斗争的矛头立刻转向了崔治国。细想来,老田书记不过是用崔治国的言论印证了崔治国的言论,但这个同义反复却起到了整合群众言论的效果。大会越来越向着有利于郭大娘的方向发展,七嘴八舌的嘈杂逐渐统一成一个声音,最后郭大娘再次当选社长,崔治国骑车仓皇出逃,但栽到了河里。这条从"纷乱"到"统一"的线索同样出现在胡正的《汾水长流》中:小说写到农民闹缺粮时,场面一度失控:"众人又乱吵起来。郭春海眼见众人越嚷越凶,便大喊了一声。当他正要张口说话时,人们又忽然一哇声嚷叫起来,有的人嚷着分种子,有的人要退社。郭春海举目一看,在场的二三十个人中间,闹缺粮、闹退社的人竟一时占了上风。"对方人多势众,

---

[1] 胡可:《槐树庄(五幕话剧)》,第88页。
[2] 胡可:《后记——谈谈〈槐树庄〉的创作》,《槐树庄(电影文学剧本)》,第77页。

郭春海渐渐招架不住,但他突然想起县委李书记说过的话:"遇到什么紧急情况时,不要慌,要冷静,要沉住气,要想办法争取主动,要依靠党员和群众。"这和郭大娘在危急时刻想到的依靠对象是完全一致的,但此时郭春海面对的就是群众,所以他迫不及待地希望党员来帮忙,但此时党团员干部们已经上地去了,社员大会又定在了晚上,郭春海当机立断:"大家不要吵了!……咱们立刻召开群众大会。给大家解决缺粮困难,还有退社问题。你们还有什么问题,都可以等一会儿在大会上讨论。"党团员干部和积极分子回来后,在郭春海的授意下"立时插进人群中去,同时威严地叫喊着:'开会啦!''不要吵!'"于是"庙门前又在吵嚷的人们立时便安静下来"。接下来,郭春海先转移话题,再宣布缺粮户的借粮数字,这就瓦解了一多半的"退社势力"。最后,郭春海集中精力对付"大炮"孙茂良,女儿孙玉兰揭发他把家里的粮食都换了酒喝,会场里立即爆发出一阵大笑,"有些开头还和孙茂良一齐吵嚷缺粮而刚才得到救济的人,现在也嘲笑开孙茂良了,……农业社的积极分子们也就乘势批评开孙茂良了"。解决了孙茂良的问题,郭春海开始进行总结发言:"现在,既然缺粮的问题解决了,抗旱也有了办法,我看这些动摇的社员也就不会再退社了吧?大家说对不对?""'对!'农业社的积极分子和大部分社员们,几乎是异口同声地这样回答。……就连那些开会前还有些动摇的社员们,经过了刚才的一场斗争之后,竟好像他们并没有动摇过一样,反倒理直气壮地高声嚷嚷道:'谁要退社谁说嘛,反正咱是不退社。'……"[1]这场社员大会在电影《汾水长流》中得到了重点表现,人声由嘈杂

---

[1] 胡正:《汾水长流》,第97—108页。

到趋同的场面调度和《槐树庄》非常相似。不同的是,郭春海在改变会场人员的力量对比和安排议程时都表现出相当丰富的政治智慧,他巧妙地利用了群众的从众心理,将原本嚷着"分种子""退社"的人不断进行分化瓦解,最后让他们和新补充进来的党团员积极分子"异口同声"地表示不再退社。塞先艾笔下的史秀珍也是一个"相当老练,懂得掌握会场"的社主任,她可以"很迅速地把不同的意见统一起来,问题就顺利地解决了"[1]。沙汀的《青枫坡》中,邵永春甚至"老练"到无需发话即可掌控会场的地步:

> 会场里忽然嘀嘀咕咕起来。
> "现在又把他们牵起来闻闻看吧!……"
> "将来有一天老子还要尽吃大米呢!……"
> "对!将来会生产更多大米,"邵永春已经学会怎样主持这样的会议了,他让群众嘈杂了一通之后,这才又接着道,"可也不要忘记现在我们每年都还有困难户啊!……"[2]

虽然会上还存在着"嘈杂",但这些"嘈杂"都是顺应着主持者的意见而生,只需等"嘈杂"结束,主持者就可以轻松地转入下一个话题。随着社会主义教育运动的开展,群众与会议主持者达成默契的情况越来越普遍,落后分子在这样的会场已再无容身之地,《青枫坡》中的"一角五"只要一开口说"反话",就会被身边的人愤怒地制止。赵树理的《"锻炼锻炼"》中,群众几乎不用

---

[1] 塞先艾:《苗家的新人》,《文艺报》1954年第10号。
[2] 沙汀:《青枫坡》,《沙汀文集》第五卷,第398页。

引导，就可以在会场上对"小腿疼"和"吃不饱"进行全面的碾压："她（小腿疼）一骂出来，没有等小四答话，群众就有一半以上的人'哗'地一下站起来：'你要造反！''叫你坦白呀叫你骂人？''……'三队长张太和说：'我提议：想坦白也不让她坦白了，干脆送法院！'大家一齐喊'赞成'。"[1]李广田曾指出："《李有才板话》中的快板部分，其地位，其作用，适如希腊悲剧中的'歌队'（chorus），快板中所说的，和歌队所唱的，都是人民群众的意见。"[2]《"锻炼锻炼"》中也有两段快板，所述内容与会场上群众的意见也完全一致，但希腊"歌队"唱出的内容真的就可以和"人民群众的意见"画等号吗？如果一定要做这样的类比，那么"歌队"的意见也一定是经过"净化"的"人民群众的意见"。1954年，于伶还曾批评话剧《春风吹到诺敏河》和《种橘的人们》中对群众的表现："群众的语言没有个性，群众的思想感情与性格没有差别。舞台上出现一群人只起着同一的作用。……群众的认识与态度不是多种多样，参差不齐的，而是齐正划一的。欢呼，齐声欢呼。赞成，一同鼓掌。必须说服与动员的时候，被说服与被动员得也很容易，一说即服，一动员都一致起来。"[3]但在会议主持者的立场看来，"齐声欢呼"与"一同鼓掌"正是会议所追求的结果，"一动员都一致起来"恰恰证明了社会主义教育的成效。只是真正"吃不饱"的那些群众的声音，在这样的会场往往是缺席的。

1　赵树理：《"锻炼锻炼"》，《火花》1958年第8期。
2　李广田：《一种剧》，《李广田全集》第五卷，云南人民出版社，2010年版，第258页。
3　于伶：《致热爱生活的人们——华东区话剧观摩演出大会艺术专题报告》，《文艺月报》1954年11月号。

三

群众语言的整合，带来的是互助合作事业的巩固。《种谷记》一开始讲到村中很多变工队都散了摊，"现在是只有村干部和积极分子参加领导的几组，还像个变工队的样子。想起毛主席'组织起来，坚持下去'的话，赵德铭便深为这种虎头蛇尾的现象感到羞耻。"[1]事实上，情况或许并不如赵德铭想象得那么糟糕。薛暮桥指出："过去我们在组织变工中，常常发生'春组织、夏疲塌、秋整理、冬垮台'[2]的现象。其实这是农业生产的季节性所造成的自然规律，不能算是失败。"[3]但在习仲勋看来，常年互助组"比一般临时的和季节性的简单变工，好处更大，可以进一步和提高技术以及经营某些副业结合，可以置用某些单个农户置不起或用不了的新式农具和大牲口，可以办到某些农户办不到的事情，例如打坝、修渠等。经过这种较定型的互助组，就能把农民群众的集体劳动习惯逐渐巩固起来"[4]。可以看出，习仲勋对二者的比较并不是静态的，而是以发展的眼光将它们放在农村经济变革的脉络中考察。临时的季节性的变工队有必要逐步向常年互助组发展，而常年互助组就是未来农业合作社和集体农庄的雏形，因此是不能随随便便垮掉的。这正符合了毛泽东《组织起来》讲话的设想。1951年12月，毛泽东在审阅修改《关于农业生产互助合作的决议（草案）》时，专门强

---

1 柳青：《种谷记》，第34页。

2 还有一种说法是："春紧，夏松，秋垮台，冬天跌倒起不来。"见马烽：《〈解疙瘩〉写的是一个什么问题》，《马烽文集》第八卷，第324页。

3 薛暮桥：《山东解放区的群众生产工作》，《抗日战争时期和解放战争时期山东解放区的经济工作》，第38页。

4 习仲勋：《关于西北地区农业互助合作运动》（1952年6月6日），史敬棠等编：《中国农业合作化运动史料》下册，第344页。

调要把互助合作事业"当作一件大事去做"[1]。1955年初,针对各地反映的问题,毛泽东同意"把农村合作化的步骤放慢一些"[2],但并不希望大范围收缩:"要下决心解散的合作社,只是那些全体社员或几乎全体社员都坚决不愿意干下去的合作社。如果一个合作社中只有一部分人坚决不愿意干,那就让这一部分人退出去,而留下大部分人继续干。如果有大部分人坚决不愿意干,只有一小部分人愿意干,那就让大部分人退出去,而将小部分人留下继续干。即使这样,也是好的。"他还举了河北省安平县南王庄一个小合作社的例子:"三户老中农坚决不想再干下去,结果让他们走了;三户贫农则表示无论如何要继续干下去,结果让他们留下,社的组织也保存了。"[3] 看得出,即使退社人数众多,毛泽东也希望保留合作社的组织形式。当看到浙江等省份的大批合作社被砍掉之时,毛泽东对邓子恢提出了严厉的批评。在1955年《关于农业合作化问题》中,毛泽东更进一步地批评了"小脚女人"的做法。这一系列指示的中心意思就是合作社不能垮,"组织起来"之后就要"坚持下去"。秦兆阳在《在田野上,前进!》中就明确地批评了"以为既是'组织起来了',任务就完成了"[4]的思想。因此,在毛泽东《关于农业合作化问题》坚定了合作化的方向之后,地方干部为了巩固老社和大规模发展新社,已经很难落实"入社自愿,退社自由"的方针了。在反映农业合作化的文艺作品中,但凡出现个人或群体要求退社,最后往往都会通过反复的说服教育和开会讨论,把想退社的人继续

---

1 中共中央文献研究室编:《毛泽东年谱(一九四九——一九七六)》第一卷,第439页。
2 中共中央文献研究室编:《毛泽东年谱(一九四九——一九七六)》第二卷,第349页。
3 薄一波:《若干重大决策与事件的回顾》上卷,第338—339页。
4 秦兆阳:《在田野上,前进!》,第97页。

留在社里。这样一来,"组织起来"之后产生不同意见的部分群众,在"三天两头"的开会过程中,渐渐放弃了(至少在表面上放弃了)异见,被重新统一到集体化的主流意见之中。群众语言随着合作社一起完成了重组,使"组织"得到巩固和完善,得以"坚持下去"。这其中固然包含了共产党建设社会主义的决心、耐心和意志,但也多少遮蔽、掩盖了群众中的不同意见和普遍存在的生活问题。

第五章
"深入生活"与文艺形式

1942年,毛泽东在延安文艺座谈会上指出:"人民生活……是一切文学艺术的取之不尽、用之不竭的唯一源泉",所以"中国的革命的文学家艺术家,有出息的文学家艺术家,必须到群众中去,必须长期地无条件地全心全意地到工农兵群众中去,到火热的斗争中去,到唯一的最广大最丰富的源泉中去,……然后才有可能进入创作过程"[1]。1952年,习仲勋在总结西北地区农业互助合作的经验时也指出:"为什么我们有些作家很久写不出东西来呢?就是因为他把自己关在屋子里,'不见世面'。和群众斗争和群众的实际生活隔离了,哪里会有什么'新鲜事物的感觉',哪里会写出好作品来呢?"[2] 1956年,赵树理在谈论曲艺创作时更加直截了当地说:"要写出好作品,必须深入生活。"[3]

《讲话》之后,中央对党内文艺工作者"深入生活"的鼓励和

---

[1] 毛泽东:《在延安文艺座谈会上的讲话》,《毛泽东选集》(一卷本),第817—818页。
[2] 习仲勋:《关于西北地区农业互助合作运动》(1952年6月6日),史敬棠等编:《中国农业合作化运动史料》下册,第349页。
[3] 赵树理:《谈曲艺创作》(1956年),《赵树理全集》第四卷,第463页。

动员一直没有停止。1951年9月,中共中央发布《关于各地应动员中上级干部和党内外文化工作人员参加土地改革工作的指示》,对于一大批党外知识分子和民主人士而言,这是他们第一次深度参与农村工作。然而在1951年12月开始的文艺界整风中,周扬对文艺工作者下乡的"深度"提出了质疑:"对于这些伟大的人民的运动,文艺工作者中,有不少人是参加了的;但也还有许多人没有参加,他们离开这些人民斗争的大风雨远远的。就是参加了这些运动的,很多也都是不深入的,有的简直就是抱着一种单纯的'访问''采访'或'搜集材料'的态度。"[1]整风之后,对"深入生活"的讨论和实践更加普遍,1952年,《人民日报》发表纪念《讲话》十周年的社论,号召"一切有创作才能、有创作经验的文艺工作者应该使他们逐步从行政工作中解脱出来,转而深入生活,从事创作"[2],更多的文艺工作者或自愿或被组织安排到农村体验生活。他们的"生活""创作"以及"生活"与"创作"的关系都值得我们给予关注。

第一节 "农村风景"的观看与表现

1951年底至1952年初,沈从文随土改工作第七团到川南内江参加土改运动。近年来已有多位学者对这一时期沈从文的"土改书

---

[1] 周扬:《整顿文艺思想,改进领导工作——十一月二十四日在北京文艺界整风学习动员大会上的讲演》,《人民文学》1952年1月号。

[2] 《人民日报》社论:《继续为毛泽东同志所提出的文艺方向而斗争——纪念毛泽东同志的〈在延安文艺座谈会上的讲话〉发表十周年》,《人民日报》1952年5月23日。

写"进行了深入的探讨和商榷。¹其中李斌特别注重沈从文与土改核心工作的隔膜,以及多次表露的回家的渴望。曹禺在《要深入生活》一文中曾批评过这种想回家的心理:"我们虽然上了路,却连生活的源泉望都没望见,就喜孜孜地以为是'满载而归',回了家。或者望见了,并且走到了,却把生活的泉水喝得太少了,又急急忙忙地回了家。总是牵肠挂肚地想回'家',而不能把'家'就放在工农兵的生活斗争当中,这就难怪写不出好东西来。"²1954年3月出版的《文艺报》第5号上刊登的一幅漫画(见图3、图4)就讽刺了某些作家急着回家的下场——这位作家所谓的"下乡生活",不过是对着"××村农业生产合作社"的门牌拍了几张照片,就背起包袱走人。等到要写作的时候,作家盯着那张照片,急得满头大汗,吸了七八支烟,浪费了一大摞稿纸,却连一篇完整的稿子也没有写出来。

  文艺工作者们之所以想回家,大多是因为对农村的不习惯甚至厌倦,寒梅在《农村体验生活记》中就记载了自己在下乡某一阶段的真实想法:"农村里那些东西,接触到我们感官的已经不是一遍两遍,而是四遍五遍以至十多遍了。它在我们的眼里,就慢慢地褪了新鲜的色彩。我们应该深入,到生活的内部去,发掘生活的本质。……可是,我们那个时候什么也看不见。……从谈话中并没有什么发现,几天来总是在村头上打转转,每天所看见的就是天空、

---

1 如李斌的《沈从文的土改书写与思想改造》(《中国现代文学研究丛刊》2018年第4期)、姜涛的《"有情"的位置:再读沈从文的"土改书信"》(《文艺争鸣》2018年第10期)、姚丹的《倾心"融合"还是漠然"旁观"?——沈从文川南土改行的思想史与文学史意义》(《文学评论》2020年第2期),等等。

2 曹禺:《要深入生活》,《人民文学》1953年11月号。

图3　　　　　　　　　　　　图4

田野、房屋、草垛、粪堆、人、马、牛、羊、鸡、鸭……但是，它们又能告诉我们一些什么呢？当然，什么也不能！"[1]对于这种厌倦感，茅盾指出："在我们中间，有一种相当普遍的情形，就是着重于生活的观察和体验，而比较忽略了对于社会生活的研究和分析。……许多作家在下去以后，常常最初是感觉新鲜，慢慢地就感觉有些茫然，我想这是和缺乏对于生活的研究、分析工作有关系的。"[2]

然而茅盾的看法似乎并不适用于沈从文，因为沈从文对内江乡村是有研究和分析的，他在回到北京后写了一份调查报告——《川南内江县第四区的糖房》，详细地梳理了当地的三种剥削方式。

1　寒梅：《农村体验生活记》，《东北文学》1953年10月号。
2　茅盾：《新的现实和新的任务》，《人民文学》1953年11月号。

这意味着"研究和分析"可以在理论和知识的意义上"深入"乡村，却不一定能使作家的身心和情感也真正"深入"到乡村之中。在姚丹看来："川南调研使沈从文初步接受了'封建剥削'这一经典社会历史阐释原理，这直接导致他对过往作品乃'做风景画'的自我批评。"[1]沈从文的自我批评应该是真诚的，但这并不意味着他在掌握了"封建剥削"的理论之后，就可以摆脱"做风景画"的观察和创作机制。换言之，以理论来观照乡村，在深度上当然胜过对表面风景的印象式描摹，但也很难避免"把轻易学来的条文，向自己的作品中套"[2]的嫌疑，最终得到的结果可能仍是一幅风景画。另一位以"看风景"著称的作家卞之琳，就在他参观江苏农村土改后写作的报告《水乡的翻腾》中呈现出了一番有理论深度的"风景"：

> 从封建文化里滚过来的知识分子，说到江南乡下，总容易联想到倪云林一派的山水画；可是我这次下乡，从旧的一边说，却主要像读了充满员外气的江湖小说。山水画是夸大的，它的美处在江南多少还找得到一点根据，可是这一点根据，除了自然中还没有经人工改造的部分，实在是劳动人民的创造；江湖小说也是夸大的，它的丑恶处也居然被我在江南找到了一点根据，而这一点根据就是封建土地制。远山近水，芦港交错间一望无际的"太湖田"，叫人想得见春夏间插秧后所构成的画景。可是低下眼睛来看看脚底下靠围子的这

---

[1] 姚丹：《倾心"融合"还是漠然"旁观"？——沈从文川南土改行的思想史与文学史意义》，《文学评论》2020年第2期。

[2] 徐北文：《从一个"人物表"说起——文艺学习笔记》，《文艺报》1954年第6号。

所"村屋"吧:孤零零一所茅草棚,不过丈把长,几尺阔,几尺高,住了全家好几口,烟从里边溢出来,里边正在"烧饭"。而这一带的"太湖田",最多推到三四十年前,还是一片荒滩,由一些地主,仗封建势力,插标占夺了,逼来和骗来了穷苦农民,给挑泥,筑围,开垦,等到田开垦了,叫农民租种,等到田种熟了,再加租或者抽佃。这个眼前的实例,最直截了当地说明了:劳动人民创造了田,由地主掠夺了,反借以剥削。[1]

如果说抗战时期的卞之琳是有意地在残酷中捕捉美景[2],那么此时的卞之琳则是有意地运用"封建剥削"原理发现了美景表面下的残酷。与抗战时期相比,卞之琳的思想无疑是进步了,但如此简明扼要、不带情感的叙述却总让人觉得"封建剥削"原理在他那里只是一种知识和论证工具,甚至是一种观看风景的新"装置",而并不是他与人民建立情感联系的有效中介。

与沈从文一样,有能力对乡村进行研究和分析的卞之琳同样盼望着回家:"有时我翻翻历本,算算还有多少天好住,这时候我的责任感就无形中削弱,多少以单纯完成任务不出偏差为满足;对于周围群众在前进道路上,在生产工作上的成功失败,忧喜甘苦,

---

[1] 卞之琳:《水乡的翻腾》,《卞之琳文集》上册,第556—557页。
[2] 卞之琳在《晋东南麦色青青》中写道:"从前的窗子现在还有未曾豁开,尚存完整的方洞的,仿佛镜框,由街上的过路人,随便镶外面一块秀丽的郊景,譬如说一株白杨,一片雀巢,半片远山,有一家屋子里,现在应该说院子里了,一只破缸,里面还有些水,大开了眼界,饱看蓝天里的白云。"(见卞之琳:《晋东南麦色青青》,《卞之琳文集》上卷,第507页。)

即使还不见得不关痛痒,至少感到像隔了一层。"[1]从隔膜的意义上看,卞之琳在描写人民欢庆胜利时的站位多少暴露出了某种症候性:"如在飞机上临空一看,一定会看见,水上岸上,多少道人流,向湖荡中心的区镇来集中,一个活生生的'总结'行动。"无独有偶,在《水乡的翻腾》结尾,卞之琳再次选择了"飞机视角":"我想,在不远的将来,坐在飞机上,我们会看见一片烟雨中出现多少人民的新楼台!"[2]从飞机俯瞰,固然能带来宏阔的视野,但在飞机并不普及的年代,这种想象和观看风景的视角,多少有点脱离土地,居高临下的意味。

与卞之琳相比,党员作家在面对农村风景时往往会选择较低的站位。秦兆阳的小说《在田野上,前进!》中,大量的风景描写都是从地平线上看到的:"在庄稼已经收割尽了的原野上,没有什么东西挡住你的眼界,你可以一眼看得很远很远,……你看,有个人坐在装满了山药蔓子的牛车上走过来了,看样儿一定是个青年人吧?……"唯一的例外是县委副书记张骏从砖窑的窑坡上到了窑顶:"看啦,平坦的原野像一个极大的圆盘,没有一点起伏,没有一点障碍,农人们把它分成了无数的小块,用犁和锄给它画上了无数排列整齐的线条。"[3]热爱文学的张骏书记身上本来就有秦兆阳的影子,如今他爬上高坡看风景,把农人的犁和锄当作画笔,又进一步暴露了秦兆阳投入文学工作前从事过的绘画工作。[4]登上高坡以

---

[1] 卞之琳:《下乡生活五个月——写给全国文协创作委员会的信》,《文艺报》1953年第18号。
[2] 卞之琳:《水乡的翻腾》,《卞之琳文集》上册,第561、562页。
[3] 秦兆阳:《在田野上,前进!》,第14—15、100页。
[4] 秦兆阳并未因从事文学而彻底放弃绘画,他的短篇小说(特写)集《农村散记》中的插图,就由他本人亲自绘制。(参见秦兆阳著、秦兆阳插图:《农村散记》,人民文学出版社,1954年版。)

获得开阔的视野来取景,这对于一个画家而言无可厚非,但对于一个到农村工作的领导干部而言,就显得有些"不务正业"了。对风景出了好一会儿神的张骏回过身来才发现旁边还有个老头在工作:"那一脸神圣不可侵犯的神气好像是说:'我在这儿干正经事,别妨碍我,这不是游山玩景的地方!'这使得张骏很不舒服,就赶紧顺着原路走了下来。"[1] 务实的农民通常都对"游山玩景"表示不屑,蹇先艾笔下的农民当得知自己对联的内容是"一窗佳景王维画,四壁青山杜甫诗"时,便冲着写对联的老头子连连摆手:"简直是乱说乱写!我们农人眼时还要加劲做泥巴活路,哪里得空来观山玩水!"[2] 然而秦兆阳小说中农村工作者却大多处于"游山玩景"的工作状态,《农村散记》中有一篇《偶然听到的故事》就很有代表性。小说开头即是一段优美的风景描写:"在平原上,在初春时候,有时出现这样的景象:太阳被饱含着水分的空气弄得有些朦胧,光线变得更加柔和了。天空是银色的,透明的,匀净的。……"[3] 此时作为农村工作者的"我"正靠在一个柴禾垛上思考工作上的事,忽然听到两位年轻姑娘的说笑声,她们就坐在"我"背后的柴禾垛边上聊起了其中一位的恋爱故事。接下来两个姑娘的对话占据了小说结尾之外的全部篇幅。可以说,"我"在"看风景"之外仅仅充当了一个故事的记录者。这种"不介入"的姿态尽可能地保留了故事的完整性和"真实性",特别是对于婚姻爱情这类带有一定私密性的故事。可以想见,如果"我"突然出现在她们面前,哪怕只是咳嗽一声,都会立即打断这个故事;即使在"我"的鼓励之下,这

---

[1] 秦兆阳:《在田野上,前进!》,第100页。
[2] 蹇先艾:《青石村的小事》,《新芽集》,作家出版社,1955年版,第54—55页。
[3] 秦兆阳:《偶然听到的故事》,《农村散记》,第10页。

个故事得以继续讲下去，讲述者的口吻也一定会发生变化，内容也很可能会有所保留。《在田野上，前进！》中吴小正和贞妮子谈恋爱时，秦兆阳也让县委副书记张骏站在一个"偷听"的位置："'怎么有这么好的事！这简直像电影，像小说……'张骏在心里说着，不能决定是退出来好呢，还是继续再瞅下去听下去好。偷着看年轻人的事是不好的，但是看着实在叫人高兴，这歌声也实在好听，又怕往回走的时候弄得响惊动了他们，那就更难为情了。"[1] 为了保持一种"像电影""像小说"的形式感，张骏同样不敢"惊动"两个年轻人，像一位严谨的作家那样避免一切可能出现的"叙事干预"。

选择"偷看"与"偷听"的位置似乎同样与秦兆阳的绘画出身有关。在职业画家古元那里，我们看到了同样的观察模式，据周立波回忆："他（古元）的窑洞的前面有一副石磨。天气好时，村里的老太太，半老太太，年轻媳妇和大姑娘们常常坐在磨盘上，太阳里，一边纳鞋底，一边聊家常。古元同志房里的窗户是糊了纸的，但中间留了一个洞，上面贴张纸，可以闭上，也可以揭开，像帘子一样。听到外边有人声，古元同志就揭开纸帘子，从那窗格里悄悄观察坐在磨上的妇女。这样，被观察的人没有感觉，谈吐和仪态都十分自然，一点不做作。"[2] 在研究者看来："必要的'距离'能够使'对象'处在最为'自然'或者说'本真'的状态"[3]，古元美术创作给农民观众带来的"真实感"也印证了这一点，但这并不意味着他的观察方式是不需要被反思的。对一幅画的创作而言，"距离"可能是必要的；但对一个同时肩负着基层工作的党的工作

---

1 秦兆阳：《在田野上，前进！》，第389页。
2 周立波：《素材积累及其他》，《周立波文集》第五卷，上海文艺出版社，1985年版，第629页。
3 朱羽：《社会主义与"自然"：1950—1960年代中国美学论争与文艺实践研究》，第65页。

者而言,如果只是一味地"不介入""不惊动",那就是对自身责任的逃避。秦兆阳《农村散记》中的第一人称叙述者"我"绝大多数情况都以农村工作者的身份出现,但有意思的是,"我"在会场和各类斗争中几乎从不发言,只是"暗暗记着"[1]一些事情,几次尝试发言,却都没能张开嘴:"我不能看着这情形继续下去,不能再沉默了,我想说话了……忽然,从炕里角落的黑影里,有个人站起来了,颤颤抖抖地下了炕,站在刘老济面前。"[2] 在1956年写作的小说《沉默》中,这样的情形又出现了两次:

> 我推着自行车从刚收割过了的地里往前赶去,想去让那家伙停止发坏,把车子赶得快一点。忽然,听见前面响起了一个女人的声音:"大伯,超过他去!坚决超过他去!"
>
> 我再也忍不住了,正想出头拦住这场纠纷,只见方冠芳站起身来,走到区长的面前……[3]

"我"的经常性失语状态正应了这篇小说的标题——《沉默》,对此"我"还有所解释:"我的南方口音和书本上的词句使他听不懂,不能像谈家常话一样,把新的道理讲给他听。我只好沉默着。"[4] 然而这并不构成一个合适的理由,像丁玲、周立波等著名作家都来自南方,他们在北方参加土改工作时也会遇到同样的问题,但他们

---

[1] 秦兆阳:《刘老济》,《农村散记》,第30页。
[2] 秦兆阳:《刘老济》,《农村散记》,第33页。
[3] 秦兆阳:《沉默》,《中国当代作家选集丛书·秦兆阳》,人民文学出版社,1992年版,第255、257页。
[4] 秦兆阳:《刘老济》,《农村散记》,第41页。

并没有找类似的借口,而是努力学习群众语言,与群众打成一片,以文艺工作者特有的亲和力推动了工作的开展。比如东北籍作家刘澍德"抗战时期到云南,长期深入农村生活","喜欢同农民和农村子弟交朋友","干部、群众跟他都很熟,大家都亲切地喊他'老刘'"。[1]这表明他和当地农民的交流已经不成问题。再如湖南籍作家周立波到东北参加土改,不仅努力学习东北方言,还向当地民间艺人学习二人转。[2]他亲自教老百姓唱歌[3],还从《李有才板话》中提炼出了"栽槐树"的工作方法:以小组为单位,把"槐树"栽在一位贫苦农民家里,再把附近的农民聚拢到"槐树"下唠嗑,他们"天上地下,政治家常,无所不谈,干部把白天听的课向群众宣传一遍,有时还唱唱歌,说说笑话,会开热闹了,常常深夜不散,干部就住在这里,第二天晚上,人们就三三两两地又来了"[4]。能够这样亲切愉快地和农民交谈,说明语言障碍早已不成问题。周立波小说中的土改工作者和他本人一样完全融入了群众之中:

  萧队长又说:"在后方,卧底胡子也抠出来了。明敌人,

---

1 晓雪:《我所知道的刘澍德同志》,《锦州师范学院学报(哲学社会科学版)》1980年第3期。农民们对外来干部和作家的称呼可以反映出其深入生活的程度,如柳青《创业史》中的农技员韩培生在蛤蟆滩住过一段时间后,"再没有人生疏地叫他'韩同志'了。'老韩!老韩!'女人们和娃们都这样叫他。他知道:农村群众把党和政府下派来的干部,不管年纪大小、职位高低,统称老张、老李或老王的时候,那里头已经带着了解、亲热和尊敬的混合意味了。"(见柳青:《创业史》,第368—369页。)

2 郭永涛:《周立波学唱二人转》,《中国土改文化第一村》(内部发行),2003年版,第108—115页。

3 李万生:《周立波在元宝镇》,哈尔滨市政协文史和学习委员会、尚志市政协合编:《从光腚屯到亿元村》(内部资料),2004年,第37页。

4 林蓝:《栽槐树——珠河元宝区煮夹生饭的经验》,《东北日报》1947年3月12日。

暗胡子，都收拾得不大离了。往后咱们干啥呢？"全会场男女齐声答道：

"生产。"

萧队长应道：

"嗯哪，生产。"

妇女里头，有人笑了，坐在她们旁边的老孙头问道：

"笑啥？"

一个妇女说：

"笑萧队长也学会咱们口音了。"

老孙头说：

"那有啥稀罕？吃这边的水，口音就变。"[1]

由此看来，秦兆阳笔下"我"找的那些理由就有为自己脱离群众作辩解之嫌。

秦兆阳这样写并不是有意用隐含作者身份对叙述者"我"进行反讽，而恰恰是在无意间暴露了自己"浮游"的工作状态。与秦兆阳同在河北雄县参加农村工作的徐光耀在日记中写道："可以改变我的工作方法吗？如，我不再兼这个职，我只是秦兆阳似的浮游着，到处访问与采访着。我愿意找人谈谈便谈谈，不愿意便去一个小屋里写我的文章。这方式倒是轻松的，且很少与人发生矛盾，也惹不着人的讨厌。倒像是十分主动似的。"[2] 如果把"浮游"二字拆开来看，那么"游"可以视作"游山玩景"，"浮"就概括了秦兆阳

---

[1] 周立波：《暴风骤雨》下册，第295—296页。
[2] 徐光耀：1953年11月26日日记，《徐光耀日记》第六卷，第396页。

总是浮在农村各项工作的表面,"不介入"具体事务,"工作插不上手,开会说不上话"[1]的状态。柏山在《关于作家下厂下乡的若干问题》中举的两个例子都与秦兆阳的状态非常相像,其一是:"有一位同志参加某地农业生产合作社重点试验工作。有一天,他在地里看到一个孩子从老远的地方向秧田飞奔过来,赶走那正在吃合作社秧田里的秧苗的两头牛,而他自己正站在秧苗的近旁,对于'牛吃秧苗'这件事却熟视无睹。这里,我们作家和小孩对于秧苗的利害关系就显出不一致了。"如果不能与农民在利害关系上达成一致,那么显然无法准确地把握农民的真实面貌。其二是:"有的作家'创作'心切,想抄近路,到一个厂就去找模范工作者谈话,听汇报,找材料,想不经过自己在生活中仔细深入地观察,就写出作品来。当然,谈话,听汇报,找材料也是必须的,可是离开自己在生活中的实际观察、研究、感受,则所得到的材料,很少可能创造明朗的人的艺术形象。"[2]赵树理也指出:"如果只单纯地访问某个人创造先进事迹的经过,而不和他在一起劳动生活,那么访问一千个一万个先进生产者也没有用。访问多了脑中也可能会形成一个概念,会写出一个总结来,但也只会是一个概念化的东西。"[3]由此可见,秦兆阳"不介入"的状态固然有"很少与人发生矛盾"的好处,却也使他无法真正深入农村,了解农民。在马烽看来,文艺工作者就是要"搅到各种矛盾中去,受点儿难为,流点儿汗,克服工作中的某些困难,做出点成绩",才能"真正地深入了生活,才能

---

1 魏华:《谈谈深入生活的态度》,《东北文艺》1953年1月号。
2 柏山:《关于作家下厂下乡的若干问题》,《文艺月报》1953年1月号。
3 赵树理:《和工人习作者谈写作》,《人民文学》1958年5月号。

较深地理解各种人物"[1]。

对生活不够深入的作家，自然无法创作出深刻的文艺作品。秦兆阳的作品就受到了很多评论家的诟病。侯金镜曾提醒徐光耀："康濯[2]、秦兆阳的农村小说有一个共同的弱点是没有反映现在农村中阶级关系的变化或阶级斗争，因之显得思想性薄弱、肤浅、不深厚，而且缺乏社会意义。"[3]有评论者认为："（秦兆阳）是在用某些文学描写的手法，代替对现实生活的深入发掘和表现。"[4]巴人在评价《农村散记》时也指出："在《农村散记》里所反映的老年一代人的生活道路，也总不出是天灾、人祸：十年九涝，国民党、鬼子、土匪，外加上地主的压迫，……就是这些一连串比较简单的复述。深刻的阶级斗争的生活面貌，很少在作品中得到反映。……我们不能不感到作者对中国人民斗争生活的熟稔程度是不够的和不深入的。"[5]所有的"薄弱、肤浅、不深厚""不够"和"不深入"，都与秦兆阳的"浮游"状态有关。[6]

1　马烽：《关于写农村生活》（1980年），《马烽文集》第八卷，第159页。
2　作家萧也牧曾写过一篇题为《我和老何》的小说，称赞了热心为群众服务的干部老何，讽刺了"我"这个"很少作为"的干部。康濯在为《萧也牧作品选》作序时回忆道："（小说中的）这种种情景，也完全是我和萧也牧都大同小异地互相经历过，不仅那位老何的几个模特儿我全都认识，甚至那位'我'的形象中也可能还有着我个人身上的一点一滴的。"（见康濯：《斗争生活的篇章》，引自萧也牧：《萧也牧作品选》，百花文艺出版社，1979年版，第3页。）
3　徐光耀：1953年7月8日日记，《徐光耀日记》第六卷，第185页。
4　浦存伍：《谈秦兆阳的"农村散记"》，《文艺报》1954年第6号。
5　巴人：《读〈农村散记〉》，《遵命集》，第9—10页。
6　秦兆阳在1963年广西文联一届三次扩大会上谈到"深入生活"的话题时表示："我不是谈自己深入生活的经验，因为我还远远地没有改造好，没有什么成功的经验好谈。"他说自己在战争年代曾和十来个干部在高粱地里藏了一天，天黑时有两个侦察员自告奋勇到村里找向导，他和其他人一起趴在村外等候，后来一位司令员批评秦兆阳："你不应该等着，应该跟那两个侦察员一起进村去找向导。在生活里应该处处积极主动，承担责任，走在群众前面。"（见秦兆阳：《深入生活，改造思想，做一个彻底革命的文艺工作者》，《秦兆阳文集》第5卷，第479—480页。）

第二节 "深入生活"与创作困境

　　1943年，凯丰在《关于文艺工作者下乡的问题》一文中指出：作家下乡，要"打破做客的观念，真正去参加工作，当做当地一个工作人员出现。到部队里去就是军人，到政府里去就是政府的职员，到地方党去就是党务工作者……不管职务之大小，担任一定的职务，当一个指导员，当一个乡长，当一个支部书记，当一个文书，当一个助理员等等。……不要固守作家、文化人身份而要把自己当作当地一个普通工作人员。要在工作中体验生活而不要抱收集材料的态度，要抱长期工作的态度而非暂时工作的态度"。[1] 也就是说作家下乡不能仅仅是体验生活，更要积极参与工作，只有真正投入到具体工作中，才算是"深入"了生活。有人讲到自己所在的河南省文联创作组下乡参加土改的经历，由于"没有担当工作员的工作"，"你既不能为群众做什么，群众自然也不会来找你谈什么。……一个月以后，我们从'生活'中回来了。可是得到些什么呢？"[2] 与之相反，还在当记者的浩然本来只是下乡完成采访任务，但由于之前有丰富的基层工作经历，所以"在采访中不知不觉地把旁观者的身份改变为参加者。跟社干部们一起挤在炕上，围着油灯，开会议事，甚至加入他们粗脖子红脸的争吵"[3]，这为他日后的创作积累了丰富的素材。叶圣陶就这样称赞浩然的短篇小说集《喜鹊登枝》："作者是凭他深入的生活经验写成这些短篇的，所以能使

---

[1] 凯丰：《关于文艺工作者下乡的问题》，《解放日报》1943年3月28日。
[2] 郑克西：《我们的文艺创作落后于现实》，《文艺报》1953年第8号。
[3] 浩然口述、郑实采写：《浩然口述自传》，天津人民出版社，2008年版，第165页。

读者得到仅仅参观访问未必能得到的领会。"[1] 上节提到的《农村体验生活记》的作者寒梅，在意识到自己的生活不够深入之时，想起了毛主席的教导——"到群众中去，到火热斗争中去！"于是"立刻向农业生产合作社的主任董殿福同志，提出了参加工作的要求。他完全答应了"。根据寒梅的描述，在参加合作社的具体工作之后，他们与群众的利害关系开始趋于一致："我还记得：有一大片新纪录麦子，提早播了种，个把月还不曾发芽，我们真有点不放心，每天早上都要到地里去看上一看，一天发现嫩绿的麦芽苗出了地面，便狂喜起来，就立刻走告村里的人们。这也许就是与农民思想感情结合的开始？"从这以后，"我们也感觉到农民已经把我们看成是自己人了。不但合作社的大事小情，同志们都找我们来商量，就是农民们的个人私事，以及家庭纠纷，夫妻口角，男女对象，……我们也都会知道的一清二白"。[2] 赵树理也认为："深入到生活中去，首先还得树立做主人的思想，要参加一定的工作。"[3] 他自己1949年前的作品就"大半是从当区长和作土地改革工作中取得原料的"。赵树理说自己和农民们："到田地里作活在一块作，休息同在一株树下休息，吃饭同在一个广场吃饭；他们每个人的环境、思想和那思想所支配的生活方式、前途打算，我无所不晓。当他们一个人刚要开口说话，我大体上能推测出他要说什么。"[4] 这个习惯一直保持到了新中国成立以后。在赵树理蹲过点的村子，农民们都说："老

1　叶圣陶：《新农村的新面貌——读〈喜鹊登枝〉》，《读书》1958年第14期。
2　寒梅：《农村体验生活记》，《东北文学》1953年10月号。
3　赵树理：《做生活的主人——在广西壮族自治区文艺创作座谈会上的发言》，《广西日报》1962年11月13日。
4　赵树理：《决心到群众中去》，《光明日报》1952年5月24日。

赵在这里蹲点的时候，正是大办农业社的那阵子，他不仅参与办社的大事，连改革农具，修补房屋，调解家务纠纷等等他都参与，而且是认真地帮助解决这些问题。吃饭的时候，他常常是端着饭碗在饭场上和农民们聊天，也常常和喜爱文娱活动的人们一块唱上党梆子。谁都不把他当作家看待，而是看做他们当中的一员。"作家马烽从农民们的话中看出了赵树理"深入生活的一个轮廓"，据马烽观察："赵树理在一些谈创作经验的短文里，或是在和青年作者的谈话中，总是一再强调深入生活的重要性。"在他看来，赵树理之所以可以写出那么多优秀的作品，"除了其他原因之外，最重要的一条就是他长期深入生活，熟悉农村中各种各样的人物"[1]。

这样看来，深入生活、介入农村的具体工作和事务对于作家的创作大有裨益，然而从前引的日记中我们看到，徐光耀认为恰恰是繁忙的工作影响了他的写作，相比之下，到处"浮游"却能接二连三发表新作的秦兆阳反倒让他心生羡慕。[2] 在丁玲看来，工作影响写作的情况并不存在："这几天有人向我说工作太多了，忙得连创作的情绪也没有了。我想是不会的。生活，并不等于事务，并不要你事务主义。生活本身就是创作，而且作家是在任何时候也在进行创作的。一个普通人在生活和工作中，常常有所感，有种诗意，也想写点什么，有创作的冲动。……生活既然是创作的源泉，怎么会妨碍创作呢？"不过对徐光耀这样的作家而言，"工作"影响的并非"创作"的情绪，而是"创作"的时间，对于这一问题，丁玲只是含糊其辞地说："不过工作过多、工作时间较长，使人无法进

---

[1] 马烽：《忆赵树理同志》（1978年10月），《马烽文集》第七卷，第236—237页。
[2] 关于这一问题，程凯的长文《"深入生活"的难题——以〈徐光耀日记〉为中心的考察》（《中国现代文学研究丛刊》2020年第2期）已经做了比较全面的探讨，故本书不再涉及。

行比较细致的创作的组织工作,没有时间写,那是有妨碍的。这就不是生活妨碍创作情绪的问题,只是想一个具体办法,使得你有时间来写的问题了。"[1]对于一些基层的文艺工作者来说,工作过多导致无暇创作的情况其实非常普遍,广东的一位文艺工作者就给《广东文艺》写信称:"很久都未曾寄稿给你们,你们一定怀疑我对写作降低情绪了。其实不是,我时刻都把这光荣的任务挂在心头。我们互助组是全乡的重点组,县委批准今冬转社(我是互助组干部之一)。夏收夏种期间,夜夜要评分、排工、总结成绩、分配工作或读报等,因此连写稿也停止了。……我组的田都中耕三次,普遍都施追肥,除两次杂草,并彻底战胜了虫害。禾田评比时,我互助组内有三亩以上插上了红旗。我把这些情况告诉你们,相信你们也一定欢喜吧!"[2]从这封信的语气中可以看出,这位文艺工作者并不为无暇写作感到焦虑,在他眼中,互助组的实际生产工作无疑更为重要,为此而放弃写作是理所当然的。相比之下,徐光耀似乎是把写作看得比实际工作更重要了。在程凯看来,凯丰的《关于文艺工作者下乡的问题》设定了"工作、结合、改造优先的框架",在此框架下,"能否形成创作反而变得次要,甚至顾及创作变成阻碍工作深入、改造决心不彻底的羁绊"。[3]但程凯或许忽略了凯丰讲话最后的落脚点"不是为着别的,而是为着文艺运动"[4]。徐光耀看重写作也并非完全为了个人名利,而是因为像他这样的专业作家都有

---

[1] 丁玲:《到群众中去落户》,《丁玲全集》第七卷,河北人民出版社,2001年版,第366页。

[2] 唐民强:《搞好生产也做好文化工作》,《广东文艺》1954年12月号。

[3] 程凯:《"深入生活"的难题——以〈徐光耀日记〉为中心的考察》,《中国现代文学研究丛刊》2020年第2期。

[4] 凯丰:《关于文艺工作者下乡的问题》,《解放日报》1943年3月28日。

规定的写作任务,并不能像基层文艺工作者一样随时抛开。周扬在1951年底的文艺整风中即指出:"一个文艺创作机关,或一个文艺作者一年两年没有产生作品,或产生的作品是不能用的,那他就是没有完成生产任务,按劳动纪律讲,就是不允许的。"[1]毛泽东在《中国农村的社会主义高潮》中的一则按语里也对作家们流露出一丝责备之意:"这里又有一个陈学孟。在中国,这类英雄人物何止成千上万,可惜文学家们还没有去找他们,下乡去从事指导合作化工作的人们也是看得多写得少。"[2]

那么,像徐光耀这样的作家究竟应该怎样平衡"工作"与"写作"的矛盾呢?从领导方面讲,需要尽可能地保证作家们的创作时间,一种理想的状态是:"农村的领导者和同事们对作家的生活也都谅解,因而在安排岗位的时候,差不多就给作家们留着机动的余地。"[3]但现实的情况并不理想,工作与创作的平衡更多的还是要靠作家自己。一度特别"强调行政工作与创作的矛盾","强调参加社会政治活动过多,因而占去了写作的时间"的骞先艾,说自己"读了西蒙诺夫的《论作家的劳动本领》,才认识到以上的看法是不正确的"[4]。西蒙诺夫在这篇文章中首先特别称赞了高尔基写到"肩膀和手腕都发痛"的工作状态,并有意地将其与农夫的劳作相类比:"他每天起来就为了在一天之内开垦完一大块土地,他不

---

[1] 周扬:《整顿文艺思想,改进领导工作——十一月二十四日在北京文艺界整风学习动员大会上的讲演》,《人民文学》1952年1月号。
[2] 毛泽东:《合作化的带头人陈学孟》按语,中共中央办公厅编:《中国农村的社会主义高潮》中册,第544页。
[3] 赵树理:《万里同心——答瓦连津·奥维奇金》,《文汇报》1958年5月24日。
[4] 骞先艾:《后记》,《新芽集》,第110页。

离开桌子,也不去休息,直到他一点也不遗漏地开垦完毕为止。最后,到他给自己休息的时候,他的肩膀和手腕在紧张和艰苦的写作劳动之后隐隐作痛了。"接下来西蒙诺夫就"从那些被社会工作占去不少时间而在自己的写作劳动中造成一定困难的人们谈起",认为作家应该为自己担任的社会工作而自豪,"不应当为此发牢骚",也"不应当影响文学的劳动作风,不应当影响它的持续性,因为不每天伏在写字桌上工作,最后的结果必然是对这一工作生疏起来",因此西蒙诺夫主张作家每天至少写作"一个半到两个钟点,但是,是一天天地不断的",简而言之,就是工作再忙也要挤出时间来写作。但西蒙诺夫提出某些要求,如"结束一篇写稿的工作时,就立即着手下一个写稿工作"[1]等等,又未免过于苛刻。相比之下,茅盾提出的做法更加务实:"作家在群众生活中,应该不要忘记他自己劳动的特殊任务,人类灵魂工程师的任务。在适当时期中担任一定工作是好的,但他应该随时随地在进行对于一切人物、生活和斗争的观察、体验、分析和研究。在观察、体验、分析、研究的同时,并应尽可能的写出一些报道、速写等形式的短小作品。但是千万不要本着一种主观的急于求成的心情,刚刚一到群众生活中间就急急忙忙替自己规定出了二十万字或三十万字的题材计划;这样的计划是相当危险的。"[2]一旦有了这种"宏大"的写作计划,作家就会不由自主地对实际工作产生厌恶心理,"认为'临时任务'一来,妨碍创作,原来大作就永远不能完成了",在赵树理看来,"这种错误观点的产生基本上就是因为生活与政治不能密切配合,政

---

[1] 西蒙诺夫:《论作家的劳动本领》,西蒙诺夫等著:《论作家的劳动本领》,周若予等译,新文艺出版社,1955年版,第1—12页。
[2] 茅盾:《新的现实和新的任务》,《人民文学》1953年11月号。

治水平还不够高"[1]，"不注意政治，没有深入到生活里去"[2]。而像柳青、周立波等写出了优秀长篇小说的作家，在参加实际工作伊始并没有急于求成，而是像茅盾说的那样，以创作短篇小说或特写为主，比如柳青创作了《新事物的诞生》《灯塔，照耀着我们吧！》《王家斌》，周立波创作了《盖满爹》《禾场上》等等，这些短小的作品不仅可以帮助作家完成职责之内的"生产任务"，而且都为他们后来的长篇小说打下了基础。王林在1961年2月1日的日记中写道："今天把《创业史》第一部上卷看完了。人物性格是突出的，感情是深厚的，非有长期的深入的农村生活是写不出的。……有深厚生活就会有创作性。"[3]这个评价再次印证了"深入生活"的必要性和有效性。

从后设视角看，《创业史》的成功足以让"先短后长"成为值得效仿的工作方法。但这并不意味着在《创业史》出现之前，柳青在生活与创作上都是游刃有余的。在当时很多追求数量的文艺界领导看来，柳青在《创业史》之前创作的那些"短"作品几乎可以忽略不计，他们甚至对类似秦兆阳的创作状态大加赞赏，省领导多次督促柳青："看来×××的道路是正确的，跟上铁路跑，写些及时反映人民群众火热斗争的文章。""可以像其他作家一样，到处跑跑，收集些资料，写点小东西。"领导的措辞还算委婉的，很多针对柳青创作量的讽刺都极其刻薄，甚至会说柳青"革命意志衰退"。柳青的妻子也因此对柳青的能力产生怀疑，夫妻吵架非常频繁，家庭一度到了崩溃的边缘。刘可风后来用"内外交困"形容柳青这一

---

[1] 参见黎南：《赵树理谈"赶任务"》，《文汇报》1951年2月22日。
[2] 赵树理：《和工人习作者谈写作》，《人民文学》1958年5月号。
[3] 王端阳编录：《王林日记·文艺十七年（之七）》，《新文学史料》2014年第4期。

时期的生活状态："这就是他内外交困，咬着牙拼命写作，而一直达不到目的的1956年，也是家庭矛盾最尖锐，心情最抑郁，想尽办法寻找转机，但始终不见光明，他后来说的最'灰'的一年。"[1] 由此可见，压力并不一定是动力，无限加码的创作量足以压垮一个职业作家，甚至是已有足够生活阅历和创作经验的成名作家。

赵树理也遇到过类似的创作压力："我下去了两个月，可惜没有争取到主动，因而没有起到应有的作用。在大跃进浪潮中，我计划先写一个回忆中的小说，可是这与生活锻炼有矛盾，写了几天就觉得应该放下它先到生产中去。不妙的是我曾在一次谈写作的会上透露过我的计划，报刊上刊登出去，弄得我更动不得，只得坐下来写。"[2] 痛苦虽不及柳青那么强烈，但也足以反映出这种矛盾在职业作家中的普遍性。赵树理在各种讲话中时常流露出对业余作家的羡慕之意："我很羡慕业余作家，业余业余，业余了才写，业不余就不写。""业余作者有一段时间没有写出东西来也不要着急。业余作者和职业作者不同，业不余就可以不写。"[3] 除了没有硬性的写作指标，赵树理更羡慕的是业余作家在生活中的自然状态："你们是业余作者，每天生活在群众中，这一点比专业作家条件优越。你们的职业首先是工作，是劳动，其次才是挤点时间搞创作，这就是余。"[4]

业余作家对生活的感觉确实比专业作家更直接，但这并不意味着业余作家就不需要深入生活了。在广东揭阳县蓝东区锡西乡搞

1　参见刘可风：《柳青传》，第171—179页。
2　赵树理：《在深入生活作家座谈会上的发言》（1958年），《赵树理全集》第五卷，第251页。
3　赵树理：《作家要在生活中做主人》，《新湖南报》1962年11月25日。
4　赵树理：《在阳城业余作者座谈会上的发言》（1959年），《赵树理全集》第五卷，第320页。

群众文化宣传工作的一位文艺工作者说:"这里爱好文艺的青年农民很多,我准备把他们组织起来,和他们共同学习、深入生活、多读、多想、多写。"[1] 人处在熟悉的生活中,往往会对很多事物习焉不察,所以需要将生活对象化,重新进行思考、提炼、表达和实践,这是在深入生活基础上的再深入。赵树理就以毕革飞为例,再现了这个过程:由于经常要"直接发动群众来完成上级赋予的任务",毕革飞"对上级、对群众都要直接见面,因此在理解大政方针和深入群众方面,要比我们这些在其他业务上不直接负责、只是'在上边听听、到下边走走'的人认真得多"。具体到创作中,就"必须真正地从思想上钻进兵里边,从下往上看……首先在对于战争的感性认识上和战士们一致起来,爱兵之所爱,恨兵之所恨,乐兵之所乐,忧兵之所忧"。另一方面还要"从上往下看","不仅仅是从表面上跑到领导机关去转一转,而是要确切地了解领导意图、战役的步骤和所采取的手段等等……"毕革飞说:"创作一段短小精悍的快板诗,写的时间并费不了多长……更多的时间是花费在瞅'点子'上,也就是发现群众当前迫切需要解决什么问题,对解决这个问题在群众活动中已经涌现出来的先进人物和积极因素。要想瞅准这个'点子',也就是发现创作主题,必须对战役的特点有个概括的了解,对政治工作的要求有比较明确的认识。"正因为有这样一个过程,所以毕革飞虽然"和群众过着共同的创作生活",但总是能够"比群众更有计划、有选择,政治性更集中",他眼中的生活图景与普通群众相比也一定更加开阔、丰富、全面。

赵树理试图强调的,不仅仅是毕革飞相对于专业作家和普通

---

[1] 《陈君励来信》,《广东文艺》1954年创刊号。

群众的优越性,更是毕革飞作品的"及物性"。由于毕革飞的写作"是为了服从本行本业的直接需要的""其着眼点首先是'能否助业'",所以他的快板尽管有内容重复的情况,"也比那些文从字顺、合辙押韵、空空洞洞、言之无物的诗好得多"。赵树理把毕革飞这样的作家称为"助业作家",在他们身上完整地体现了从"深入生活"中得来的创作再"深入"到生活中去的过程,这是以"为工农兵服务"为宗旨的作家们最为向往的理想状态。

第三节 "生活样式"与新形式的创造

毕革飞曾说过:"工农兵群众写快板原本没有考虑当作家,也没有计划在刊物上发表,顶多有一部分是在本单位的黑板报上登载。把快板写在大街上就叫它街头诗,写在枪杆上就叫它枪杆诗。有的干脆就是口头快板,在娱乐的时候说就叫做文娱节目,在劳动战斗中说就是群众性的自我鼓动工作。"[1]赵树理有一段自我陈述与毕革飞的表述非常类似:"我在抗战初期,原没有打算当一个作家。我是在山西省牺牲救国同盟会做宣传工作的,写些什么传单呀,快板呀之类,什么都写,除此之外我没有写作的任务,连业余作者也不是。当时我所写的都不是什么文艺作品。有一次,有个人把汪精卫画成一个猴子被日本人牵着,我在画上提了这样的字:'做了日本官,好像猴爬杆,一时不听话,就要挨皮鞭,再说不干吧,人家用绳拴,抗战胜利后,怎么到人前?'这说不上是诗,就是宣传品,散到哪里,哪里的群众就念,有的人把它从电线杆上揭下来,

---

1 赵树理:《谈"助业作家"——纪念毕革飞同志》,《解放军文艺》1964年5月号。

往口袋里装，可见有人要这个东西。……我写那些东西是诚心诚意当作革命工作做，因为这对革命有利嘛。"[1]可以看出，赵树理颇为怀念自己成为作家之前的工作状态，和毕革飞以及广大的工农兵作者一样，赵树理那时的"创作"与群众的需要是直接对应的，群众需要什么，赵树理就供给什么，不会拘泥于某种形式，甚至不会拘泥于是否是"作品"。在成名之后，赵树理与群众接近的机会不像过去那么多了，但他始终把"群众需要"作为衡量文学形式的关键尺度："评书（以及曲艺中的其他曲种）直接和群众在一起，是和群众没有脱离关系的文学形式，我们小看它就会犯错误。"[2]赵树理把评书、鼓词、民歌等形式统称为群众的"自在文艺"，说自己和群众"一道儿在这种自在的文艺生活中活惯了，知道他们的嗜好，也知道这种自在文艺的优缺点，然后根据这种了解，造成一种什么形式的成分对我也有点感染，但什么传统也不是的写法来给他们写东西"[3]。赵树理对"自在文艺"的态度是"首先掌握了它，然后再发展它"[4]，所谓"发展"就是对"自在文艺"的优缺点进行扬弃："看看其中哪些说法是高明的，应该学习的，哪些是俗气的、油滑的、调皮鬼喜好正经人厌恶的，学不得的，把值得学习的办法继承下来，再加上自己的发明创造，就可以成为自己的一套写法。"[5]这样一来，一种不同于"自在文艺"的新形式就在赵树理手中诞生

---

[1] 赵树理：《作家要在生活中做主人》，《新湖南报》1962年11月25日。
[2] 赵树理：《从曲艺中吸取养料》，《人民文学》1958年10月号。
[3] 赵树理：《〈三里湾〉写作前后》，《文艺报》1955年第19期。
[4] 赵树理：《从曲艺中吸取养料》，《人民文学》1958年10月号。
[5] 赵树理：《随〈下乡集〉寄给农村读者》，《文汇报》1963年6月2日。

了[1]，正如陈荒煤所言："他的创作很明显的批判的接受了中国民间小说的优秀传统，然而他以今天群众的活的语言描绘了当前的斗争现实，经过自己的提炼，他创造了一种新形式。"[2]

然而，赵树理的形式实践并不是一帆风顺的。既抱定了满足"群众需要"的宗旨，那就必然要像毕革飞一样着眼于"群众当前迫切需要解决"的问题。赵树理对此有着高度的自觉，他甚至把自己的小说称为"问题小说"[3]："我在作群众工作的过程中，遇到了非解决不可而又不是轻易能解决了的问题，往往就变成所要写的主题。"[4]但与毕革飞不同的是，赵树理"对解决这个问题在群众活动中已经涌现出来的先进人物和积极因素"的描写总是不及落后人物与消极因素，《邪不压正》之后的不少作品都会遭受类似的诟病："一个矛盾的两面，作者善于表现落后的一面，不善于表现前进的一面，在作者所集中要表现的一个问题上，没有结合整个历史的动向来写出合理的解决过程。"[5]对这类批评，赵树理往往不为所动，直到公社化之后，他发现了"现行的领导方法"的严重问题，"在这种情况下，我不但写不成小说，也找不到点对国计民生有补的事，因此我才把写小说的主意打消，来把我在农业方面（现阶段的）一些体会写成了意见书式的文章"。[6]如研究者所言，此时的"问题"已经"大到无法解决"，"'写不成小说'这一叙事的

---

1 鲁迅在1930年代曾指出："旧形式是采取，必有所删除，既有删除，必有所增益，这结果是新形式的出现，也就是变革。"（见鲁迅：《论"旧形式的采用"》，《鲁迅全集》第六卷，第25页。）

2 陈荒煤：《向赵树理方向迈进》，《人民日报》1947年8月10日。

3 赵树理：《当前创作中的几个问题》，《火花》1959年6月号。

4 赵树理：《也算经验》，《人民日报》1949年6月26日。

5 竹可羽：《评"邪不压正"和"传家宝"》，《论文学与现实的关系》，第91页。

6 赵树理：《致陈伯达（二封）》（1959年），《赵树理全集》第五卷，第344页。

失败表明了'问题'已经无法用叙事来缝合,至少在赵树理的'形式'中无法缝合"。[1]赵树理遭遇形式困境的根本原因其实在于内容的"不可写",当时的作家对此多少都有同感,徐光耀在日记中多次反思自己"在看问题的时候,就自然而然地去到处挑毛病,看一切都不顺眼,只看见落后的那一面,看不见新生的、向前发展的积极的那一面,也是光明的那一面"。这导致他看到的很多东西"是用不得的。例如,应该纠正的偏向,需要改造的人物等。而这些东西之间,又是反面的东西多(糟糕的、阴晦的、见不得人的,如官僚主义、军阀残余、主观莽撞……),而转变后新生的东西又没有了。这怎么写得?"[2]西戎写于1981年的《也谈深入生活问题》中对这种在深入生活中发现的"问题""不可写"的情况有所触及,并尝试给出了解决方案:"他们的通病是偏重于注意一般社会现象和普遍存在的工作中的问题。而且他们所感到的问题,又都不太可能成为文学创作的素材。这就是说他们忽略了对人的仔细观察、分析和感应,特别是人与人之间所发生的种种微妙复杂的矛盾和心态的变化。"也就是说,避开"不可写问题"的方法是把注意力转移到"人"的身上。然而,西戎在大连会议上对"人"的看法还是让他受到了指责和批判:"不但要注意运动高潮时在欢乐声中积极分子们的狂热,同时也还要特别注意观察、分析、研究运动后期(低潮时期)处于中间、落后状态人们的苦闷和徘徊,在前一种人的身上,可以明确看见对集体化道路的热情和向往,而在后一种人的身

---

1 朱羽:《形式与政治——阅读赵树理》,杨占平、赵魁元主编:《新世纪赵树理研究·研究》,北岳文艺出版社,2016年版,第64页。
2 徐光耀:《徐光耀日记》第二卷,第392页。

上,更能窥见人们思想深处毫无粉饰的真情实感。"[1]在趋向激进的1960年代,不仅"问题"是"不可写"的,"中间人物"也成为了禁忌。

由此看来,表现"生活"中"新生的、向前发展的积极的那一面",表现"在群众活动中已经涌现出来的先进人物和积极因素"是肯定不会犯错的,但这样理解显得过于消极,应该看到"生活"的积极面向给文艺形式带来的新的可能性。新中国成长起来的青年作家浩然就以反映生活的积极面著称。与赵树理同样,"浩然自幼在老区农村长大,……作过区干部,十几年来一直在农村生活和工作,也亲眼看到了农村自土改以来的翻天复地的变化……很多农业社员、干部都和他结交成知心的朋友,他们对浩然无话不谈。浩然经过长期在农村工作的磨炼,对农村生活是熟悉的,他和群众有着亲密的联系,这一切就成为他创作的源泉和基础"[2]。浩然有一篇歌颂新人新事的小说,就取材于他的亲身经历,小说写韩兴老汉虽然操心着女儿的婚事,但却一改旧式的包办作风,他亲自到邻村"微服私访",发现女儿自由恋爱的对象确实是个好青年之后,两家人皆大欢喜。在众多宣传《婚姻法》的小说中,这部作品"跳出了老框框、有了新角度"[3],但为这新人新事赋予形式感的,却是"喜鹊登枝"这一非常传统的预兆,小说的开头这样写道:

> 清早,两只花喜鹊登在院当中那棵矮矮的桃树上,冲着窗户喳喳地噪叫。

---

1 西戎:《也谈深入生活问题》,《西戎小说散文集》,第206、209页。
2 钟灵:《农业合作化的赞歌——简评浩然的短篇小说集〈喜鹊登枝〉》,《文艺报》1959年第7期。
3 浩然口述、郑实采写:《浩然口述自传》,第155页。

韩兴老头从农业股回来,把粪筐放在猪圈墙下边,扬着脸,捋着黄胡子,朝那两只花喜鹊嘻嘻的笑着。这老头是个乐观而又好荣誉的人。他寻思着喜鹊预兆的喜事。[1]

在很多作家看来,以传统引入新人新事,或将新人新事放在传统的形式中,可以使新人新事更容易被农民接受。浩然对此非常自觉,最后还把小说名定为《喜鹊登枝》,因为它"不仅新颖、响亮、通俗易懂,而且显得民族化大众化,使整篇作品鲜活起来了"[2]。

传统形式的确更容易被农民接受,但这并不意味着农民不能接受新形式。赵树理说过:"我们不要把群众看得那么狭隘。群众可以接受知识分子的东西。"[3]在个别情况下,农民甚至可以在形式创新上走到作家前面,刘澍德的小说《桥》就写道:经过了"总路线"的教育之后,二珠决定自己结婚时用的围腰不再"画什么'喜鹊登梅',什么'四时富贵'那些老古板啦。我要画新的,画从前没有人画过的样式,我要画'总路线'",她把天安门"描在紧上面",把旧农村画在右边,把新农村画在左边,然后"挖尽心思,画出中间那道水,又独出心裁画出架在水上的那座桥。……桥那头,已经走过几个人,前面那个,手里高举红旗,走上通向新农村的大道。桥中间,人多一些,有两个人靠在石栏上面两边观望。刚刚走上桥的,是一对青年农民,女的抱着麦穗,男的手举镰刀,向后面来的许多人招引。如果你问:这对青年是谁?告诉你:我和小

---

[1] 浩然:《喜鹊登枝》,《喜鹊登枝》,作家出版社,1958年版,第62页。
[2] 浩然口述、郑实采写:《浩然口述自传》,第155页。
[3] 赵树理:《从曲艺中吸取养料》,《人民文学》1958年10月号。

海。……我要把天安门绣成黄色,村庄绣成绿色,那座桥,我想把它绣成金红,绣得金光闪闪。结婚的围腰,从来没人绣过这个名堂,老辈子人也许要看不惯,不管他!"。这时老农会看到了二珠的"总路线",连连夸奖道:"你这小鬼,可真了不起!你想的好!正该是这样:生活的样式新了,围腰的样式也该随着新,你开了个很好的头:你给结婚的围腰,造出个新的样式。"[1] "喜鹊登梅"一类的旧样式在农民中的积极分子这里已经被淘汰了,他们因为深切地感受到了生活"样式"的更新,所以有充沛的自信和活力为这种新的生活赋形,而当他们知道新生活是"总路线"带来时,他们同样可以展开丰富的想象力为这种相对抽象的名词赋形。群众的形式创造是多样化的,在"大跃进"时期的新民歌中,就不仅有"各式各样吓倒玉帝和龙王"的作品,还有很多清新朴素的即兴之作,康濯就举过徐水县南张丰村的一个例子:"一行新栽的杨树跟前,保养负责人挂了一块木牌,上面写着:'这行树,我们管;只许看,不许砍。每五天,浇一遍;保种保活保美观。'这几句话显然只是管树人的即兴之作,而且也显然不同于吓倒龙王与赛过孙悟空的那种气魄;但是,谁又能说这不是劳动人民精神财富创造上的香花呢?"[2] 康濯在农民的形式创造面前自愧不如:"他们平平常常讲述的一个故事,都不免使我们的作品失色。他们在写作中的政治立场和艺术魅力,他们作品中热烈的爱憎,新鲜而生动得有时要使人大吃一惊的形象,丰富多彩的语言和想象,以及浓烈诱人的生活的芳香,都无不给我们以营养。"[3] 赵树理也表示:"(群众创作)在文章

---

1 刘澍德:《桥》,《桥》,第101—103页。
2 康濯:《让文艺的红旗遍地高扬》,《初鸣集》,第19页。
3 康濯:《初话徐水公社史》,《初鸣集》,第16页。

风格上,虽然不一定都很出色,但出色之处往往也为我们专业写作者所不能及。"[1] "最近的群众文艺创作之多,多到我们无法估计,其中有多少特殊优秀的作品,多少出乎我们思想框子之外的新思想、新方法,都正待我们去发现、去总结。"[2] 由于专家"对群众关心得不够,群众等不及了,自己来,白手起家,弄多少算多少。在这样情况下,群众创作的东西,比我们专家的还要实在一点,只从这一点说来,群众是超过了专家的。……最近《人民日报》刊登了一幅农民创作的画,画的是一个人站在玉米棒子上看泰山。这样的内容专家应该想得出来,而没有想出来,那是由于专家对群众生活不热心"[3]。

当然,当时的专家并非对群众漠不关心,有研究者指出:那个时期的农民创作"大多经过了更有文化也更明了政府宣传口径之人修改过"[4]。不过在当时的报道中,常常有专家改作反不如农民原作的例子:"'玉米树钻天'里的'树'原作只有一株。虽然只有一株,观众不会以为它不是许多株的代表。似乎,漫画家把洗炼的艺术手法看成是简单化,追求的是'多多益善',改作时加上好几株。本来是单纯的构图,现在被改得繁琐了。本来是重点鲜明的形象,现在改得平淡无奇了。……这,如果不是马虎,只能说是因为漫画家把原作的优点当成缺点的缘故。……这些作品使人觉得:农民画是创作,现在似乎要它接近素材。农民画是诗,现在一改把诗意也

---

1 赵树理:《谈文艺卫星》,《前进》1959年第2期。
2 赵树理:《彻底面向群众》,《北京文艺》1958年10月号。
3 赵树理:《从曲艺中吸取养料》,《人民文学》1958年10月号。
4 陈泳超:《白茆山歌的现代传承史:以"革命"为标杆》,中国社会科学出版社,2020年版,第34页。

削弱了。"[1]这样的例子表明，不能因为存在专家改作的情况就低估了农民自身的想象力、创造力和艺术表现力。由农民创造出的包含着无限热情和无限可能性的新形式，不仅在"文化翻身"的意义上形塑了新中国农民的主体位置和尊严感，而且在整个20世纪中国文学史中留下了光彩夺目的一笔。[2]

---

1 王朝闻：《完整不完整？——文艺欣赏随笔》，《人民日报》1958年11月4日。
2 关于这一时期的农民创作，不同地区、不同人群的情况还需要具体分析，比如陈泳超就观察到：即使在成为新民歌运动标杆的江苏省白茆地区，也存在不少"不革命"甚至"反革命"的歌谣，这类歌谣在当时被认定为少数富裕中农或富农所作。(参见陈泳超：《白茆山歌的现代传承史：以"革命"为标杆》。)

结 语

农业合作化运动与同时期的文艺生产如今已成为历史，对这笔丰厚的历史遗产，有必要放在整个20世纪中国史，放在当下"三农"问题的整体语境中进行认真的梳理和总结。

在1950—1970年代，对农业合作化典型经验的总结和推广一直没有停止。但进入1980年代，随着农村经济体制的巨大变动，农业合作化运动更多地以"历史教训"的面目出现在世人面前，直到今天，不少研究者仍对其持否定甚至嘲讽的态度。他们没有意识到，为改革开放提供原始积累的恰恰是被他们否定的农业合作化运动。他们更没有意识到，对农村而言，"分田到户后不久，体制改革所焕发出来的生产力即释放殆尽"[1]。2004年，沈浩来到安徽凤阳小岗村担任第一书记时，这个吹响了农村经济体制改革号角的村落依然非常贫困。针对小岗村人心涣散等诸多问题，沈浩决定"实行股田制，户户参股，规模生产，集体经营，……走合作社之路，把一家一户的经营权收回"[2]，实现了经济的快速增长。在新的生产条

---

1 贺雪峰：《组织起来——取消农业税后农村基层组织建设研究》，山东人民出版社，2012年版，第1页。

2 沈浩：《沈浩日记》，科学出版社，2010年版，第92页。

件下,"合作社"的组织形式受到了越来越多的关注,并在近年的农村脱贫攻坚中发挥了重要的作用。与此同时,越来越多的学者也开始重新回到农业合作化运动中,寻找适用于当下"三农"问题的历史经验。贺雪峰就将他的一部研究著作命名为《组织起来》,他在《后记》中表示:"经过长期调研,我认识到,在当前中国快速工业化、城市化和现代化背景下面,农民组织起来的唯一有效办法是建设好农村基层组织,农村基层组织建设是中国革命得以成功的重要基础,是中国社会主义建设取得成效的重要基础,也是中华民族和平崛起走向辉煌的重要基础。"[1]

与学术界相比,当下的文学创作者们对农业合作化及农村现状的认识已略显滞后,莫言发表于2006年的《生死疲劳》仍然在竭尽全力地为合作化时期的单干户正名;余旸在《清远乡改革记》中虽然提出"是建设的时候了,是组织的时候了",但却把组织希望寄托在"宗族势力的再兴"[2]上,与1993年出版的《白鹿原》并无太大区别。文学研究者们对当下文学"在地性"[3]的呼吁,很大程度上是因为不少作家已经脱离了土地,飞升到了《理水》中的"文化山"或是《格列佛游记》中的飞岛之上。作家作品与社会现实、基层群众的距离已远不如合作化时期那么接近。赵树理笔下那种生活在群众中,与群众有着共同爱憎的"助业作家",那种"写

1　贺雪峰:《组织起来——取消农业税后农村基层组织建设研究》,第322页。
2　参见姜涛:《"羞耻"之后又该如何"实务"——读余旸〈还乡〉及近作》,《从催眠的世界中不断醒来:当代诗的限度及可能》,华东师范大学出版社,2020年版,第19、23页。
3　姜涛:《为"天问"搭一个词的脚手架?——欧丽江河〈凤凰〉读后》,《从催眠的世界中不断醒来》,第317页。

出来马上就和读者见面""效果如何也是马上就会知道"[1]的完全为群众服务的作品，如今已是寥寥无几。

与作家的"精英化""圈子化"相对应的，就是基层群众已不再阅读他们的作品。与此同时，"因商业化大潮兴起，……各地民众自发的文化活动，除了有信仰支撑的，基本上都垮了"[2]。如今大多数农民的闲暇时间基本都花在了各种花边新闻和小视频上，甚至被赌博和迷信活动重新占据。毛泽东早在农业合作化时期就指出："对于农村的阵地，社会主义如果不去占领，资本主义就必然会去占领。"[3]文化领域的阵地也是同样道理。1954年，有文艺工作者在对江苏农村群众文艺活动的调查中发现："农村文艺活动的展开，是起了教育农民、推动工作的作用的，同时在某种程度上也改变了农村的社会风气，迷信、赌博等等不正当活动因此而大大减少了。例如宜兴县水西村在解放前是有名的'赌窟'，现在文娱活动已代替了赌博。"[4]这意味着对于今天农村文化活动出现的匮乏和反复，1950年代的经验仍有重大的启示意义，我们仍可以"从中剥离出某些合理的因素，作为文学现实发展中的某种精神资源"[5]。陈平原就提出要重视市县一级文化馆在指导乡村文化生活方面的作用。[6]在重新培养农村文艺骨干、丰富群众文艺活动的同时，还是要号召作家们回到群众中去，不断地"深入生活"，恢复作品的"在地性"

1　赵树理：《谈"助业作家"——纪念毕革飞同志》，《解放军文艺》1964年5月号。

2　陈平原：《山乡春节杂忆》，《美文》2021年第2期。

3　毛泽东：《关于农业互助合作的两次谈话》，《毛泽东文集》第六卷，第301页。

4　苏雋：《开展农村群众文艺活动的初步经验与存在的问题》，《文艺月报》1954年1月号。

5　钱理群：《构建无产阶级文学的两种想象与实践》，《兰州大学学报（社会科学版）》2005年第6期。

6　陈平原：《山乡春节杂忆》，《美文》2021年第2期。

和"及物性",重建文学与现实的有机关联,然后像赵树理当年那样"写些小本子夹在卖小唱本的摊子里去赶庙会,三两个铜板可以买一本,这样一步一步地去夺取那封建小唱本的阵地"[1]。如今的文化市场与赵树理生活的年代虽然有很大不同,但两军对垒的实质并没有改变。新技术革命固然给文学带来了挑战,但更应将其视作一种机遇——新的媒介手段已经完全可以在另一个意义上实现"写出来马上就和读者见面""效果如何也是马上就会知道",关键在于那些真正深入生活、了解群众呼声的专业作家和业余作家们是否使用以及如何使用了。

---

[1] 李普:《赵树理印象记》,《长江文艺》创刊号,1949年6月。

参考文献

（一）基础文献

《解放日报》《新华日报》《抗战日报》《人民日报》《光明日报》《文汇报》《新湖南报》《广西日报》《文艺报》《人民文学》《解放军文艺》《文艺月报》《剧本》《戏剧报》《文学评论》《北京文艺》《长江文艺》《江苏文艺》《安徽文艺》《东北文艺》《东北文学》《广东文艺》《河北文学》《延河》《火花》《新苗》《新港》《前进》《读书月报》《文艺学习》《中国青年》《电影艺术》《大众电影》《中国电影》《新农村》《文史哲》《曲艺》《十月》《新文学史料》

[汉] 许慎撰，[清] 段玉裁注：《说文解字注》，上海古籍出版社，1988年。

[汉] 毛亨传，[汉] 郑玄笺，[唐] 孔颖达疏：《毛诗正义》，北京大学出版社，2000年。

[宋] 范晔：《后汉书》，中华书局，1965年。

[梁] 刘勰著，黄叔琳注，李详补注，杨明照校注拾遗：《增订文心雕龙校注》，中华书局，2000年。

[北宋] 欧阳修撰，刘德清、顾宝林、欧阳明亮笺注：《欧阳修诗编年笺注》，中华书局，2012年。

《当代中国的广播电视》编辑部选编：《中国的有线广播》，北京广播学院出版社，1988年。

《农业集体化重要文件汇编》，中共中央党校出版社，1982年。

《人民文学》编辑部编:《评〈山乡巨变〉》,作家出版社,1959年。

《山西省第二次民间艺术观摩演出大会会刊》,1955年未刊稿。

《提倡集体创作的意义——答李健汶陈志敏》,《读书生活》1936年第4卷第12期。

《想想过去,看看现在——北京郊区三个农业生产合作社的典型调查》,北京出版社,1958年。

《延安文艺丛书》编委会编:《延安文艺丛书·报告文学卷》,湖南人民出版社,1984年。

《中国土地法大纲及中共东北局告农民书》,辽南新民师范学校,1948年。

安波:《春风吹到诺敏河》,作家出版社,1954年。

巴人:《文学论稿》,新文艺出版社,1954年。

巴人:《遵命集》,北京出版社,1980年。

卞之琳:《卞之琳文集》,安徽教育出版社,2002年。

薄一波:《若干重大决策与事件的回顾》,中共中央党校出版社,1991年。

陈播:《中国电影编年纪事》(发行放映卷),中央文献出版社,2006年。

陈仁友编剧,张沛、方冰编曲:《李顺达(四幕七场新歌剧)》,新文艺出版社,1951年。

陈云:《陈云文选》,人民出版社,1995年。

戴光中:《赵树理传》,北京十月文艺出版社,1987年。

戴煌:《九死一生——我的"右派"历程》,学林出版社,2000年。

邓小平:《邓小平文选》,人民出版社,1994年。

邓子恢:《邓子恢自述》,人民出版社,2007年。

杜润生:《杜润生自述:中国农村体制变革重大决策纪实》,人民出版社,2005年。

丁玲:《太阳照在桑干河上》,新华书店,1950年。

丁玲:《丁玲全集》,河北人民出版社,2001年。

废名:《废名集》,北京大学出版社,2009年。

郭永涛:《周立波学唱二人转》,《中国土改文化第一村》(内部发行),

2003年。

国务院法制办公室编：《中华人民共和国法规汇编》第1卷，中国法制出版社，2005年。

海默：《洞箫横吹》，中国戏剧出版社，1957年。

浩然：《喜鹊登枝》，作家出版社，1958年。

浩然：《艳阳天》，人民文学出版社，2005年。

浩然口述、郑实采写：《浩然口述自传》，天津人民出版社，2008年。

禾土、任宝贤、梅阡改编，禾土、任宝贤执笔：《汾水长流（九场话剧）》，北京出版社，1964年。

何其芳：《何其芳全集》，河北人民出版社，2000年。

河北省文联、天津作协编：《花开第一枝——五公人物志》，百花文艺出版社，1963年。

黑龙江档案馆编印：《黑龙江革命历史档案史料丛编·土地改革运动》，黑龙江档案馆，1983年。

洪子诚编：《二十世纪中国小说理论资料》第五卷，北京大学出版社，1997年。

胡可：《槐树庄（五幕话剧）》，解放军文艺社，1959年。

胡可：《槐树庄（电影文学剧本）》，上海文艺出版社，1963年。

胡可：《〈槐树庄〉创作始末》，《文史精华》1997年第1期。

胡乔木：《胡乔木回忆毛泽东》，人民出版社，1994年。

胡正：《汾水长流》，北岳文艺出版社，2015年。

华中师范学院中文系编：《中国当代文学研究资料·周立波专集》，华中师院中文系，1979年。

荒煤编：《农村新文艺运动的开展》，上海杂志公司，1949年。

黄道霞等编：《建国以来农业合作化史料汇编》，中共党史出版社，1992年。

蹇先艾：《新芽集》，作家出版社，1955年。

建明公社纪事编写小组：《穷棒子社的故事——河北遵化建明公社纪事》，人民文学出版社，1966年。

江曾培：《〈山乡巨变〉变得好》，上海文艺出版社，1961年。

金紫光编：《延安文艺丛书·秧歌剧卷》，湖南人民出版社，1985年。

靳尚君：《欧阳山在延安南区合作社》，《新文学史料》2004年第4期。

康濯：《初鸣集》，作家出版社，1959年。

李大钊：《李大钊全集》第二卷，人民出版社，2006年。

李广田：《李广田全集》，云南人民出版社，2010年。

李华盛、胡光凡编：《周立波研究资料》，知识产权出版社，2010年。

李普：《赵树理印象记》，《长江文艺》创刊号，1946年6月。

李士德编选：《赵树理忆念录》，长春出版社，1990年。

李万生：《周立波在元宝镇》，哈尔滨市政协文史和学习委员会合编：《从光腚屯到亿元村》（内部资料），2004年。

李准：《不能走那条路》，中国青年出版社，1955年。

李准：《李双双小传》，作家出版社，1961年。

梁斌：《红旗谱》第一部，人民文学出版社，1959年。

梁漱溟：《乡村建设理论》，乡村书店，1939年。

廖鲁言：《廖鲁言文集》，人民出版社，2013年。

林蓝：《栽槐树——珠河元宝区煮夹生饭经验》，《东北日报》，1947年3月12日。

刘少奇：《刘少奇选集》上卷，人民出版社，1981年。

刘少奇：《刘少奇选集》下卷，人民出版社，1985年。

刘澍德：《桥》，人民文学出版社，1981年。

刘可风：《柳青传》，人民文学出版社，2016年。

刘可风整理：《柳青随笔录》，《长安学术》第十一辑，2017年。

柳青：《种谷记》，新华书店，1949年。

柳青：《柳青小说散文集》，中国青年出版社，1979年。

柳青：《狠透铁》，作家出版社，1959年。

柳青：《创业史》第一部，中国青年出版社，1960年。

柳青：《创业史》第二部上卷，中国青年出版社，1977年。

柳青：《创业史》第二部下卷，中国青年出版社，1979年。

柳青：《创业史》，中国青年出版社，2009年。

柳青：《柳青文集》，人民文学出版社，2005年。

鲁迅：《鲁迅全集》，人民文学出版社，2005年。

陆文璧、王兴平编：《胡可研究专集》，解放军文艺出版社，1984年。

马烽：《我们村里的年轻人》，中国电影出版社，1964年。

马烽：《马烽文集》，大众文艺出版社，2000年。

茅盾：《茅盾评论文集》，人民文学出版社，1978年。

茅盾：《茅盾全集》第23—26卷，人民文学出版社，1996年。

毛泽东：《毛泽东选集（一卷本）》，人民出版社，1967年。

毛泽东：《毛泽东选集》第五卷，人民出版社，1977年。

毛泽东：《毛泽东文集》，人民出版社，1993—1999年。

毛泽东：《建国以来毛泽东文稿》第1册，中央文献出版社，1992年。

毛泽东：《建国以来毛泽东文稿》第6册，中央文献出版社，1992年。

毛泽东：《建国以来毛泽东文稿》第10册，中央文献出版社，1996年。

蒙万夫等：《柳青传略》，陕西人民教育出版社，1988年。

缪文渭：《生产互助》，生活·读书·新知三联书店，1950年。

莫言：《生死疲劳》，作家出版社，2012年。

欧阳山：《高干大》，人民文学出版社，1960年。

欧阳山：《想起毛泽东同志这封信》，《红旗》1982年第10期。

秦兆阳：《论公式化概念化》，人民文学出版社，1953年。

秦兆阳：《农村散记》，人民文学出版社，1954年。

秦兆阳：《在田野上，前进！》，作家出版社，1956年。

秦兆阳：《文学探路集》，人民文学出版社，1984年。

秦兆阳：《中国当代作家选集丛书·秦兆阳》，人民文学出版社，1992年。

秦兆阳：《秦兆阳文集》，武汉出版社，2016年。

瞿秋白：《瞿秋白文集》第二册，人民文学出版社，1953年。

人民文学编辑部编：《评〈山乡巨变〉》，作家出版社，1959年。

沙汀：《沙汀文集》，上海文艺出版社，1986—1992年。

山东大学中文系编：《中国当代文学研究资料·柳青专集》，山东大学中文系，1979年。

山东师范学院中文系编：《周立波研究资料汇编》，1960年。

山西省史志研究院编：《山西牺牲救国同盟会历史资料选编》，山西人民出版社，1996年。

邵荃麟：《邵荃麟评论选集》，人民文学出版社，1981年。

沈从文：《沈从文全集》，北岳文艺出版社，2002年。

沈浩：《沈浩日记》，科学出版社，2010年。

史敬棠等编：《中国农业合作化运动史料》，生活·读书·新知三联书店，1957年。

孙晓忠、高明编：《延安乡村建设资料》，上海大学出版社，2012年。

孙中山：《孙中山全集》第6卷，中华书局，1985年。

太行革命根据地史总编委会编：《财政经济建设》，山西人民出版社，1987年。

王端阳编录：《王林日记·文艺十七年（之六）》，《新文学史料》2014年第3期。

王端阳编录：《王林日记·文艺十七年（之七）》，《新文学史料》2014年第4期。

王端阳编录：《王林日记·文艺十七年（之八）》，《新文学史料》2015年第1期。

王端阳编录：《王林日记·文艺十七年（之九）》，《新文学史料》2015年第2期。

王瑶：《王瑶全集》，河北教育出版社，2000年。

王子壮：《王子壮日记》第2册，台北："中研院"近代史研究所，2001年。

魏巍：《谁是最可爱的人》，人民文学出版社，1973年。

吴迪编：《中国电影研究资料（1949—1979）》（上卷），文化艺术出版社，2006年。

西戎：《西戎小说散文集》，北岳文艺出版社，2015年。

萧也牧：《萧也牧作品选》，百花文艺出版社，1979年。

兴台村剧团集体创作，栾凤桐、李心斌、李永之、金剑改编：《人往高处走》，作家出版社，1954年。

徐光耀：《徐光耀日记》，河北教育出版社，2015年。

薛暮桥：《抗日战争时期和解放战争时期山东解放区的经济工作》，人民出版社，1979年。

雪苇：《论文学的工农兵方向》，海燕书店，1950年。

阳翰笙：《阳翰笙日记选》，四川文艺出版社，1985年。

袁良骏编：《丁玲研究资料》，天津人民出版社，1982年。

赵超构：《延安一月》，南京新民报馆，1946年。

赵守一：《农业生产互助合作课本》，通俗读物出版社，1954年。

赵树理：《赵树理全集》，大众文艺出版社，2006年。

郑异凡编译：《苏联"无产阶级文化派"论争资料》，人民出版社，1980年。

钟敬之、金紫光主编：《延安文艺丛书·文艺史料卷》，湖南文艺出版社，1987年。

中共陕西省委党史研究室：《中共中央在延安十三年史》（上），中央文献出版社，2016年。

中共中央办公厅编：《中国农村的社会主义高潮》，人民出版社，1956年。

中共中央办公厅编：《中国农村的社会主义高潮》选本，人民出版社，1956年。

中共中央马克思恩格斯列宁斯大林著作编译局编译：《马克思恩格斯选集》，人民出版社，2012年。

中共中央文献研究室编：《毛泽东文艺论集》，中央文献出版社，2002年。

中共中央文献研究室编：《毛泽东年谱（一八九三——一九四九）》，中央文献出版社，2013年。

中共中央文献研究室编：《毛泽东年谱（一九四九——一九七六）》，中央文献出版社，2013年中华人民共和国国史学会编:《毛泽东读社会主义政治经济学批注和谈话》,中华人民共和国国史学会,1998年。

中国电影出版社编:《李双双——从小说到电影》,中国电影出版社,1979年。

中国民间文艺研究会研究部编:《民歌作者谈民歌创作》,作家出版社,1960年。

中国社会科学院文学研究所现代文学研究室编:《"革命文学"论争资料选编》,2010年。

中国作家协会山西省分会编:《山西革命根据地文艺资料(上)》,北岳文艺出版社,1987年。

中央档案馆、中共中央文献研究室编:《中共中央文件选集(1949年10月—1966年5月)》,人民出版社,2013年。

周恩来:《周恩来选集》下卷,人民出版社,1984年。

周而复、李健吾、冯雪峰、魏金枝、许杰、叶以群、程造之、巴金、黄源、唐弢等:《〈种谷记〉座谈会》,《小说》月刊,1950年,第3卷第4期。

周立波:《暴风骤雨》,新华书店,1949—1950年。

周立波:《山乡巨变》,作家出版社,1958年。

周立波:《山乡巨变续篇》,作家出版社,1960年。

周立波:《周立波文集》,上海文艺出版社,1985年。

周立波:《周立波选集》,湖南人民出版社,1983年。

周扬:《周扬文论选》,人民文学出版社,2009年。

竹可羽:《论文学与现实的关系》,作家出版社,1957年。

庄钟庆、孙立川:《丁玲同志答问录》,《新文学史料》1991年第3期。

邹理:《周立波年谱》,上海人民出版社,2020年。

作家出版社编辑部编:《歌唱农业合作化》,作家出版社,1956年。

列宁:《列宁全集》第36卷,人民出版社,1985年。

列宁:《列宁全集》第39卷,人民出版社,1986年。

斯大林:《论列宁主义基础·论列宁主义底几个问题》,人民出版社,1953年。

［俄］克鲁泡特金：《互助论》，李平沤译，商务印书馆，1963年。

［俄］托洛茨基：《文学与革命》，刘文飞等译，外国文学出版社，1992年。

［苏］雷伐金：《论文学中的典型问题》，朱扬译，新文艺出版社，1954年。

［苏］马林科夫：《在第十九次党代表大会上关于联共（布）中央工作的总结报告》，人民出版社，1952年。

［苏］尼古拉耶娃：《论艺术文学的特征》，高叔眉译，人民文学出版社，1954年。

［苏］西蒙诺夫等著：《论作家的劳动本领》，周若予等译，曹葆华校，新文艺出版社，1955年。

（二）研究论著

艾克恩：《延安文艺运动纪盛（1937.1—1948.3）》，文化艺术出版社，1987年。

蔡翔：《革命/叙述：中国社会主义文学—文化想象（1949—1966）》（第2版），北京大学出版社，2018年。

常利兵：《西沟：一个晋东南典型乡村的革命、生产及历史记忆（1943—1983）》，商务印书馆，2019年。

陈旭麓：《近代中国社会的新陈代谢》，中国人民大学出版社，2012年。

陈泳超：《白茆山歌的现代传承史：以"革命"为标杆》，中国社会科学出版社，2020年。

费孝通：《乡土中国 生育制度》，北京大学出版社，1998年。

费孝通：《江村经济》，北京大学出版社，2016年。

冯刚等：《中国当代文学史初稿》，人民文学出版社，1980年。

高王凌：《人民公社时期中国农民"反行为"调查》，中共党史出版社，2006年。

龚明德：《〈太阳照在桑干河上〉修改笺评》，湖南人民出版社，1984年。

韩晓莉：《被改造的民间戏曲——以20世纪山西秧歌小戏为中心的社会史考察》，北京大学出版社，2012年。

贺桂梅：《思想中国：批判的当代视野》，广东人民出版社，2014年。

贺桂梅：《赵树理文学与乡土中国现代性》，北岳文艺出版社，2016年。

贺桂梅：《书写"中国气派"：当代文学与民族形式建构》，北京大学出版社，2020年。

贺雪峰：《村治模式：若干案例研究》，山东人民出版社，2009年。

贺雪峰：《组织起来——取消农业税后农村基层组织建设研究》，山东人民出版社，2012年。

洪子诚：《中国当代文学史（修订版）》，北京大学出版社，2007年。

洪子诚：《1956：百花时代》，北京大学出版社，2010年。

洪子诚：《我的阅读史》，北京大学出版社，2011年。

洪子诚：《问题与方法：中国当代文学史研究讲稿（增订版）》，生活·读书·新知三联书店，2015年。

洪子诚：《材料与注释》，北京大学出版社，2016年。

洪子诚、刘登翰：《中国当代新诗史》，人民文学出版社，1993年。

黄道炫：《张力与限界：中央苏区的革命（1933—1934）》，社会科学文献出版社，2011年。

黄锐杰：《"家庭"与革命——以解放区文学为中心》，北京大学博士论文，2017年。

黄树民：《林村的故事：1949年后的中国农村变革》，素兰、纳日碧力戈译，生活·读书·新知三联书店，2002年。

黄子平：《"灰阑"中的叙述》，上海文艺出版社，2001年。

黄子平：《文本及其不满》，译林出版社，2020年。

姜涛：《从催眠的世界中不断醒来》，华东师范大学出版社，2020年。

孔庆东：《1921谁主沉浮》，重庆出版社，2008年。

旷新年：《写在当代文学边上》，上海教育出版社，2005年。

李国华：《农民说理的世界——赵树理小说的形式与政治》，上海书店，2016年。

李时学：《颠覆的力量：20世纪西方左翼戏剧研究》，厦门大学出版社，

2012年。

李松睿:《书写"我乡我土"——地方性与20世纪40年代中国小说》,上海人民出版社,2016年。

李松睿:《文学的时代印痕:中国现代文学论集》,北京时代华文书局,2017年。

李向东、王增如编:《丁玲年谱长编(1904—1986)》,天津人民出版社,2006年。

李向东、王增如:《丁玲传》,中国大百科学术出版社,2015年。

李杨:《抗争宿命之路——"社会主义现实主义"(1942—1976)研究》,时代文艺出版社,1993年。

李杨:《50—70年代中国文学经典再解读》,山东教育出版社,2006年。

李宇:《中国革命中的情感动员——以1946—1948年北方土改中的"诉苦"与"翻身"为中心》,复旦大学政治学理论专业硕士论文,2008年。

李泽厚:《中国现代思想史论》,生活·读书·新知三联书店,2008年。

林霆:《被规训的叙事:十七年农业合作化题材小说研究》,北岳文艺出版社,2014年。

刘禾:《跨语际实践:文学、民族文化与被译介的现代性(中国,1900—1937)》,宋伟杰等译,生活·读书·新知三联书店,2008年。

刘卓编:《"延安文艺"研究读本》,上海书店出版社,2018年。

卢晖临:《通向集体之路——一项关于文化观念和制度形成的个案研究》,社会科学文献出版社,2015年。

鲁太光:《当代小说中的土地问题:以"土改小说"和"合作化小说"为中心》,北京大学博士论文,2013年。

鲁太光:《前所未有的路——中国现当代文学中农村的历史叙述问题》,中国文联出版社,2019年。

路杨:《"劳动"的诗学:解放区的文艺生产与形式实践》,北京大学博士论文,2017年。

罗岗:《人民至上:从"人民当家作主"到"社会共同富裕"》,上海人民出版社，2012年。

罗岗、孙晓忠主编：《重返"人民文艺"》，上海人民出版社，2019年。

罗平汉：《农业合作化运动史》，福建人民出版社，2004年。

罗雅琳：《上升的大地》，中信出版集团，2020年。

马维强：《双口村：集体化时代的身份、地位与乡村日常生活》，中国社会科学出版社，2018年。

钱理群：《1948：天地玄黄》，中华书局，2008年。

钱理群：《岁月沧桑》，东方出版中心，2016年。

钱理群、温儒敏、吴福辉：《中国现代文学三十年（修订本）》，北京大学出版社，1998年。

钱理群总主编：《中国现代文学编年史——以文学广告为中心》，北京大学出版社，2013年。

上海师范大学人文学院、中国现代文学研究会、中国社会科学院文学研究所：《"社会史视野下的中国现当代文学研究——以周立波为中心"学术研讨会论文集》，2020年。

唐小兵编：《再解读：大众文艺与意识形态（增订版）》，北京大学出版社，2007年。

天鹰：《1958年中国民歌运动》，上海文艺出版社，1959年。

王德威、陈思和、许子东主编：《一九四九以后——当代文学六十年》，上海文艺出版社，2011年。

温儒敏：《新文学现实主义的流变》，北京大学出版社，2007年。

温儒敏、赵祖谟主编：《中国现当代文学专题研究》，北京大学出版社，2002年。

温铁军：《解构现代化——温铁军演讲录》，广东人民出版社，2004年。

温铁军：《八次危机》，东方出版社，2013年。

吴舒洁：《知识分子与"大众化"革命（1937—1949）——以丁玲、赵树理的写作实践为中心》，北京大学博士论文，2012年。

谢保杰：《主体、想象与表达——1949—1966年工农兵写作的历史考察》，北京大学出版社，2015年。

行龙主编：《回望集体化：山西农村社会研究》，商务印书馆，2014年。

行龙主编：《集体化时代的山西农村社会研究》，中国社会科学出版社，2018年。

薛亚利：《村庄里的闲话：意义、功能和权力》，上海书店，2009年。

阎步克：《士大夫政治演生史稿》，北京大学出版社，1996年。

杨奎松：《开卷有疑——中国现代史读书札记》，江西人民出版社，2007年。

杨奎松：《中华人民共和国建国史研究1》，江西人民出版社，2009年。

杨占平、赵魁元主编：《新世纪赵树理研究·研究》，北岳文艺出版社，2016年。

叶扬兵：《中国农业合作化运动研究》，知识产权出版社，2006年。

张均：《中国当代文学制度研究（1949—1976）》，北京大学出版社，2011年。

张乐天：《告别理想——人民公社制度研究》，上海人民出版社，2016年。

张炼红：《历炼精魂——新中国戏曲改造考论》，上海书店出版社，2019年。

张勇：《农业合作化运动与农村经济变革——长沙县农业合作化运动研究（1951—1956）》，湖南大学出版社，2015年。

赵丽瑾：《表演、体制、观众：1949—1966年的社会主义电影明星》，上海人民出版社，2020年。

赵园：《地之子》，北京大学出版社，2007年。

周维东：《中国共产党的文化战略与延安时期的文学生产》，花城出版社，2014年。

朱鸿召：《延安日常生活中的历史（1937—1947）》，广西师范大学出版社，2007年。

朱羽：《社会主义与"自然"：1950—1960年代中国美学论争与文艺实践研究》，北京大学出版社，2018年。

庄孔韶：《银翅：中国的地方社会与文化变迁（1920—1990）》，生活·读书·新知三联书店，2016年。

［德］埃里希·奥尔巴赫：《摹仿论——西方文学中现实的再现》，吴麟绶、周新建、高艳婷译，商务印书馆，2014年。

［德］瓦尔特·本雅明：《作为生产者的作者》，王炳钧等译，河南大学出版社，2014年。

［法］古斯塔夫·勒庞：《乌合之众：大众心理研究》，冯克利译，中央编译出版社，2004年。

［法］克罗戴特·拉法耶：《组织社会学》，安延译，社会科学文献出版社，2000年。

［加］伊莎白·柯鲁克，［英］大卫·柯鲁克：《十里店（一）——中国一个村庄的革命》，龚厚军译，上海人民出版社，2007年。

［加］伊莎白·柯鲁克，［英］大卫·柯鲁克：《十里店（二）——中国一个村庄的群众运动》，安强、高建译，上海人民出版社，2007年。

［捷］亚罗斯拉夫·普实克著，李欧梵编：《抒情与史诗：中国现代文学论集》，郭建玲译，上海三联书店，2010年。

［美］本尼迪克特·安德森：《想象的共同体——民族主义的起源与散布（增订版）》，吴叡人译，上海人民出版社，2011年。

［美］丹尼尔·贝尔：《资本主义文化矛盾》，赵一凡、蒲隆、任晓晋译，生活·读书·新知三联书店，1989年。

［美］杜赞奇：《从民族国家拯救历史：民族主义话语与中国现代史研究》，王宪明等译，江苏人民出版社，2016年。

［美］杜赞奇：《文化、权力与国家：1900—1942年的华北农村》，王福民译，江苏人民出版社，2010年。

［美］弗里曼、毕克伟、赛尔登：《中国乡村，社会主义国家》，陶鹤山译，社会科学文献出版社，2002年。

［美］韩丁：《翻身——中国一个村庄的革命纪实》，韩倞等译，北京出版社，1980年。

［美］汉娜·阿伦特：《论革命》，陈周旺译，译林出版社，2011年。

［美］汉娜·阿伦特编：《启迪：本雅明文选》，张旭东、王斑译，生

活·读书·新知三联书店，2014年。

［美］杰姆逊：《后现代主义与文化理论》，北京大学出版社，1997年。

［美］孔飞力：《中国现代国家的起源》，陈兼、陈之宏译，生活·读书·新知三联书店，2013年。

［美］马克·赛尔登：《革命中的中国：延安道路》，社会科学文献出版社，2002年。

［美］莫里斯·梅斯纳：《马克思主义、毛泽东主义与乌托邦主义》，张宁、陈铭康等译，中国人民大学出版社，2005年。

［美］苏珊·桑塔格：《疾病的隐喻》，程巍译，上海译文出版社，2003年。

［日］柄谷行人：《日本现代文学的起源》，赵京华译，生活·读书·新知三联书店，2006年。

［日］沟口雄三：《中国的历史脉动》，乔志航、龚颖译，生活·读书·新知三联书店，2013年。

［日］金文京：《三国志的世界：后汉、三国时代》，何晓毅、梁蕾译，广西师范大学出版社，2014年。

［匈］卢卡奇：《小说理论》，燕宏远、李怀涛译，商务印书馆，2016年。

［英］雷蒙·威廉斯：《乡村与城市》，韩子满、刘戈、徐珊珊译，商务印书馆，2013年。

［英］雷蒙·威廉斯：《关键词：文化与社会的词汇》，刘建基译，生活·读书·新知三联书店，2016年。

［英］特里·伊格尔顿：《马克思主义与文学批评》，文宝译，人民文学出版社，1980年。

Tie Xiao, *Revolutionary Waves: the Crowd in Modern China*, Harvard University Press, 2017。

（三）研究论文

程凯：《乡村变革的文化权力根基——再读〈小二黑结婚〉与〈李有才板话〉》，《文艺研究》2015年第3期。

程凯：《"社会史视野下的中国现当代文学研究"的针对性》，《文学评论》2015年第6期。

程凯：《政治与文艺的再理解——从胡乔木讲话反观〈在延安文艺座谈会上的讲话〉》，《文学评论》2017年第5期。

程凯：《"深入生活"的难题——以〈徐光耀日记〉为中心的考察》，《中国现代文学研究丛刊》2020年第2期。

程凯：《"再使风俗淳"——从李双双们出发的"集体化"再认识》，《文艺理论与批评》2020年第5期。

杜国景：《赵树理之"助业"与农业合作化运动》，《中国现代文学研究丛刊》2008年第4期。

冯淼：《跨学科视野下的"群众"历史——评肖铁〈革命之涛：现代中国的群众〉》，《史学理论研究》2020年第6期。

郭春林：《从〈咬透铁锹〉到〈狠透铁〉——从校勘说起》，《中国现代文学研究丛刊》2020年第6期。

韩长经、徐文斗：《从〈种谷记〉到〈创业史〉》，《山东大学学报》1961年第1期。

何浩：《历史如何进入文学——以作为〈保卫延安〉前史的〈战争日记〉为例》，《文学评论》，2015年第6期。

贺桂梅：《政治·生活·形式：周立波与〈山乡巨变〉》，《文艺争鸣》2017年第2期。

贺桂梅：《"总体性世界"的文学书写：重读〈创业史〉》，《文艺争鸣》2018年第1期。

黄子平：《当代文学中的"劳动"与"尊严"——在中国人民大学的演讲》，《当代文坛》2012年第5期。

黄子平、李浴洋：《"反思"是为了能够提供一张新的"认知地图"——黄子平教授访谈录》，《文艺争鸣》2020年第3期。

黄宗智：《中国革命中的农村阶级斗争——从土改到"文革"时期的表达性现实与客观性现实》，《中国乡村研究》第2辑，商务印书馆，2003年。

姜涛：《"有情"的位置：再读沈从文的"土改书信"》，《文艺争鸣》2018年第10期。

江晓天：《也谈柳青和〈创业史〉》，《文艺理论与批评》1990年第1期。

李斌：《沈从文的土改书写与思想改造》，《中国现代文学研究丛刊》2018年第4期。

李放春：《北方土改中的"翻身"与"生产"——中国革命现代性的一个话语—历史矛盾溯考》，《中国乡村研究》第3辑，社会科学文献出版社，2005年。

李放春：《苦、革命教化与思想权力——北方土改期间的"翻心"实践》，《开放时代》2010年第10期。

李放春：《"释古"何为？论中国革命之经、史与道——以北方解放区土改运动为经验基础》，《开放时代》2015年第6期。

李国华：《寻找"能说话"的人——赵树理小说片论》，《文艺研究》2016年第3期。

李金铮：《土地改革中的农民心态——以1937—1949年的华北乡村为中心》，《近代史研究》2006年第4期。

李金铮：《向"新革命史"转型：中共革命史研究方法的反思与突破》，《中共党史研究》2010年第1期。

刘奎：《作为方法的"文学性"》，《读书》2014年第8期。

刘欣玥：《"声辞"的张显——延安新秧歌是怎样"唱"起来的》，《中国当代文学研究》2021年第1期。

刘永华等：《社会经济史视野下的中国革命》，《开放时代》2015年第2期。

刘卓：《"光明的尾巴"——试以〈太阳照在桑干河上〉谈土改小说如何处理"变"》，《现代中文学刊》2014年第6期。

刘卓：《现当代文学研究中的"历史化"》，《文学评论》2015年第6期。

罗立桂：《延安民间艺人改造的意义——以文艺"形式"问题为视角的考察》，《文艺理论与批评》2016年第1期。

罗琳：《互助合作实践的理想建构：柳青小说〈种谷记〉的社会学解读》，

《社会》2013年第6期。

倪伟:《社会史视野与文学研究的历史化》,《文学评论》2020年第5期。

倪文尖:《文本、语境与社会史视野》,《文学评论》2020年第5期。

邱雪松:《赵树理与"算账"》,《文艺理论与批评》2008年第4期。

萨支山:《试论五十至七十年代"农村题材"长篇小说——以〈三里湾〉〈山乡巨变〉〈创业史〉为中心》,《文学评论》2001年第3期。

萨支山:《"社会史视野":"当代文学"研究的一个切入点》,《文学评论》2015年第6期。

萨支山:《喜看稻菽千重浪,遍地英雄下夕烟——重读〈山乡巨变〉》,《文艺争鸣》2020年第5期。

孙晓忠:《改造说书人——1944年延安乡村文化的当代意义》,《文学评论》2008年第3期。

孙晓忠:《当代文学中的"二流子"改造》,《文学评论》2010年第4期。

孙晓忠:《有声的乡村——论赵树理的乡村文化实践》,《文学评论》2011年第6期。

温铁军:《八次危机与软着陆》,《文景》2012年第8期。

吴晓东:《让主体与历史彼此敞开》,《读书》2018年第1期。

吴晓东:《释放"文学性"的活力——再论"社会史视野下的中国现当代文学研究"》,《文学评论》2020年第5期。

徐志伟:《"十七年"时期农村广播网的建立及其对农村文艺生态的重塑》,《文艺理论与批评》2020年第6期。

严家炎:《关于梁生宝形象》,《文学评论》1963年第3期。

杨奎松:《关于战后中共和平土改的尝试与可能》,《南京大学学报(哲学·人文科学·社会科学)》2007年第5期。

杨奎松:《抗战胜利后中共土改运动之考察》(上)(中)(下),《江淮文史》2011年第6期、2012年第1期、2012年第2期。

杨奎松:《战后初期中共中央土地政策的变动及原因——着重于文献档案的解读》,《开放时代》2014年第5期。

姚丹：《倾心"融合"还是漠然"旁观"？——沈从文川南土改行的思想史与文学史意义》，《文学评论》2020年第2期。

张鸣：《动员结构与运动模式——华北地区土地改革运动的政治运作（1946—1949）》，《二十一世纪》（网络版）2003年6月号。

周维东：《延安时期（1936—1948）集体创作的形式与功能》，《现代中国文学与文化》2011年第1期。

周维东：《土地改革与延安文艺中的"穷人恨"叙事》，《广播电视大学学报》2014年第2期。

周维东：《"英模制度"的生成：历史塑造与文学书写》，《励耘学刊（文学卷）》2014年第2期。

［美］裴宜理：《重访中国革命：以情感的模式》，《观察与交流》第60期，2010年7月。

Paul A. Cohen, *The post-Mao Reforms in Historical Perspective*, Journal of Asian Studies 47: 3（August 1988）。

致　谢

　　记得读本科的时候，常常是论文还没有写完，就动手写起了后记，总觉得论文无法表达的东西，一定要在后记中"淋漓尽致"地表达一番。现在的我依然认为论文不能表达自己的全部，但却失去了在后记中自我陈述的欲望，用鲁迅的话说："现在是已经并非一个切迫而不能已于言的人了。"[1]

　　所以，这篇后记的主要职责是致谢，顺便把这五年来没有忘却的部分抄在纸上，也算是对自己的一个交代。

　　入学之后，研究兴趣跳来跳去，时而觉得赶热点会显得自己随波逐流，时而又觉得要和热点正面碰撞才算本事；时而觉得大作家的前研究已经相当充分，应该研究小作家，时而又觉得小作家的思想性和艺术性确实不够，还是应该研究大作家……如此反反复复，东一榔头西一棒槌地过了两年，杂书读了不少，却没有一个主心骨。此时的钟摆停在了"研究大作家"这里，遂选择了《茅盾全集》开始硬啃，准备博士论文就做茅盾。资料没少找，笔头没少练，成型的文章也有了两三篇，但越读越觉得自己对茅盾没感

---

[1] 鲁迅：《呐喊·自序》，《鲁迅全集》第一卷，第441页。

觉。正在这个时候,师门读书会要读《太阳照在桑干河上》,已经多年没有被文学作品打动过的我,在农民翻身的那一刻激动地流下了眼泪。这或许才是"感觉"吧,我的选题范围就这样锁定在了1940—1950年代的农村。

周围的同学们在选题时大多都选择"走出舒适区",挑战自己不熟悉的领域;而我却选择了"回到舒适区",实在不像一个青年研究者应该有的样子。我承认自己的保守和懒惰,但还是坚定地选择了现在这个题目,因为总觉得对于博士论文这一项"大工程"来说,没有一定的兴趣和偏爱做支撑,恐怕很难完成。

开题还算顺利,寒假回家没有多带书,打算过了年之后早点回校动工,不料突如其来的疫情彻底打乱了我的计划。带回来的书很快看完,一向不爱麻烦别人的我只好觍着脸找师兄师姐求电子资源了。电子版看着费眼,纸版书一个劲儿地涨价,实在没有办法,只好到孔夫子旧书网上淘那种几块一本的旧书。就在这样的情况下,论文勉强开了工,"硬写"的效果并不理想,返校之后,在家写的内容有一半都经历了重写。

待到学校终于允许部分博士生返校时,我毫不犹豫地报了第一批,因为论文已经到了不用图书馆就写不下去的境地。回到畅春园之后,每次进燕园校区都要系里审批,后来学校的防控政策有所调整,生活和写作的节奏才渐渐稳定下来。初稿写完之后,忽然发现一条可以"论证"我选题"合理性"的材料,那是周扬《关于农村文化工作的讲话》:"希望各队都写一篇'博士论文',按照毛主席在一个文件上的批示,要'有原则、有分析、有地点、有名有姓'。……要从文化方面观察阶级斗争、生产斗争、群众对文化的需要、文化上新旧思想的斗争。"[1] 把论文通读一遍，这些要点大致都有涉及，心里也就踏实了一些。预答辩通过之后，从畅春园进燕园校区又变成了审批制，于是我又毫不犹豫地飞奔回家过年。当"写不完"的恐惧消失之时，才发现自己还是更喜欢在家待着。

感谢我的父母，从小到大，他们都一直努力为我营造安静的学习环境。现在我已到了"奔三"的年龄，但只要拿起书或坐在电脑前，父母便不再叫我做家务。以前我总把这一切视为理所当然，但在和许多同龄人的交流中才发现并非如此。都说"穷人的孩子早当家"，可我直到大四那年才模糊地意识到自己该为这个家做点什么。在家这半年无工可打，虽然在论文写不下去的时候蒸过几笼花卷，但自己为父母做的还是太少了。论文初稿完成后，父亲是我的第一个读者，他不仅纠正了我的错字和病句，还跟我聊起了他的童年，很多农活的做法都是我此前完全不知道的。父亲还说，这是他唯一从头看到尾的博士论文。我想说，这篇论文本来就是献给他的。

感谢我的导师吴晓东老师，从大二的第一次握手，到现在竟已过去将近八个年头。不知道吴老师是以怎样的耐心包容我本科三年的胡说八道与直博五年的愚鲁迟钝的。疫情期间很难见面，吴老师大多是通过微信语音指导我的论文，最长的一次通话有三个多小时。从论文整体的方法论和问题意识到一些具体判断的分寸感，和吴老师的每一次通话都让我收获颇丰。吴老师对学生的关心和照顾不仅在学术上，也在生活上。读博这五年我遭遇了各种奇怪的挫折和打击，吴老师总是告诉我要坚强，帮我重新树立信心。现在回想

---

[1] 周扬：《关于农村文化工作的讲话》，《周扬文论选》，人民文学出版社，2009年版，第241页。

起来，自己年龄也不小了，还总是要靠导师帮助做心理建设，实在是有点羞愧。但也正因为有这么多次的心理建设，一度想过放弃的我，最终还是坚定地回到了学术这条道路上来。

感谢钱理群老师，他给我的影响是全面的，无论是思想上，还是行动上。如果没有他人格和精神魅力的感召，我可能早就变成了一个"精致的利己主义者"。如果没有他的那句"认识你脚下的土地"，我可能不会去参加支教，不会去京郊和家乡周边的农村考察，也就不会有今天这篇博士论文。钱老师聊起学术来是毫无保留的，总是迫不及待地把自己的最新发现与年轻朋友分享，他那旺盛的创造力和洪亮的笑声，总能让我在情绪低落之时豁然开朗。

感谢现代文学教研室的各位老师——陈平原老师和王风老师教给我史家的严谨，孔庆东老师的微博和高远东老师的朋友圈总能让我收获许多书本上没有的知识和人生经验，张丽华老师在博雅青年论坛上对我论文的评议让我收获良多，姜涛老师的课堂总是能"引诱"我大量读书、深入思考，进而发现一个又一个新的学术生长点……九年来从各位老师那里受到的教益无法在这里一一列举，我一定会带着各位老师的鞭策加倍努力。

感谢李国华老师兼师兄（他非让我们叫他"师兄"），从《行动如何可能》读到《农民说理的世界》，我从未想过能在论文这般规矩的文体中读到那么多让自己兴奋和激动的语句。从本科时代起，我就一直盼着和这位师兄见上一面，及至他真的回到北大成了自己的老师，我反而又变得恐慌起来，因为据师兄师姐们说，国华师兄驳起同门来是一点面子也不讲的。后来我果然多次被驳到哑口无言，但脸皮也在这一次又一次的挨批中变得厚了起来，以至于在师兄本不想批我的时候主动找上门去挨批，因为我明白师兄那些一针见血的透彻分析比我的脸面要重要百倍。据师兄说他要向"温厚长者"转型，竟让我们一时都不太适应。但话又说回来，师兄也并非只有金刚怒目的一面，否则我也不敢在私下叫他"华仔"了。

感谢李松睿、王东东、黄锐杰、赵雅娇、秦雅萌、张平、崔源俊、唐小林、刘祎家、李煜哲、顾甦泳、刘东、钟灵瑶、肖钰可等同门对我的关心和帮助，他们在读书会上的精彩发言总是给我很大的启发。特别要感谢与我长聊过的几位师兄师姐：刘奎、唐伟、路杨、罗雅琳、桂春雷、孙尧天，他们认真而恳切的话语让我明白了治学之不易与处世之艰难，但也在同时给我以前行的动力和勇气。